Mord im Piemont

Mord im Piemont

Gabriele Kunkel

Louisoder Verlag

Kunkel, Gabriele: *Mord im Piemont*
Erste Auflage 2019

Lektorat: Gerdt Fehrle
Korrektorat: Ilona Buth
Umschlaggestaltung: Regina Berg-Esmyol
Umschlagmotiv: © CSA Images, Getty Images
Satz: Fotosatz Amann, Memmingen
Druck: Friedrich Pustet GmbH & Co. KG, Regensburg
Printed in Germany
ISBN: 978-3-944153-56-8
www.louisoder-verlag.de

Der Abdruck der Trüffel-Rezepte erfolgt mit freundlicher Genehmigung des GRÄFE UND UNZER VERLAGS München.

„Als Kind", erzählte Tino, „habe ich mit weißem Trüffel Fußball gespielt. So viel gab es!"

Für Reinhart

Prolog

Der andere hatte die Hände ausgestreckt wie Jesus am Kreuz. Sein Mund stand offen. Er sabberte. Die Pupillen waren groß wie dunkle Monde. Aus Angst. Und er schwitzte. Schweißperlen entstanden auf seiner Stirn wie eitrige Blasen.

Alexey Schukow drückte ihm die Pistole fest auf die Stirn. Die Mündung rutschte auf der glitschigen Haut wie auf Eis. Dieser elende Hurensohn war ihm so was von zuwider. Niemals hätte er sich auf ihn einlassen dürfen. Denn jetzt stand er selbst mit dem Rücken an der Wand. So wie dieser Kretin.

„Kannst du liefern?"

Der andere starrte ihn nur mit weit aufgerissenen Augen an. Es schien, als würden sie gleich aus den Höhlen springen. Aber Schukow kannte die Antwort. Endlich kannte er sie.

Noch einmal atmete er tief durch, zog dann den Abzug einen Millimeter nach hinten. Aber da war er wieder, dieser Mief. Schon allein deshalb hätte er ihn abknallen wollen. Kein vordergründiger Gestank, wie Jauche oder verwesendes Fleisch. Mehr wie ein nach Moder riechender Wassertropfen, der einem beständig aufs Hirn tropfte. Und einen verrückt machte. Schukow schüttelte sich angewidert. Dieser Bastard war es nicht wert, sich die Finger schmutzig zu machen. Er sicherte die Pistole, steckte sie zurück in seine Jeans. Schon zu viel Zeit verschwendet, um zu bekommen, was dieser Lügner versprochen hatte. Und Geld. Aber es wäre eine Sensation gewesen!

Merda! Alle werden mir die Schuld geben. Ich muss mit dem Capo sprechen. Oder abtauchen.

Schukow lief über die knarzenden Dielen zum Ausgang. Das alte Casa war spartanisch eingerichtet. Ein alter Campingtisch, weiße Plastikstühle, vier Stück. An der Decke baumelte nackt, nur in der Fassung, eine Energiesparlampe. Kein Fussel lag auf dem dunklen Boden. Kein Staub auf dem offenen Holzregal. Es wirkte steril. Leblos. Er fasste in seine Jackentasche, holte zwei Plastiktütchen mit weißem Pulver heraus und schmiss sie auf den Tisch. Vielleicht machte der es ja selber. Die Dosis würde jedenfalls genügen. Aber der Bastard stand immer noch starr an der Wand und rührte sich nicht, als wäre er festgenagelt.

Schukow öffnete die Haustür. Das Casa lag mitten im Wald. Direkt neben dem Eingang lehnten ein paar Skier samt Stöcken so selbstverständlich an der Mauer, als wäre erst vor Kurzem jemand zurückgekehrt und hätte sie dort abgestellt. Aber je länger er sie betrachtete, umso mehr Spinnweben und Staub bemerkte er.

Dann trat er über drei ausgetretene Steinstufen auf die kleine Lichtung, die das Haus vom Wald trennte. Dicke Nebelschwaden hatten sich über alles fallen lassen, er konnte kaum die Hand vor den Augen sehen.

„Merda! Hoffentlich finde ich zurück zur Straße", murmelte er und stapfte tapfer los. Er hatte einen Fußmarsch von vielleicht zehn Minuten vor sich. Der Volvo stand in der Via Tanaro, dort hatte ihn dieser Kretin mit seinem 4 x 4 aufgegabelt.

Plötzlich hörte er Schritte hinter sich und drehte sich genervt um. Was wollte der denn noch? War doch genug, dass er ihn am Leben gelassen hatte. Aber dann traf Alexey Schukow ein harter Schlag direkt an der Stirn, exakt an der Stelle, an der er die Pistole noch vor Kurzem bei dem Bastard angesetzt hatte.

Und blendete alles andere aus.

Sina Cassotto

Jetzt einen schönen Martini bianco! Mit viel Eis.

Sina Cassotto bremste abrupt und starrte durch die dreckige Windschutzscheibe. Eine schmale Straße, gewunden wie eine Schlange, führte in einen nebelverhangenen Forst, endete dort im diffusen Nichts. Oder im wütenden Maul des Ungeheuers.

Kein Mensch war zu sehen. Nirgends ein winziges Zeichen irgendeiner Form von Zivilisation. Und erst recht keine Bar, in der sie einen Aperitivo hätte trinken können. Nur Wald. Schier unendlich scheinender Wald. Sina seufzte und stellte den Motor ab. Wo war sie hier nur gelandet?

Mamma mia! Und wo zum Teufel sollte in diesem Dschungel Michaels Haus sein?

Rechts, am Straßenrand, stand ein windiges Schild: Via Tanaro. Sie war also richtig. Im „n“ war ein Loch, als hätte es als Zielscheibe gedient. Nun noch drei Kilometer, dann käme links ein Waldweg, hatte Michael erklärt.

Sollte sie tatsächlich weiterfahren?

„Sì. No. Sì. No. Sì. No. Sì!“, zählte sie an ihren Fingerknöcheln aus, stöhnte, sah in den Rückspiegel und motzte sich selbst an:

„Merda! Wieso habe ich mir kein Hotelzimmer genommen! Egal wie teuer.“

Aber wegen der weltweit bekannten Trüffelmesse, dem „Mercato Mondiale del Tartufo Bianco D’Alba“, war in der Stadt nichts Bezahlbares mehr zu kriegen.

Normalerweise wohnte Sina bei einem Freund in der Nähe von Alba, aber der hatte kurzfristig abgesagt. Da war ihr das Ferienhaus von Michael in Mondovì eingefallen. Wenn sie nur geahnt hätte, dass es nicht in der Nähe der Stadt, sondern einsam und verlassen in einem dichten piemontesischen Urwald lag.

Sie startete den Motor.

„No, no, no, no", jaulte der gequält und der Auspuff spuckte höhnisch. Oder warnend? Sina hörte sehr genau hin, was ihr Lancia Beta Spider zu sagen hatte. Wenn sie es nicht tat, gebärdete er sich wie der italienische Gigolo, der er war, und sein Temperament ging mit ihm durch. Er kochte, bockte, fluchte wie ein Gassenjunge, bevor er sich wieder seiner Eleganz, Schönheit und Raffinesse bewusst wurde.

Sina hielt die Luft an. Meist wollte er mindestens zweimal gefragt werden. Allora! Starten. Gequältes Orgeln. NO!

Heute also dreimal?

Starten. Kurzes Orgeln. SÌ! Schnurren.

Das hätte mir jetzt noch gefehlt! Hier stehen zu bleiben!

Immerhin war der Spider fast so alt wie Sina und ein Erbstück ihres Großvaters, Vittorio Cassotto. Aber es war zu verführerisch gewesen, diese Reise von München in das Piemont mit ihrem „Gigolo" zu unternehmen, und ein völlig anderes Fahrgefühl als mit den neuen Autos, die einem vorschrieben, in welchen Gang man schalten sollte, oder einen hysterischen

Anfall bekamen, wenn man der Tasche auf dem Beifahrersitz keinen Gurt anlegte. Sina fühlte sich häufig entmündigt. Man nahm dem Menschen das selbstständige Denken und Handeln ab. Mit dem Lancia zu fahren war keine bloße Fortbewegung. Kein hektisches Von-A-nach-B-Kommen. Und schon gar nicht automatisch. Der Spider war hart gefedert. Klebte auf der Straße. Es war mehr eine Art Zeitreise, als wäre alles nur auf das reduziert, was wirklich zählte. Wenn sie dann noch das Cabriodach öffnete, sich den warmen Sommerwind durchs Haar wehen ließe, dabei die ganzen unterschiedlichen Düfte einatmete, die die vorbeiziehende Landschaft so üppig ausschüttete, durchströmte sie dieses oft schmerzlich vermisste Gefühl von Freiheit.

Kurze Zeit später hielt sie an der vermeintlichen Abzweigung. Tatsächlich bog ein schmaler Waldweg links ab, der von schwarzen Pfützen wie durchlöchert schien. Michael hatte ihr dringend geraten, das Auto an der Straße stehen zu lassen.

Macho, hatte sie gedacht, *glaubt wohl, ich könne nicht fahren*, aber jetzt musste sie kleinlaut eingestehen, dass sie ihren Gigolo besser hier an der Straße parkte. Tatsächlich entdeckte sie keine zehn Meter weiter oben eine Ausbuchtung, stellte den Spider dort ab und sah nach draußen. Dichter Nebel hing im Wald wie eine undurchdringliche Wand aus weißem Leim. Zu allem Überfluss begann es zu dämmern.

Sina öffnete vorsichtig die Autotür. Ganz geheuer

war ihr in der Tat nicht. Der Asphalt war übersät mit stacheligen Gebilden, manche waren von Autoreifen brutal überrollt und lagen platt gefahren auf der Straße. Maroni! Was hier achtlos lag, dafür zahlte man in Deutschland mehr als eine Kleinigkeit. Sie versuchte auf Zehenspitzen zwischen den prallen Kugeln hindurchzubalancieren, aber es war, als würde man auf rollenden Tennisbällen laufen. Dann klappte sie den Kofferraumdeckel auf und nahm ihre kleine Reisetasche heraus. Das schwarze Leder war an vielen Stellen abgewetzt, verlebt von den unzähligen Orten, an denen sie schon gewesen war. Sie schnappte sich noch ihre Computertasche, streichelte zärtlich über die rote Motorhaube. Bevor sie in den Waldweg abbog, sah sie sich besorgt um, betastete gleichzeitig ihre gepolsterte Hüfte. Dort trug sie einen Leinengurt, eng an den Körper geschnallt. Aber es war natürlich niemand da. Wer hätte denn in dieser Einöde auch sein sollen? Und keiner wusste, dass sie in dem Gurt einen fünfstelligen Eurobetrag aufbewahrte.

Sina Cassotto war in das Piemont gekommen, um weiße Trüffel zu kaufen. Dazu brauchte sie Bargeld. Cash! Kein Paypal. Keine Kreditkarte. Keine Banküberweisung. Es musste schnell gehen. Vor allem in dieser Saison. Nach dem extrem trockenen Sommer wuchs das weiße Gold nur spärlich, hatte sie läuten gehört. Aber ob man dem glauben konnte? Oder ob es mal wieder ein Versuch war, den Preis nach oben zu treiben? Davon wollte sie sich auf dem Trüffelmarkt in Alba lieber selbst überzeugen.

Und wie oft hatte sie diese Auskunft schon bekommen: Niente! Es gäbe nichts. Der Markt sei total leer. Domani! Vielleicht morgen! Möglich wäre es! Immerhin sei Vollmond! Aber der Preis? Wie der morgen wäre! Wer sollte das denn heute schon ahnen können?

Elende Halunken! Sie wussten natürlich, dass ihre Weißen die wertvollsten im ganzen Land waren.

„ACH WAS", stöhnte Sina. Der weiße Alba-Trüffel war das teuerste Lebensmittel der Welt. Je nach Saison brachte ein Kilo um die 3500 Euro im EK. Darunter gab es eine unübersichtliche Grauzone. Und darüber auch. Alleine deswegen plante sie immer ein paar Tage mehr ein, um sich einen Überblick zu verschaffen, wie die Lage wirklich war. Naturalmente! Die offiziell angegebene Menge an verkauften Trüffel lag deutlich unter der tatsächlich gefundenen. Kontrollierte Verknappung war das. So sparte man Steuern und pushte den Preis nach oben. Aber Sina hatte noch andere Pläne. Sie wollte den Hersteller eines Testun finden, der angeblich in einem der südpiemontesischen Täler hergestellt wurde: ein fettreicher Käse aus Kuh-, Schafs- und Ziegenmilch, der über ein Jahr in Kastanienblättern reifen musste. Die gaben ihm seinen herben und zugleich süßen Geschmack.

Sina war Foodscout für die M. F. A., einem Münchner Feinkostladen mit Slow-Food-Image. Ihr Chef Franz hatte den eröffnet, als die Bewegung für viele Deutsche noch unbekannt war, und das vor über zwanzig Jahren. Deshalb wusste kaum jemand, was die Abkürzung bedeutete, nämlich Münchner Food Anarchist. Heute importierte er Waren aus der ganzen Welt, sofern sie seinen hohen Standards entsprachen. Darin war er wieder Anarchist, weil er fand: Lokal in allen Ehren, aber auf Kaviar, Trüffel und andere kulinarische Wunder wolle er auf keinen Fall verzichten. Als Franz keine Lust mehr hatte, selbst herumzureisen, engagierte er Sina.

Eine gute Wahl, hatte er irgendwann lachend zugegeben. Als Deutsch-Italienerin vereine sie beides: Sie sei zwar (relativ) gut organisiert, aber mit der richtigen Prise Improvisationstalent. Man könne ihr nichts vormachen (auch nicht diese ganzen Halunken), sie kannte sich sehr gut aus, ging ins Detail, ohne verbissen zu sein. Aber das Wichtigste für ihn: Ihre sinnliche Lust am Essen. Ihre feine Zunge. Unbeirrbar für Gutes. Er schmunzelte immer, wenn sie hingebungsvoll an einem Apfel roch, sich an seinem Duft erfreute. Oder an den ersten frischen Erdbeeren. Bevor sie eine aß, schnupperte sie an ihr, dabei kräuselte sich automatisch die Nase. Wenn sie hineinbiss, konnte er schnell erkennen, ob die Ware gut war. Manchmal legte sie die Frucht sofort zurück in den Korb. Ein Zeichen, dass sie nur zur Zweitverwertung taugte. Also zur Marmelade oder auch zu einem scharfen Pesto mit Erdbeeren, das Sina kreiert hatte und wunderbar zu weißem Fisch passte.

Ein paar Schwächen aber habe sie, hatte Franz ihr einmal ärgerlich gesteckt: Es mache ihn schlichtweg wahnsinnig, dass für Sina Regeln immer nur Vorschläge waren. Unmöglich, dass sie etwas befolgte, wenn sie es anders sah. Dies hatte ihm schon die eine oder andere Lieferung von Dingen eingebracht, die zwar seine Angestellte besser fand, aber niemand bestellt hatte! Und erst ihre Entscheidungsfindung über das Auszählen der Fingerknöchel, dieses manipulative „Sì. No. Sì. No …".

Allein wenn sie damit anfing, standen ihm die Haare zu Berge.

Außerdem sei sie ein bisschen zu sehr triebgesteuert, sei eine „Mangiamanin". Er würde befürchten, für gutes Essen würde sie alles stehen lassen. Sogar den tollsten Mann!

„Bis auf meinen ‚Gigolo'", hatte seine Mitarbeiterin gekontert.

Sina konnte sich in der Tat nicht vorstellen, etwas anderes zu tun. Alles, was mit Essen und Trinken zu tun hatte, zog sie magisch an. Zum einen die Früchte, das Gemüse, die verschiedenen Käse, Würste, Öle, Weine selbst. In ihnen steckte eine innere Ästhetik, eine alltägliche Schönheit, an der sie sich gerne ergötzte. Sie einfach nur ansah. Betastete. An ihnen roch. Oder dabei zusah, wie sie hergestellt wurden.

Aber genauso liebte sie das Naschen, Schlemmen,

Probieren. Sich von der Schönheit einer knallroten Tomate verführen zu lassen, zuerst von der Form, ihrer Farbe, dem Duft, dann von ihrem Geschmack. Ihr Vater nannte sie deshalb zärtlich „ghiottona", Naschkatze.

Und sie liebte es, über Märkte zu streifen. Diesen Mischmasch aus Düften einzuatmen! Vollreife Pfirsiche, würziger Käse, frisch gebackenes Brot. In die bunten Körbe der Alten zu schauen, in denen manchmal nur ein paar Kräutersträußchen lagen. Während sie das Bouquet garni liebevoll in Zeitungspapier wickelten, als wäre es ein wertvoller Schatz, erzählten die Frauen, welch köstliche Eintöpfe man mit ihm zaubern könne. Manchmal endeten diese Gespräche mit einer Einladung zum Essen in einer einfachen Hütte am Strand oder im Hinterhof eines Hochhauses. Aber genau an diesen Orten hatte Sina schon fantastisch gegessen und kam meist mit einem Koffer voller Samen, Gewürzen, Pasten, Früchten, Gemüse, aber vor allen Dingen kleinen Zettelchen, auf denen die Rezepte standen, von der Reise zurück. Auch darum ging es Sina Cassotto, wenn sie als Foodscout unterwegs war. Sie suchte Ursprüngliches. Wildes. Einfaches. Mit ihren Mitbringseln experimentierte sie später in ihrer Münchner Küche, suchte nach neuen Kombinationen oder probierte die Rezepte, die ihr die Marktfrauen mitgegeben hatten. Und das alles bekam dann Franz.

Vor einigen Jahren hatte sie so den Luppolo mit nach Deutschland gebracht. In Italien wurden die jungen Hopfentriebe gesammelt, knusprig gebraten, dann mit einem fruchtigen Olivenöl, altem Balsamico beträufelt und mit frisch gehobeltem Parmesan bestreut. Köstlich! Und einfach. Luppolo konnte man nun als „Münchener Hopfenspargel“ auf dem Viktualienmarkt kaufen. Hundert Gramm für acht Euro. Aber man konnte ihn auch selbst an manchen Böschungen sammeln, wo er häufig üppig wucherte.

Der Waldboden war rissig. Das trockene Laub raschelte bei jedem Schritt, anscheinend hatte es lange nicht geregnet. Nebel hatte sich wie eine Wand aus flüssigem Milchglas auf die Erde fallen lassen, es schien, als würden Monster durch sie hindurchschweben, die ihre armlosen Hände nach ihr ausstreckten. Dabei waren es nur die Äste dicker, knorriger Kastanienbäume. Nach zweihundert Metern kam sie auf eine Lichtung, auf der ein altes Haus stand. Das musste das Casa von Michaels Nachbar sein, einem Psychiater aus Turin, der hier Ruhe vor seinen Patienten suchte. Im wabernden Nebel sah das Haus wie eine Kulisse aus. Als wäre es aus Pappmaché. Die Fassade war schmutzig grau. Das Dach aus rostigem Blech. Kein einziges Fenster lag an der Front, nur eine eiserne Tür. Trotzdem fühlte sie sich beobachtet.

Was, wenn der Psychiater sich hier seiner nervenden Patienten entledigt? Was, wenn er die Tür plötzlich aufreißt und mit blutunterlaufenen Augen und einem riesigen Messer in der Hand auf mich zurast?

„So ein Schmarrn! Du hast zu viele Krimis gelesen, Sina Cassotto!“, sagte sie extra laut. Erschrak dann aber doch vor ihrer eigenen Stimme, die die gedämpfte Stille durchbrach wie ein Stein die ruhige Oberfläche eines Sees.

Sie musste nun noch einen steilen Weg hinab, dann sollte sie das Haus sehen, hatte Michael erklärt. Aber sie sah ja kaum die Hand vor Augen. Der Weg schien ein Geröllhaufen. Tiefe Schlaglöcher, nackter Felsen, auf dem Schotter lag. Es war wie auf Erbsen laufen. Sina balancierte, die Reisetasche in der einen, die Computertasche in der anderen Hand. Bloß nicht hinfallen! Wieso hatte sie eigentlich schon wieder vergessen, ihre Daten zu sichern?

Was war das? Sina zuckte zusammen.

Ein Stein fiel ploppend den Hang herunter. Steine fielen. Helle, kurze Töne. Sie starrte in die schleimige Nebelsuppe. Waren da weiße Schatten? War da was?

Es folgte ein dunkles schweres Krachen. Ein hartes Klack, Klack. Hufe? Hecheln!? Wölfe? Werwölfe!? Sie sah, wie etwas durch den Nebel in höllischer Geschwindigkeit auf sie zugerast kam. Es tauchte erst kurz vor ihr aus dieser mystischen Anderswelt auf, sprang sie mit voller Wucht an. Sina taumelte.

Und dann stieß sie mit einem Monster zusammen.

„Mamma mia!“, schrie das Monster.

„Mamma mia!“, schimpfte Sina und fasste sich ungläubig an die Stelle, an der sie ein steinharter Schädel getroffen hatte. Dann blickte sie hoch, sah in ein wettergegerbtes Gesicht. Unzählige Falten bäumten sich gegen eine dicke Nase. Zwei wasserfarbene Augen starrten sie an. Sie schätzte den Mann auf Mitte siebzig. Er trug eine Pelzkappe, an der seitlich zwei Klappen hingen, die die Ohren versteckten. Die speckige braune Lederjacke sah genauso gegerbt aus wie sein Gesicht. Wahrscheinlich hatte er die schon als junger Mann getragen, schoss es ihr durch den Kopf. Trotz seines Alters wirkte er drahtig und trainiert. In der geballten Faust hielt er einen Schraubenzieher. Neben ihn gesellte sich nun auch der Werwolf, ein weißschwarzer Labradormix.

„Was machen Sie hier?“, fuhr er sie an.

„Das könnte ich auch fragen!“, schnauzte sie zurück.

„Ehh. Das ist hier privat!“

Er fing an, mit dem Schraubenzieher herumzufuchteln, sein Hund begann keifend zu bellen.

Der meinte es ernst! Sina ging in Deckung.

„Michael“, presste sie heraus, zog den Schlüsselbund aus ihrer Jackentasche, hielt ihn wie einen Schutzwall vor sich hoch.

„Soso“, er sah sie skeptisch an, musterte sie von

unten nach oben. Fragte sich wohl, ob Michael eine solche Bekannte haben könne. Sie hatte das Gefühl, als wären seine Blicke Röntgenstrahlen, die sie bis ins Mark durchleuchteten. Dabei sah sie völlig normal aus. Bis auf die Schuhe, gestand sie sich ein. Die hatte sie erst seit gestern. Ansonsten trug sie eine bequeme schwarze Stretchhose, darüber eine blaue Fleecejacke. Aber er starrte natürlich auf ihre goldfarbenen Sneakers. Damit traf er einen wunden Punkt. Lange hatte sie überlegt, ob sie diese ultramodernen Schuhe überhaupt kaufen sollte, oder ob sie für diesen Schnickschnack schon zu alt sei. Dieser Waldschrat sollte es nicht wagen! So sehr unterschied er sich nicht von den knorrigen Kastanienbäumen. Aber er sagte nichts.

„Ledra!", befahl er der Hündin nur. Die hörte nicht auf ihn, sondern kläffte weiter. „Ehh. Mikaele werde ich anrufen, wenn ich oben bin", drohte er und fuchtelte weiter mit dem Schraubenzieher vor ihrer Nase herum.

Sina ging wieder in Deckung.

Willkommen in Italien, dachte sie. Das war sie anders gewohnt! Ganz anders! Ein freundliches „buongiorno" oder auch „buonasera" gab es immer, auch bei Fremden. Einmal hatte ihr ein wildfremder Mann, den sie beim Spazierengehen im Wald getroffen hatte, nach einem kurzen Plausch ein selbst gemaltes Bild geschenkt. Das war Italien! Aber nicht dieser komische Kauz mit seiner hysterischen Hündin. Wo war sie hier nur gelandet? Und wieso hatte sie die Gegend vorher nicht gegoogelt? Wie blöde war das denn?

„Ledra, komm!“, befahl der Waldschrat erneut, drehte sich um und stampfte eilig los. Seine Silhouette löste sich im diffusen Grau auf, im nächsten Moment auch die des vermeintlichen Werwolfs.

„Vai al diavolo, fahr zum Teufel!“, schrie Sina ihnen hinterher. Was machte der hier in dieser Einöde? Immerhin schien er Michael zu kennen.

Dann fasste sie sich an die Stirn und betastete die Beule. Schien nicht zu bluten. Jetzt bloß nicht schwach werden. Oder ohnmächtig!

War alles ein bisschen viel heute.

Der elend lange Stau auf dem Brenner. Diese Irrfahrt, bis sie hierhergefunden hatte. Ein unsichtbarer Psychiater in einem Geisterhaus. Ein Nebelmonster samt Werwolf. Und was war mit Michael? Wie lange kannte sie ihn? Kannte sie ihn? Hatte sie ihm was von dem Geld erzählt? Sie konnte sich nicht erinnern.

Die letzten Meter stolperte sie über groben Schotter, dann stand sie vor einem großen Eisentor, hinter dem sich schemenhaft etwas abzeichnete, was ein Haus sein konnte.

Sina stellte ihre Taschen im Flur ab, schob eine Glastür auf, die in ein Rundgewölbe führte. Kalte Luft schlug ihr entgegen. Die dicken Mauern schienen keine Wärme von außen durchgelassen zu haben. Erleichtert sah sie, dass in einem weiß getünchten Kamin an der linken Außenwand bereits Scheite aufgestapelt waren. Ein großer Korb mit Holz stand direkt daneben. Sie ging zum Kamin, zündete sofort das Feuer an. Es fauchte kurz, qualmte, zögerte, dann aber loderte eine kleine gelbe Flamme, die blitzschnell die trockenen Holzscheite in Brand setzte und den Raum in ein warmes Licht tauchte.

Jetzt sah sie sich erst mal um. Sie war in der Cucina, der Küche. Auf einem alten Terrakottaboden prangte, umringt von sechs Stühlen, ein mächtiger, dunkel gebeizter Holztisch.

Aus Kastanienholz, vermutete sie.

Die Stühle waren alle unterschiedlich. Zwar alle aus Holz, aber jeder mit einer langen Geschichte. Einer schien ein bisschen stolzer in der Haltung, ein anderer irgendwie traurig. Es schien, als hätten sie die vielen Erlebnisse in sich aufgesaugt, die sich nun in einer individuellen Anmutung offenbarte. Hinter dem Esstisch stand ein schwarzer XL-Gasherd, eine Spüle aus cremefarbenem Naturstein, ein silberner SMEG-Kühlschrank. An den Wänden über der Spüle hingen getrocknete Peperoni, Lorbeer und Rosmarin. Auf der Theke, die an die Spüle anschloss, standen allerlei Gläser mit Gewürzen und andere geheimnisvolle Köstlichkeiten. Es waren hübsche deutsche Weckgläser in allen möglichen Größen, aber auch die italienische Variante „quattro stagioni“ und zusätzlich ein bunter Haufen aus ehemaligen Sahne-, Oliven-, Gurkengläsern. Sinas Neugier war sofort geweckt. Sie ging zur Theke und besah sich die Gefäße genauer. Auf allen klebten kleine weiße Aufkleber: Mit „Tomatensugo, Pesto, gegrillte Auberginen, Pfifferlinge in Balsamico, Bohnen …" waren sie liebevoll per Hand etikettiert worden. Immer auch mit einer Jahreszahl. In ehemaligen Espressodosen lagerten getrocknete Steinpilze, Morcheln und Pfifferlinge. Und in cottofarbenen Tonkrügen Olivenöl aus Ligurien, ein schöner „mosto" von Baglietto e Secco, aber auch von Franci das „Villa Magra grand cru" aus der Toskana.

Bellissima! Hier kennt sich jemand aus. Und ich habe einen Bärenhunger.

Am liebsten hätte sie sofort eine der Köstlichkeiten geöffnet. Sicherlich war alles „fatto in casa", also selbst gemacht. Nur, machte man das in einem fremden Haus?

Sì. No. Sì. No. Sì. No. SÌ, zählte sie aus.

Seit dem Panino nach dem Brenner hatte sie nichts mehr gegessen, geplant, am Abend richtig gut essen zu gehen. Darauf hatte sie sich während der ganzen Fahrt gefreut und deshalb gedarbt. Für so ein richtiges üppiges piemontesisches Abendessen brauchte man Platz im Magen. Für die Antipasti, von Vitello Tonnato, Carne Cruda, Insalata Russa, über die feinen kleinen Gnocchi, in einer Käsesoße aus Fontina, oder Plin in einer Steinpilzsoße. Danach dann Brasato al Barolo und zum Nachtisch Buddino oder Semifreddo. Auf all das hatte sie sich schon so was von gefreut! Sich während des Staus ausgemalt, wie sie die weichen Gnocchi fett in die Käsesoße tunkte und verschlang. Gnocchi pur waren ja eher fad, fast langweilig. Aber der perfekte Träger für diese grandiose Käsesoße, weil sie so flauschig waren, man sie mit der Gabel zerdrücken, richtig zermatschen konnte und sich so beides perfekt vermischte. Für „danach“ hatte sie schon den Duft des Rinderbratens in der Nase gehabt, der stundenlang in Barolo geschmort worden war. Es wäre die Belohnung für die anstrengende Fahrt gewesen! Auch wenn Sina nicht das Pasta-Gen von ihrem Vater geerbt hätte, diese Strapazen rechtfertigten eine üppige Orgie! Aber sie konnte Nudeln und andere Kalorienbomben verschlingen, ohne davon nur ein Gramm zuzunehmen.

Nur diesen katastrophalen Weg würde sie heute auf keinen Fall noch einmal hinauflaufen. Schon gar nicht bei Dunkelheit. Und diesem Nebel.

Vielleicht also ein paar Spaghetti mit Sugo?

Gläser mit der köstlich aussehenden Tomatensoße waren reichlich vorhanden. Das Wasser für die Spaghetti konnte sie ja schon mal aufstellen. Danach würde sie das Haus erkunden. Man musste eben Prioritäten setzen.

Sie öffnete ein paar Schranktüren, fand schließlich die Töpfe, nahm einen schmalen, hohen heraus und drehte den Wasserhahn auf. Aber der spuckte nur verächtlich. Nichts. Kein Wasser! Sie bückte sich, sah unter die Spüle, drehte an einem Ventil. Nichts.

Merda! Was jetzt? Wo ist mein Handy?

Sie ging in den Flur, kramte ihr Handy aus der Tasche und wählte Michaels Nummer.

Niente! Die Leitung war tot. Kein Empfang. Kein Telefon. Kein Netz. Kein Internet. Sie ließ sich mutlos auf einen der alten Holzstühle fallen. Dann fiel es ihr ein:

„Kurz bevor du das Haus des Nachbarn erreichst", hatte Michael erklärt, „geht rechts ein Weg in den Wald. Nach zehn Metern auf der linken Seite ist unsere eigene Quelle. Sie liefert das Wasser für das Haus. Du musst den Wellblechdeckel hochklappen und dann den roten Hahn öffnen."

Merda! Auf gar keinen Fall, beschloss Sina, würde sie jetzt da hochlaufen. Da würde sie gezwungenermaßen zwei, drei (oder so) von den Gläsern öffnen müssen, die man auch ohne Spaghetti essen konnte.

Entführt

Am nächsten Morgen stapfte sie tapfer den Weg hinauf. Der Nebel war spurlos verschwunden und hatte einem strahlend blauen Himmel Platz gemacht. Ein tiefes Cyan, irgendwo zwischen Azurblau und Ultramarin, das hinter dem bunten Kastanienwald fast wie hingemalt wirkte. Jetzt erkannte Sina, dass das Casa zwar direkt an den Waldrand grenzte, der Weg dort wie in einer Sackgasse endete. Davor und neben der kleinen Straße aber lag eine steile Lichtung, groß wie ein Fußballfeld. Der unwegsame Waldweg erschien ihr jetzt mehr wie eine willkommene Tarnung. So wie die verkommenen Fassaden in italienischen Städten, hinter denen sich traumhaft schöne Innenhöfe und Prunkwohnungen verbargen, auch dem Einbruchschutz dienten.

Direkt neben der Straße nach oben waren Terrassen angelegt, auf denen im Sommer wohl üppig das Gemüse wuchs, das sie am Abend vorher verspeist hatte. Jetzt war das meiste abgeerntet, hie und da standen noch einige Tomatenstöcke, an denen vereinzelt Früchte hingen. Riesige Sonnenblumen neigten unter der Last der reifen Samen ihre Köpfe. Weiße und pinkfarbene Schmuckkörbchen, gelbe Ringelblumen und dunkelblauer Eisenhut blühten immer noch eifrig. Es duftete nach Spätsommer. Eine herbe Süße, ihrer Vergänglichkeit bewusst, intensiv und konzentriert, als hätten alle Blüten, Kräuter, Früchte sich final zu einem einzigen Duft vereint. Überall raschelte es, Eidechsen schreckten auf, die sie wohl bei ihrem Sonnenbad gestört hatte. Grashüpfer flogen in hohem Bogen durch die Luft. Schmetterlinge, weiße, gelbe, bunte, kreuzten ihren Weg, und am Himmel kreiste souverän ein Bussard, der immer wieder kurze Schreie ausstieß.

„Eigentlich ganz schön hier", murmelte sie vor sich hin. Das hatte gestern alles schlimmer ausgesehen. Wie Nebel doch die Wahrnehmung veränderte.

Am Abend zuvor hatte Sina das in Olivenöl eingelegte Gemüse probiert. Außerdem eine Packung Bruschetta gefunden und eine Flasche Barolo. Das war Mundraub, hatte sie entschieden und taxiert, in welcher Preisklasse der Wein angesiedelt war, aber bevor sie verdurstete, musste sie gezwungenermaßen Barolo trinken. Sie hätte auch Dolcetto genommen. Lieber sogar. Aber es war ja keiner da!

Das Gemüse war köstlich. Pfifferlinge, Zucchini, Auberginen, Borlottibohnen, Kürbis, getrocknete Tomaten waren übereinandergeschichtet worden. Die einzelnen Lagen trennten frische Basilikumblätter, Knoblauch, Peperoni und Zitronenscheiben. Gemüse und Pfifferlinge waren vorher angebraten worden. Alle Zutaten hatten sich durch das fruchtige Olivenöl zu etwas vereinigt, was Sina als Terra di Siena und Moosgrün bezeichnete. Und die Mischung beider Farben.

Es war ihr Vater, der sie dies gelehrt hatte. Angefangen hatte es damit, dass er ihr die Augen verbunden und ihr die unterschiedlichsten Kräuter vor die Nase gehalten hatte, damit sie erriet, was es für ein Gewürz war. Später hatte er sie dann gefragt, welche Farbe ein bestimmter Geschmack oder Geruch hatte. Oder nach was welcher Mensch schmeckte. Nun machte Sina sich häufig ein Vergnügen daraus, Menschen Gerüche oder Aromen zuzuordnen. Die, die sie nicht mochte, rochen nach vergammeltem Obst, gegorener Milch oder drei Tage altem Fisch. Andere dufteten nach Bergamotte oder Wildem Thymian.

Nachdem sie das Gemüse restlos aufgegessen hatte, tunkte sie noch das Bruschetta in das rötliche, scharfe Öl und trank dazu den wundervollen Barolo.

Un peccato! Eine Sünde! Er war leider viel zu kalt. Deshalb hatte sie ihre wärmenden Handflächen um das bauchige Glas gelegt, den rubinrot schimmernden Wein hin und her geschwenkt und sich vor den Kamin gesetzt.

Auch das Haus des Psychiaters wirkte heute Morgen freundlicher. Es hatte vorne sogar zwei Fenster, die ihr am Abend zuvor nicht aufgefallen waren. Auch nicht der Tisch vorm Haus und die idyllische weinberankte Laube auf der rechten Seite. Wie im Schlaraffenland hingen von oben üppig rubinrote Trauben herunter, die man sich einfach so in den Mund hätte gleiten lassen können. Aber Sina widerstand. Das Holz der Pergola schien hellblau lasiert, aber es hatte wohl nur etwas von dem Verderame abbekommen, mit dem die Reben gespritzt worden waren.

Sie lief am Haus vorbei, bog dann scharf nach links in den Wald. Nach zehn Metern sah sie das Wellblech aus dem Laub ragen, kniete sich auf den feuchten Waldboden, zog es hoch und öffnete den roten Hahn.

Super! Jetzt zurück zum Haus. Duschen. Dann dringend einen Cappuccino trinken gehen. Danach die erste Tour machen.

Als sie sich erhob, fiel ihr Blick auf etwas, was sie aus den Augenwinkeln schon vorher gesehen, irgendwie irritiert hatte. Nicht ins bunte Bild passte. Als sie es erkannte, das Bild scharf wurde, gefror ihr Blut in Sekundenschnelle zu Eis. Ihr Puls beschleunigte wie der Lancia auf der Überholspur. Aus dem bunten Laub, zwischen den unzähligen stacheligen Maroni lugte eine bleiche Hand hervor. In der verkrampften Faust hielt sie einen Schraubenzieher.

Abhauen! Sofort weg! Sina drehte sich abrupt um.

Aber dann gefror ihr Blut zum zweiten Mal. Und ihr Puls raste los, ohne auf irgendwelche Geschwindigkeitsbeschränkungen zu achten.

Vor ihr stand ein grimmig aussehender, kleiner Mann mit einem großen, braunen Filzhut und starrte sie drohend an. In der rechten Hand hielt er eine Sichel.

Sein Gesicht wirkte maskenhaft, wie tiefgefroren, fast ohne jede Mimik. Eine Fratze, bei der man nicht sagen konnte, ob sie nur bluffte. Im Mundwinkel hing der platt gedrückte Filter einer Zigarette. Seine Statur hatte etwas von einem Pilz, vielleicht einem Steinpilz, der nicht mehr ganz so frisch war. Sina fragte sich, ob unter dem Hut schon die Maden krochen, und taufte ihn sofort „Porcino“. Aber irgendwie passte sein grimmiger, tiefgefrorener Gesichtsausdruck nicht zu seiner Figur. Etwas stimmte nicht, widersprach sich. Sie schnüffelte. Zigarettenqualm und Waldboden. Mehr nicht.

Er war in einem cremefarbenen Parka dick vermummt, hatte den Kragen bis zum Kinn hochgeschlagen. An den Knien der alten Jeans klebte nasse Erde, die braunen Gummistiefel waren voller Schlamm. Er spuckte den Zigarettenfilter zu Boden, wischte sich mit dem Handrücken über den Mund.

„Finalmente! Endlich! Hab ich dich!“, und hielt ihr die Sichel drohend vor die Nase. Sina konnte riechen, wie scharf der Stahl war, wollte sich nicht vorstellen, wie er damit an ihrem Hals entlangfuhr.

Deshalb motzte sie ihn an: „Mamma mia, sind Sie bescheuert! Was soll das? Tun Sie das gefährliche Ding da weg. Sind hier eigentlich alle völlig durchgeknallt?“

Aber er packte sie ruppig am Arm, schob sie vor sich her, den Waldweg hinauf.

„Herrgott noch mal“, brabbelte sie fassungslos vor sich hin. Ihr Verstand war klar, aber ihr Körper wollte nicht wie sonst funktionieren. Die Füße waren bleischwer. Spürte sie noch Arme? Hände? Zum ersten Mal verstand sie, was Schockstarre bedeutete.

Ein paar Meter weiter oben am Weg stand ein alter Wohnwagen. Die Reifen waren platt und hatten sich in die Erde eingegraben. Die Fenster waren mit Holzplanken vernagelt, der weiße Lack an vielen Stellen abgeplatzt, und hässliche Rostbeulen bedeckten die Oberfläche wie ein Ausschlag. Porcino öffnete die knarzende Tür und schubste sie grob über die schmalen Stufen ins Innere. Dann schloss er hinter ihr die Tür.

„Stupido!“, zischte sie wütend, fuhr sich mit den Händen durch die Haare, stampfte mit den Füßen auf den Boden und stöhnte. Wie blöd war das denn! Wieso hatte sie sich gerade so überrumpeln lassen? Completamente stupido, komplett bescheuert! Jetzt saß sie hier fest. Wieso hatte sie ihm nicht einfach vors Schienbein getreten und war abgehauen? Warum hatte sie es nicht wenigstens versucht?

Sie sah sich um. Die Fensterscheiben waren zerbrochen. Durch die Astlöcher der Holzplanken fiel ein wenig Tageslicht. Der Wohnwagen war innen völlig entkernt. Die Wände waren mit einer hässlichen, bunten Tapete beklebt, die teilweise abgerissen war oder auch in losen Bahnen herunterhing. Eine versiffte Matratze, an vielen Stellen angefressen, lag direkt auf dem Boden. Der war übersät von Schaumstoffbröseln und unzähligen schwarzen Kötteln. Und Scherben. Sie zückte das Handy. Verdammt, der Akku war leer!

Sina begann zu grübeln. War es ein gutes oder ein

schlechtes Zeichen, dass er sie hier eingesperrt hatte? Hätte er, wenn er sie umbringen wollte, es nicht gleich getan? Oder wollte er nur einen Komplizen verständigen, der das Ganze unblutiger beendete? Unblutiger als mit dieser Sichel! Sina fasste sich an den Hals und schluckte. Das war eine Scheißvorstellung! Glücklicherweise hatte er keine rote Kappe auf, womöglich noch mit weißen Punkten, oder gar eine giftgrüne! Dann wäre ihr Schicksal besiegelt. Sie schöpfte Hoffnung.

„Grazie a Dio", faltete sie die Hände und sah zum Himmel.

Dann hörte sie, wie Porcino redete. Anscheinend telefonierte er.

„Weiß ich nicht!" Pause.

„Sie sollten kommen!" Pause.

„Der Dottore auch!" Pause.

„Tot!" Pause.

„Ich werde doch nicht Ihren Job machen!" Pause.

„Falcone! Sie erledigen das!"

Merda! Das hörte sich schlecht an. Sina erstarrte. Alle Hoffnung floss dahin. Der Falke? Wenigstens hieß er nicht Metzger, Schlachter oder Killer. War es das? War das nun das Ende ihres Lebens? Sie begann an den Fingerknöcheln auszuzählen, stoppte aber sofort wieder. Diesmal wollte sie das Ergebnis gar nicht wissen. Nun begann auch noch ihr Magen laut zu knurren. Immer, wenn Sina extremen Stress hatte, führte der sich so auf. Und das war ja wohl extrem!

„Ruhe“, befahl sie ihm trotzdem. „Ich muss mich konzentrieren. Ich muss nachdenken. Wenn ich uns hier rausholen soll.“

Was hatten die mit ihr vor? Im Grunde würde es genügen, sie einfach in diesem Wohnwagen zu vergessen. Sie hätte schreien können, aber wer sollte sie in dieser Einöde schon hören? Dann würde sie hier auf dieser versifften Matratze liegen und verhungern. Ein fürchterlicher Gedanke! Verhungern war so ziemlich das Schlimmste, was Sina sich vorstellen konnte. Mit Ausnahme von Köpfen. Aber vielleicht war Porcino nur der Handlanger dieses Falcones. Vielleicht konnte sie ihm Geld anbieten? Vielleicht war das ihre einzige Möglichkeit. Sie ging zur Tür und hämmerte mit der Faust dagegen.

„Hey, 5000 Euro, wenn du mich rauslässt. Ich verschwinde sofort! Du siehst mich nie wieder!“

„Der Africano ist schon unterwegs“, kam prompt als Antwort.

Africano? Ein afrikanischer Falke?

„10 000!“

„Kostet ja schon ein schäbiger Fiat Panda. Mehr hast du nicht zu bieten?“

„20 000!“, rief Sina zögernd, das musste sie Franz doch wert sein.

„20 000?“ Er lachte höhnisch. „Das ist mein Stundenlohn.“

Danach war Ruhe. Kein Laut mehr.

Kurze Zeit später knackten Zweige. Laub stob

raschelnd auseinander. Sie hörte, wie er auf und ab ging. Sein Zippo aufklappte. Dachte er nach? Vielleicht doch daran, ihr Angebot anzunehmen? Aber dann hörte sie das laute Knattern eines Motorrads.

Als die Tür wieder geöffnet wurde, blickte Sina Cassotto in den Lauf einer Pistole und in eine verspiegelte Sonnenbrille. Die reflektierte ihr angstverzerrtes Gesicht. Und das gleich doppelt. Die Ray-Ban saß vor einem kantigen, braun gebrannten Gesicht. In Sekundenschnelle versuchte sie, ihr Gegenüber zu erfassen. Pechschwarze Haare, fast schulterlang, aber nach hinten gekämmt. Auffällig waren der ausgeprägte Adamsapfel, starker Bartwuchs und ein Grübchen am Kinn. Etwas Scharfes, Heißes, Gefährliches umhüllte ihn. Als würde ein rot züngelndes Feuerrad um seine Silhouette lodern.

Heiß wie die Hölle und scharf wie die Trinidad Moruga Scorpion, fiel Sina ein und vermutete, dass dieser Kerl locker die Schärfe 10 dieser Chilisorte knacken würde. Es genügte, seinen scharfen Dunst einzuatmen, um Tränen in die Augen zu bekommen. Oder das Gefühl zu haben, sämtliche Schmerzrezeptoren der Schleimhäute wären vom Capsaicin weggeätzt. Unter der halblangen Lederjacke hing das weiße Hemd lässig über der schwarzen Jeans, über ihm das Halfter harmlos wie ein Gürtel. Am rechten Ringfinger blitzte ein goldener Siegelring mit Wappen. Sina fiel es wie Schuppen von den Augen. Mafia!

Mamma mia! Ich bin in den Händen der Mafia gelandet!

„Raus! Hände über den Kopf!“, befahl er.

Seine tiefe Stimme klang wie ein Unheil verkündendes Donnergrollen. Sina tat, was er befahl. Was blieb ihr auch sonst übrig. Sie stieg die maroden Stufen des Wohnwagens hinab. Porcino stand hinter dem Mafioso und qualmte.

„Umdrehen!“ Er schob sie grob zum Wohnwagen. Sie legte die Hände auf den schuppigen Lack. Dann begann er, sie abzutasten, fuhr an ihrer Hüfte entlang, seitlich über den Po, hielt an ihren Oberschenkeln inne. Das Capsaicin schien völlig unkontrolliert aus seinem Körper zu entweichen.

Wenn der Typ keine Kanone in der Hand hätte, würde ich ihm eine reinhauen, dachte Sina zornig.

„Hey, lass das!“, schrie sie. Der brauchte sie gar nicht mehr abzuknallen, das waren alles Verbrennungen ersten Grades!

„Klappe! Und Schuhe hoch!“ Er riss eine Fußsohle grob nach hinten. „Den anderen auch!“

Dann hörte sie, wie er sich wegbewegte. Das unerträgliche Brennen ließ nach. Er tuschelte mit Porcino. Wahrscheinlich besiegelten sie ihre Zukunft.

„Dreh dich um!“

Sina nahm die Hände nach unten. Weiße Lackfetzen klebten an der Haut. Sie rieb die Handflächen gegeneinander. Ihre Kehle war trocken, sie hatte plötzlich höllischen Durst. Von der Schärfe. Der Angst. Dem Barolo. Wasser! Sie hätte einfach gerne einen Schluck Wasser getrunken. Ein letzter Wunsch!

Klares Quellwasser. Oder vielleicht doch besser Grappa.

Die beiden Männer standen nebeneinander. Ein spöttisches Grinsen umspielte die Mundwinkel des Mafioso, wahrscheinlich würde er gleich Feuer spucken. Aber die Pistole steckte wieder im Halfter. Der andere rauchte. Er sog den Rauch so gierig ein, als würde er sonst ersticken.

„Seit wann hast du Angst vor Mädchen, Di Neri?“, blaffte der Falke und zog seine Sonnenbrille ab. Er schüttelte belustigt den Kopf. In diesem Moment begann auch noch Sinas Magen laut zu knurren. Da lachte der Mafioso laut los. Sein Lachen klang wie ein Echo, das in den Gipfeln der Bäume hängen blieb und sich dort penetrant wiederholte. Sina hatte das Gefühl, der ganze Wald würde lachen. Über sie lachen!

Jetzt kam Leben in Porcino. Es war, als taue er auf.

„Sieh sie dir doch an! Sehen harmlos aus wie Engel. Locken dich so in eine heimtückische Falle. Dann entpuppen sie sich als böse Hexen. Da hilft kein Exorzist mehr. Und die, die gehört zu diesem Clan!“

Er streckte bockig den Zeigefinger aus und wies auf Sina.

Falcone sah ihn genervt an, schien aber doch geneigt, Di Neri Glauben zu schenken, baute sich breitbeinig vor Sina auf und steckte die beiden Daumen in den Hosenbund.

„Was machst du hier?“, fragte er scharf.

Seine machohafte Selbstgefälligkeit ließ ihre innere Temperaturanzeige abrupt auf Hochrot schnellen.

„Was geht dich das an?“, blaffte sie und schlug ihre rechte Handfläche in den angewinkelten Ellenbogen des linken Arms, was „Fuck off“ bedeutete.

War ja eh egal, dachte sie, aber kleinkriegen ließ sie sich nicht! Von so einem Fiesling!

Der Mafioso fasste nach hinten, zog aus seiner Gesäßtasche ein kleines Mäppchen, klappte es auf und hielt es ihr vor die Nase. „Ich kann dich auch mit aufs Revier nehmen, Schätzchen!“

Sina war kurz davor zuzuschlagen. Aber dann kapierte sie. Der hatte nicht vor, sie abzuknallen. Der war kein Auftragskiller.

„Ich bin eine Bekannte von Michael. Er hat mir den Schlüssel gegeben“, knurrte sie stattdessen.

„Welchen Schlüssel? Welcher Michael?“ Der Typ war gewohnt zu befehlen.

„Na, dem das Haus gehört!“

„Das Haus gehört Andrea und Mikaele“, mischte sich Di Neri ein.

„Welches Haus?“

„Welches Haus?“, äffte er Falcone nach. „Na, das da unten! Gehört einem deutschen Pärchen. Ich hatte euch doch gebeten, dort mal nach dem Rechten zu schauen. Das ist unbewohnt. Die sind gerade in Deutschland.“

„Sind Sie der Nachbar? Bruno?“, entfuhr es Sina erleichtert und war froh, das sie ihn Porcino getauft hatte und nicht Giftpilz. Immerhin gehörte der Steinpilz zu den Besten.

Di Neri nickte misstrauisch.

„Einem deutschen Pärchen?“ Der Polizist rieb die Zeigefinger auf Brusthöhe aneinander, was so viel hieß wie „läuft da was?“.

„Klar läuft da was. Und verheiratet sind die auch noch.“ Bruno schüttelte den Kopf.

„Die sind verheiratet?“ Falcone schien irritiert.

„Verstehe ich auch nicht. Ansonsten sind sie sympathisch. Obwohl es Deutsche sind. Verheiratet! Ein Kerker. Tag für Tag vergeht in uniformer Langeweile. Es gibt keine Rettung, keine Gnade, nur Ketten und erbarmungslose Ewigkeit“, lamentierte Bruno zustimmend.

„Die sind gay?“ Der Commissario schlug sich mehrfach mit dem Zeigefinger hinter sein Ohrläppchen.

„Wieso schwul?“ Di Neri schüttelte verständnislos den Kopf.

„Andrea und Michael?“

„Ah“, nun verstand er. „Sie heißt Andrea!“

„Die Deutschen geben Frauen Männernamen?“ Falcone schüttelte verächtlich den Kopf.

Bruno zuckte mit den Schultern. „Verdammt noch mal! Wie lange wollen wir hier noch stehen und darüber palavern, warum die Deutschen Frauen Männernamen geben! Wenn Sie deshalb eine Therapie brauchen, können Sie später an meine Tür klopfen.

Aber jetzt kommen Sie mit! Da liegt einer im Wald. Ob der schwul ist, weiß ich nicht. Aber dass er tot ist!“

Der Commissario zog skeptisch die Augenbrauen hoch.

„Willst du behaupten, ich würde halluzinieren?“, motzte Di Neri und duzte den vermeintlichen Mafiosi nun auch. „Meine Kellertür ist aufgebrochen! Und die Spuren davor sind nicht von einem Rehbock. Auch nicht von einem Wildschwein. Eher von einem Gorilla. Wie dir.“

„Wie viel Grappini hattest du intus? Als du Gorillaspuren gesehen hast?“, zwinkerte Falcone, klappte die Sonnenbrille zusammen und steckte sie in die Brusttasche. Die andere Hand hatte er gefährlich nahe am Halfter.

„Ich habe sie auch gesehen“, mischte sich Sina ein. Es machte keinen Sinn, es abzustreiten. Wahrscheinlich war am Kopf des Toten vom Zusammenprall am Vortag noch ein Haar oder was auch immer von ihr zu finden. „Die Hand meine ich. Ich wollte die Quelle öffnen, weil das Wasser im Haus abgestellt war. Im Grunde wollte ich einfach nur duschen. Und dann hat dieser Schlamassel hier angefangen! Ich weiß, wem sie gehört. Also, die Hand.“

Die Männer starrten sie an.

„Einem alten Kerl! Der hat gestern unten beim Haus rumgelungert. Mit dem bin ich zusammengestoßen. Komischer Typ. Sein Hund ist wie ein Werwolf auf mich zugerast und hat mich fast umgeschmissen."

„Werwölfe gibt es hier also auch", grinste der Commissario nun deutlich belustigt. „Gefährliches Pflaster. Du kennst ihn also?"

„No, sì, also nein. Aber er ist gestern unten rumgeschlichen. Hat mich mit einem Schraubenzieher bedroht."

„Das könnte Tino Grillo gewesen sein. Der Trüffelsucher. Mit dem Schraubenzieher gräbt er sie immer aus", merkte Di Neri an.

„Hier gibt es Trüffel?", fragte Sina hellhörig.

„Certo, natürlich", antworteten beide in größter Einigkeit und sahen sie an, als hätten sie noch nie eine dümmere Frage gehört.

Flucht

Es war fast zwei, als Sina endlich in ihrem Lancia saß und den Motor startete. Der hüstelte kurz gekünstelt, sprang aber sofort an. Im Wald wimmelte es nun von Polizisten, die das Gelände durchforsteten. Nachdem sie wegen der Spurensicherung nicht in Michaels Haus konnte, hatte Falcone gefordert, dass sie am nächsten Tag samt Pass in die Questura kam, und hatte ihr und Bruno verboten, seinen Distrikt zu verlassen. Bruno hatte getobt, weil er angeblich Patienten in Turin hatte. Allerdings meinte Sina gesehen zu haben, wie er innerlich vor Freude platzte, eine solch profunde Ausrede zu bekommen. Von ihm hatte sie sich auch 50 Euro geliehen. Was einkaufen und endlich einen Cappuccino trinken! Obwohl es schon fast zwei war. Egal!

Gleichzeitig hörte sie die mahnenden Worte ihres Vaters, der verächtlich sagte: „Bist du ein Tourist? Nur Touristen trinken nach dem Mittagessen Cappuccino!"

Deshalb bestellte sie ihn, sofern sie nach dem Mittagessen eine solch verächtliche Lust überfiel, immer auf Deutsch und sprach es absichtlich falsch aus. Capuschino. Gabukino. Capschino. Kakkukino. Ihre italienischen Landsleute waren einiges gewöhnt und meist bereit zu verstehen, was ein Fremder wollte. Egal wie schlecht, falsch und gebrochen der sprach.

Sina Cassotto hatte ein gespaltenes Herz. Sie war das Resultat eines Urlaubsflirts. Ihre Mutter hatte sich auf Capri unsterblich in einen Straßenmaler verliebt und daraufhin alle Zelte in Stallwang abgebrochen.

Aber hätte das gut gehen können, hatte Sina sich oft gefragt? Eine hübsche blonde Niederbayerin aus einem winzigen Nest im Landkreis Bogen und der schöne temperamentvolle, schwarzhaarige Francesco, der selten eine Lira in der Tasche hatte. Ihre Mutter wollte Sicherheit. Er liebte Unsicherheit. Sie war zwar progressiv, aber bieder. Er ultralinks. Das hatte Sina auch den Namen Sinistra eingebracht. Es hätte doch so schön geklungen, bedauerte ihre Mutter nun häufig. Sie hätte ja nicht gewusst, was es hieße. Wie bescheuert mussten Eltern sein, Kindern so einen Namen zu geben? Sinistra Brunhilde Cassotto. Brunhilde nach ihrer deutschen Großmutter. Und wie gestört mussten Menschen werden, denen man solche Namen gab? Immerhin ahnten die wenigsten in Deutschland, dass sie einfach nur LINKS hieß.

Für ihren Vater war ihre Mutter anfangs eine schöne blonde Göttin. Seine Muse. Er hatte unzählige Akte und Porträts von ihr gemalt. Aber keines je verkauft. Käufer hatte er für diese Bilder genug, im Gegensatz zu dem antikapitalistischen Zeug, was er sonst so malte, aber er wollte keines hergeben. Bis heute nicht. Sie hingen immer noch in diesem luftigen Haus an der Amalfiküste.

Probleme hatte es zwischen den beiden erst gegeben, als sie verstanden, was der andere sagte. Anfangs war das nur „amore". Aber als er verstand, was sie sagte, und umgekehrt, hatten sie angefangen, schlimm zu streiten. Manchmal auf Deutsch, manchmal auf Italienisch. Sina hatte beides verstanden. Ein Streitpunkt war auch immer der Cappuccino ihrer Mutter am Nachmittag. Aber wie sollte man sonst den deutschen Kaffee ersetzen? Mit einem doppelten Espresso unmöglich, hatte ihre Mutter oft gestöhnt.

Die ersten Jahre lebten sie in der Nähe von Positano, in einem einfachen Steinhaus, das nur über einen schmalen, steilen Weg und viele Stufen erreichbar war. Ihre Mutter hasste es, fluchte immer derb auf Bayrisch, wenn sie mit den schweren Einkäufen im Rucksack aus Positano zurückkam. Aber wenn Sina abends auf der Veranda saß, ihr das dunkelazurblaue Meer entgegenprallte, über dem eine große rote Sonne wie eine glühende Orange hing, der Duft von Rosmarin und wilden Kräutern ihr mit einer salzigen Brise in die Nase wehte, war sie sicher, dass sie am schönsten Ort der Welt lebte. Dann schlich sie häufig in diesen lichtdurchfluteten Raum, in dem ihr Vater schon malte. Immer ihre Mutter. Sie saß längst kein Modell mehr. Es war nicht mehr nötig. Ihr Vater hatte alle Ansichten verinnerlicht. Keine zwei dieser Bilder glichen einander, alle waren unterschiedlich. Sina stand oft staunend vor ihnen. Diese schöne Frau mit dem heroischen Blick sollte ihre Mutter sein?

„Mein Engel", strahlte Francesco, wenn er seine

kleine Tochter dabei sah, nahm sie bei der Hand und lief mit ihr durch die Macchia, um Wilden Fenchel für die Tomatensoße zu sammeln, woraus er mittags ihre Lieblingsspaghetti al Pinocchio zauberte. Sie lachte immer über diesen Wortwitz. Finocchio und Pinocchio.

Sina war meistens stolz auf ihren Vater. Nur an ein Mal erinnerte sie sich, als sie am liebsten im Boden versunken wäre.

Die vielen Touristen in Positano waren ihrem Vater auf die Nerven gefallen. Da hatte Francesco in dem kleinen Ort am Mare Tirreno lauter Zerrspiegel aufgestellt. Die Menschen lachten zuerst, wenn sie aussahen wie eine Bohnenstange, wollten lesen, was er ziemlich klein auf die Oberfläche geschrieben hatte, und gingen näher ran. Während sie „Tourismus ist Terrorismus" lasen, wurden sie zur Tonne. Aber das war nicht das Schlimmste. Um dem Ganzen die Krone aufzusetzen, lief Francesco mit der kleinen Sinistra im Schlepptau nur mit einem Feigenblatt bekleidet durch die Straßen von Positano. Die hübschen Touristinnen musterten ihn lüstern, was dazu führte, dass sich das Feigenblatt unzüchtig bewegte. Das war ihr peinlich.

Und eine große Angst überkam sie, als sie nach acht Jahren alle zurück nach Stallwang zogen. Ihre Mutter hatte es nicht mehr ausgehalten. Die zu heiße Sonne, das ewige Meer, die immer leere Kasse. Jetzt war es umgekehrt. Stallwang Alltag, Amalfiküste Ferien.

Aber konnte das gut gehen? Wenn ihr Vater mit seinen ultralinken Positionen, und dagegen waren die Linken rechts, im Wirtshaus saß und mit dem alten Enger debattierte? Wenn sie ihn dann so grimmig am Frühstückstisch sitzen sah, hatte die kleine Sina Angst, er würde nun in Stallwang so eine Feigenblattaktion starten.

Aber eines Morgens war er einfach verschwunden. Es schien für ihre Mutter so selbstverständlich, dass sie kein Wort darüber verlor.

Für Sina war das eine Katastrophe. Hoffte, dass sie vorbeiging. Wie ein schlimmer Sturm. Ein Erdbeben. Irgendwann die Sonne die dunklen Wolken vertreiben würde. Aber der Himmel blieb verhangen. Ihre Mutter veränderte sich. Wurde ängstlich, pedantisch, klammerte sich an die Tochter. Die Sehnsucht nach Papà war ein so tiefer Schmerz, den sie kaum aushielt. Mit der Mutter konnte sie darüber kaum reden. Und Papà hatte kein Telefon. Manchmal verabredeten sie sich, dann ging er in die Bar de Martino und ihre Mutter ließ sie dort anrufen. Es waren kurze Gespräche, keine zwei, drei Minuten, die Mutter stand hinter ihr, die Uhr in der Hand, mit mahnendem Blick, es würde sonst zu teuer werden. Nach diesen Gesprächen hatte Sina meist noch mehr Sehnsucht. Fühlte sich zerrissen zwischen Mutter und Vater. In zwei Hälften zerrissen und hatte sich danach nie wieder als Einheit gefühlt. Sie gehörte nie ganz dazu. In Deutschland war sie die Italienerin. In Italien die Deutsche. Lief was falsch, war immer diese „andere“ Seite verantwortlich, dann war sie die sture Deutsche oder die chaotische Italienerin.

Kurz vor der Kreuzung, an der sie gestern in die Via Tanaro abgebogen war, hielt sie, öffnete das schwarze Hardtop des Spiders, stieg aus und verstaute es im Kofferraum. Der Himmel war immer noch strahlend blau. Eine Sünde, sich ihn nicht immer wieder während der Fahrt anzusehen, ihm die Hände, oder wenigstens eine, entgegenzustrecken.

Rechts ging es nach Imperia. An die Riviera!

„MARE, mare voglio andare“, summte Sina und dachte: *Zum Meer fahren! Sehr verführerisch. Luftlinie ein Katzensprung.*

Aber die Ligurischen Alpen, zwischen ihr und dem Mittelmeer, versprachen unzählige Serpentinen. Es waren die Berge, in die sich die Genuesen während der großen Hitze im Sommer am Meer zurückzogen, während dort nur die ausländischen Touristen ausharrten.

Man würde mehr als eine Stunde brauchen, bis man die engen Pässe hinauf- und wieder hinabgefahren wäre. Und ihr Magen knurrte schon wieder laut und böse. Aber sie konnte die salzige Meerluft riechen, als würde sie sich in dem engen Tal konzentrieren wie in einem Trichter.

Also dann nach links. Richtung Mondovì. Das sei die nächstgrößere Stadt, hatte Bruno erklärt.

Begrenzt von sanften Hügeln, bewaldet mit Kastanien, lagen Wiesen, aber auch einige Haselnussplantagen und Gärten. In einem Gehege schnatterten Gänse. Eine hatte sich abgesetzt, sie lief aufgeregt und mit aufgeschlagenen Flügeln auf der Wiese herum. Daneben grasten Pferde, braun gescheckte Ziegen fraßen Blätter von den Bäumen. Gestern war hier kein Mensch, aber jetzt stolzierten zwei alte Frauen mit Körben im Arm durch Kürbis- und Zucchinibeete. Eine andere hatte einen Schlauch in der Hand und bewässerte wohl gerade frisch gesetzte Salatpflanzen. Die Schlangenkürbisse, die meterlang an einem Spalier herunterhingen, sahen ein bisschen so aus, als wären es die Gänse mit ihren langen Hälsen.

Auf der schmalen Straße kam Sina eine ganze Schar von Radfahrern entgegen, alle mit neuen, teuren Rädern, Sturzhelmen und stylisher Kleidung. Wahrscheinlich wollten sie ans Meer. Neben den Frauen, die hier so bedächtig und zeitverloren in ihren Gärten arbeiteten, wirkten sie merkwürdig fremd.

Alles gestern nicht gesehen, dachte Sina.

Die SS28 führte aus dem kleinen Delta heraus. Die Luft wurde wärmer, der Wind weicher, nach ein paar Kilometern schien sich auch die Vegetation zu verändern, es war mehr noch Sommer als schon beginnender Herbst. Dann fuhr sie auf einen langen Tunnel zu, der die Sicht nach vorne verschloss. Als sie aus ihm herauskam, hielt sie den Atem an. Vor ihr lag eine riesige Kathedrale scheinbar mitten im Nirgendwo, hinter der majestätisch die schneebedeckten Berge der Alpi del Mare prangten. Der Westalpenbogen trennte Italien von Frankreich und der Schweiz und verlief wie ein Viertelkreis von der ligurischen Küste bis nach Mailand. Sina Cassotto war viel rumgekommen. Südostasien, Afrika, Amerika. Sie reiste gerne, auch deshalb liebte sie ihren Job. Aber immer wenn sie dieses Panorama sah, wurde sie andächtig. Giganten, Hünen, Riesen, viertausend Meter und mehr, reihten sich, als wäre ihre Höhe völlig selbstverständlich, wie an einer Perlenkette aneinander. An klaren Tagen konnte man von vielen Orten des Südpiemonts den Gran Paradiso, das Matterhorn und den Monviso, den meistfotografierten Berg ganz Italiens, sehen. Angeblich war er die Vorlage für das Paramount Signet, das ein heimwehkranker Piemontese kreiert haben soll. Sein knapp viertausend Meter hoher Gipfel war schon wie mit Zucker bestreut, prangte vor der Ebene von Cuneo wie ein Wächter.

Wen wunderte es, dachte Sina, dass in dieser Gegend der Superlative auch der König der Pilze und der Weine beheimatet waren. Weiße Trüffel und Nebbiolo gediehen in der grauen, lehmigen Erde der Langhe, eine Hügellandschaft zwischen der oberen Poebene bei Turin und den Ligurischen Alpen. Und der Barolo wurde aus der Nebbiolotraube gekeltert. Die gab es zwar in weiten Teilen des Piemonts, aber nur der Wein aus dem Gebiet um die kleine Gemeinde Barolo durfte sich auch so nennen.

Kurz nach dem Tunnel kam Sina in einen Kreisverkehr. Eine Umgehungsstraße führte um den kleinen Weiler mit der riesigen Kirche herum, eine Abzweigung direkt nach „Santuario di Vicoforte“.

Scheint eine besondere Sehenswürdigkeit zu sein. Vielleicht gibt es hier auch ein Café, dachte Sina, *dann muss ich nicht bis nach Mondovì.*

Das wären immerhin noch sechs Kilometer, bis zu ihrem heiß ersehnten Cappuccino.

Vor der gigantischen Kirche lag wie ein zu klein geratener Schutzwall ein Halbkreis von zweistöckigen Häusern, unter deren Arkaden sich hübsche kleine Läden angesiedelt hatten. Eine Liberia, Macelleria, Alimentari, Pizzeria. Zwei Cafés. Direkt vor einem Café, Portici hieß es, bekam sie einen Parkplatz.

Ein bisschen wie in Florenz oder Siena, nur mit viel Grün außen rum und einem Parkplatz vor der Tür, stellte sie fest und beschloss zuallererst, endlich den heiß ersehnten Cappuccino zu trinken. Oder auch zwei. Dazu ein Croissant con crema. Die Kirche und den Rest würde sie sich später ansehen. Man musste einfach Prioritäten setzen!

Nachdem Sina im Café geordert hatte, setzte sie sich auf einen der Stühle, die zusammen mit Bistrotischen auf der Terrasse standen. Große Blumenkübel, in denen Yucca-Palmen, Zitronen- und Olivenbäume üppig wuchsen, säumten sie zur Straßenseite. Nur wenige Plätze waren belegt. Links von ihr saß ein Koch, der wohl nur schnell aus der Pizzeria herübergelaufen war, um mit seiner Frau und seinen zwei Kindern ein Eis zu essen. Er trug noch seine weiße Kochmütze und Schürze. Ein paar vorwitzige Spatzen pickten Krümel vom Boden. Einer flog direkt auf den Tisch und sah sie auffordernd an.

„Na, du frecher Kerl", begrüßte sie ihn, und als wäre es eine Einladung, setzte sich ein zweiter dazu.

„Va bene", gab sie sich geschlagen, „ihr kriegt was ab."

Kurz darauf stellte die Cameriera den Cappuccino und einen Teller mit dem Croissant auf den Tisch. Es lag auf einer dünnen Papierserviette, damit man es mit der Hand essen konnte. Aber sie war viel zu klein für das große, eigentlich riesige Hörnchen. Die goldbraune Oberfläche war mit Puderzucker bestreut, wie der Gipfel des Monviso. Zarte Rillen durchbrachen sie und nahmen so noch mehr feines Weiß auf. Ein Klecks gelber Crema quoll seitlich heraus und schien wie eine Verheißung. Sina zog den Teller gierig nach vorne. Zuerst wollte sie nun doch das Croissant probieren.

Das krosse Hörnchen zerbarst krachend im Mund, es schien aus Tausenden hauchdünner Lagen zu bestehen, jede knusprig, und das Knusprige potenzierte sich mit jeder Schicht, verdoppelte sich nicht nur. Die Vanillecreme war noch warm, schmeckte nach Eiern, Milch und echter Vanille. Sina schleckte ihre Finger ab. Aber der Puderzucker klebte auch an der Nase und den Lippen. Die Crema hing in ihren Mundwinkeln und quoll aus dem Croissant, so viel war immer noch drin. Nicht nur ein Hauch, wie häufig. Nun war sie bereit für den Cappuccino, rührte ihn um, leckte den Löffel ab und trank einen großen Schluck. Heiß, stark und der Schaum, wie er sein sollte. Nicht zu flüssig, aber auch nicht zu fest. Nicht nur Luft, die hineingeblasen worden war.

Bevor sie den letzten Bissen in den Mund schob, trank sie die Tasse mit dem Cappuccino entschlossen aus. So würde sich der Geschmack des göttlichen Hörnchens noch eine Weile auf der Zunge halten. Erst jetzt sah sie wieder hoch. Es schien, als wäre sie die ganze Zeit in einer Art Glocke gewesen, hatte sonst nichts wahrgenommen. Nicht die Spatzen auf dem Tisch, die entspannt die Krümel aufpickten. Auch nicht, dass der Koch mit seiner Familie einem Pärchen gewichen war, das nun die Karte studierte.

Kurze Zeit später saß Sina wieder im Lancia. Drei Euro für Cappuccino und Croissant, das sähe in Firenze anders aus, sinnierte sie noch, als sie aus den Augenwinkeln den älteren Signore bemerkte, der unter den Arkaden, gebeugt und auf einen Stock gestützt, entlanglief. Aber sie war so vertieft in den Gedanken, wie günstig es hier war, dass sie die Botschaft, die ihr Hirn wie ein SOS-Signal funkte, völlig überhörte. Als die ankam, verfiel sie ein weiteres Mal in den letzten vierundzwanzig Stunden in völlige

Schockstarre. Da stand das Nebelmonster! Die Leiche! Der Tote aus dem Wald. Der, der seine bleiche Hand aus dem feuchten Herbstlaub gestreckt hatte. Der stand da auf dem Fußweg mit seiner lappigen Pelzkappe, der alten Lederjacke und einem Stock in der Hand.

So ein verdammter Mist. Merda! Wenn ich meine Sachen dabeihätte, vor allem das Geld, würde ich sofort abhauen!, dachte sie, während sie aufs Gas trat. Aber das Geld lag in Michaels Haus.

Sie fuhr auf die SS28 in Richtung San Michele. Was nun? Hatte sie sich getäuscht? War es nur jemand, der dem alten Kerl ähnlich sah? Oder war er es wirklich? Und wenn er es war, wer war dann der, der im Wald lag? Oder jetzt wahrscheinlich schon nicht mehr da lag, sondern auf dem kalten Stahl des Seziertisches. Und wenn der, der im Wald gelegen hatte, nicht der war, von dem sie dachte, er sei es, was bedeutete das dann? War der, von dem sie dachte, er sei es, der Mörder? Aber auch das war ja nicht klar. Vielleicht war der Mann im Wald ja eines natürlichen Todes gestorben. Auch wenn Sina dies nicht wirklich glaubte, zu sehr hatte die Faust wie ein Mahnmal gewirkt. Wie eine Botschaft. Aber was zum Teufel bedeutete sie?

Sie kramte mit einer Hand in ihrer Tasche, während sie mit der anderen das Lenkrad hielt, fand endlich Falcones Karte und schnappte sich ihr Handy. Als sie anfangen wollte zu wählen, fiel es ihr ein: Der Akku war natürlich immer noch leer! Und das Kabel lag im Haus.

„Merda!“

Dabei musste sie dringend ins Netz. Ihre Mails checken, sich bei Facebook zeigen, auf Instagram ein paar Bilder posten. Ihren Chef benachrichtigen. Die Sache mit der Dusche hatte sie schon fast vergessen.

„Die Bullen haben keine Ahnung, wer es ist“, Bruno rümpfte verächtlich die Nase. Er hatte zwei Stühle an den alten Steintisch vorm Haus gestellt. Der weiße Marmor war an vielen Stellen gesprungen, in den Ritzen hatten sich feine grüne Linien aus Moos gebildet. Die Nachmittagssonne tauchte die graue Fassade in ein warmes Licht, und der süß-herbe Duft schwebte wieder über dem Tal, der Sina schon am Morgen fasziniert hatte. Runter zum Haus konnte sie immer noch nicht, die Polizei war noch mit der Spurensicherung zu Gange, was sie ziemlich nervte. Wer wusste, was die da trieben! Sie war sich noch nicht einmal sicher, das Haus abgeschlossen zu haben. Wahrscheinlich genehmigten die sich aus Michaels Bar einen Grappa nach dem anderen.

Sina stand in der offenen Eingangstür, die direkt in eine rustikale Küche führte. Auf dem weißen Fliesenboden lag ein riesiger Hund und schlief. Locker fünfzig Kilo, schätzte sie.

„Das ist Pluto“, stellte Bruno ihn vor. „Gehört meiner Tochter. Er hört schlecht. Und ist auch fast blind.“

„Ach, der Arme“, bedauerte sie und beugte sich, um Pluto zu streicheln.

„Attenzione!“, schrie Di Neri panisch. „Aber er beißt.“

Sina sprang abrupt zurück. Aber Pluto hatte noch nicht einmal mit der Wimper gezuckt.

Die beiden hatten sich geeinigt, beim „du“ zu bleiben. Wenn man schon mal so eine Erfahrung geteilt hatte, schien das „Sie“ unangebracht. Bruno hatte sich entschuldigt, er habe wohl ein piccolo poco überreagiert. Natürlich wirklich nur ein kleines bisschen.

Aber seit Tagen würden ihn nachts merkwürdige Geräusche aufwecken. Nicht die rumorenden Siebenschläfer auf dem Dach. Nicht die grunzenden Wildschweine. Oder der bellende Rehbock. Nein, er war sicher, irgendwelche dubiosen Gestalten schlichen um sein Haus. Waren in seinen Keller eingebrochen. Hatten was auch immer dort gestohlen und das Tor vom Garten offen gelassen. Deshalb hatten die Wildschweine seine Kartoffeln gefressen.

Die Cucina fand Sina typisch für italienische Landhäuser, in denen die Städter ihre Ferien verbrachten. Einfach und zweckmäßig. Ein cremefarbenes Buffet aus den Siebzigern stand an der rechten Wand, in ihm waren sicherlich genauso einfache und zweckmäßige Küchenutensilien untergebracht. Der Kamin direkt neben der Eingangstür hatte eine riesige Öffnung, Reste vom letzten Feuer lagen noch auf dem rußverschmierten Boden. Der Raum war zwar weiß getüncht, aber immer wieder grob überstrichen und wirkte mehr beige gescheckt. In der Mitte stand ein kleiner Tisch mit einer blau-weiß karierten Plastikdecke, den vier weiße Campingstühle umgaben.

Fast bajuwarisch, dachte sie. Michaels Küche schien im Gegensatz dazu luxuriös mit seinem schicken SMEG-Kühlschrank, dem edlen Kaffeeautomaten, dem 6-Flammen-Gasherd. Meistens waren es eh die Deutschen, die sich mit stilvollem italienischem Design umgaben, während sich die Italiener einfach einrichteten.

Auf dem Gasherd stand die klassische Espressokanne, die Caffettiera, und spuckte vor sich hin. Bruno kochte für Sina Espresso. Nach einem Cappuccino hätte sie niemals zu fragen gewagt. Außerdem hatte er eine Salami aus dem Friaul, wie er explizit betonte, und ein paar Scheiben Ciabatta aufgeschnitten.

Er stellte die Caffettiera auf ein ovales Tablett, dazu eine Tasse, Zucker, Salami, Brot und brachte alles nach draußen auf den Tisch. Die Espressotasse hatte ein filigranes Rosenmuster, der goldene Griff war hübsch verschnörkelt. Diese Tassen kannte Sina noch aus ihrer Kindheit, wenn sie bei ihrer Tante in Neapel an heißen Sommertagen im dunklen, kühlen Wohnzimmer saß und die Erwachsenen aus diesen Blümchentassen Caffè schlürften. Diesen verführerischen Duft, braun, wie gebrannte Umbra, hatte die kleine Sina immer eingesogen, sich dabei gefragt, wann sie endlich groß genug dafür sei.

Sie setzte sich auf einen der Stühle, löffelte reichlich Zucker in die braunschwarze Flüssigkeit, rührte um und trank auf ex. Natürlich wusste sie, was auf sie wartete. Die Caffettiera brachte zu wenig Druck für einen richtigen Espresso mit Crema. Dazu brauchte man schon neun Bar, nicht nur die knappen zwei, die die Aluminiumkanne hergab. Aber besser als nichts.

Bruno hatte seine Gummistiefel gegen ein paar graue Slipper eingetauscht. Ohne den komischen Hut sah er gar nicht mehr so kauzig aus, wie sie ihn noch vor ein paar Stunden empfunden hatte. Zwischen seinen Lippen steckte schon wieder eine MS.

„Jedenfalls war es nicht der Trüffelsucher", brummelte er. „Hätte mir leidgetan um den alten Tino. Wäre zwar ein gnädiger Tod für ihn. Beim letzten Atemzug seine Nase in Trüffelerde zu stecken." Bruno verzog abfällig das Gesicht, setzte sich auf den Mauersims neben der Tür und drückte seine Zigarette in einem gläsernen Aschenbecher aus. „Auf der anderen Seite, so wie die stinken", er schüttelte sich angewidert, „das erweckt jeden Toten wieder zum Leben."

„Stinken?"

Di Neri schüttelte den Kopf, als wäre es völlig abwegig, wie man etwas anderes meinen konnte. Er warf die Hände in die Luft. „Ekelhaft. Ein fürchterlicher Gestank. Wenn die im Kühlschrank lagern, hast du einen Kollateralschaden. Dann kannst du alles wegschmeißen. Alles stinkt danach, sage ich dir. Wer will schon, dass die wunderbare Salami nach Trüffel schmeckt! No! Ich mag keine Trüffel. Ein schönes Kotelett, sì! Mindestens zwei Zentimeter dick und von den weißen Rindern, die hier auf den Weiden stehen. Nur kurz auf dem Grill gegart. Dazu eine leicht scharfe Salsa Rubra. Aber was für ein Zirkus wegen dieser hässlichen Knollen gemacht wird, habe ich noch nie verstanden."

„Auch keine weißen?"

Bruno schüttelte energisch den Kopf. „Oder ein Milanese, wie es Maria macht." Er lächelte sehnsüchtig, es schien, als würde er sich gerade das Schnitzel auf der Zunge zergehen lassen. Wer immer auch diese Maria war. Seine Frau vielleicht?

„Also, ich habe ihn vorhin gesehen. Diesen Tino, meine ich. Vielleicht war er es. Vielleicht ist er der Mörder. Er hatte gestern einen Schraubenzieher in der Hand und hat damit rumgefuchtelt. Er könnte es gewesen sein!"

„No. Der ist Mitte siebzig. Der geht am Stock. Kann sich kaum aufrecht halten."

„Vielleicht war es ein Unfall. Vielleicht haben sie sich wegen des Gebiets gestritten. Oder wegen eines gigantischen Fundes. Vielleicht hat dieser Tino einen gewaltigen Weißen gefunden, und der andere wollte ihm den abjagen. Vielleicht ist der auf dem feuchten Herbstlaub ausgerutscht." Sina war aufgesprungen und lief aufgeregt auf und ab.

„Vielleicht. Vielleicht ist es aber auch der Lump,

wegen dem die Wildschweine meine Kartoffeln gefressen haben!" Bruno erschien es wohl als durchaus gerechte Strafe.

„Wenn es hier weiße Trüffel gibt, ist es ein Grund, hier rumzuschleichen! Stellen auszukundschaften. Die dann abräumen. Das spricht für meine Theorie. Was denkst du?"

„Ich mach doch nicht die Arbeit für diesen Africano."

„Africano?"

„Na, Falcone."

„Der kommt aus Afrika?"

Di Neri verzog die Mundwinkel nach unten, nickte gleichzeitig mit dem Kopf.

„Hast du keinen Hunger? Die ist köstlich!", er deutete auf die Salami, formte aus Daumen und Zeigefinger einen Kreis, dann küsste er sich auf die Fingerspitzen. „Aus meiner Heimat. Aus Sauris di Sotto. Ah, die können Salami machen, sag ich dir. Da können sich die Piemontesen verstecken mit ihrer laschen Wurst."

Sina griff gierig eine Scheibe und schob sie in den Mund. Bruno hatte sie fast zentimeterdick mit einem wohl zu stumpfen Messer geschnitten. Die Scheiben fielen fast auseinander, so weich waren sie. Gut gewürzt, ausgewogen, nur mit Salz und Pfeffer, einem Hauch Wein, vielleicht sogar Grappa, hatte im Nachgang eine süße Schärfe, war weder zu weich noch zu fest. Natürlich registrierte sie, dass das verwendete Fleisch von ausgezeichneter Qualität war. Die Salamiherstellung galt unter den Wurstproduzenten als Königsklasse. Manche Gauner sahen aber darin einfach die Möglichkeit, fettes Fleisch und andere dubiose Reste zu verarbeiten.

„Buono!“, bestätigte sie, griff die nächste Scheibe und legte sie auf ein Stück Weißbrot. War es der Hunger? Tatsächlich glaubte sie, noch nie eine solch gute Salami gegessen zu haben. Und sie hatte einige probiert. Sina nahm sich vor, diesen Test im gesättigten Zustand zu wiederholen. Wenn die Salami immer noch so gut war, würde sie Bruno nach der Adresse des Herstellers fragen. Aber diese objektive Testsituation herzustellen würde schwierig werden, musste sie sich selbstkritisch eingestehen. Denn Hunger hatte sie meistens.

„Wo kommst du her?“

„München“, nuschelte sie mit vollem Mund.

„Deutschland! Ah! Mein Traum!“ Er grunzte. „Da werden Regeln respektiert. Und nicht selbst zurechtgebogen. Aber was will man von einem Land erwarten, das eine Wanze als Vorbild hatte!“

Sie sah ihn fragend an, kaute aber genüsslich weiter.

„Na, Berlusconi! Wenn der bei etwas erwischt wurde, hat er mit engelsgleicher Miene beteuert, er wolle nur das Beste für das Land. Und die haben ihn immer wieder gewählt. Vor allem die im Süden! Einen machtgeilen Mafioso mit dem IQ einer Laus. Einen Wolf im Schafspelz. Der ist in die Politik gegangen, um nicht im Knast zu landen. Um sich und seine Kumpanen zu schützen. Aber die Merkel! Die macht kein Bunga Bunga!"

„Na ja, in Deutschland ist auch nicht alles nur rosarot. Und welche Strippen die hinter den Kulissen zieht? Wo bist du denn schon gewesen?" Sina hatte während Di Neris Vortrag Salami und Brot fast aufgegessen und schob nun die letzte Scheibe in den Mund.

„Wie, wo ich schon gewesen bin?"

„Wo du in Deutschland gewesen bist?"

„Ich war noch nie in Deutschland." Er griff nach den MS, zog eine heraus, steckte sie in den Mund und zündete sie mit seinem Zippo an. Dann inhalierte er genüsslich den Rauch. „Aber ich lerne Deutsch", sagte er stolz, stand auf, ging ins Haus, kam nach kurzer Zeit mit einem Wörterbuch zurück und legte es auf den Tisch.

„Wow", kommentierte Sina.

„Guten Tag!" Er formte den Mund zu einem O und betonte jeden Buchstaben bewusst. „Ich habe schon tausend Wörter gelernt."

Sina sah ihn auffordernd an.

„Aber alle wieder vergessen", grinste er.

„Sag mal", Sina interessierte es nun brennend, „hast du wirklich so einen hohen Stundenlohn?"

„Sicher!" Bruno machte ein Gesicht, als wäre es völlig absurd, etwas anderes zu vermuten.

„20 000 Euro?" Sie schüttelte fassungslos den Kopf. Da musste sie doch mal mit ihrem Chef verhandeln. Zumindest über eine klitzekleine Erhöhung. Wenn sie mit solch einer Forderung käme, würde Franz sie einfach rausschmeißen.

„Lire“, setzte Bruno nach. Sein Gesicht bekam einen Hauch, aber nur einen winzigen, kaum wahrnehmbaren Hauch eines schelmischen Grinsens. „Was machst du hier?“, wechselte er dann schnell das Thema.

„Ich bin Foodscout“, antwortete sie.

„Was?“ Di Neri verschluckte sich am Rauch. „Was soll das denn sein? Die Deutschen brauchen einen Pfadfinder fürs Essen? Haben die denn nichts?“ Er schüttelte fassungslos den Kopf, es schien, als würde er seine Begeisterung für das Land gerade noch einmal überdenken.

Sina lehnte sich zurück. Die Luft wurde langsam kühl und die Sonne verschwand hinter den Wipfeln der mächtigen Kastanien. Wie sollte sie diesem Mann die unterschiedliche Esskultur begreiflich machen?

„Das ist eine lange Geschichte. Angefangen hat es mit dem Kaugummi und den Amis. Dann kamen Hamburger und Fast-Food-Ketten. Abkehr von Traditionen. Und so weiter. Zuerst sind alle Tante-Emma-Läden verschwunden. Viele Hausbesitzer haben ihre Gemüsegärten umgegraben und Blumen gepflanzt. Jetzt haben wenige Supermarktketten alles in der Hand. Vielleicht ein bisschen so wie Berlusconi. Oft kommt das Gemüse, das Italiener und Franzosen nicht mehr wollen, in Deutschland auf den Markt. Ich arbeite für eine Münchner Firma. Wir kooperieren mit kleinen Manufakturen, die ohne Geschmacksverstärker und den ganzen Schrott traditionell, aber vor allen Dingen hochwertig produzieren. Nach den vielen Skandalen steigt langsam auch in Deutschland die Bereitschaft, mehr Geld für Nahrungsmittel auszugeben. Nimm diese Salami. Was hat die gekostet?“ Sie wies auf den leeren Teller, auf dem nur noch wenige Krümel zurückgeblieben waren, und pickte auch die noch mit den Fingerspitzen auf.

„Das ist doch egal. Sie ist gut!“, grinste Bruno selbstgefällig.

„Genau!“

„Willst du noch etwas? Ein Scheibchen schön krümeligen Castelmagno, lange in der Höhle gereift? Ein paar von den kleinen, bunten ligurischen Oliven? Runde Peperoni mit Sardellen gefüllt. Köstlich, sage ich dir! So wie sie meine Mutter immer gemacht hat. Und noch einen Caffè? Vielleicht einen Corretto?“

Sina nickte. Der Mann hatte Geschmack. Und mit einem Schuss Grappa würde der Caffè auch besser schmecken. Di Neri stand auf, nahm das Tablett und verschwand in der Küche. Pluto schien immer noch zu schlafen.

Unter Verdacht

„Wo ist das Geld?“ Sina funkelte Falcone an. Sie stand vor ihm wie ein Panther kurz vorm Sprung.

Als sie am Abend zuvor nach einigen Caffè Corretto, diversen Käsesorten, Oliven, gefüllten Peperoni, Tajarin mit Ragù, ein paar Gläschen weizengelbem Roero Arneis und schwarzlilanem Dolcetto sowie köstlicher Minitörtchen, nach deren Genuss man einen weiteren Corretto trinken musste, mit Taschenlampe zurück zu Michaels Haus gestolpert war, fand sie ihre Befürchtungen bestätigt.

Die Haustür war offen! Und der Gurt war weg!

Sie hatte am Morgen nicht abgeschlossen, weil sie den Schlüssel nicht gefunden hatte, und den hatte sie nicht gefunden, weil sie ohne Caffè und Dusche am Morgen nicht richtig denken konnte. Und beides war ohne Wasser ja nicht möglich, also war sie zuerst den beschwerlichen Weg nach oben gelaufen. Den Hüftgurt hatte sie im Bad liegen lassen, weil sie ja nur schnell zur Quelle laufen wollte, um das Wasser anzustellen.

20 000 Euro. Weg! Wie sollte sie nun Trüffel kaufen? Es Franz erklären? Wieso war sie nicht sofort zum Haus gegangen? Direkt, nachdem Brunos Entführungsaktion unblutig zu Ende gegangen war. Aber nein! Da musste sie ja erst mal dringend einen Cappuccino trinken gehen.

Oder dann, als die letzten Polizisten verschwunden waren? Aber da hatte das Ragù schon so köstlich geduftet. Der Wein so lecker geschmeckt. Sie waren nach drinnen gegangen, Bruno hatte den Kamin angezündet. Es war so gemütlich, als Pluto zu ihren Füßen geschnarcht hatte.

„Welches Geld?"

Falcone saß an seinem Schreibtisch, lehnte sich zurück und grinste wieder dieses arrogante Grinsen. Sina begann es sofort wieder in der Nase zu bitzeln. Allein der Blick genügte, um sie auf hundertachtzig zu bringen. Diese Demonstration von Macht. Er wusste genau, wovon sie sprach! Hatte das Geld vielleicht in die eigene Tasche gesteckt. Tat jetzt so, als wüsste er von nichts.

Sein Büro war ein großer, lichter Raum. Bestimmt vier Meter hoch, schätzte sie. Die Questura lag in einem ehemaligen Palazzo unweit der Piazza Maggiore von Mondovì.

Die Wände gingen fast übergangslos in ein Rundgewölbe über, der Putz war schon an vielen Stellen abgebröckelt. In windschiefen Regalen lagerten jede Menge Akten. Den Jahreszahlen nach zu urteilen, handelte es sich um Antiquitäten. Ein Kruzifix, eine Plastikuhr, wohl noch aus den Siebzigern, und ein paar alte, schwarz-weiße Bilder hingen an den frisch getünchten Wänden. Aber es war einer dieser Räume, der für Sina nach oben offen schien. Freiraum ließ, zum Denken. Durch die großen Sprossenfenster fiel die Morgensonne, ihre Strahlen spielten mit dem feinen Staub, der in dem Zimmer umherwirbelte. Berge von bedruckten

Papieren lagen wild verteilt auf dem wuchtigen Schreibtisch aus dunklem Holz. Darauf stand ein Flachbildschirm, links davon eine Tastatur samt Maus.

Ende dreißig, schätzte sie den Commissario. Rasiert hatte der sich heute nicht, die Augen waren fast so schwarz wie sein Haar. Immerhin ohne Pomade, nicht wie die berühmten Mafiosi im Film. Am linken Ohr trug er eine kleine silberne Kreole. Sina suchte Merkmale afrikanischer Abstammung in seinem Gesicht: eine breite Nase, pralle Lippen, wolliges, buschiges Haar. Aber seine Nase war schmal, der Rücken hatte eine sanfte Wölbung, einen kleinen Hügel. Die Lippen waren voll, aber nicht wulstig. Die Haare sanft gelockt. Wenn er afrikanische Wurzeln hatte, wie Bruno behauptete, musste dies schon einige Generationen zurückliegen. Aber auch wie ein Commissario sah er nicht aus.

„Setz dich“, befahl er. „Du machst mich nervös mit deinem Rumgezappel. Hast du deinen Pass dabei?“ Er faltete die Hände, legte sie auf die Brust, abwartend, lauernd, wie ein Richter. Sina ließ sich auf den roten Plastikstuhl plumpsen. Eine Halbschale, wie in Kantinen. Es war, als würde sie auf einem Kinderstuhl hocken. Er war deutlich niedriger als sein Schreibtisch. Wahrscheinlich hatte er die Beine abgesägt.

Sie kramte in ihrer Tasche und knallte den roten Reisepass auf die Tischplatte. Natürlich wusste sie genau, was nun folgen würde. Und hasste es. Und ihre Eltern. Besonders ihren Vater. Wünschte, er wäre jetzt hier, um an ihrer Stelle die Demütigung zu ertragen.

Diese Reaktionen kannte sie zur Genüge. Manche schwiegen betreten, andere grinsten oder hänselten sie.

Falcone öffnete den Pass und fing lauthals an zu lachen.

„Cassotto Sinistra! Du heißt Sinistra?"

„Sì! Na und?"

„Sinistra! Konnten deine Eltern rechts und links nicht auseinanderhalten? Oder bist du schon links herum auf die Welt gekommen? Oder war dein Vater bei den Roten Brigaden? Dann kannst du ja noch froh sein, dass du nicht KPI heißt!"

„Sina! S I N A. Einfach Sina. Kapiert? Ich sage zu dir ja auch nicht Africano!", fauchte sie.

„Africano?" Falcone zog die buschigen Augenbrauen hoch.

„Du kommst doch aus Afrika!"

„Wie kommst du auf diese Idee?" Er fuhr sich mit den Händen durchs Haar. Sollte sie ihn verunsichert haben?

„Bruno hat erzählt, du kommst aus Afrika."

„Di Neri?" Falcone schüttelte den Kopf, zog dabei die Mundwinkel verächtlich nach unten. „Ah, Di Neri! Wer sonst!" Er fuchtelte mit den Händen vor der Brust herum. „Di Neri! Di Neri! Vielleicht fragst du den mal, wo er herkommt!"

„Wieso? Woher kommst du denn dann?"

„Nicht, dass es dich was anginge. Sizilien. Aus Vigàta."

Langsam dämmerte es ihr. Bruno gehörte wohl

zu denen, die am liebsten nach, oder besser vor Rom einen Stacheldraht gezogen hätten. Für die danach Afrika anfing.

„Wo ist das Geld?", wiederholte Sina. Sie machte vor jedem Wort eine Pause.

Falcone rollte mit seinem Bürostuhl nach vorne, öffnete eine Schublade seines Schreibtisches und warf ihren weißen Leinengurt auf den Tisch. Sina sprang auf, griff nach ihm, aber er hielt ihn fest. Seine Handrücken waren schwarz behaart, die hellen Fingernägel wirkten wie Halbmonde und waren auch so gebogen.

„Ihr hattet kein Recht, ins Haus zu gehen! Oder hattet ihr einen Durchsuchungsbeschluss?", fauchte sie.

Er zuckte mit den Schultern. „Warum? Die Tür stand offen. Eine Einladung. Aber wir mussten nicht hineingehen, um etwas anderes zu finden." Er fasste ein weiteres Mal in die Schublade und holte eine Plastiktüte heraus. Darin konnte Sina welke Blätter einer Pflanze erkennen.

„Was?"

„Das frage ich dich."

„Non lo so! Keine Ahnung", sie ließ sich wieder auf den roten Büßerstuhl fallen. Wahrscheinlich hatte der Typ schlimme Komplexe, wenn er sein Gegenüber so erniedrigen musste.

„Für wen ist das Geld?" Falcone wies auf den Gurt.

„Na, für den Trüffelhändler."

„Den Trüffelhändler", wiederholte er und gähnte gelangweilt.

„Sì, für wen denn sonst?“

„Habt ihr Nachschub gebraucht? Das Feld war ja leer. Solltest du den Stoff dann nach Deutschland bringen?“

„Was für Nachschub denn? Und welchen Stoff? Herr hilf und lass Hirn auf ihn herabregnen!“, Sina streckte die Hände nach vorne, sah dabei bittend nach oben. Der Commissario verzog keine Miene. Nur dieses spöttische Grinsen lag noch immer um seinen Mund. Wohl eine angeborene genetische Missbildung, beschloss sie.

„Stell dich nicht so dumm! Cannabis! Wir haben ein Feld gefunden. Abgeerntet. Reste sind im Labor.“

„Davon weiß ich nichts. Bin das erste Mal hier. Das Haus gehört Michael Schröder. Und Andrea. Ihn kenne ich auch nur flüchtig. Sie gar nicht. Ich wollte nur hier wohnen, weil es in Alba nichts mehr gab. Oder es zu teuer war. Mamma mia! Wäre ich nur ins Finati gegangen. Auf eigene Kosten.“

„Ah! Der Palazzo! Scheinen gut zu laufen. Deine Deals.“

„Du hast nichts gegen mich in der Hand, Falcone. Der alte Kerl, mit dem ich zusammengestoßen bin, lebt. Den habe ich gestern in Santuario di Vicoforte gesehen. Und ich deale nicht! Jedenfalls nicht mit Drogen. Egal welcher Art.“

„Wofür ist das Geld?“

„Ich will Trüffel kaufen. Weiße“, stöhnte Sina.

Falcone führte den Finger ans Auge und zog das untere Lid leicht herunter. „Wer's glaubt!"

Sina schüttelte erschöpft den Kopf. In den letzten vierundzwanzig Stunden war sie entführt und fast erschossen worden, stand unter Mordverdacht und wurde nun auch noch beschuldigt, mit Drogen zu dealen. Das war doch der Moment, in dem sie im Film immer einen Anwalt forderten.

„Du Hornochse", schimpfte sie auf Deutsch.

„Ornoche?"

„Du saublöder Hornochse!", setzte Sina nach.

„Was ist das?"

„Du Aushilfspirat! Falke, so ein schöner Name, für so einen Widerling", schimpfte sie weiter.

„Auch wenn ich dich gerade nicht verstehe – ich ahne, was du sagst! Sei vorsichtig!" Falcone kramte auf seinem Schreibtisch, zog unter einem Stapel Papier Handschellen hervor und hielt sie drohend in die Luft. „Ich kann dich hierbehalten. Wegen Mordverdacht. Dealen mit Drogen. Beamtenbeleidigung. Oder einfach, weil mir danach ist."

Er zog die Augenbrauen nach oben, gähnte demonstrativ, hatte dabei trotzdem in den Mundwinkeln diese arrogante Andeutung eines Grinsens. Wie er das hinbekam? Aber einen anderen Gesichtsausdruck hatte der wohl nicht auf Lager!

Sina funkelte ihn böse an und drückte den Rücken entschlossen durch, um das Manko des niedrigen Stuhls auszugleichen.

„Du gibst 20 000 Euro für Trüffel aus? Das sind etwa sechs Kilo, je nach Tagespreis. Du musst sehr viele Freunde haben, um die innerhalb einer Woche zu essen: Bevor sie verderben! Oder stellst du daraus irgendeine Droge her?“, bohrte Falcone weiter.

Sie schüttelte vehement den Kopf. „Ich kaufe für ein Münchner Unternehmen ein!“

„Name?“

„M. F. A.“

Er rollte mit seinem Stuhl seitwärts Richtung Computerbildschirm. „Wie schreibt es sich?“

„Bist du Analphabet?“, stichelte sie, buchstabierte dann aber: „M. F. A.!“

Der Commissario ignorierte sie, tippte die Buchstaben ein, studierte, was sich auf dem Bildschirm aufbaute. Natürlich war die Seite auf Deutsch. Man konnte sie auch auf Englisch umstellen, wusste Sina, aber sie war sicher, dieser Typ verstand kein Englisch. Er klickte mit der Maus, scrollte hoch und runter.

„Für die arbeitest du?“

„Sì!“ Sina sah genervt nach oben. Das mit dem Foodscout sparte sie sich, wenn sie an Brunos Reaktion dachte. Noch mehr Spott wäre deutlich über das hinausgegangen, was sie im Moment ertragen konnte. Also wiederholte sie mit monotoner Stimme: „Ich will Trüffel kaufen. Weiße. Die Saison ist im vollen Gange. Sollte sich sogar bis zu dir rumgesprochen haben.“

Falcone rümpfte die Nase. „Zahlen wohl einen

Haufen Geld dafür in Deutschland? Für diesen kurzen Kick?"

Halt die Klappe, dachte sie. *Ich habe im Moment andere Probleme, als diesen Banausen vom wundervollen Geschmack der Tartufi zu überzeugen.*

Sina mochte Trüffel. Das feine, leicht knoblauchartige des Weißen. Ein paar Hobel machten aus einer einfachen Pasta einen kulinarischen Hochgenuss. Aber sie mochte auch die einfachen, schwarzen Sommertrüffel, Scorzone genannt, die viele ablehnten, weil sie im Verhältnis zum Magnatum pico deutlich weniger Gusto hatten. Dafür war der Scorzone viel günstiger, deshalb konnte man ihn auch einfach mal üppig über die Pasta hobeln. Sie argumentierte immer, man könne ja auch keine Champignons, Pfifferlinge oder Steinpilze miteinander vergleichen. Klar, wenn man davon ausging, der Scorzone würde wie der Weiße schmecken, war man enttäuscht. Noch schlimmer, wenn man durch synthetisches Trüffelöl verdorben war, das häufig auch beim guten Italiener in Deutschland als Geschmacksverstärker eingesetzt wurde. Aber wenn man den Scorzone nicht mit alldem verglich, dann war er ein ganz wunderbarer Pilz.

„Teures Pflaster, München. Dein Auto, das ist der rote Lancia, der auf der Straße stand?"

Sina nickte.

„Wenigstens beim Auto zeigst du Geschmack. Auch einen teuren. Ziemlich selten, dieser Wagen. Von der Targaversion wurden zwischen 1975 und 1985 knappe zweitausend gebaut. Und in diesem Zustand gibt es wahrscheinlich gerade mal eine Handvoll in ganz Italien. Dann noch eine Wohnung in München? Das kann man sich alles vom Gehalt einer kleinen Einkäuferin leisten?“

„Der Lancia ist von meinem Großvater.“

Der Typ kannte sich aus. Aber er hatte keine Ahnung, wie viel ihr Gigolo wirklich kostete, bei den ganzen Marotten, die er ständig pflegte. Und das, obwohl sie ihn mit Samthandschuhen anpackte. Immer erst warm fuhr, bevor sie richtig Gas gab. Im Winter kam er nie auf die Straße. Stand geschützt in der Garage.

„Sinistra, du steckst in Schwierigkeiten. Egal wie du dich drehst. Da ist der Tote im Wald. In der Nähe des Hauses, in dem du wohnst. Zufällig? Und Drogen! In der Nähe des Hauses, in dem du wohnst. Auch zufällig? Du bist fremd hier. Dich kennt keiner. Keiner, der für dich bürgen würde. Du kannst von Glück reden, dass ich heute gute Laune habe und dich nicht gleich in den Knast stecke. Aber der bleibt hier!“ Er nahm Sinas Pass und ließ ihn in der Schublade verschwinden.

„No!“ Sie sprang auf. Wollte sich über den Schreibtisch auf ihn stürzen, aber Falcone nahm seelenruhig die Handschellen und ließ sie an seinem Zeigefinger baumeln. Deshalb stampfte sie nur einmal kräftig auf den Fußboden.

Merda, wieso habe ich ihm den Reisepass gegeben?

Wie idiotisch ist das denn? In zwei Wochen muss ich im Flieger nach Madagaskar sitzen!

Sie hatte ein halbes Jahr recherchiert, bis sie endlich die Deutsche gefunden hatte, die im Norden der Insel eine spezielle Affenbrotbaumart anbaute. Und nach langem Hin und Her bei ihr eine Audienz bekommen.

Falcone beugte sich über den Schreibtisch, schob ihr dabei einen Zettel vor die Nase. „Unterschreib hier!“ Er deutete auf eine Stelle auf dem Formular.

Es war eine Quittung über die Rückgabe des Geldes. Sina schnappte den Gurt und öffnete den Reißverschluss.

„Wehe, es fehlt auch nur ein Schein!“ Sie nahm das Bündel mit den nagelneuen Euroscheinen und zählte nach.

Ein Glück! Alles da! Dann unterschrieb sie die Quittung.

Falcone lehnte sich wieder in seinem Stuhl zurück, spielte dabei mit den Handschellen. „Diesen Schröder werde ich mir auch vornehmen. Certo! Und Di Neri. Der steckt nicht weniger mit drin als du. Auf dem Schraubenzieher, den das Opfer in der Hand hielt, sind seine Fingerabdrücke. Und wer weiß, vielleicht kennt ja einer von euch den Toten doch?“

„Ich bestimmt nicht.“

„Warten wir es ab. Wenn die Bilder von der Leiche da sind, haben wir wieder ein Rendezvous, Sinistra“, sagte der Commissario und bedeutete gleichzeitig mit der Hand wie ein Monarch, sie könne nun gehen.

„Sag doch einfach Sina zu mir", knurrte sie beim Aufstehen, schnappte ihren Gurt, ging Richtung Tür und öffnete sie.

„Sinistra!", rief Falcone ihr nach.

Sie drehte sich widerwillig um, sah in sein grinsendes Gesicht und auf seinen Daumen, der nach links wies.

Links war der Ausgang.

Sina hasste diesen Falcone zutiefst.

Vor seiner Tür schnallte sie sich den Gurt wieder um die Taille, zog ihr T-Shirt darüber, ging tatsächlich nach links und verließ die Questura. Auf der Treppe stieß sie mit einer großen Blondine zusammen.

Originell, dachte sie im ersten Moment. *Die trägt den hellblauen Lidschatten unter den Augen.*

Zwei Zentimeter dick aufgetragener Puder umrandete die unteren Lider. Die Augenbrauen waren abrasiert und durch einen fetten schwarzen Strich ersetzt. Die langen blonden Haare hingen strähnig und fettig an ihr herab, der Pony war extrem kurz. Die rosarote Bluse viel zu eng für ihren mächtigen Busen. Die Knöpfe schienen kurz vorm Abplatzen, zwischen ihnen wallte wabbelige Haut. Auch unter dem türkisfarbenen Stretchrock quollen verdeckte Speckröllchen. Das Ganze wurde gekrönt durch hohe Plateauschuhe, auf denen sie wie auf Stelzen lief.

Das konnte nur Falcones Freundin sein!, grinste Sina in sich hinein, und schon ging es ihr viel besser.

Vor ihr lag die Piazza Maggiore, das Herz der Stadt. Mondovì, hatte Bruno erklärt, sei zweigeteilt. Breo lag unten und war der jüngere Teil. Die Piazza, die auf dem letzten Hügel vor den Ligurischen Alpen majestätisch prangte, war schon seit dem Mittelalter besiedelt und Residenz der Regierung. Der Platz war umringt von antiken Palazzi, der ein oder andere war erst vor Kurzem restauriert worden, andere aalten sich in der über Jahrhunderte erworbenen Patina. Es schienen heute luxuriöse Wohnungen für die Reichen der Stadt zu sein.

Sina hatte ihren Lancia in Breo geparkt, war dann mit der Funicolare, der Seilbahn, nach oben gefahren. Di Neri hatte ihr den Rat gegeben, denn weite Teile der Piazza waren für Autos gesperrt. So hatte sie schon beim Hochfahren die mächtige Gestalt des Monviso erneut bestaunt, dessen Haupt weiß bezuckert über der Ebene von Cuneo lag.

Sie schlenderte über den Platz, vorbei am Palazzo Fauzone di Germagnano und steuerte auf die Chiesa della Missione zu, unter der die Seilbahnstation lag. Trotz der vielen Menschen, die in den kleinen Cafés saßen, sich auf den Bänken sonnten oder einfach nur über die Piazza Maggiore schlenderten, wirkte alles ruhig und beschaulich. Es war kein lautes Palaver, wie häufig im Süden. Nur ein paar Glocken bimmelten. Die eng aneinanderliegenden Häuser erweckten den Eindruck, als wären sie jeweils von den nebenstehenden eingeklemmt. Viele der grauen Fensterläden waren geschlossen, an einem der offenen Fenster stand eine alte Signora und sah auf die Piazza. Sie war dezent geschminkt, nur der rote Lippenstift erschien wie ein Signal. Ihre Haare waren festlich hochgesteckt, als hätte sie sich für dieses Ereignis extra hübsch gemacht. An dem Balkon eines alten Palazzos hing ein blaues Banner, das eine Fotoausstellung ankündigte. „Cielo blu, blauer Himmel“ las Sina. Vielleicht würde sie sich die mal ansehen, beschloss sie.

Aber zuerst musste sie dringend mit Michael reden. Drogen! Wenn der das nächste Mal ahnungslos hierherkam, würde ihn der Bulle einkassieren. Sie zückte ihr Telefonino und stöhnte, als sie die eingegangenen SMS sah. Vier von ihrer Mutter.

Wenn die wüsste, dachte Sina, aber beendete diesen Gedanken nicht. Ihre Mutter wäre sofort ins Auto gestiegen und hierhergekommen. Als Nächster natürlich ihr Vater. Alleine das Palaver zwischen den beiden! Da würde sie sich lieber von Falcone verhaften lassen.

Michael war sofort am Telefon.

„Ciao Sina! Wollte mich auch schon melden. Hat alles geklappt?“

„Na ja, wie man es nimmt.“ Sina fasste kurz zusammen.

„Ups!“, grunzte Schröder ins Telefon.

„Ach ja, noch was: Bei der Hausdurchsuchung haben sie mein Geld und deine Cannabisplantage gefunden. Jetzt denken die, wir wären Drogendealer und hätten was mit dem Mord zu tun. Im Grunde wollte mich dieses Stronzo von Commissario gerade am liebsten verhaften. Aber sonst hat alles geklappt.“

Schweigen am anderen Ende der Leitung.

„Michael?“

„So ein Mist. Da standen zwei Pflanzen. Nur für den Eigenbedarf. Plantage? So ein Quatsch. Und es waren noch nicht mal meine Pflanzen, sondern die meines Neffen, der unbedingt wissen wollte, wie die da wachsen.“

„Und wie sind sie gewachsen?“

„Super! Super Ernte!“

„Na ja. Dann bring am besten deinen Neffen gleich mit. Am Ende kassieren sie dich beim nächsten Mal ein, wenn du in Chiasso über die Grenze fährst.“

Michael unterbrach abrupt.

„Ich melde mich.“

Sina wollte ihr Handy schon in die Tasche stecken, aber es summte erneut.

„Ciao Papà“, natürlich hatte sie seine Nummer erkannt.

„Wo steckst du? Deine Mutter hat gesagt, du bist in Italien?“

Typisch Papà, dachte Sina. In Italien gab es für ihn genau genommen nur einen einzigen Ort. Und der hieß Positano. Neapel hätte er auch noch gelten lassen. Capri vielleicht.

„Bin ich."

„Wann bist du gekommen?"

„Vorgestern."

„NO, NO! Wo steckst du dann?"

„Ich bin im Piemont."

„Ah, Piemont! Wo ist das?"

Sina stöhnte. „Papà!"

„Allora! Aber wann kommst du?"

„Ich sitze hier fest." Sie fasste noch mal zusammen, was passiert war.

„Cazzo! Gib mir mal die Nummer. Ich werde mit ihm ein bisschen palavern!"

Mamma mia! Bloß nicht!, dachte sie. „Lass mal lieber, Papà. Der bringt es fertig und kettet mich an seinem Schreibtisch fest. Bei Wasser und Brot."

„Soll ich dir eine Pizza schicken?", insistierte Francesco, als wenn davon Leben und Tod abhingen.

„Kalte Pizza?"

„Eine kalte neapolitanische Pizza ist immer noch besser als der Mist, den die da oben kochen!"

Sina grinste. Die wenigsten wussten, dass die Pizza von den „Gastarbeitern" aus dem Süden in den Norden gebracht worden war.

„Ich melde mich, sobald sich was tut."

„Dann kommst du?"

„Sì, sì, a presto!", sagte Sina, um ihn zu beruhigen, aber sie wäre niemals mit dem Lancia nach Neapel gefahren. Im besten Fall hätte der nur ein paar Dellen bekommen. Möglicherweise aber auch eine blitzschnelle Umlackierung und einen neuen Besitzer.

Sie drückte auf den „Gespräch beenden"-Button, lief dann weiter über die Piazza Maggiore. In der Mitte hielt sie inne. Das Stillleben, das dort aus unterschiedlichsten Gemüsesorten aufgebaut war, hatte sie, bevor sie in die Questura ging, gar nicht wahrgenommen. Rote, gelbe, grüne Paprika, weiße Zwiebeln, San-Marzano-Tomaten, Lauch, orange Möhren waren zu einem Schriftzug kunstvoll zusammengefügt.

„Peccati di Gola" konnte sie lesen. Ein junger Mann, dunkle kurze Haare, Jeans, blaues Sweatshirt, stellte gerade neben dem dreidimensionalen Straßenbild einen Campingtisch auf und verteilte Prospekte.

„Buon giorno! Können Sie mir sagen, was das ist?" Sina wies auf den Schriftzug.

Er blickte hoch und hielt ihr einen hübsch gestalteten Prospekt vor die Nase. „Die ‚Peccati di Gola' ist unsere regionale Trüffelmesse. Wenn Sie so wollen, eine Konkurrenzveranstaltung zu der in Alba. Aber es gibt nicht nur Tartufi, sondern auch lokale Spezialitäten. Wir sind ein Schaufenster regionaler Produkte, gerade von kleinen Manufakturen, die durch die Preispolitik der Supermärkte gefährdet sind. Durch die Messe soll der direkte Kontakt zwischen kleinen Produzenten und Verbrauchern gestärkt werden."

Das klang interessant!

„Wo ist die denn?“

„Wenn Sie bei der Missione die Straße hochgehen, stoßen Sie direkt drauf. Die Messe ist in der ehemaligen Kaserne Galliano.“

„Grazie!“

In der Via Giolitti hingen aus vielen Fenstern orangefarbene Wimpel mit dem Schriftzug „Peccati di Gola“. Das machte die Straße feierlich, fast wie bei einer Prozession oder beim Empfang eines Monarchen. Genau so fühlte Sina sich. Als wäre es etwas Besonderes, über das alte Pflaster zu laufen. Als sie oben ankam, stand bereits eine kleine Schlange vor einem weißen Zelt, wohl dem provisorischen Eingang. Die mächtigen Gebäude dahinter glichen einer Festung, waren aber sicher die ehemalige Kaserne.

Sina löste ein Ticket, bekam ein orangenes Umhängetäschchen, in dem ein Weinglas, Plastikbesteck, ein Programmheft und vier Gutscheine zum Verkosten steckten. Sie schlug den Prospekt auf.

Das hätte nicht besser laufen können!

Hier waren tatsächlich viele kleine Manufakturen der Provinz vertreten. Schneller hätte sie die nie ausfindig machen können. Auch nicht im Internet.

Ein knoblauchartiger Duft verfing sich in ihrer Nase und störte ihre Gedanken. Aber er war feiner, nuancenreicher, schillerte in allen Farben mit seinem ausgewogenen Bouquet, war ohne jegliche Penetranz. Er zog sie wie ein unsichtbares Seil in Richtung Kaserne. Die Konzentration erhöhte sich mit jedem Meter. Dann war alles nur noch Duft. Es schien, als hätte er die Luft vertrieben. Von rechts, links, oben, unten. Sie öffnete den Mund und sog ihn gierig ein.

In dem hohen, lichten Raum, vielleicht dem ehemaligen Kasino, standen rechts und links weiße Resopaltische. Kühle Zeitlosigkeit der antiken Mauern versus Provisorium. Auf ihnen kleine Glasvitrinen. In ihnen auf rotem Samt drapiert das weiße Gold.

Hinter den Tischen flanierten ältere Herren, die meisten schätzte Sina auf über siebzig. An der rechten Wand hing ein A1-Plakat mit der Headline „Trüffelvereinigung des Monregalese“. Eine Strichzeichnung zeigte einen Trüffelsucher, der neben seinem Hund kniete. Es hing ein bisschen schief, als wolle es sich so besser in das geschichtsträchtige Bauwerk einpassen.

Die weißen Trüffel, die in den Vitrinen lagen, waren kleinere Exemplare. Auf goldenen Schildchen war ihr Gewicht ausgewiesen. Große Körbe, die vor Tartufi überquollen, fehlten. Und der Preis war horrend. Über 5500 Euro pro Kilo!

Bevor sie in München losgefahren war, hatte Sina die Preise gecheckt. Vor drei Tagen lagen die bei 4500. Zumindest in Alba. Das war bereits sehr hoch, normalerweise kaufte sie für knappe 3500 ein, meistens besser. Sollten hier die Preise über denen in Alba liegen?

Sie schnappte ihr Handy und tippte auf eine App. Wie bei den Aktienkursen konnte sie nun die Entwicklung der Trüffelpreise sehen.

Puh, in Alba wollten sie heute schon über 6500 Euro

das Kilo. Und das war der Einkaufspreis! Tendenz steigend.

Also wäre es nicht so verkehrt, ein paar Kontakte zu knüpfen, dachte sie. Immerhin lag hier der offizielle Verkaufspreis unter dem Einkaufspreis in Alba. Aber zuerst musste sie die Qualität prüfen.

Sina sah sich um. Es gab acht Stände. Die Männer, die hinter ihnen standen, waren keine professionellen Händler. Es waren die Trüffelsucher, die hier ihre Schätze verkauften. Man hatte den Eindruck, sie wären gerade erst von der „Jagd" gekommen, trugen dunkle Kleidung, einfache Pullover, Leinenwesten mit ausgebeulten Taschen und dreckige Stiefel. Ihre faltigen Gesichter waren gezeichnet von der nächtlichen Pirsch bei jedem Wetter. Aber in allen Augen lag ein Feuer. Die Hoffnung auf einen großen Fund. Und das Glück, ihn tatsächlich gemacht zu haben. Hier auf der Messe waren sie Kumpels, vielleicht sogar Freunde, im Wald erbitterte Konkurrenten. Sina wählte den älteren Herrn, der ihr am vertrauenerweckendsten schien.

„Buon giorno, Signora", begrüßte er sie lachend und öffnete die Vitrine. Nun war der Duft voll da.

„Die sind ganz frisch. Hab ich heute Morgen erst gefunden." Er fächelte mit den Handflächen den Duft aus der Vitrine.

„Mhmm! Kann ich den mal haben?" Sina wies auf eine kleine Knolle mit knappen zwanzig Gramm. Dieses Gewicht konnte man am besten verkaufen. Wenn die Qualität stimmte, reichte es gut für vier Personen.

Der Trifolao nahm den Trüffel vorsichtig wie einen Schatz vom roten Samt. Seine Hände waren aufgesprungen, vom vielen Buddeln im harten Boden. Unter den Fingernägeln klebte Erde. Sina nahm ihn genauso vorsichtig entgegen, roch an ihm, drückte ihn sanft zusammen, suchte nach mit Lehm gefüllten Löchern oder feinem Sand, der ihn schwerer gemacht hätte. Bei dem Preis zählte jedes zehntel Gramm. Hätte sich der Trüffeljäger einen solchen Vorteil verschafft, wäre er als Partner nicht infrage gekommen. Aber der Trüffel war von ausgezeichneter Qualität.

„Wann haben Sie den gefunden?", fragte sie trotzdem noch einmal und gab ihm den Trüffel zurück.

„Heute Morgen, der ist ganz frisch! Riechen Sie doch! Der Duft!", sagte er stolz und hielt ihn ihr direkt an die Nase. Sie war kurz davor, wie ein Hund zuzuschnappen und den Trüffel zu fressen.

„Wie viel können Sie mir in dieser Qualität liefern? Sagen wir mal in vier Tagen?", fragte sie stattdessen.

„Vielleicht ein halbes Kilo", antwortete der alte Mann.

„Ich rede von vier Kilo!"

„Wie viel? Vier Kilo!? No!", er schüttelte den Kopf. „Vier Kilo! Findet im Moment keiner. Es gibt ja nichts. Es war ein trockener heißer Sommer. Vor drei Monaten hat es keinen Tropfen geregnet. Da, wo es wichtig gewesen wäre, damit sie anfangen zu wachsen!"

Sina stöhnte innerlich. Ging das nun hier auch gleich so los wie in Alba? Sie fuchtelten einem mit der Ware so lange vor der Nase herum, bis man so weit war, zu kaufen. Dann, von einer Minute auf die andere, gab es plötzlich nichts mehr. Hatte gerade eben ein anderer alles gekauft. Wahrscheinlich wollte er auch nur den Preis nach oben treiben.

„Sagen wir, vier Kilo weiße und vier Kilo schwarze."

Der Mann sah sie fassungslos an. Vielleicht glaubte er nicht, dass sie Geld hatte? Sie zog eine Visitenkarte aus ihrer Tasche.

„Ich kaufe für ein Münchner Unternehmen ein", erklärte sie. „Normalerweise in Alba. Aber ich kann hier gerade nicht weg. Also überlegen Sie es sich!"

Er fixierte die Karte wie eine Katze die Maus. Schien nicht sicher, ob er sie nehmen sollte. Runzelte die Stirn. Fuhr sich über sein lichtes Haar. Dann nahm er sie zögernd. Hielt sie weit von sich weg, als wäre er kurzsichtig. Aber dann schien es, als hätte er angebissen. Seine Gesichtszüge entspannten sich. Wahrscheinlich wartete er auf eine solche Chance schon lange. Vielleicht sein ganzes Leben. Mondovì war nicht Alba, wo Händler aus der ganzen Welt aufschlugen und im großen Stil kauften. Der Trüffelmarkt schien hier kleiner, schien lokal aufgestellt.

„Adriano", sagte er schließlich und gab ihr die Hand. Der Druck war fest. Die Haut wie Schmirgelpapier. „Ich könnte meine Freunde fragen." Er sah sich in der Halle um, wohl um abzuschätzen, welcher von den Männern ein solcher Freund sein könnte.

„Rufen Sie mich übermorgen an." Er fischte einen

Stift unter der Theke hervor, kritzelte seine Nummer auf eine Papiertüte, auf der die Strichzeichnung der Trifolao del Monregalese abgedruckt war, und gab sie Sina.

„Allora! Adriano, ich melde mich!"

Sina drehte sich um. Hier war sie fertig.

In der nächsten Halle war Ligurien zu Gast. Es roch nach Rosmarin, salziger Luft und blauem, wolkenlosem Himmel. Vor dem Stand mit Olivenöl, Pesto, eingelegtem Gemüse, getrockneten Tomaten und Kräutern hatte sich eine lange Schlange gebildet. Direkt daneben konnte man einen leichten weißen Pigato probieren, den Vermentino und den Rossese.

Ich brauche jetzt erst mal einen Cappuccino, beschloss sie und sah auf den Plan. Eine Manufaktur für Schokolade und Kaffee war wohl in Halle vier. Sie drängte sich durch die Menschen, beschloss, sich den mannigfaltigen Genüssen, an denen sie vorbeistürmte, später zu widmen. Bevor sie die Halle verließ, drehte sie sich noch einmal um, sah durch die offene Tür, wie Adriano mit jemandem sprach.

Den kenne ich, dachte sie. Und diesmal kam das SOS-Signal, das ihr Hirn funkte, auch in ihrem Bewusstsein an. Es war das Nebelmonster!

Ich muss unbedingt mit ihm sprechen!

Sie drängte sich gegen die Menschenmengen. Aber es war wie in Hongkong, wenn man versuchte, auf dem Gehweg umzudrehen, um gegen den Strom zu laufen. Aussichtslos! Als wären plötzlich alle Schleusen geöffnet, strömten Massen durch die enge Tür in die zweite Halle. Und als sie Adriano wieder erblickte, war Tino Grillo schon wieder verschwunden.

So wie eben noch der Duft der Tartufi, zog sie nun der von frisch geröstetem Kaffee in Halle vier. Schmale, grob vergitterte Fenster befanden sich nur im oberen Drittel der rechten Wand.

Vielleicht früher der Pferdestall, schoss es ihr durch den Kopf.

Es gab nur zwei Stände in dem lang gestreckten Raum. An einem waren auf Holztischen liebevoll unterschiedliche Honigsorten aufgereiht. Vor jeder Sorte lag eine Zeichnung. Auf ihr abgebildet jeweils die Pflanze, von der die Bienen ihn gesammelt hatten.

Der zweite hatte eine kleine Theke aus Bambus mit Barhockern davor. Dahinter zischte die Espressomaschine. Sina setzte sich an die Theke.

„Einen Cappuccino", orderte sie mit ruhigem Gewissen, es war noch vor zwölf.

Den Barista schätzte sie auf um die fünfzig. Er trug eine schwarze Hose, darüber ein einfaches weißes Hemd, die ersten Knöpfe lässig geöffnet. Das dunkelbraune Haar hatte einen perfekten Schnitt, die Hände waren gepflegt, keine dreckigen Fingernägel wie bei den Trifolao. Kleine Fältchen lagen um Augen und Mund. Ein Grübchen am kantigen Kinn. Es schien vornehm, irgendwie aristokratisch, wie er den Edelstahlfilter von der Maschine nahm, um ihn in einem Behälter auszuklopfen. Als zelebriere er jede einzelne Handbewegung, jeden einzelnen Schritt, den er sicher wissend ausführte.

Wie der schmeichelnde Umgang mit einer Frau. Wie ein Werben. Dann stellte er die Tasse auf die Theke. In Schaum geformt, kunstvoll ein Blatt in Herzform.

„Wie schön“, sagte Sina beeindruckt.

„Come Lei, Signora. Wie Sie!“, lächelte er und wendete sich wieder dem Kaffeeautomaten zu.

Sina errötete. Prüfte ihr Spiegelbild im blitzenden Chrom der Kaffeemaschine. Sie hatte nicht das schöne schwarze Haar ihres Vaters, auch nicht das feine blonde ihrer Mutter. Ihr Haar war braun. Mittellang. Keine wallende wilde Mähne. Aus den temperamentvollen fast schwarzen Augen ihres Vaters und den verführerisch blauen der Mutter war ein dezentes Braun geworden. Aber zu allem Überfluss hatte sie helle Haut (klar, ein Erbe der Mama). Sie war mittelgroß, schlank, aber ohne üppigen Busen. Hübsch ja. Aber schön? Schön war Sophia Loren. Ihr Großvater hatte immer ein paar Postkarten von ihr an seinem Spind hängen, vor denen die kleine Sina bewundernd gestanden hatte. Für sie war es eine makellose Schönheit, kaum fassbar. Isabella Rossellini fiel ihr noch ein. Aber von den heutigen angeblichen Schönheiten?

Come Lei, Signora, wiederholte sie still. Er fand sie schön!

Sina beobachtete ihn. Er hatte eine Vitrine geöffnet, nahm einige Schokoladenstückchen heraus und legte sie auf einen Porzellanteller. Das zelebrierte er genauso wie eben noch die Herstellung des Cappuccino. Dann kam er zurück, stellte lächelnd den Teller vor sie auf die Theke, wobei sich seine kleinen Fältchen als Lachfalten entpuppten. Er sagte nichts. Sina konnte sich nicht zurückhalten und schob sofort ein Stück grob gebrochener Schokolade in den Mund. Der Kakaoanteil war hoch, mindestens 80 Prozent. Ihre harte Struktur wurde durch krosse Zuckerkristalle und kandierte, aber saftig weiche Orangenschale förmlich aufgebrochen. Im Nachgang schmeckte sie eine leichte Schärfe. Eine solche Schokolade hatte sie noch nie gegessen. Sie war so verführerisch wie der Mann, der sie ihr vor die Nase gestellt hatte.

„Wo ist die her?“, entfuhr es ihr.

Nun drehte er sich zu ihr.

„Aus meiner Manufaktur, Signora. Sagt Ihnen der Ort Dogliani etwas?“

Sina nickte.

„Wir sind direkt am Eingang des Dorfes. Wir kaufen Kakao und Kaffee direkt in Südamerika. Ich suche die Bohnen selbst aus. Kommen Sie doch einmal vorbei!“

Das passte, dachte Sina. Ein Kaffeebaron. Sie sah es vor sich, wie er über eine Plantage ritt und das hügelige Land sah. Alles vor der Kulisse eines atemberaubenden Sonnenuntergangs.

Sina schmolz dahin und vergaß sogar ihren Cappuccino.

Als sie die ehemalige Kaserne verließ, hatte sie die unterschiedlichsten Käsesorten probiert, Wein verkostet, Süßes genascht, aber auch einige interessante

Gespräche geführt. Eines davon mit Massimo Melli. Melli kelterte ausschließlich Dolcetto, eine der typischen Rebsorten der Region. Viele hielten ihn aufgrund seines Namens für süß, aber er war trocken, leicht fruchtig, die Farbe fast dunkellila. Der Winzer hatte anfangs strikt abgelehnt, nach Deutschland zu liefern. Er verkaufe seinen Wein direkt vor Ort. Produziere nie mehr als 3000 Liter. Das war die Menge, deren Qualität er garantieren könne. Er hatte lange auf einem Spitzenweingut in Barolo als Kellermeister gearbeitet. Seine Rotweine waren unter den besten zehn der Welt. Aber nun mache er nur noch diesen einen Wein. In ihm stecke die Erfahrung seines ganzen Lebens. Erst als Sina ihm erklärte, die Philosophie ihrer Firma sei, eben keine hohen Liefermengen zu erwarten, sondern ein kleines Kontingent für deutsche Liebhaber des Dolcetto, war er einverstanden. Natürlich würde Sinas Chef den Wein von Melli zu einem deutlich höheren Preis anbieten. Das war der Tribut, den man in der Stadt zahlen musste, meinte Franz, und er sei ja kein Wohltäter. Wer bei M. F. A. einkaufte, wusste, dass alle Produkte unter den besten Bedingungen umweltverträglich produziert wurden. Deshalb waren oft nur kleine Stückzahlen vorhanden. Genau das liebten die Kunden an der M. F. A.

Sina hatte es oft erlebt, wenn sie samstags im Verkauf ausgeholfen und die Ankündigung einer besonderen Käsesorte viele Münchner in den Laden gezogen hatte, die bereit waren, sich in eine sehr, sehr lange

Schlange zu stellen, um ein Stück dieses Käses zu ergattern. Manche gingen leer aus, was schon mal mit einem Murren kommentiert wurde. Aber die meisten verließen trotzdem glücklich den Laden, weil ihr Chef ihnen einen anderen – auch außergewöhnlich guten – empfohlen hatte. Und noch einiges mehr.

Sina fühlte sich wohl. Ihre Wangen glühten. Das erste Mal, seit sie hier angekommen war. Hatte den Schlamassel vergessen, in dem sie gerade steckte. Sie schlenderte zurück zur Piazza Maggiore. Die frische Luft verstärkte die Wirkung des Weines, der Grappas, und sie fragte sich, ob sie überhaupt noch fahren konnte, auch wenn Alkohol am Steuer in Italien immer noch als Kavaliersdelikt galt. Aber bevor sie sich diese Frage beantworten konnte, stellte sich ihr ein kleiner, unscheinbar aussehender Mann in den Weg.

„Commissario Falcone wartet auf Sie, Signora“, sagte er und wies ihr den Weg zurück in die Questura.

Sina hätte am liebsten umgedreht und sich in die Arme des Kaffeebarons geworfen.

„Du kennst also Corleone?“, fragte Falcone, als sie wieder auf dem niedrigen Büßerstuhl vor seinem Schreibtisch saß.

„Corleone?“

„Ja, Corleone! Bist du ein Papagei?“

„Wer soll schon wieder dieser Corleone sein? Ich kenne keinen Corleone, außer den aus dem Film, also

Vito Corleone! Aber den kennt doch jeder!“ Sie hickste. Der Alkohol war ihr mehr zu Kopf gestiegen, als sie gedacht hatte. Obwohl sie einiges gegessen hatte, was die Wirkung hätte mindern sollen. Falcone faltete die Hände und führte sie an den Mund. Er schien zu beten. Dann beugte er sich über seinen Schreibtisch, nahm ein Bild und schob es ihr zu.

Merda, dachte Sina, *wenn das Corleone ist! Der kommt mir tatsächlich irgendwie bekannt vor. Aber woher?*

Ein dunkler Typ. Schwarze Haare. Vollbart. Er hätte alles sein können außer Schwede. Italiener. Spanier. Aber auch Osteuropäer, Russe, ein hell geratener Tunesier. Die Augen waren geschlossen. Eine dicke Beule prangte blau und gelb über dem rechten Auge. Augenscheinlich war es die Leiche.

„Das ist Corleone?“ Der Schluckauf kam nun alle drei Sekunden. Was hatte ihre Oma mütterlicherseits immer geraten, um den loszuwerden? Luft anhalten? Sina hielt den Atem an.

Es klopfte an der Tür. Ohne eine Antwort abzuwarten, stürzte der kleine Polizist herein, der Sina eben hierhergebracht hatte.

„Andrea, du sollst dringend bei Dottore Malussario anrufen“, rief er und war auch schon wieder verschwunden.

Sina atmete aus. Verschluckte sich dabei. Hickste. Und brach gleichzeitig in brüllendes Lachen aus. Das immer wieder von Hicksen unterbrochen wurde. Sie lachte, hickste, bis ihr schließlich Tränen aus den Augen schossen, lachte weiter, hickste, weinte, schlug sich auf die Schenkel, schmiss den Kopf nach hinten. Und hickste.

„Du heißt Andrea?“, brachte sie schließlich zwischen den quakenden Tönen heraus. „Andrea!“

Falcone kniff die Augen zusammen.

„Und du hast eine Fahne. Gib mir mal die Autoschlüssel. Sonst stecke ich dich in eine Ausnüchterungszelle!“

Sina wurde augenblicklich ernst.

„NO!“ Sie legte das Bild zurück auf den Schreibtisch.

Falcone erhob sich, nahm den Hörer seines Telefons ab und drückte eine Nummer.

„Schick Alfredo her, ich habe da jemanden für Zelle drei“, sagte er trocken, drückte auf die Gabel und wählte eine weitere Nummer.

„Falcone“, meldete er sich, hörte zu, legte dann abrupt wieder auf.

Sina begriff, wie ernst er es meinte. Der Schluckauf war plötzlich weg. Sie fasste in ihre Handtasche, fischte den Lancia-Schlüssel heraus und schmiss ihn über den Schreibtisch.

„Hat der gnädige Herr schlechte Laune“, fauchte sie. „Hat deine Freundin nicht so gespurt, wie du wolltest? Hast dir ja ein Prachtweib ausgesucht. Respekt. Arbeitet wahrscheinlich undercover. Als was nur? Als Lucciola? Eine Bordsteinschwalbe und ein

Commissario. Ihr passt wirklich ganz ausgezeichnet zusammen."

Falcone nahm wortlos den Schlüssel, öffnete die Schublade und ließ ihn zu ihrem Pass plumpsen.

„Und wie komme ich nun zu diesem gottverdammten Haus?"

„Ich fahre dich. Muss sowieso noch mit Di Neri reden. Also komm!" Er zog seine Lederjacke von der Lehne, öffnete einen Schrank, nahm zwei Helme heraus und warf ihr einen zu.

Sina stöhnte. „Cazzo!"

Dieser Typ hatte nicht mehr alle Tassen im Schrank! Ein Wahnsinniger. Sie stieg von Falcones Guzzi, nahm den Helm ab und schmiss ihn ihm vor die Füße. Dann ging sie drei Meter weiter, beugte sich ins Gebüsch und erbrach die ganzen wunderbaren Dinge, die sie gegessen hatte.

„Cacca Cazzo!"

Das war das schlimmste Schimpfwort, das sie von ihrem Vater gelernt hatte. Noch als sie ein kleines Mädchen war. Der Commissario verzog keine Miene. Er hatte direkt vor Brunos Haus gehalten. Der stand in der Tür und beobachtete kopfschüttelnd die Szene.

Natürlich hatte Falcone es absichtlich getan. Kurz nachdem sie losgefahren waren, hatte er Blaulicht und Sirene seiner Maschine angeschaltet und war die engen Serpentinen von der Piazza runter nach Breo gerast. Sina war noch nie schneller gefahren. Diese Maschine hatte eine Beschleunigung, von der sie nicht einmal geahnt hatte, dass es sie bei einem Motorrad gab. Dabei mochte sie Geschwindigkeit. Liebte es, aufs Gas zu treten.

Falcone hatte jedes Auto auf den engen Landstraßen überholt, während des Überholens zurückgeschaltet und noch einmal Gas gegeben. Ein Auto wäre fast vor Schreck in den Graben gefahren. Sina hatte sich an ihm festgekrallt. Ein Wunder, dass sie, während er sich in die Kurven legte, sodass die Fußrasten Funken schlugen, nicht einfach umgekippt waren. Sie hatte gegen den Fahrtwind wie gegen einen Feind gekämpft, weil er sie mit seinen gewaltigen Händen vom Sitz zu reißen versuchte. Und während dieser Wahnsinnsfahrt hatte die ganze Zeit die Sirene geheult.

Sina drehte sich nicht mehr um, sondern stampfte tapfer die steile Straße zum Haus hinunter. Sie spürte Falcones Blick.

„Sinistra!"

Hörte diesen dunklen Klang seiner Stimme. Ein erdig tiefer Ton. Der sie berührte. Ankam. Meinte, Besorgnis in seiner Stimme zu hören. Aber diesmal fiel sie nicht darauf rein. Sie drehte sich nicht um.

Als sie um die Kurve bog, hob sie zum Abschied die Hand und streckte den Mittelfinger hoch.

Verführung

„Stronzo!"

Bruno fuhr, rauchte, fluchte gleichzeitig. Er fuchtelte mit den Händen in der Luft herum, während die Kippe im Mund hing und das Steuer herrenlos war. Die glühende Asche fiel herunter, er stieß sie hektisch vom Polster, aber genau an dieser Stelle waren schon viele kleine schwarze Brandlöcher. Bruno hatte am Morgen an der Tür geklopft und Sina angeboten, sie in die Stadt zu fahren. Hatte dieser Bimbo sie noch alle, hatte er geschimpft. Ihr den Autoschlüssel abzunehmen, bloß wegen der paar Gläschen Wein und Grappa! Er war fassungslos.

Sina hatte sich nach der Höllenfahrt einfach nur ins Bett fallen lassen und geschlafen. Der tote Corleone war ihr im Schlaf erschienen, hatte sich vor ihr aufgebaut, immer wieder laut gefordert, sie solle sich erinnern. Sina hatte es im Schlaf krampfhaft versucht. Sie rannte hinter dem Schatten dieser Erinnerung her. Immer wenn sie kurz davor war, ihn zu fangen, verschwand er.

Aber als sie am Morgen aufwachte, war sie hundertprozentig sicher: Sie kannte den Toten auf dem Bild. Nicht unter diesem Namen. Aber sie kannte ihn. Sie hatte versucht, ihn in den unterschiedlichsten Umfeldern zu platzieren. Mit verschiedenen Menschen kombiniert. War er ein entfernter Bekannter? Ein Geschäftspartner? Oder!?

Bruno bremste abrupt und Sina purzelte aus ihren Gedanken.

„Idiot“, schimpfte er, fuchtelte wieder mit beiden Händen und hatte schon wieder eine neue Zigarette im Mund.

„Corleone heißt der Tote angeblich“, hustete Sina, fächelte den Rauch vor ihrem Gesicht weg und kurbelte das Fenster herunter.

„Corleone?“

„Hat Falcone gesagt.“

„Nein, das war nicht Corleone.“

„Wer denn?“

„Wie soll ich das wissen?“, fuchtelte Bruno. Sina griff instinktiv ins Lenkrad, weil ihr der Abstand zu dem Vespafahrer, den Bruno freihändig überholte, deutlich zu gering erschien.

„Aber Corleone war das nicht. Den kennt hier schließlich jeder!“

Welche Logik, dachte Sina. „Bloß, weil den jeder kennt, kann er es doch trotzdem sein!“

Bruno schüttelte den Kopf. „Nein. Jedenfalls nicht DER Corleone.“

„Ja wie viele gibt es denn?“

„Nur den einen. Der Vater ist ja schon tot.“

„Aber Falcone …“

„Falcone!“, fiel er ihr verächtlich ins Wort. Damit schien das Thema erledigt.

„Wusstest du, dass er Andrea heißt?“

„Corleone heißt nicht Andrea.“

„Ich meine doch Falcone!"

Bruno spuckte ohne Vorwarnung die schon fast auf den Filter runtergebrannte Zigarette gegen die Windschutzscheibe. Und grinste breit.

Sina hatte sich geweigert, noch einmal in die Questura zu gehen. Deshalb hatte Bruno direkt davor geparkt, das Halteverbot ignoriert und ihren Autoschlüssel geholt. Ein Wunder, dass der Commissario ihm den gegeben hatte. Nun saß sie wieder in ihrem geliebten Lancia und fuhr Richtung Dogliani. Das Wetter war herrlich. Ein Spätsommertag. Sie hatte das Verdeck geöffnet, sowohl das hintere Faltdach umgeklappt als auch das schwarze Hard Top im Kofferraum verstaut. Der warme Fahrtwind zerzauste ihr Haar und zauberte unendlich viele kleine Knötchen hinein. Später würde sie deswegen wieder fluchen. Warmes, weiches Licht ließ alle Farben in einer besonderen Intensität erstrahlen. Rot leuchtete von innen, wie eine Laterne. Gelb, prall und üppig, hatte die Kraft eines ganzen Feldes voller Sonnenblumen. Blau, rein und kraftvoll, wie Matisse es gemalt hatte. Die vereinzelten Schäfchenwolken, „cielo a pecorelle", wie man sie hier nannte, strahlten davor noch weißer. Die Alpi Marittime lagen, als wären sie gemalt und nur eine Kulisse, im Hintergrund der Stadt.

Der Lancia war ein bisschen sauberer. Es waren die Krümel, Fussel, der Staub, die fehlten und ihr Gewissheit gaben, dass Falcone den Schlüssel nicht nur wegen ihres kleinen Schwipses einkassiert hatte. Er hatte jeden Quadratmillimeter umgedreht. Oder seine Spürhunde. Certo! Genauso sicher war sie, dass sie nichts gefunden hatten.

Aber sie hatten gut gearbeitet, das musste man ihnen lassen. Die Kugelschreiber lagen exakt an der Stelle, wo sie auch vorher gelegen hatten. Das zerknäulte Tempo auf dem Fußboden des Beifahrersitzes. Der Saugnapf des Navi hing am gleichen Platz an der Windschutzscheibe. Sie gab die Adresse ein, die der Kaffeebaron ihr gegeben hatte.

Dann sah sie in den Rückspiegel. Natürlich, Falcones Spürhunde waren hinter ihr her. Oder versuchten es zumindest. Sie grinste. Und gab Vollgas.

Kurz vor Dogliani wies das Navi den Weg nach rechts in ein kleines Sträßlein. Aber bereits an der Abzweigung sah sie das Schild „Caffè e Cioccolato. Manufattura di buon gusto“.

Es war ein alter Gutshof, der auf einem kleinen Hügel lag, umringt von Haselnussbäumen. Das Natursteinhaus mochte zwei-, dreihundert Jahre alt sein. Alles schien liebevoll restauriert. In einem kleinen Nebengebäude auf der rechten Seite, vermutlich ehemals das Haus der Bediensteten, schien der Verkaufsraum eingerichtet zu sein.

Wer verirrte sich hierher?

Sina parkte den Lancia direkt davor. Ein Kaffeebaum in einem riesigen Terrakottatopf prangte neben der Eingangstür. Kleine rote Beeren durchbrachen das satte Grün der Blätter. Im Schatten der Pflanze schlief eine weiße Siamkatze. Sina hätte gerne ihre Augen gesehen. Oft hatten die weißen dieses magisch von innen leuchtende Azurblau.

Wie meine, dachte sie. *Wie meine Sari.* Sie hatte die kleine Katze aus Italien mitgebracht, als sie nach Stallwang gezogen waren. Es war für Sina immer, als könne sie ins Meer sehen, das sie so schmerzlich vermisste, wenn Sari ihre Augen öffnete.

Die Katze ließ sich nicht stören. Es schien alles irgendwie verschlafen. Wie die Katze. Durch ein kleines Fenster konnte man in den Verkaufsraum blicken. War überhaupt offen? Sina drückte gegen die Eingangstür. Sie gab nach, gleichzeitig bimmelte ein Glöckchen, ein kurzer Ton, hell wie Silber.

„Buon giorno", rief sie.

Es war kühl im Laden, das Licht gedämpft. Dass draußen die Sonne schien, konnte man hier nur erahnen. Sina hatte ihre Strickjacke im Auto gelassen und überlegte, ob sie sie schnell holen sollte. Aber sie hatte ja nicht vor, lange zu bleiben.

Es roch herb nach dunkler Schokolade und frisch geröstetem Kaffee. Große pralle Jutesäcke standen auf einem schwarzen Terrazzoboden. Auch die rustikalen Holzregale waren dunkel gebeizt und waren mit kleinen Fässchen bestückt. An den Regalen klebten Schilder mit Namen wie Maragogype, Excelsa, Yauco Selecto, El Zapote.

Halbhohe Glasvitrinen trennten den Raum in zwei Hälften. In ihnen lagen kunstvoll dekoriert süße Trüffel, Schokolade, kleine Törtchen. Auf der Marmortheke standen eine alte Registrierkasse und eine Waage, die noch mit Bleigewichten funktionierte. Die chromblitzende Bezzera schien auch schon in die Jahre gekommen. An den weiß getünchten Wänden hingen Fotografien von Kakaobäumen mit orangen Früchten. Ein lachendes Kind hielt eine halbierte Frucht in die Kamera. Auf einem Plakat hinter der Registrierkasse erkannte Sina das Logo von „El Ceibo", eine Vereinigung von Kakaobauern. Der Preis war in den letzten dreißig Jahren extrem gefallen, und die Bauern konnten kaum noch von ihrer Ernte leben. Durch die Kooperation versuchten sie, einen stabilen und fairen Preis für ihre Bohnen zu bekommen.

„Signora?"

Es war seine tiefe, melodische Stimme. Ein dunkler Bass, weich, aber voller Kontraste.

„Signora!" Nun ging der Bass leicht nach oben.

„Sì", sagte Sina nur.

„Ah Signora, wie schön, dass Sie gekommen sind!"

Er kam auf sie zu, nahm sie in den Arm und küsste sie auf die Wangen. Sein Geruch war herb. Und süß. Eine Synthese aus Kaffee und Schokolade. Er war komplett schwarz gekleidet. Seide, vermutete Sina. Die Hose aus fester Wildseide und das Hemd aus einer leichten Fliegerseide. Der Mann war ein Widerspruch in sich. Er war wie heiße, flüssige Schokolade. Oder harte, kalte, knackige. Er war Tango. Und Walzer. Er schien klar, offen und gleichzeitig mysteriös.

„Was kann ich für Sie tun, kann ich Ihnen etwas anbieten? Oder warten Sie, ich habe hier eine ganz besondere Arabicabohne aus Kolumbien. Ein kleiner Hersteller produziert keine dreißig Sack im Jahr. Eine wilde Sorte, die er kultiviert hat. Daraus werde ich Ihnen einen Caffè zubereiten." Er eilte hinter die Theke und nahm zielsicher eines der Fässchen aus dem Regal, öffnete den Deckel und gab es Sina zum Riechen. Es war ein dunkler Duft. Schwarz. Wie eine mondlose Nacht. Sie fischte eine Bohne heraus, steckte sie in den Mund und biss darauf. Es krachte, die krosse Bohne zerbarst. Auch der Geschmack war dunkel. Leicht bitter. Dann kam etwas wie Zimt, vielleicht auch Süßholz. Sina nickte erfreut.

„Sina", sagte sie und gab ihm den Kaffee zurück, „ich meine, ich heiße Sina, Sina Cassotto."

„Natürlich, mi dispiace, wie unhöflich! Alfredo Corleone." Er deutete einen Diener an. Höflich, aber nicht devot.

„Sie heißen Corleone? Dann sind Sie nicht tot!", platzte es aus ihr heraus.

Corleone stutzte. „Nein. Wieso sollte ich?"

Sie schüttelte den Kopf. Langsam dämmerte es ihr. Dieser Mistkerl von Falcone hatte sie reingelegt. Er hatte ihr das Bild von der Leiche gezeigt, und sie war ganz selbstverständlich davon ausgegangen, es wäre Corleone, nachdem er kurz vorher gefragt hatte. Auf jeden Fall hatte er sie beschatten lassen. Er wusste, dass sie auf der Messe mit Corleone gesprochen hatte.

„Entschuldigen Sie, aber ich bin da in eine blöde Geschichte gerasselt. Wäre fast im Knast gelandet. Und beim Verhör hat man mich gefragt, ob ich Sie kenne. Aber da wusste ich nicht, dass Sie Corleone sind."

„Und die Polizei war der Meinung, ich sei tot!" Er ging einen Schritt zurück. Das erste Mal schien seine perfekte Fassade einen kleinen Riss zu bekommen. War ja auch kein Wunder, befand Sina, wenn man plötzlich für tot erklärt wurde.

„Nein, nein", lachte sie und lehnte sich gegen die Theke, „der Commissario hat mich wohl an der Nase herumgeführt."

„Hat es was mit dem Mord zu tun?", fragte er nun neugierig und kam wieder auf sie zu. Das geöffnete Kaffeefässchen stand vergessen auf dem weißen Marmor.

Sina seufzte. „Ja. Ich habe die Leiche entdeckt. Nun denkt der Commissario, ich hätte etwas damit zu tun."

„Und? Haben Sie?"

Sina schüttelte heftig den Kopf. „Natürlich nicht!"

„Ach schade", grinste Corleone nun, sein Körper entspannte sich merklich, „hätte aufregend werden können. Auf eine solch schöne Mörderin trifft man nicht täglich!"

Da war es wieder! Dieses leise Kribbeln, was Sina bei ihm spürte. Es schmeichelte ihr, wenn solch ein schöner Mann das zu ihr sagte. Zumindest empfand es ihre deutsche Seite so. Die andere, die ihres Vaters, rümpfte arrogant die Nase, war sich der eigenen Schönheit bewusst. Fand das Haar golden, die Haut fein wie Alabaster, die Augen magisch. Welche Seite mehr Gewicht hatte, entschied, wo sie sich gerade aufhielt. War sie länger in Deutschland, konnte sich die „Na ja, geht so, ist okay, aber …"-Seite behaupten. War sie länger in Italien, fühlte sie sich häufig wie ein Schmetterling, der aus einer Raupe schlüpfte. Vielleicht lag die Veränderung ihres Wesens auch daran, weil man Italienisch nicht so sprechen konnte wie Deutsch, weil man es singen musste, fühlen musste, rollen musste, das Tempo abwägen, dehnen.

„Gibt es Neuigkeiten? Weiß man inzwischen, wer der Tote ist?" Corleone nahm beiläufig seine Arbeit wieder auf, drehte sich um und füllte die Kaffeebohnen in die Espressomaschine.

„Keine Ahnung." Sina folgte jeder Bewegung. Jetzt wo er ihr den Rücken zuwandte, konnte sie seine Figur studieren. Es schien ein muskulöser Körper zu sein, der unter der weichen Seide verborgen war.

Panther – schoss es ihr durch den Kopf! Oder nur ein Kater? Sie sollte sich nicht durch seine charmante Art täuschen lassen.

„Er hat mich nicht in seine Ergebnisse eingeweiht. Aber Sie scheinen auch auf seiner schwarzen Liste zu stehen?"

Corleone zuckte mit den Schultern, drückte auf einen Knopf, das Mahlwerk zerkleinerte rasselnd die Kaffeebohnen, und ein dunkelbrauner Strahl lief in eine Tasse. Es duftete nach mondloser Nacht.

„Ich kann mir nicht vorstellen, warum." Er nahm die Tasse und stellte sie auf eine Untertasse, auf der bereits ein kleiner Löffel lag, vor Sina auf die Marmortheke, drehte sich noch einmal um, um eine silberne Zuckerdose zu holen.

Sina ließ zwei Löffel Zucker in den Caffè rieseln, weiße Kristalle durchbrachen die perfekte Crema. Dann rührte sie um, trank den heißen, dickflüssigen Kaffee auf ex. Danach sagte sie kein Wort. Es gab nichts zu sagen. Corleone beobachtete sie. Für einen kurzen Moment begegneten sich ihre Blicke.

„Sie kaufen in Kolumbien ein?", fragte Sina nach einer Weile.

„Ja, aber nicht nur da. Vor allem kaufe ich FAIR ein. Und meist direkt bei den kleinen Kaffee- und Kakaobauern. Die Qualität fängt dort an! Letztlich entscheiden Boden, Pflege, Klima und Niederschlag über die Qualität der Bohnen. Egal, ob Kaffee oder Kakao." Er strich liebevoll über die Fässer, als wären sie seine Liebste. Diese Zärtlichkeit war Sina schon auf der Messe aufgefallen.

„Aber in Kolumbien kaufen Sie dann auch das Kokain?"

Corleone stutze. Dann grinste er. „Selbstverständlich! Dort kommt die beste Ware her! Dass Sie mir so schnell auf die Schliche kommen, Signora Cassotto!“

„Es ist, was Falcone vermutet!?“

„Vermutet er das?“

War da ein anderer Ausdruck in seinen Augen? Ein leichtes Huschen, ein kurzes Blinzeln? War da etwas? Ein Zucken des Augenlids. Ein gefährliches, rotes Leuchten aus der sonst dunklen Iris. War da plötzlich das Dunkle, was stärker hervortrat?

„Also, wenn ich es richtig interpretiere, glaubt er, dass ich bei Ihnen Drogen einkaufe und nach München exportiere“, fuhr sie ruhig fort, beobachtete ihn dabei genau.

„Glaubt er das?“

„Wahrscheinlich lässt er mich auch gerade beschatten. Auch wenn ich versucht habe, den Schatten abzuhängen. Aber anscheinend steht einer seiner dubiosen Gehilfen hinter einem Busch und beobachtet uns.“

„Nun ja, dann sollten wir Ihren Schatten ein wenig ärgern. Kommen Sie! Wir gehen nach unten in mein Laboratorium. Dort wird der Stoff nämlich hergestellt, dann kann ich Ihnen auch meine neueste Kreation vorstellen. Sie heißt ‚Opium‘“, und wies ihr den Weg durch eine Tür, die offensichtlich in das Untergeschoss führte.

Als Sina wieder auf den Hof trat, empfand sie sich herrlich beschwingt und leicht. Sie breitete die Arme aus, dachte so einfach in die Lüfte zu entfliehen.

Ihre Wangen glühten, es kribbelte in ihrem ganzen Körper, sie fühlte sich lebendig, übermütig und sog diese gerade erlebten verzauberten Momente gierig ein.

Dieser Mann ist die Droge, dachte sie. *Von ihm wird man süchtig.* Corleone hatte ihr seine Manufaktur gezeigt. Und so werbend, wie er zuvor bei der Zubereitung von Caffè gewirkt hatte, ging er nun mit ihr um. Er ließ sie verführerische Trüffel probieren, legte dabei die Hand wie zufällig um ihre Taille. Sina spürte seinen warmen Atem in ihrem Nacken, als würde er sie so liebkosen. Seine Bewegungen waren wie ein erotischer Tanz, und Sina tanzte mit. Es waren diese flüchtigen Berührungen, seine herausfordernden Blicke, aber vor allem sein Geruch. Es war der Duft von dunklem Blauschwarz, mondloser Nacht, von tanzenden Schatten. Und er machte definitiv süchtig! Sie hatte sogar vergessen auszuzählen. Aber im Grunde war es keine Frage! Natürlich hatte sie sofort ja gesagt, als er sie für den morgigen Abend zum Essen eingeladen hatte. Nicht in ein Restaurant. Nein! Er wollte kochen.

Zum Abschied hatte er ihr einen Kuss auf die Wange gehaucht. Gefährlich nahe ihrem Mund.

Das helle Tageslicht blendete, sie brauchte einen kurzen Moment, bis sich die Augen wieder daran gewöhnt hatten. Die Katze lag immer noch zusammengerollt unter dem Kaffeebaum. Sina sah sich kurz um, ob sie irgendwo Falcones Gehilfen sah, dann erst stieg sie in den Lancia. Durch das Schaufenster konnte sie noch sehen, wie Corleone sein Telefonino zückte und eine Nummer wählte.

Wahrscheinlich orderte er das Opium für morgen Abend, grinste sie.

Eigentlich war sie satt, aber nachdem sie nicht wieder ohne etwas zu essen und zu trinken in Michaels Haus landen wollte, beschloss sie, endlich einzukaufen. Und wusste auch schon, wo. In Santuario Vicoforte! Das lag sowieso auf dem Weg. Auf der Fahrt kreisten ihre Gedanken um Corleone. Und den Toten. Jetzt musste sie das Gesicht nicht mehr mit seinem Namen verbinden.

Certo, das hatte zu nichts führen können! Allora! Woher kannte sie ihn? Sie begann zu kombinieren. Zunächst mit Menschen. Dann mit Dingen, Plätzen, Vergangenheit. Vielleicht war es der Bart, der sie störte. Vielleicht kannte sie ihn ohne Bart. Manchmal war es ja so ein Detail, das Erkennen verhinderte. Sie rasierte ihm im Geist den Bart ab. Aber auch ohne wollte es ihr nicht einfallen.

Vicoforte war wie Mondovì zweigeteilt. Santuario di Vicoforte lag unten und Vicoforte oben. Bruno hatte erzählt, dass die Wallfahrtskirche nach einer Marienerscheinung von 1600 bis 1700 erbaut worden war und die gewaltige Kuppel mit einer Höhe von fünfundsiebzig Metern und einem Durchmesser von fünfunddreißig Metern als größte elliptische Kuppel der Welt galt.

Als Sina in den Halbkreis einfuhr, sah sie Touristen mit Helmen und Kletterseilen ausgestattet über den großen Platz auf die Kirche zulaufen. Es schien, als wollten sie die Fassade hinaufklettern.

Die Kirche, beschloss Sina erneut, würde sie sich später ansehen, jetzt wollte sie in einige der kleinen Läden gehen, die sie schon vor einigen Tagen unter den Arkaden entdeckt hatte. Sie war sicher, eine Alimentari, Macelleria und Vinothek gesehen zu haben. Unter den Arkaden lief sie nun von Schaufenster zu Schaufenster. Vor einem blieb sie stehen. An der Scheibe hing ein Plakat mit dem Titel „Magnificat". Tatsächlich, man konnte die Kuppeldecke in fünfundsiebzig Meter Höhe erklimmen. Was Magnificat, der „Lobgesang Mariens", damit zu tun haben sollte, erschloss sich Sina nicht. Oder war das eine One-Way-Tour?

Die Alimentari war so, wie man sie zu Tausenden in ganz Italien fand. Minisupermärkte, in denen es fast alles gab. Aber eben immer nur ein oder zwei verschiedene Artikel pro Sorte und nicht wie in den großen Supermercati unendlich viele verschiedene Olivenöle, Pasta oder Schinken. Dafür waren die wenigen Sorten in der Regel sehr gut. Meist auch aus lokaler Produktion. Es war ihr schon oft so gegangen, dass sie gedacht hatte, gibt's hier sowieso nicht, aber trotzdem gefragt hatte. Dann wurde die gewünschte Dose aus einer kleinen Nische hervorgezogen.

Sina liebte diese kleinen verschrobenen Läden, in

denen häufig genauso liebenswert verschrobene Menschen standen, die noch nicht von irgendwelchen Seminaren versaut worden waren, in denen sie gelernt hatten, effektiv zu sein. Oder freundlich. Keine verzerrten Gesichter beim verzweifelten Versuch zu lächeln.

Sina wählte einen Käse, einen Rochetta aus Kuh-, Schafs- und Ziegenmilch, ließ sich hauchdünn Nostrano, einen hiesigen rohen Schinken, herunterschneiden. Ein Stück Parmesan musste mit. Vollreife Tomaten, Knoblauch, weiß-lila gestreifte Auberginen. Wählte dann noch ein paar Plin, Miniteigtäschchen, mit Fontinakäse gefüllt. Die durften auf keinen Fall kochen, sonst würden sie platzen, sagte die junge Frau an der Theke.

Der stämmige Mann an der Kasse pfiff und sang vor sich hin.

Sinas Blick wurde durch eine kleine Schale mit Peperoni abgelenkt, die in einem Körbchen neben dem Pfeifenden standen.

„Was sind das für welche?“ Sie zeigte neugierig auf das Körbchen.

„Oho, die gehören zu den schärfsten der Welt, sage ich Ihnen. Da dürfen Sie immer nur ein kleines Stückchen verwenden.“

„Die Trinidad Moruga Scorpion?“ Die sonnengelben Früchte wirkten ein wenig verschrumpelt. Als wären sie, wie ein Blatt Papier, schon einmal zusammengeknautscht worden. Das war ihr Erkennungszeichen.

„Ja genau, Signora, genau die! Eine Art Capsicum chinense. Sie kennen die? Nicht viele tun das, wissen Sie! Sie ist eine der schärfsten Chilisorten der Welt“, wiederholte er.

„Und wo kommen die her?“

„Weder aus Trinidad noch aus Tobago. Aus meinem Garten natürlich!“, antwortete er so, als gäbe es keine andere Möglichkeit. „So wie die Tomaten, der Knoblauch und die Auberginen.“

Das ist hier ja fast unheimlich, dachte Sina. Alles Eigenanbau, Bio oder fair eingekauft. Alles schien vorbildlich. Zu vorbildlich. Gab es hier nur diese Gutmenschen? Oder stank etwas gewaltig zum Himmel?

„Dann nehme ich fünf Stück“, entschied sie.

Er trällerte weiter, kramte unter der Theke eine Papiertüte hervor, nahm die scharfen Früchte mit den Fingerspitzen aus dem Korb.

„Da müssen Sie aufpassen, die sind schon beim Anfassen höllisch scharf. Und riechen Sie mal! Da kriegt man vom Geruch Tränen in die Augen!“

Er hielt Sina eine Frucht vor die Nase. Tatsächlich begann es in ihrer Nase zu bitzeln. Sie dachte sofort an Falcone.

„Wo kommen Sie her, Signora?“, fragte er.

„Deutschland“, antwortete Sina knapp. Fragte sich gleichzeitig, wieso ausgerechnet er auf die Idee kam, sie könne keine Italienerin sein.

„Aber Sie sprechen ja perfekt!“

„Mein Vater ist Italiener.“

„Ja, die Angelina an der Fleischtheke, die war auch in Deutschland, aber sie hat die Sprache nicht gelernt. Es ist schwer, eine andere Sprache zu lernen. Wie ist es in Deutschland?"

„Schön. Aber anders", was hätte sie auch darauf antworten sollen.

„Schön! Natürlich, bestimmt besser als hier!" Er tippte die Preise in die Kasse, als wäre sie ein Instrument, und trällerte gleichzeitig weiter. „Sì. Sì. In Deutschland ist es viel besser, viel besser, viel besser als hier!" Das sang er, hörte sich an wie der Tenor einer Oper von Verdi, der in der Arie sich selbst eine Antwort gab. „Aber ich liebe dieses Land. Lieeebe es. Abeeer die Wirtschaftskrieese, Sig-no-ra, die macht uns kaputt, kaputt. Kaputt!"

Dann packte er alles in eine dünne Plastiktüte. Sina legte ihm das Geld passend hin, schnappte sich die Tasche, winkte ihm zu und verließ die Alimentari.

„Buona giornata", sang er zum Abschied.

Sina hatte den Holztisch auf der Terrasse gedeckt, Antipasti auf kleine Teller verteilt, eine Salsa aus frischen Tomaten gekocht, den Rosato kalt gestellt und den Dolcetto entkorkt. Sie hatte Bruno getroffen, als sie aus Santuario di Vicoforte zurückgekommen war, und ihn spontan zum Abendessen eingeladen. Sie hatte sowieso wieder mal zu viel eingekauft.

Im Grunde war das Haus ein Traum. Zwar abgeschieden, aber nicht einsam. Es hatte auf zwei Stockwerken etwa hundertzwanzig Quadratmeter. Unten waren Küche und Abstellräume, Waschmaschine und ein WC. Oben drei Schlafzimmer, ein kleines Wohnzimmer und ein Bad, dessen große Fenster man weit öffnen konnte. Vor dem Wohnzimmer war noch ein Balkon mit Blick zum Verde Mare, ins grüne Meer.

Sina hatte es sich in einem der Gästezimmer bequem gemacht.

Der Garten war mit Rosen und Hortensien üppig bepflanzt. Eine Kiwi kletterte an der Steinmauer empor und hatte unzählige behaarte Früchte. Sie hatte sie schon betastet, leider waren sie noch hart. Auf der Terrasse standen große Terrakottakübel mit Oleandersträuchern, einer Palme, aber auch Zitronen, Kumquat und Orangen. Eine Feige wuchs seitlich vom Haus. Auf dem Boden lagen viele überreife Früchte. Es roch vergoren. Einige hingen noch am Baum. Sina hatte beschlossen, Feigenmarmelade zu kochen. Mit einem Schuss Grappa und einem Hauch der Trinidad. Oberhalb des Hauses hatte sie auch ein paar unreife Tomatenfrüchte gepflückt. Daraus wollte sie eine grüne Tomatenmarmelade kochen. Natürlich wusste sie, dass die grünen Früchte als giftig galten. Aber die Menge, die tatsächlich schädlich wäre, würde niemals in ein Marmeladenglas passen.

Ganz bezaubernd fand sie das alte Rustico, in dem die Hausherren einen überdachten Freisitz eingerichtet hatten. Die knorrige Olive, die davorstand, war sicherlich so alt wie das Haus selbst. Der untere Teil war ein Atelier. Einer der beiden schien zu malen. Sina hatte die Bilder im Haus bereits bewundert. Sie zeigten abstrakte Landschaften, Impressionen, Stimmungen, die dieses Verde Mare fabelhaft einfingen.

Dieses Grün, das das Haus wie Watte einpackte, wechselte gerade die Farbe, wurde rötlich, gelblich, Ocker, Marone, Siena, Kadmium. Der wolkenlose Himmel schien unglaublich hoch. Es war still. Die einzigen Geräusche, die Sina in der Nacht geweckt hatten, waren das laute Gebell eines Rehbockes und das Kiwitt eines Käuzchens. Aber als die Dämmerung kam, schien der Wald zu singen. Es war wie ein Konzert. Einzelne Stimmen waren kaum zuzuordnen. Das Musikstück wurde von Zeit zu Zeit unterbrochen vom Krähen eines Hahnes oder vom Bellen eines Hundes.

Ein besonderer Ort, fand Sina. Es gab keine spektakuläre Sicht. Man sah nicht das grandiose Panorama des Monviso, nur in die unterschiedlichen Schichten eines endlosen Waldes, eines Tals vor einem Tal, von einem Hügel überdeckt, unterschiedliche Ebenen, hintereinander, übereinander, ineinander, miteinander. Das Haus war nicht außergewöhnlich. Nicht pompös. Aber wie es da so lag, fast wie in einem Adlernest, strahlte es unendliche Ruhe aus. Zeitlosigkeit. Man konnte für einen kurzen Moment Ewigkeit erahnen.

Sie war durch den Garten gegangen, über die angelegten Terrassen und hatte nach dem angeblichen Cannabisfeld gesucht. Gefunden hatte sie einen „Tunnel", ein Gewächshaus. Rundbögen aus Eisen, über die eine Folie gespannt war. Sie hob die Metallstange, die den Eingang blockierte, zur Seite und schlüpfte in das Innere.

Hier war noch Sommer. Ein Dschungel von Tomatensträuchern, eher Bäumen, in dem sie plötzlich stand. Sie fühlte sich wie Alice im Wunderland. Überall hingen noch Früchte, nicht so zahlreich wie im Sommer, aber dennoch etliche, und nicht nur rote Sorten, sondern gelbe, blaue, grüne, orange, fast schwarze. Die Früchte hatten die unterschiedlichsten Formen, platte, runde, herzförmige, aber auch kleine, winzige, so groß wie Johannisbeeren. An jedem Busch hing ein Namensschild. Lila Sari, Schwarze Krim, Super Sioux, Green Zebra, Cherokee Chocolate, Blue Beauty. Im hinteren Teil des Gewächshauses standen Peperoni und Auberginen. Aber auch hier wuchsen keine Standardsorten. Sie entdeckte eine Pflanze, die rote Auberginen trug.

Afrika, meinte Sina sich zu erinnern, da hatte sie die wohl schon gesehen. An den verschiedenen Auberginenpflanzen hingen ungewöhnliche weiße, längliche Früchte, aber auch die klassischen kleinen runden Eggplants aus Thailand.

Sie hatte ein paar Tomaten geerntet, kam sich dabei vor wie eine Diebin, aber sie nahm nur sehr reife. Da konnten Michael oder Andrea ja nichts dagegen haben. Daraus hatte sie einen bunten Tomatensalat gezaubert, zusammen mit dem Olivenöl von Franci, einem Hauch Salz und ein paar Spritzern Balsamico.

„Was wollte Falcone gestern von dir?“, fragte Sina Bruno. Er hatte einen kühlen Prosecco aus Valdobbiadene mitgebracht, den sie zu den Antipasti getrunken hatten. Er war so sanft fruchtig wie ein wilder Pfirsich, kleine Perlen gaben ihm seine prickelnde Leichtigkeit. Genau richtig für diesen lauen Abend.

Es war fast dunkel, Sina hatte das Licht auf der Terrasse schon angeschaltet und ein paar Windlichter angezündet. Pluto lag unter dem Tisch und schnarchte. Bruno hatte eine Taschenlampe für den Rückweg, den Aufstieg, wie er es nannte, mitgebracht, so würde er es mit Michael auch immer machen, wenn sie sich besuchten.

„Pah!“ Bruno schmiss die Hände in die Luft. „Wo ich war. Wann ich wo war. Was weiß ich? Als wenn ich mir das gemerkt hätte! Und die Uhrzeit. Keine Ahnung, hab ich ihm gesagt. Und ob jemand bezeugen könnte, dass ich hier gewesen sei. Ja, natürlich! Pluto!“, grinste er.

„Dann hätte ich ja kein Alibi, meinte der Africano. Nein, natürlich nicht! Ja, was glaubt denn der! Wenn ich Gesellschaft wollte, wäre ich nicht hier! Soll er mich doch festnehmen. Da hab ich wenigstens meine Ruhe!“ Bruno drückte seine Zigarette im Aschenbecher aus. „Vor meinen Patienten. Und meiner Frau! Solange sie mir Zigaretten und Vino geben.“

Vor den Patienten konnte Sina ja noch verstehen. Aber vor seiner Frau? „Vor deiner Frau? Wieso?“

„Wie wieso?“

„Ja wieso vor deiner Frau. Ist die so schlimm?“

„Nein, sie ist wundervoll, aber sie ist meine Ehefrau. Das genügt doch.“

„Wie meinst du das?“

„Ah, wir sind verheiratet. Und ich hatte einen Herzinfarkt!“

„Du hattest einen Herzinfarkt, weil du verheiratet bist?“

„Certo!“ Er zündete sich eine Zigarette an.

„Ja, wieso hast du denn geheiratet? Wenn du es so schrecklich findest.“

„Woher soll ich das noch wissen. Es ist fast vierzig Jahre her.“

„Ja, aber dann kann es doch nicht so schlimm sein, wenn ihr es so lange miteinander ausgehalten habt."

„Wer sagt, dass es nur schlimm ist? Es ist ein Gefängnis. Nein, es ist schlimmer!" Bruno nickte unablässig. „Das schlechte Gedächtnis im Alter ist die große Gnade in der Ehe. Eines Tages erkenne ich sie einfach nicht mehr."

„Bruno!"

„Ein Freund von mir will heiraten. Dem habe ich zwanzig Therapiestunden geschenkt. Vorher, versteht sich."

Sina schüttelte den Kopf. Bruno fuhr fort.

„Alle Patienten, die ich habe, sind verheiratet. Was glaubst du, was die für Probleme haben. Manche haben ein Trauma, weil sie ihre Frau betrogen oder belogen haben. Und warum? Weil sie sonst zu Hause einen riesigen Aufstand bekommen hätten. Oder weil sie ihren Lohn versoffen haben. Warum? Weil es in der Bar mit den Freunden gemütlicher war. Als mit der nörgelnden Alten zu Hause. Und dann die Schuldgefühle, wegen dem ewigen ‚du verstehst mich nicht'!

Die armen Kerle! Oder die, wie ich, keine Tiere wollten. Und dann muss ich den tauben und blinden Hund meiner Tochter sitten. Ich werde eine Studie machen, die beweist, dass die Mehrzahl der Männer, die einen Herzinfarkt hatten, verheiratet waren. Dass das der wahre Grund ist! Nicht das Rauchen! Was glaubst du, was los ist, wenn ich mir eine Zigarette anzünde. Die dreht glatt durch! Und das regt mich auf." Er fasste sich mit der Hand an die Brust und schnitt ein leidendes Gesicht. „Und sieh dir meine Haare an. Grau!"

„Ja, wieso lässt du dich denn nicht scheiden? Oder ihr trennt euch."

„Pazienza. Geduld! Dieses Jahr wechsle ich die Fenster am Haus aus. Nächstes Jahr lasse ich mich scheiden. Und dann lebe ich in wilder Ehe mit ihr!", dabei grinste er wollüstig, erwartungsvoll.

Sina gab auf. Sie konnte nicht einschätzen, ob er es ernst meinte oder nicht.

„Hat er was gegen dich in der Hand?", wechselte sie das Thema.

„Ach was. Auf dem Schraubenzieher, den die Leiche in der Hand hatte, sind meine Fingerabdrücke. Klar, habe ich ihm gesagt. Ist ja auch meiner! Der war unten im Keller. Dann hat er mir das Bild gezeigt, mich gefragt, ob ich den kenne. Klar, habe ich gesagt, ist einer von meinen Patienten." Bruno grinste. „Da war er kurz davor, die Handschellen rauszuziehen."

„Und, ist es einer von deinen Patienten?"

„Natürlich nicht!"

Sina stöhnte innerlich.

„Aber es war sicher nicht Corleone, Sina, der auf dem Bild! Das ist auch kein Italiener."

„Ich weiß, dass er es nicht war. Bei dem war ich heute Nachmittag. Und habe für später ein paar gute Bohnen für den Caffè mitgebracht."

„Für den Corretto?"

„Für den Corretto! Wieso meinst du, es ist kein Italiener? Er könnte aus dem Süden kommen."

„Aus Afrika", grinste Bruno. Dann wurde er aber ernst. „Warst du mal oben?"

„Wie oben?"

„Wenn du die Tanaro hochfährst, Richtung Serra di Pamparato, kommst du nach Madonna del Pilone. Da ist eine kleine Kapelle. Davor stehen zwei gelbe Häuser, die den Pfaffen gehören. Die Häuser sind runtergekommen. Fenster eingeschlagen. Im Sommer wohnen da Nonnen. Machen Urlaub von Gott. Wenn die mit ihren grauen Pinguinkostümen in Reih und Glied die Straße hochmarschieren, kam mir schon mal die Idee, das Hupen zu vergessen, wenn sie mein Auto nicht gehört haben."

Sina schüttelte fassungslos den Kopf. „Brunoooooooo!"

„Nur um sie Gott näher zu bringen", antwortete er mit frommer Miene und faltete betend die Hände. „Vor den Häusern ist ein großer Platz, auf dem die Alten von Roatta häufig Boccia spielten. Die puttane di papa saßen auf den Bänken und haben zugesehen. Wer weiß, was sich da noch alles abgespielt hat." Er sah sie scheinheilig an. Fuhr dann aber ungewohnt ernst fort. „Aber jetzt sind da keine Nonnen mehr. Keine Alten. Da leben Flüchtlinge. Nur junge Männer. Die sitzen jetzt draußen auf den Bänken. Sitzen nur so rum. Spielen kein Boccia. Sind so bizarr schwarz in dieser verlassenen Gegend. Kommen vom Nirgendwo ins Nirgendwo. Sind übers Meer geschifft. In Sizilien gestrandet. Gekentert. In Turin würden sie nicht auffallen. Aber hier! Hier sind sie fremder als fremd. Fremde. Pericolosi! Gefährlich! Und der, den mir Falcone gezeigt hat, der passt dahin."

„Hm", überlegte Sina. „Dann wären es keine Revierkämpfe unter den Trüffelsuchern. Sondern vielleicht ein Konflikt zwischen den Flüchtlingen. Oder mit den Einheimischen. Oder mit einem Schlepper?"

„Oder der Kirche!" Nun hatte er wieder dieses ironische Blinzeln in den Augen.

„Egal! Wir müssen unbedingt mit diesem Tino Grillo, diesem Trüffelsucher, reden. Vielleicht hat er etwas gesehen. Und mir rennt die Zeit davon. In zehn Tagen muss ich im Flieger nach Madagaskar sitzen."

„Was willst du denn in Madagaskar?"

„Geschäftlich", kürzte Sina es ab, bevor sie sich wieder auf eine Diskussion einlassen musste. „Ich muss mit Tino reden!"

„Der hat doch sicherlich schon alles dem Africano erzählt."

„Und wenn nicht?", beharrte sie. „Du weißt doch bestimmt, wo er wohnt!"

„Wenn du ihn unbedingt sprechen willst, geh morgen früh nach Mondovì ins Café unten am Markt. Da ist er meistens, wenn er von der Jagd kommt."

Sie horchten auf. Ein blubberndes Motorengeräusch näherte sich. Es knirschte. Kurze Stille, dann klackerten Steine, schlugen hart gegen Blech. Aufheulen, Leerlauf, Quietschen, Bremsen. Bruno sah hoch. Sina folgte seinem Blick. Aber die Nacht hatte sich schon über den Wald gelegt, es war stockdunkel. Dann sahen sie einen Scheinwerfer hoch und runter hüpfen. Pluto schnarchte seelenruhig weiter.

„Das kann nur einer sein!“, stöhnte Sina.

Schemenhaft erkannten sie Falcone, der mit seiner Guzzi vor dem Tor zum Stehen kam, den Helm abnahm, an den Lenker hängte. Dann erstarb der Motor.

„Was willst du hier?“, fuhr sie ihn an, als er die Terrasse erreicht hatte. „Habe ich dir überhaupt erlaubt, das Grundstück zu betreten? Pluto, fass!“, befahl sie. Aber der lag unter dem Tisch, zuckte mit den Pfoten, träumte wohl von der Jagd.

Falcone wies auf sein Motorrad.

„Wir können auch in der Questura reden.“

Sina nahm wortlos die Teller und trug sie ins Haus. Als sie zurückkam, brachte sie den Dolcetto mit, schenkte Bruno und sich ein.

„Du musst ja noch fahren!“

Falcone winkte entschieden ab.

„Vielleicht will Andrea was mitessen?“, schlug Bruno vor und betonte „Andrea“ extra lang.

„Der Tote hatte Dreck unter seinen Fingernägeln. Und Spuren von weißem Trüffel. In seiner Nase haben wir Koks gefunden. Was hast du mit Corleone zu tun, Sinistra?“, fragte er, ohne auf Brunos Frage einzugehen.

„Sinistra?“ Bruno runzelte die Stirn.

„Nach dem Essen“, entschied Sina und meinte damit beide. Das Nudelwasser kochte, die Salsa hatte gerade genau die richtige Konsistenz. Die noch einmal aufzuwärmen wäre eine Sünde.

„Allora! Willst du auch einen Teller?“

Falcone nickte und setzte sich zu Bruno an den Tisch.

Sina hatte aus der Trinidad ein scharfes Öl zubereitet. In der Tomatensoße war davon nur ein Hauch und gab ihr eine pikante Note.

Sì, no, sì, no, sì, no, sì, zählte sie aus, als sie die Plin auf die Teller verteilte.

Sì, sì, sì! Das hatte er verdient! Das hatte dieses Stronzo schon alleine für die Motorradfahrt verdient. Vom Rest ganz zu schweigen.

Sie nahm einen guten Teelöffel des Chiliöls, verteilte es über Falcones Pasta, zögerte kurz und gab noch einen zweiten darüber. Sie war kurz davor, das ganze Schüsselchen darüberzugießen, hielt dann aber doch inne. Über die Plin streute sie frisch geriebenen Parmesan, legte dann noch ein irgendwie scheinheilig wirkendes Basilikumblatt obenauf.

„Bon appetito“, wünschte sie und stellte die dampfenden Teller auf den Tisch.

„Solltet ihr noch Schärfe wollen“, sie wies auf die Schüssel mit dem Öl.

Brunos Gesicht hatte wollüstige Züge, er scheffelte

sich den Duft der Pasta mit der Hand in die Nase. Auch Falcone schnüffelte, allerdings skeptisch.

Fehlte nur, dass er sich bekreuzigte, dachte Sina.

Dann nahm er die Gabel und begann entschlossen zu essen. Sie beobachtete ihn aus den Augenwinkeln. Augenblicklich trat ihm der Schweiß auf die Stirn. Anfangs nur winzige Tropfen.

Als wäre nichts, aß er weiter. Aus den winzigen Tröpfchen wurden dicke, große, sie rannen die Stirn hinunter, über die Augen, die zusätzlich zu tränen begannen, alle liefen die Nase herunter, stoppten an der Spitze wie an einer Klippe, um dann von ihr herunterzuspringen. Sie landeten auf der Pasta.

Diese geringfügige Verdünnung nutzte aber schier gar nichts, wusste Sina.

„So heiß ist es doch gar nicht“, wunderte sich Bruno. „Du müsstest es doch gewohnt sein! Da wo du herkommst!“

Bruno nahm das Schüsselchen mit dem Öl.

„Attenzione!“, warnte sie.

Aber da hatte er schon einen vollen Löffel über die Plin gekippt.

„Ich mag es scharf“, grinste er.

Augenblicklich begannen sich auch auf seiner Stirn Schweißtropfen zu bilden. Er sah fassungslos zu Falcone. Sina setzte ein ahnungsloses Gesicht auf und zuckte mit den Schultern. Aber dann spachtelte Bruno die restliche Pasta tapfer in sich hinein. Als er fertig war, schob er den Teller weg. „Jetzt brauche ich dringend einen Grappa! Nur der kann dieses Feuer löschen. Falcone?"

Der nickte. Bruno deutete Sina an, sie solle sitzen bleiben, er wisse schon, wo der Grappa stehe, und ging ins Haus. Der Commissario wischte sich mit der Serviette sein komplettes Gesicht ab und warf sie auf den Teller. Dann sah er Sina lange an.

„Grazie", sagte er nur.

Bruno kam mit drei kleinen Wassergläsern und einer bauchigen Flasche zurück. Im warmen Licht der Terrasse leuchtete der Grappa bernsteinfarben. „Den habe ich Michael geschenkt. In Barrique gelagert." Er zog den Korken, schenkte die Gläser randvoll, reichte sie Falcone und Sina.

„Salute", prostete der und trank auf ex. „Ah. Besser."

„Dann können wir jetzt reden?" Der Commissario war aufgestanden und stellte sich breitbeinig vor Sina.

„Du kaufst also Trüffel bei Corleone!"

„Wieso sollte Sina bei Corleone einkaufen? Der ist doch angeblich tot", sagte Bruno scheinheilig.

„Wie kommst du auf die Idee, der könnte tot sein, Di Neri? Hast du ihn um die Ecke gebracht?"

„DU HAST IHR GESAGT, ER SEI TOT!"

„Habe ich das?"

„Man hätte es jedenfalls so verstehen können", blaffte Sina, „tu nicht so!"

„Also noch mal, Sinistra. Du kaufst Trüffel bei Corleone?"

„Sinistra?"

„Steht in ihrem Pass", grinste der Commissario.

„Porca Madonna! Sinistra!?"

In diesem Moment sprang Pluto, der seelenruhig geschlafen hatte, abrupt auf, sprintete unter dem Tisch hervor, stürzte sich auf den verdutzten Commissario, riss ihn mit seinen mehr als fünfzig Kilo Lebendgewicht um und lag zähnefletschend auf seinem Brustkorb. Das alles ging in einer Geschwindigkeit vonstatten, dass Sina erst kapierte, was passiert war, als Pluto schon wie ein Monster auf Falcone lag und dessen Gesicht bereits leicht blaue Züge bekam.

„Di Neri", presste er heraus.

„Pluto", sagte Bruno mehr, als er es rief.

„Pluto."

„Di Neri! NIMM. DEN. HUND. WEG."

„Der hört doch nichts", rechtfertigte sich der, ging aber widerwillig zu seinem Hund und zerrte ihn am Halsband.

Endlich saß Falcone zwar befreit, aber heftig schnaufend im Gras. „Hast du für den einen Waffenschein?"

„Ah, du wirst etwas getan haben, was ihm missfiel. Da ist doch diese Reaktion völlig normal!"

Der Commissario schüttelte nur den Kopf, stand auf und klopfte sich das Gras von seiner Hose. „Ein letztes Mal, Sinistra! Du kaufst Trüffel bei Corleone?"

„Komm in meine Praxis! Ich mache dir einen Sonderpreis." Bruno sah sie mitleidsvoll an, hielt Pluto mit der einen Hand fest und zündete sich einhändig eine Kippe an.

„Di Neri, halt einfach mal deine Klappe!"

Falcone sah Sina erwartungsvoll an.

„Klar", antwortete die knapp. „Natürlich kaufe ich sie bei ihm. Die sind verdammt gut!"

„Ah. Du willst mir also allen Ernstes erzählen, dass du bei ihm Trüffel einkaufst? Für 20 000! Hat er sie schon? Habt ihr das Geschäft schon gemacht?"

„Nein, noch nicht. Aber wir sind dabei!", Sina dachte sehnsüchtig daran, dass sie morgen um diese Zeit bei Corleone wäre, und bei diesem Gedanken huschte ein Lächeln über ihr Gesicht.

Falcone sah sie irritiert an. „Und woher hat er die? Hat er dir das gesagt?"

„Wie woher? Die sind aus seiner Manufaktur. Trüffel aus Schokolade! Du Trottel." Trottel sagte sie natürlich auf Deutsch. Falcone ignorierte es.

„Du kaufst für 20 000 Euro Trüffel aus Schokolade?"

„Nein, natürlich nicht. Und die muss ich auch nicht bar bezahlen, sondern das geht auf Rechnung. Und die nehme ich auch nicht mit, sondern er liefert nach München."

„Wann genau bist du noch mal hier angekommen?"

„Es hat gerade gedämmert. Wann dämmert es hier? Außerdem hat mich dieser Trifolao gesehen. Hast du den schon befragt?"

„Meinst du, wir sind nur ein Haufen kleiner Dorfpolizisten, die hin und wieder ein paar Strafzettel ausfüllen? Ich habe mit Montalbano gearbeitet. Falls der dir was sagt!“, fauchte der Commissario. Sina war darauf gefasst, dass er den ganzen Rasen in Brand setzen würde. Und Montalbano? Wer sollte das sein?

„Entscheide dich. Kooperieren. Oder Zicken. Aber falls auch nur eine winzige Kleinigkeit schiefläuft, wie links abbiegen, wo es nicht erlaubt ist, buchte ich dich ein. Allora! Wann bist du angekommen? Hast du Quittungen von der Autostrada? Ist da eine Uhrzeit drauf? Irgendwo einen Caffè getrunken? Wann bist du in München losgefahren? Kann das jemand bezeugen? Kanntest du Corleone schon vorher? Ihr wirkt sehr vertraut! Kennst du den Toten? Und so weiter. Solltest du also auf diese Fragen eine Antwort haben, du weißt ja, wo du mich findest.“

Er schnappte seine Lederjacke, warf sie über die Schulter und ging zu seinem Motorrad. Dann drehte er sich noch einmal um.

„Das gilt auch für dich, Di Neri! Und binde den Hund an. Sonst loch ich dich wegen unerlaubten Waffenbesitzes ein“, rief er.

Sina und Bruno standen auf der Terrasse und sahen ihm nach. Pluto hatte sich neben sein Herrchen gesetzt. Als Falcone schon seinen Motor angelassen hatte, den Seitenständer krachend einklappte, sagte Di Neri schmunzelnd: „Pluto wird wild, wenn er dieses Schimpfwort hört, das die heilige Mutter Gottes so fürchterlich beleidigt. Er ist eben ein echter Italiener!“, und bekreuzigte sich scheinheilig.

„Und du bist ein elender Gauner! Du wusstest, dass er losgeht!“

Er grinste und schüttelte gleichzeitig den Kopf.

„Sinistra, wie kann man sein Kind nur Sinistra nennen?“

Spione

Als Sina am nächsten Morgen in Mondovì ankam, war gerade Markt. Sie stellte den Lancia in einem Parkhaus ab, ging Richtung Mercato, dort irgendwo sollte das Café sein, in dem der Trifolao angeblich nach der Trüffeljagd sein Frühstück einnahm.

Sie lief die Hauptstraße entlang. Kleine Läden, ähnlich wie in Vicoforte, nur fand man hier auch Möbel, Kleidung, Schmuckgeschäfte, viele Immobilienmakler, Buchläden, aber auch Läden mit Gartengeräten, Schrauben, Öfen. Die Fassaden der Häuser waren mit viel Patina behaftet, ein Labyrinth aus kleinen Gassen führte hinauf, quer verlaufend oder in verwinkelte Seitenwege mündend. Die Menschen, die auf den breiten Gehsteigen flanierten, wirkten weder bieder noch provinziell. Sie sah mondän gekleidete Frauen, gepflegte alte Signoras mit reizenden Hüten und Handtäschchen, Hippies mit wallenden Mähnen, elegante schöne Afrikanerinnen. Aber die Hautfarbe der meisten Menschen war heller als im Süden. Auch Augen und Haare hatten nicht das tiefe Schwarz, sondern waren mehr brünett, dunkelblond, ein Menschentyp, der auch in Deutschland nicht aufgefallen wäre. Zwanzigtausend Einwohner hatte Mondovì, aber Sina fühlte sich, als wäre sie in einem Vorort von Mailand oder Turin. Sie hielt an einem Schaufenster inne. Ein traumhaft schönes azurblaues Kleid hatte ihre Aufmerksamkeit erregt. Sie suchte nach dem Preisschild, hielt den Atem an und ging weiter. Das war das Niveau teurer Boutiquen in München.

Auf dem Markt herrschte schon ein lautes Gefeilsche. Es war ein Gesurre von Stimmen, keine einzelnen Laute, sondern mehr wie ein Bienenschwarm, der sich in einem Baum verfangen hatte. Der süße Geruch von reifen Pflaumen vermischte sich mit dem gegrillter Hühnchen, frisch gebackenem Brot und würzigem Käse. Und dieser Duft zog Sina magisch an. Aber sie hatte entschieden, zuallererst müsse sie diesen Tino finden. Danach würde sie sich belohnen und über den Markt schlendern.

Aber ihre Beine wollten nicht so, wie es ihr Verstand diktierte. Sie steuerten automatisch auf die Marktbuden zu. Sina musste immer wieder ihren Gang korrigieren. Finito, basta, nicht jetzt! Aber dann verfing sich dieser Geruch in ihrer Nase und benebelte ihren Verstand. Natürlich konnte sie nicht widerstehen. Dachte, um ihre Entscheidung zu bekräftigen, an ihren Vater. Leben vor Arbeit, hatte er sie immer gelehrt. Obwohl er seine Arbeit über alles liebte, sie im Grunde sein Leben war. Im Unterschied zu ihrer Mutter, die Arbeit immer vor Leben stellte. Dabei hätte sie auf Erstere ohne Probleme verzichten können.

Schließlich stand sie mitten auf dem Markt. Dicke Lauchstangen, sie waren gerade erst aus dem Boden gezogen, an den Wurzeln hing noch Erde, lagen in Reih und Glied auf Zeitungspapier. Daneben „Peperone di

Carmagnola“, in Kisten übereinandergestapelt. Diese Paprika war nicht einfarbig, sondern gelbrot, grünrot, rotgrüngelb und hatte keine EU-konforme Form. Die Sorte war perfekt geeignet, um daraus Peperonata zu machen. Direkt daneben die Cuor di Bue, eine Fleischtomate, groß und stark wie das Herz eines Ochsen.

„Möchten Sie probieren?“, fragte eine mollige Frau, auf deren Tisch Körbe standen, in denen unterschiedlichste Salamiarten lagen. Mit Barolo, mit und ohne Trüffel. Daneben die Pancetta, Lardo und eine luftgetrocknete Schweinelende, Mocetta.

Sina nickte glücklich. Natürlich wollte sie probieren.

Als sie endlich in dem Café ankam, war sie voll bepackt mit Tragetaschen. Selbstverständlich hatte sie wieder viel zu viel eingekauft.

Auf einer großen Terrasse saßen lauter ältere Herren an kleinen runden Bistrotischen. An einigen fehlten Stühle, weil die an einer größeren Runde gebraucht wurden, nämlich dort, wo man wohl einen Kriegsrat abhielt. Die Männer diskutierten in einer Intensität, als würde hier die Weltgeschichte besprochen und vor allen Dingen auch entschieden werden. Sie palaverten, quatschten, lachten, aber keiner hatte etwas vor sich stehen. Ein Glas Wasser hie und da. Kein Cappuccino, kein Croissant, kein Brioche, kein Espresso, nur volle Aschenbecher. Und sie sprachen Dialekt. Sina kam sich vor wie in Schwaben.

Komisch. Ein Café, und keiner schien etwas zu essen oder zu trinken. Da wäre man anderenorts direkt rausgeflogen. Sie musterte die Gesichter, alle wie die Fassaden der Häuser mit viel Patina behaftet, ausnahmslos Männer, fast alle grauhaarig oder grau meliert, manche auch ohne Haar. Unikate, nicht weil sie unterschiedlich aussahen, das war ja normal, sondern weil sie ihre Eigenarten ausgeprägt, sie gepflegt, sich keiner Norm angepasst hatten. Jeder von ihnen hätte eine Rolle in einem Fellini-Film verdient. Die Nasen waren groß, riesig, die Münder wulstig oder auch nur ein Strich, kleine oder ganz große Augen, alles war ein Kontrast, nur nichts normal. Das Normalste an ihnen waren die modernen Brillen und die Kleidung, die sie trugen. Jeans oder graue Hosen und gestreifte Hemden.

Sie lief über die Terrasse ins Innere des Cafés. Das gleiche Bild! An den Tischen saßen alte Herren, sie diskutierten, palaverten, quatschten, lachten. Alle Tische waren besetzt. Aber keiner hatte mehr als ein Glas Wasser vor sich. Nur an der Theke herrschte Betrieb. Gäste, die einen schnellen Espresso nahmen oder ein Brioche. Hinter der Theke standen zwei junge Chinesen, die mit Tassen hantierten, sie krachend auf die Untertassen stellten, Milch aufschäumten, die Croissants in eine Papierserviette einwickelten. Sina sah sich auch hier um. Dann ging sie wieder nach draußen. Es wäre wohl das Beste, dachte sie, wenn sie einfach jemanden fragen würde.

„Ich suche Tino Grillo“, sagte sie etwas zu laut,

denn das Palaver erstarb abrupt. Die Männer drehten sich zu ihr um. Sina fühlte sich wie auf einer Bühne.

„Tino Grillo?“, fragte einer, beim Sprechen offenbarte sich sein fast zahnloser Mund.

Sina zuckte mit den Schultern. Als wenn es mehrere hier gäbe, aber wer wusste das schon?

„Wenn du den meinst, der kommt nicht mehr hierher. Der ist oben, im Café Paradiso. Das ist direkt da, wo die Parkplätze sind.“

„Grazie“, bedankte sie sich und drehte sich um.

Auf der linken Seite der Marktbuden, hinter Parkplätzen versteckt, in denen Autos mehrreihig parkten, sah sie das Café. Direkt davor standen auch Autos. Aber hier waren es alte Exemplare. Ein brauner Fiat Panda, 4x4. Ein dunkelblauer Suzuki. Ein weißer Jeep. Alle waren voller Dellen und Kratzer. Der Panda hatte einen Schwerbehindertenausweis an der Windschutzscheibe kleben. Sitze waren ausgebaut und einer Hundebox gewichen.

Dann sah sie ihn.

Er saß direkt an der Straße. Ein hölzernes Geländer trennte die kleine Außenanlage des Cafés von der Straße. Auch hier hatten die älteren Herren fast alle Plätze belegt. Das weibliche Geschlecht war nur in Form der Bedienung vertreten. Aber anders als eben, standen die Tische voll mit Tassen, gefüllten Gläsern, oder schon wieder leeren, auch ein paar mit Weißwein, oder schon wieder geleerten, Tellern mit Brioches. Die Tische waren voller Krümel, zerknüllten Servietten, in den Aschenbechern türmten sich die ausgedrückten Zigaretten. Es waren vielleicht zehn Tische, an denen die Männer sich in Grüppchen zusammengefunden hatten und aufgeregt diskutierten.

Sina lief um das Geländer herum und ging direkt auf seinen Tisch zu. Neben ihm saß ein jüngerer Mann um die fünfzig, sie unterhielten sich, vielleicht darüber, wie der Fund am Morgen gewesen war. Auf dem Tisch lag eine Zeitung. Die aktuelle Ausgabe der *Monregalese*. Direkt auf der Titelseite prangte das Bild des unbekannten Toten. „Wer kennt ihn?“, lautete die Headline.

„Signor Grillo?“ Er sah hoch. Schien sie nicht zu erkennen.

„Tino! Wir sind uns schon begegnet. War nicht sehr glücklich“, und fasste sich an die Stirn.

„Ah. Sie sind das! Haben Sie mich nicht zum Teufel geschickt?“

Sina grinste.

„Ich bin Sina. Sina Cassotto. Vielleicht fangen wir einfach noch mal von vorne an.“

„Was wollen Sie?“, fragte er misstrauisch, sah sich um, bedachte auch seinen Kumpel mit einem skeptischen Blick.

Sina überlegte. Sie musste noch Adriano wegen der Tartufi anrufen. Aber wenn es etwas nutzte, würde sie auch bei ihm einkaufen. Wenn er ihr dafür Informationen gab.

„Trüffel?“

„Ich dachte, Sie wollten bei Adriano kaufen?“ Tino drehte sich um. Es schien ihm unangenehm. Er zeigte auf einen leeren Stuhl. Sina setzte sich auf die Stuhlkante. Der Geruch von Waldboden schlug ihr entgegen. Dieser erdige Geruch war für sie genauso Duft nach Kindheit wie der von Rosmarin und Meer. Sie war mit ihrem Vater oft in den verwunschenen Tannenwäldern bei Stallwang unterwegs gewesen. Ihre kleinen Füße waren im weichen Boden versunken, aber die Hand von Papa war fest. Wie eine unlösbare Kette. Manchmal kniete er einfach vor einem besonders schön gewachsenen Pilz nieder und sagte: „Grazie Dio!“ Obwohl er an den gar nicht glaubte. Und dieses einzelne Exemplar schnitt er abends fein auf, beträufelte es mit Olivenöl, streute etwas Parmesan und Salz darüber. Ein Festmahl. Und der einzigartige Duft der Kindheit.

Nach all dem roch Tino. Erdig, ehrlich, klar. Aber noch ein zweiter Geruch schlug ihr entgegen, den sie zuerst nicht einordnen konnte. Sie rümpfte die Nase. Igitt! Voller Staubsaugerbeutel entschied sie dann. Es erschien ihr fast wie eine Entweihung.

„Auch, ja. Aber es ist nicht sicher, ob er die Menge, die ich brauche, auch zusammenbekommt“, antwortete sie dann.

„Wie viel brauchen Sie denn?“, nuschelte er.

„Was kosten sie denn?“

„Wollen Sie was trinken?“ Er wies auf den Eingang zur Bar.

„Ein Cappuccino wäre fantastisch."

Grillo stand auf, verschwand in der Bar. Er ging leicht gebeugt, das war ihr gar nicht aufgefallen. Es schien, als hätte er Schmerzen.

Hoffentlich, dachte Sina, *gibt es hier keinen Hinterausgang. Nicht, dass er einfach so verschwindet.*

Aber kurze Zeit später kam er wieder und setzte sich.

„Wenn Sie Trüffel wollen, kommen Sie heute am späten Nachmittag zu mir. Nicht hier", flüsterte er, sah sich wieder um, schien nervös, als wenn er beobachtet werden würde.

Sie nickte. „Wo finde ich Sie?"

„Vicoforte. Via Garibaldi 3. Gleich an der Hauptstraße."

„Haben Sie vielleicht auch Ihre Nummer vom Telefonino?"

„Ich habe kein Telefonino!" Das kam barsch. Als wäre es eine unzumutbare Forderung. Als wäre es völlig absurd. Ein Telefonino zu haben.

„Vielleicht könnten wir auch noch mal über diesen Abend sprechen", setzte Sina nun noch hinterher.

„Ehh.Wieso?", murmelte er vor sich hin.

„Kennen Sie den?" Sina wies auf das Bild in der Zeitung.

Er schüttelte unmerklich den Kopf.

„War Falcone bei Ihnen?"

Jetzt nickte der alte Mann.

„Und haben Sie ihm gesagt, Sie hätten mich gesehen?"

Er nickte wieder.

„Auch wann?“

Er nickte wieder und sah sie an. „Ehh. So wie es war. So gegen halb sieben. Um sieben wird es dunkel. Aber da war ich schon wieder bei meinem Auto.“

„Ist Ihnen denn sonst noch jemand begegnet?“

Die Bedienung stellte ihren Cappuccino auf den Tisch. Nicht so ein schönes Kunstwerk wie bei Corleone. Sina riss das weiße Beutelchen auf, streute Zucker in den Schaum und rührte um. Tino sah ihr dabei zu. Er schien nichts mehr zu diesem Thema sagen zu wollen. Jedenfalls nicht hier. Sie beschloss, es im Moment dabei zu belassen.

„Ich habe Sie schon unten am Markt in dem Café gesucht“, wechselte sie das Thema.

„Ehh. Da gehe ich nicht mehr hin!“

„Sì, hat man mir gesagt. Wieso? Ist es dort so schlecht? Niemand scheint etwas zu essen. Oder zu trinken?“

„Die boykottieren den Chinesen!“

„Und warum?“

„Ehh. Hat es erst vor Kurzem gekauft. Hat dem alten Pedro gehört. Ist eines Tages hinter der Theke umgefallen. Bum. Ging alles an die Neffen aus Alba. Die haben an den Chinesen verkauft. Als wenn es keinen von hier gegeben hätte. Aber“, er rieb Daumen und Zeigefinger aneinander, „nicht zu dem Preis. Das bringt es nicht ein. Ehh. Warum wollte der Chinese diese Bar unbedingt? Wir wollen die hier nicht. Wir waren bisher verschont!“

Sina wusste natürlich, was er meinte. Geldwäsche, Mafia, Camorra. Der Norden, speziell diese Gegend, schien noch verschont. Aber ansonsten war es eine Seuche im ganzen Land. Dort, wo sie aufgewachsen war, am Golf von Sorrent, war es eine zweite Gesellschaft. Eine Schicht unter der Schicht, von der jeder wusste. Manche hatten sich damit arrangiert. Natürlich nicht ihr Vater.

Tino sah sich noch einmal um. Dann wiederholte er leise: „Wenn Sie Trüffel wollen, kommen Sie heute Nachmittag. Dann reden wir."

Er stand behäbig auf, nahm den braunen Holzstock, der am Geländer hing, nickte dem Mann an seinem Tisch zu, dann ging er. Sina blieb noch eine Weile sitzen und musterte die Gäste. Es schien eine merkwürdige Zweiteilung zu geben. Manche erkannte sie als Trifolao. Vielleicht war es dieser Ausdruck, dieses Leuchten in den Augen. Ein zufriedenes Lächeln. Eine stolze Haltung. Andere wirkten fremd. Schienen Beobachter. Schienen zu horchen. Lauschen. Was war hier los?

Tinos Kumpel saß immer noch an seinem Platz. Sina war nicht sicher, zu welcher Fraktion er gehörte. Ein unscheinbarer Mann. Einer von denen, die man immer übersah.

„Darf ich?", fragte Sina, nahm die Zeitung und betrachtete das Bild. „Sie kennen den nicht zufällig?"

Er sah sie erschrocken an, schüttelte den Kopf, stand auf und verließ fluchtartig das Café. Sina riss das

Bild heraus und stopfte es in ihre Tasche. Sie wollte nach Madonna del Pilone, zu der Flüchtlingsunterkunft, von der Bruno erzählt hatte. Aber sie war keine fünf Schritte gegangen, als sich ihr Falcones Zwerg wieder in den Weg stellte.

„Der Commissario erwartet Sie", sagte er und wies ihr den Weg.

Das Parkhaus war spärlich beleuchtet. Sina war völlig durcheinander. Sie ließ den Kopf auf das Lenkrad fallen, fühlte sich erschöpft. Traurig. Entsetzt. Corleone war tot! Ermordet. Es war ein Schock, als Falcone es ihr ins Gesicht geschleudert hatte. Tot. Ermordet.

Dabei war ich gestern noch bei ihm. Keine 24 Stunden.

Falcone hatte auf einem DNA-Test bestanden, ihr ein Haar abverlangt. Je länger sie in dieser Gegend blieb, umso tiefer versank sie in einem tiefen Morast. Verdammt. Corleone.

Was er glauben würde, was sie schon wieder damit zu tun haben sollte? Ob er denn im Ernst glaube, sie sei eine Massenmörderin?, hatte sie ihn angeschrien. Ihr waren die Tränen aus den Augen gepurzelt, dafür hatte sie sich geschämt. Ihm ihre Verzweiflung, Angst, Trauer zu zeigen.

Sollte er an einer Überdosis Capsicum chinense gestorben sein, dann schon, hatte er, ohne mit der Wimper zu zucken, gesagt.

Da war Sina auf ihn losgestürzt, hatte mit geballten

Fäusten auf seinen harten Brustkorb getrommelt. Wie konnte er es wagen, in einer solchen Situation Scherze zu machen?

Corleone hatte sie fasziniert. Im Gegensatz zu diesem elenden Stronzo von Commissario. Es war dieses sanfte Kribbeln. Die Fantasie, mit Corleone Tango zu tanzen. Sich im Takt der Melodie hin und her zu wiegen. Die Körper eng aneinandergepresst. Dabei seinen exotischen Duft einzusaugen. Er war, wie was er gemacht hatte. Dunkel. Bitter. Süß. Verheißungsvoll. Und nun tot.

Corleone war tot.

Drei Buchstaben, die keine Hoffnung mehr zuließen. Ende. Ein Wunder, dass der Commissario sie hatte gehen lassen. Aber wahrscheinlich ließ er sie wieder beschatten.

Soll er doch, dachte Sina müde. *Soll er doch!*

Sie ließ den Motor an. Er schnurrte sofort. Als wenn der Lancia spürte, wie schlecht es ihr gerade ging. Sina stieß vorsichtig zurück, die Parklücke war eng, mehr für einen Cinquecento gemacht. Sie kurbelte ein, zwei Mal und fuhr dann Richtung Ausfahrt.

Und jetzt?

Eigentlich hatte sie sich vorgenommen, heute noch nach Madonna del Pilone zu fahren.

Und genau das werde ich auch machen!

Wenn Falcone zu blöd war, etwas rauszukriegen, würde sie es eben selbst in die Hand nehmen, beschloss sie und setzte entschlossen den Blinker nach rechts.

Es war, wie Bruno beschrieben hatte. Direkt unter einer kleinen Kapelle lagen zwei dreistöckige Häuser, die den Charme eines FDJ-Heims hatten. Eines stand direkt an der kleinen Straße. Das andere am Kopf eines großen, grob geteerten Platzes. Der Putz blätterte von den Fassaden. Die Scheiben der oberen Stockwerke waren zersplittert. Die Häuser wirkten unbewohnt. Nur an einem Fenster im zweiten Stock des Hauses direkt an der Straße hingen zwei Fahnen. Eine mit schon verblichenen Farben, Grün, Weiß, Rot. Eine mit „peace". Sina schätzte, dass sie auf knappen tausend Metern Höhe war. Die Straße, auf der sie gekommen war, zweigte sich. Eine führte weiter nach oben in die Berge, da stand auch die Kapelle, danach folgte ein unendlich wirkender Kastanienwald. Die andere ging am Ende des Platzes in einen Schotterweg über, aber auch der führte in den Wald.

Der letzte Ort, den Sina passiert hatte, ein typisches Straßendorf, mochte drei, vier Kilometer entfernt sein. An vielen Häusern waren die Fensterläden geschlossen. Mehr als eine Trattoria hatte sie dort nicht gesehen. Auch keine Fermata, eine Haltestelle für einen Bus. Wer hier lebte, war auf ein Auto angewiesen.

Da wäre ja Stallwang noch besser als dieser unwirtliche Ort, um Flüchtlinge unterzubringen, dachte Sina. Und dort wäre es schon ein sozialer Brennpunkt. Aber hier?!

Auf dem tristen Platz vor den Häusern, in denen die Flüchtlinge anscheinend lebten, lagen mehrere Haufen mit Schotter. Die Müllcontainer waren übervoll. Auch davor stapelten sich Tüten. Alles wirkte provisorisch. Gleichzeitig leblos. Verlassen. Einsam. Lieblos. Auf einer der grünen Plastikbänke vor der vermeintlichen Bocciabahn, eine in Beton gefasste schmale Sandfläche, saß ein Schwarzer, helle Jogginghose, T-Shirt, neongrüne Turnschuhe, Kopfhörer in den Ohren, und tippte auf seinem Handy herum.

Sina ließ den Lancia mitten auf dem Platz stehen. Irgendwie wusste sie nicht so recht, wo sie ihn sonst hinstellen sollte. Das Rot des Wagens, seine natürliche Patina gaben dem Umfeld gleich ein freundlicheres Aussehen. Außerdem, und für diesen Gedanken schalt sie sich sofort, konnte er nicht so schnell geknackt werden, wie wenn sie ihn unauffällig an den Rand gestellt hätte. Autoklau war in Italien nun mal keine Seltenheit, wenn auch nicht hier im Norden und an diesem verschlafenen Platz.

Sie schlenderte auf den jungen Schwarzen zu. Der sah von seinem Handy hoch, war unsicher, veränderte seine Körperhaltung in Sekundenschnelle, etwas zwischen sich ducken und gleichzeitig sprungbereit sein. Als sie vor ihm stand, zog er seine Kopfhörer aus den Ohren.

„Hi“, begrüßte sie ihn. „Hi“ würde man vielleicht in jeder Sprache verstehen. „Sprechen Sie italienisch?“

Er schüttelte den Kopf.

Sina nahm eine Bewegung hinter sich wahr. Es waren fast lautlose Geräusche, mehr wie ein Lufthauch, ein Schwall Wärme. Sie musste sich nicht umdrehen, um zu wissen, dass nun, wer auch immer, hinter ihr stand. Ein flaues Gefühl in der Magengegend. Ein Schauer über dem Rücken. Adrenalin pumpte blitzschnell durch ihren Körper. Sie hatte den Autoschlüssel noch fest in der Hand. Maß ab, wie schnell sie wieder beim Lancia sein könnte.

Alles Quatsch, beruhigte sie sich gleichzeitig. Aber es wäre besser gewesen, Bruno mitzunehmen. Bohrende Blicke in ihrem Rücken. Keiner sagte ein Wort. Ganz langsam drehte sie sich um, blickte in zehn bis fünfzehn Augenpaare, alles junge Schwarze, ähnlich gekleidet. Es war ein bisschen wie im Zoo. Und sie war der Affe.

„Ich bin Sina Cassotto", mehr fiel ihr nicht ein. Was hatte sie sich vorgestellt? Was sollte sie fragen? Alles wäre ein Angriff. Alles eine Verdächtigung.

„Ich bin auf der Suche nach einem Freund. Wollte fragen, ob Sie ihn vielleicht gesehen haben?", räusperte sie sich. Sie wollte das Bild aus der Zeitung nicht zeigen. Jedenfalls jetzt noch nicht.

„Hier kommt selten einer vorbei", antwortete einer aus der Gruppe. Sein Italienisch war gut.

„Ich weiß nicht, ob er hier vorbeigekommen ist. Ich suche ihn. So ein Dunkelhaariger mit einem Bart. Muss aber schon so drei, vier Tage her sein?" Wie lange war es her, überlegte Sina. Jahre, dachte sie dann. Es war schon Jahre her, seit sie hier angekommen war.

Der junge Schwarze drängte sich nach vorne.

„Hier war keiner."

„Sie meinen, hier war seit vier Tagen keiner?"

„Die fahren nur vorbei. Und auch nicht viele."

„Und wer kümmert sich?"

„Sind Sie von der Presse?", fragte er feindselig.

Sina schüttelte den Kopf.

„Die von der Kirche kommen täglich. Aber die meinen Sie ja wohl nicht?"

Sie nickte bestätigend. „Ganz schön abgelegen."

„Aber es fallen keine Schüsse. Keine Explosionen. Außer denen vom Steinbruch da drüben." Er wies ins Tal. „Bis wir verstanden haben, dass es nur die Sprengungen dort sind."

„Wie lange bleiben Sie hier?"

Der junge Schwarze zuckte mit den Schultern. Die anderen beobachteten sie misstrauisch. Sie konnte nicht einschätzen, ob sie verstanden, was sie sagten.

„Grazie. Ciao", sagte Sina. Es ergab keinen Sinn. Im Moment jedenfalls. Sie drehte sich um, ging mit festem Schritt auf den Lancia zu.

Scheiß Aktion, dachte sie.

Es war kurz nach fünf, als sie vor dem Reihenhaus hielt, in dem der Trifolao lebte. Eine Mehrfamilienhaussiedlung, wohl in den Siebzigern entstanden. Eine lange Reihe aus Backsteinbauten, die an der Straße entlangführte, jeweils mit einem großen, schlauchförmigen Vorgarten. Nach den Namen auf den Klingeln zu urteilen, schien er im oberen Stockwerk zu wohnen. Der Vorgarten war bis auf den schmalen Gang zum Haus eingezäunt. Dort lagen drei Hunde auf einem löchrigen Rasen. Die Hündin erkannte Sina als den Werwolf. Erst als der Summer ertönte und sie die Gittertür öffnete, fingen die Tiere an zu bellen, stürzten sich auf den Maschendrahtzaun, hechelten. Ohne die schützende Grenze hätte sie sich nicht bis zur Haustür gewagt. Trotz dieses Schutzes rannte sie zur Eingangstür. Dort ertönte erneut ein Summen.

„Vieni! Komm!“

Sie sah nach oben ins Treppenhaus. Der Trifolao lehnte über dem Geländer im zweiten Stock. Als er sie sah, entspannte sich sein Gesicht zu einem breiten Grinsen, alle Falten lächelten gleichzeitig, nichts war übrig von dem grantelnden Mann im Café oder dem Nebelmonster.

Sina kam außer Atem oben an.

„Vieni!“ Er schloss die Wohnungstür und wies ihr den Weg ins dunkle Wohnzimmer. Die Fensterläden waren geschlossen. Er schaltete das Licht an. In der Mitte des Raumes stand ein dunkelbrauner, hochglanzlackierter Holztisch, darauf ein Strauß bunter Plastikblumen in einer kitschigen Glasvase auf einem gehäkelten Deckchen. Die ebenfalls dunkelbraune Schrankwand nahm die komplette linke Wand ein. Die Mittelteile waren aus Glas, dahinter standen Porzellantassen, Familienbilder und anderer Nippes.

„Setz dich!“ Er duzte sie ganz selbstverständlich. Sina setzte sich an die lange Seite des Tisches, versank augenblicklich in den durchgesessenen Polstern des Sofas. Fast kam sie sich vor wie auf dem Büßerstuhl in der Questura, als sie die Ellenbogen in Brusthöhe auf den Tisch legte.

„Magst du einen Limoncello?“, fragte Tino verschmitzt.

Sina überlegte, es war erst fünf, eigentlich hätte sie lieber abgelehnt, aber nach diesem Tag konnte sie auch jetzt schon einen gebrauchen.

„Sì“, nickte sie.

Seine Bewegungen schienen seltsam steif. Sina fragte sich, wie Tino die Strapazen der Trüffelsuche aushielt. Täglich durch unwegsames Gelände stiefelte, über Brombeergestrüpp stieg, Hänge hinauf- und wieder hinunterkletterte, auf den Knien liegend die Knollen ausbuddelte. Alles mit seinem steifen Kreuz. Aber sie hatte ja gesehen, wie gelenkig und schnell er nach dem heftigen Zusammenstoß im Nebel verschwunden war.

Er öffnete die Glastür des Schrankes, nahm bedächtig zwei hübsch verzierte Likörgläser und eine elegante Flasche heraus, stellte alles auf den Tisch und goss die Gläser randvoll mit dem zitronengelben Likör.

„Salute!", grinste er und trank ein Schlückchen. „Ehh. Der Doktor hat mir Alkohol verboten. Aber Limoncello? Früher habe ich eine Flasche Wein am Tag getrunken. Na ja, das lasse ich nun. Aber Limoncello!"

Sina nippte an ihrem Glas. Eigentlich musste der Zitronenlikör kalt sein, dann konnte sie nicht genug davon bekommen, aber der war warm, schmeckte pappsüß.

„Ehh. Schlechtes Jahr! Alle wollen Trüffel. Aber es hat nicht geregnet vor drei Monaten. Da hätte es regnen müssen. Auch im April nicht. Eine alte Weisheit besagt, Regen im April bringt Trüffel im ganzen Jahr. Deshalb gibt es wenig. Aber in der Langhe! Da hat es fast gar nicht geregnet! Wir hatten hier immer ein bisschen. Nicht so wie vor einem Jahr." Er schlug sich aufs Bein und lachte. „Das war ein Jahr! Da sind sie überall gewachsen, sage ich dir. So einen großen habe ich gefunden." Tino hielt beide gewinkelten Handflächen in einem Abstand von drei, vier Zentimetern gegeneinander. Es musste ein gewaltiger Trüffel gewesen sein. Sina schätzte ein halbes Kilo.

„Ehh. Aber in diesem Jahr sind sie klein. Die Erde ist trocken. Zu viel Widerstand beim Wachsen."

„Aber du hast welche?" Sina entschied sich auch

für das Du. Sie hatte, bevor sie zu Tino gefahren war, auch mit Adriano telefoniert. Mehr als ein halbes Kilo würde er nicht liefern können, hatte der ihr mitgeteilt.

„Sì, sì, aber wenig." Er nippte noch einmal an seinem Limoncello, trank ihn dann aber aus und sah Sina auffordernd an. Die leerte nun auch ihr Glas.

„Möchtest du noch einen?" Er grinste verschmitzt.

Sina nickte. Schien zum Ritual zu gehören. Trüffel verkaufen schien für den alten Gauner eine Legitimation zum Limoncellotrinken. Grillo schenkte die beiden Gläser erneut randvoll und nahm einen kräftigen Schluck. Sina tat es ihm gleich, die zuckrige Flüssigkeit pappte bereits am Stiel, auch diesmal schaffte sie es nicht, das zu volle Glas abzutrinken, bevor kleine Rinnsale hinunterliefen. Der warme Likör breitete sich wie eine Welle Wohlbefinden in ihrem Körper aus, tauchte die Welt in ein wärmeres Licht, zitronengelb und freundlich.

„Ich verkaufe diesem Clan aus Alba nichts. Deswegen sind die ganz wild."

„Wie meinst du das?", hakte Sina nach.

„Ehh. Die machen Druck hier. Weil die nichts finden. Das weiß ich von einem, der in Alba sucht. Was meinst du, was der jammert!" Er formte Zeigefinger und Daumen zu einem kleinen Kreis. „Der kommt mit zwei so kleinen Knollen heim. Die finden fast nichts. Das ist für die eine Katastrophe. Die berühmte Fiera in Alba! Ohne Trüffel." Er lachte schelmisch.

„Eine Blamage!“ Sein Grinsen wurde noch breiter. „Deshalb wollen die unsere. Aber wir hier im Monregalese. Wir finden was. Hier hat es geregnet. Nicht viel. Aber immer mal wieder. Auf jeden Fall mehr als in Alba. Deshalb sind die ganz wild.“

„Aber die würden dir doch bestimmt einen ziemlich guten Preis zahlen?“

Tino trank sein Glas leer, nahm die Flasche, sah sie auffordernd an. Sina trank ebenfalls. Dann schenkte er erneut ein.

„Ehh“, er warf die Hand in die Luft. „Geld! Es geht nicht um Geld! Mir nicht! Dieser Clan ist wie die Mafia. Und im Moment herrscht Krieg. Die wollen unsere Stellen. Die wollen wissen, wo die sind. Die spionieren. Da, im Café heute Morgen. Die hocken da und spionieren, mischen sich unter uns, glauben, wir würden sie nicht erkennen, wollen wissen, was wir gefunden haben. Diese Ratten!

Aber ich verkaufe denen in Alba nichts. Auch nicht den anderen. Die gucken arrogant auf uns herab. Solange ich denken kann. Ich verkaufe nicht nach Alba! Die tun so, als wären ihre besser. Aber die Wahrheit ist: unsere sind besser!“, sagte er stolz.

Er trank sein Glas leer, automatisch tat sie das Gleiche, wieder schenkte er sofort beide Gläser randvoll. Langsam schmeckte der Limoncello immer besser, obwohl er warm war. Aber die Luft in dem kleinen Raum war muffig, stickig, sie begann zu schwitzen.

„Was ist das für ein Clan? Wie heißen die?“

„Am schlimmsten sind die Monterossos!“

Sina überlegte. Monterosso, den Namen kannte sie. Soweit sie wusste, handelten die weltweit.

„Aber nicht nur die versuchen unsere Trüffel zu stehlen. Auch die aus Osteuropa. Neulich habe ich erst wieder das Auto von so einem gesehen.“

„Die aus Osteuropa?“

„Kroaten, Slowenen, Rumänen. Seit der Ostblock offen ist, kommen die hierher. Und was glaubst du, warum?“

Sina zuckte mit den Schultern. Sie hatte auch schon in Kroatien eingekauft. Auch wenn die Weißen nicht so intensiv schmeckten wie die piemontesischen. Aber dass die hier illegal suchten, hatte sie noch nie gehört.

„Aber du findest was?“, wechselte sie das Thema.

Er sah sie fassungslos an. „Certo!“

„Ich gehe seit fast siebzig Jahren“, setzte er hinterher. „Zuerst mit meinem Nonno, meinem Großvater. Ich kenne Stellen, die keiner kennt. Als Kind habe ich noch mit weißem Trüffel Fußball gespielt. So viel gab es!“ Er lachte. „Aber die Jungen sind zu faul. Ehh. Die fahren überall nur mit dem Auto hin. Viel zu bequem sind die. Steigen manchmal noch nicht mal aus dem Auto. Lassen bloß den Hund raus. Die wollen nur schnell absahnen. Meinen, das große Geld zu machen. Aber vom Sammeln ist noch keiner reich geworden.“ Er schüttelte den Kopf und trank seinen Limoncello leer. „Nicht vom Sammeln! Ich bin jeden Tag unterwegs. Mit dem Auto, dreißig, vierzig Kilometer. Viel zu Fuß, morgens und abends." Er wischte sich über den Mund. „Für den Scorzone, da bekommt man ja fast nichts. Die Saison vom Weißen ist kurz. Sie fängt bei uns am 20. September an. Und am 31. Dezember ist Schluss. Keine vier Monate. Dann rechne aus, was du finden musst. Wenn du mit einem Hund losgehst. Oder manchmal auch mit zweien."

Sina zuckte mit den Schultern. „Wie viel findest du denn durchschnittlich?"

„Vielleicht zwölf Kilo Weiße in der Saison. Mal mehr, mal weniger. Und was kriegst du für ein Kilo? Normalerweise?"

Sina zuckte wieder mit den Schultern.

„Das reicht nicht für eine Familie zum Leben. Zum Füttern der Hunde. Ich war Maurer. Die drei Monate, wo der wächst, davon kannst du keine Familie ernähren. Ich bin immer schon vor der Arbeit los. Und danach.

Und der Rest vom Jahr? Drei Monate darfst du nicht sammeln. Vom 15. März bis zum 15. Juni. Danach gibt es nur den Scorzone. Bis Ende August. Der bringt gerade mal das Spritgeld rein. Dann beginnt die Saison für den Weißen. Wenn die fast vorbei ist, fängt der Dolce an. Der wächst dann bis Mitte März. Da meinen die Franzosen ja, ihre wären besser. Aber auch das stimmt nicht! Trotzdem kriegen wir weniger für unsere Schwarzen. Und jetzt kommen auch noch diese Banditen aus Alba und spionieren. Aber ich hab' kein Handy."

„Was hat das denn mit dem Handy zu tun?"

„Na, die versuchen uns zu orten. Die orten die Telefoninos. Und wenn sie eine unserer Stellen ausspioniert haben, legen die Giftköder! Sie vergiften unsere Hunde und stehlen unsere Trüffel! Verkaufen die in Alba, tun so, als wären es ihre. Aber den anderen von hier, die an sie verkaufen, denen zahlen sie einen niedrigeren Preis, weil sie ja nicht aus Alba sind. Aber beim Verkaufen machen die keinen Unterschied."

„Sie vergiften eure Hunde?" Sina hatte natürlich schon von diesen miesen Praktiken gehört.

Tino nickte verbittert. „Elende Verbrecher!"

Für einen kurzen Moment war er in Gedanken. Dann schüttelte er wieder den Kopf. „Wenn ich jemals einen von denen erwische!" Er schlug mit der flachen Hand kurz hintereinander in die Luft. „Meine Lara! Ein Giftköder! Diese miesen Schweine." Er wischte sich wieder mit der Hand übers Gesicht. Diesmal fuhr er unter den Augen entlang.

Sina schwieg. Tino schien einer der Trifolao zu sein, dem seine Hunde am Herzen lagen. Für den sie nicht nur ein Arbeitsgerät waren, sondern Freunde. Andere waren da nicht so zimperlich. Die Hunde wurden zum Teil in dunklen Gehegen gehalten und bekamen vor der Trüffelsuche nichts zu fressen, damit sie richtig hungrig waren. In diesem Moment beschloss Sina, ausschließlich bei Sammlern zu kaufen, die es anders machten. Bei denen sie sicher war, dass sie es anders machten. Zur Not würde sie den Stress mit Franz in

Kauf nehmen. Für vieles gab es mittlerweile Zertifikate. Warum also nicht auch für den König der Pilze? Da aßen die Gegner der Massentierhaltung super Biosteaks oder verzichteten ganz darauf. Aber dass der Edelpilz auf der Pasta aus nicht artgerechter Hundehaltung kam, interessierte keinen. Oder wusste niemand. Die meisten dachten ja eh noch, Schweine würden Trüffel suchen. Sina hatte es auf ihren Reisen zu oft erlebt, wie die ekelhafte Gier nach Profit ursprünglich Gutes vernichtete. Durch erniedrigende Arbeitsbedingungen. Katastrophale Tierhaltung. Das galt für Kaffee, Kakaobohnen und auch für Trüffel. Sie sah zu Tino. Er saß gebeugt, umkrampfte das leere Glas.

„Ehh!“, er ließ die Hand nach hinten fliegen. „Mi piace cercare! Ich liebe die Suche. Die Jagd. Wenn ich suche, geht es mir gut. Aber schmecken tun mir die Dinger nicht.“

Sina grinste innerlich. Gab es hier in der Hauptregion der Trüffel überhaupt jemanden, dem sie schmeckten?

„Ja“, antwortete sie, „ich liebe es auch, Pilze zu suchen. Da wo meine Mutter herkommt, im Bayerischen Wald, gibt es jede Menge Steinpilze. Aber Trüffel zu finden? Das muss etwas ganz Besonderes sein. Das würde ich auch verdammt gerne mal! Davon träume ich!“

Jetzt grinste Tino wieder und nickte verschmitzt. „Gut für die Gesundheit ist es außerdem!“

Dann stand er auf, nahm seinen Stock und verließ

das Wohnzimmer. Sina sah ihm hinterher, saß beschickert in dem nachgiebigen Sofa und lehnte sich zurück. Sie hörte ihn hantieren, hörte, wie die Kühlschranktür aufging, dann kam er schlurfend zurück. In der einen Hand hielt er eine Tupperdose. In der anderen seinen Stock. Mit Tino und der Dose kam der unvergleichliche Duft des Weißen in den Raum geflogen. Er setzte sich an den Tisch, öffnete schwerfällig den Deckel und zeigte Sina seinen Schatz.

Mamma mia! Kann ich noch fahren?, dachte sie eine Stunde später, als sie vor ihrem Auto stand und Ausschau nach Falcones Handlanger hielt.

Der könnte mich nach Hause bringen!

Aber wenn man ihn brauchte, war er nicht da. In München hätte sie die U-Bahn genommen. Oder ein Taxi geholt. Aber so lief sie zum Café Portici, trank dort einen doppelten Espresso, in der Hoffnung, dass sich der zitronengelbe Schleier, den der Limoncello um ihr Hirn gelegt hatte, wieder lichtete. Tino hatte ein knappes Kilo weiße und zwei Kilo schwarze. Die Qualität war sehr gut, normalerweise hätte sie zwei, drei aussortiert, aber bei dem guten Preis, den er ihr gemacht hatte! Sie würde ihm gleich morgen früh Kühlakkus für den Versand bringen. Außerdem hatte sie Franz informiert, dass er übermorgen mit einer Lieferung rechnen konnte. Aus Spaß checkte sie noch die Preise in Alba. Da war der Teufel los! 7500 Euro. Im EK! Das bestätigte, was ihr der Trifolao erzählt hatte.

Danach ging sie in die kleine Alimentari, nahm noch eine Focaccia und Dolcetto mit. Der Mann an der Kasse pfiff wieder lustig und erprobte sich an irgendwelchen Arien. Seit den Kostproben auf dem Markt hatte sie nichts gegessen. Deshalb hatte der Limoncello seine Wirkung nicht verfehlt. Und der Tod von Corleone war ihr gewaltig auf den Magen geschlagen.

Sina hatte es sich auf der Terrasse des Casa sul mare verde, das Haus am grünen Meer, wie sie Michaels Haus mittlerweile nannte, bequem gemacht. Im Unterschied zum gestrigen Abend, als sie mit Bruno und Falcone hier gegessen hatte, war die Luft frisch, das Gras feucht. Seitlich vom Haus hatte sie eine Feuertonne gefunden, ein altes abgeschnittenes Ölfass, es mit einer Sackkarre auf die Terrasse gehievt und darin ein kleines Feuer entfacht. Anfangs qualmte es übel, sie hatte alle Fenster und Türen schnell geschlossen, aber jetzt loderte es, tänzelte, schien sich zu freuen, am Leben zu sein.

Wieder sah sie in den schwarzen Wald, in die Schichten, die über- und untereinander verliefen, über denen ein dunkelblauer Himmel, durchsetzt von ein paar finalen Rottönen und Wolkenfetzen, prangte. Die riesige Pappel am Waldrand wirkte wie ein Wächter vor der monotonen Dunkelheit. Der Abendstern war der erste, der am runden Firmament aufgegangen war.

Am Meer sah man, dass die Erde rund war. Aber in diesem kleinen Tal war es andersherum: Der Himmel schien gewölbt wie eine Kuppel. Sie hatte das so noch nie wahrgenommen. Sina hatte ein Stück Focaccia aufgespießt und hielt es vorsichtig in die tanzenden Flammen. Im Grunde war es unglaublich! Es schien die schlechteste Saison zu sein, an die sie sich erinnern konnte, aber sie hatte eine Quelle, die noch floss. Denn auch als sie Tino auf Nachschub angesprochen hatte, schien er kein Problem zu sehen. Dieser alte Fuchs! Wusste Stellen, die sonst keiner kannte!

Sie holte den Stock aus dem Feuer und tauchte die knusprige Focaccia in Olivenöl. Das hatte sie mit klein gehacktem Rosmarin, Knoblauch, Peperoni und grobem Meersalz vermischt. Sie pustete und biss vorsichtig in das knusprige Fladenbrot.

„Verdammt heiß!“ Aber es schmeckte köstlich.

Was bedeutete das nun alles?

Falcone hatte es bislang geschafft geheim zu halten, woran der Unbekannte und Corleone gestorben waren. Hingen beide Morde zusammen? Oder waren es Zufälle? Hatte Tino doch etwas damit zu tun? Konnte es ein Geheimnis sein, dass er so viel fand? Während viele andere ohne Erfolg in der staubigen Erde buddelten?

Im Grunde ein cleverer Schachzug, an mich zu verkaufen.

Dadurch konnte er vertuschen, dass seine Körbe voll waren. Oder war es sowieso bekannt? Oder hatte er den Tod seines Hundes gerächt? Oder war ihm jemand gefolgt, der seine Stellen auskundschaften wollte? Einer vom Monterosso-Clan? Oder deren Handlanger? Waren die beiden aufeinandergetroffen? Hatte der alte Trifolao den jungen umgebracht? War das wahrscheinlich? Aber wenn es bei dem ersten Mord um Trüffel ging, wie hing dann Corleone mit alldem zusammen? Laut Falcone hatte er mit Drogen zu tun. Für ihn war sie das Bindeglied zwischen beiden. Sie dealte angeblich mit Trüffel. Und mit Drogen.

War ein einzelner Mann, der durchschnittlich vier Kilo Weiße im Monat fand, tatsächlich so interessant für die Monterossos?

Ich muss unbedingt mehr über die rauskriegen, beschloss sie.

Aber hier war es aussichtslos. Sie konnte froh sein, wenn das Handy von Zeit zu Zeit funktionierte.

Sina sah in den Himmel. Jetzt war es stockdunkel. Die Wolkenfetzen waren verschwunden, dafür strahlten Tausende von Sternen. Sie fühlte sich wie in einem Planetarium, in dessen Mitte sie sich ballten, in unterschiedlichsten Intensitäten strahlten, während sie gen Rand weniger wurden.

Corleone! War er jetzt da oben? Ein so schöner Mann! Was wohl passiert wäre, wenn das nicht passiert wäre? Hätten sie zusammen Tango getanzt? Sina wollte es sich nicht ausmalen, wo er jetzt war. Nicht daran denken, dass er kalt und starr auf einem Edelstahltisch lag, sie ihn vielleicht exakt in diesem Moment mit scharfen Messern aufschnitten. Lieber hätte sie ihn mit ihren Händen sanft berührt, als er noch warm und lebendig war.

Nach dem letzten Desaster mit einem Mann hatte sie sich eigentlich Abstand verordnet. Im Nachhinein nannte sie ihn „Kühlschrank Klaus“. Es hatte so schön begonnen. Sie war verliebt. Hatte Hummeln im Bauch, aber während sie ihre (wenige) Zeit mit ihm verbringen wollte, ging er mit seinen Freunden Bierchen trinken. Trotzdem hatte sie sich darauf eingelassen. Ihre Mutter war der Meinung, er sei zu schön für einen Mann. Da habe der liebe Gott anderswo gespart.

Sina hatte sie deswegen angefaucht.

Drei Jahre hatte es gedauert. Drei lange Jahre, in denen sie das Gefühl hatte, ein emotionales Leben bei maximal null Grad zu führen. Meistens darunter. Gegen Ende waren es deutliche Minusgrade.

Ihr Vater hatte sie traurig angesehen, als sie mit Klaus nach Positano kam. Und der war schlecht drauf, weil das Bier nicht schmeckte.

„Ein langweiliges Würstchen“, hatte Papà zu ihr gesagt, „so ein lappiges Wienerle. Der zieht dich runter. Der betont nicht das Besondere in dir. Das ist zu gefährlich für ihn. Der will dich kleinhalten. Weil er weiß, dass er dir das Wasser nicht reichen kann. Und der Hut ist dafür der Beweis. Kauf ihn!“

Sina hatte in einem der hübschen kleinen Modeläden, die eng gedrängt an der Via Pasitea lagen, einen sündhaft teuren Hut gesehen und ihn entzückt aufgesetzt. Klaus hatte neben ihr gestanden und sie mahnend angesehen. Deshalb ließ sie den Hut schweren Herzens dort. Aber vergessen konnte sie ihn nicht, war noch dreimal alleine im Laden gewesen, immer im Widerstreit mit sich. Sie sah ihre Mutter vor sich, wie sie ihr den Vogel zeigte.

„Spinnst du, wo willst du den aufsetzen, der ist viel zu extravagant!“

Aber ihr Vater hatte geflüstert: „Nimm ihn mit. Er ist für dich gemacht. Heute ist die Nacht für den Hut. Auch wenn du ihn nur an diesem Abend trägst.“

Sina hatte ihn gekauft. Mit ihm auf dem Kopf fühlte sie sich wie eine Diva, als sie barfuß über den warmen Asphalt zur Bar zurücklief, in der ihr Vater und Klaus warteten. Ihr langes schwarzes Kleid hatte hinten einen gewagten V-Ausschnitt. Als ihr Vater sie so sah, hatte er stolz gelächelt, während es Klaus peinlich schien.

Sina hielt die Hände instinktiv ins Feuer. Wohlige Wärme, auch mal glühende Hitze, aber nie mehr so eine unterkühlte Beziehung! Hatte sie sich geschworen. Wie bescheuert war man manchmal? Wie bescheuert war sie, ihn nicht einfach viel früher zu verlassen? Dass sie geblieben war, daran hatte er keine Schuld. Sie hätte einfach früher gehen müssen.

Aber erst nachdem sie einige Zeit bei ihrem Vater verbracht hatte, teil an seinem sinnlichen Leben nahm, seiner Art, aus einem simplen Salatblättchen ein Festtagsmahl zu machen, während es bei ihrer Mutter eine traurige und nüchterne Strafe war, wurde es ihr klar.

Als sie zurückgekommen war, hatte sie ihrer italienischen Seite die Herrschaft überlassen.

Sie legte den Kopf nach hinten. Am Himmel wurde ein Schauspiel der besonderen Art vorgeführt. Kein künstliches Licht störte. Milliarden von Sternen waren am Himmel, Milchstraßen flossen ineinander, unmöglich, ein Sternbild zu erkennen. Sina blieb einfach so sitzen. Sie hatte beschlossen, auf eine Sternschnuppe zu warten.

Für Corleone.

Mitten in der Nacht wurde sie plötzlich wach. Zuerst hörte sie nur ein lautes Knirschen, ein Fliegen von Steinen. Dann ein Motorengeräusch. Jemand fuhr den Weg zum Haus herunter. Blitzartig sprang sie aus dem Bett, streifte Jeans und T-Shirt über, schlüpfte in die Turnschuhe. Das Handy lag neben ihrem Bett. Sie drückte auf das Display. Kein Empfang.

Merda! Was jetzt?

Sie sah aus dem Fenster. Dicke Wolken hatten das grandiose Schauspiel beendet. Es war stockdunkel. Kein Mond. Keine Sterne. Hatte sie die Haustür abgeschlossen? Sie raste im Dunkeln hinunter. Zu! PUH. Alle Fenster des Hauses hatten feste Gitter.

Erleichtert atmete sie auf. Keiner würde ins Haus kommen!

Das Auto fuhr langsam den Schotterweg herunter.

Verdammt! Die Eingangstür musste halten! Im Haus selbst konnte man sich nicht verbarrikadieren. Die Zimmertüren waren nur von außen abschließbar. Wer baute denn so was? Eine Klotür! Nur von außen abschließbar.

Panik! Was, wenn Michael doch was mit Drogen zu

tun hatte? Was, wenn das einer war, der die holen wollte? Was, wenn es der war, der die beiden Toten auf dem Gewissen hatte? Was, wenn der denken würde, sie hätte mehr gesehen, als sie gesehen hatte?

Aber, beruhigte sie sich, *ich kann hier einige Zeit aushalten.* Barolo war noch ausreichend vorhanden!

Schnell entschloss sie sich, eine SMS zu schreiben. An Bruno. An Falcone. Bei den Schwankungen des Netzes würden sie vielleicht doch gesendet. Sie nahm ihr Handy und tippte schnell ein.

„SOS! Überfall im Casa! Komm schnell!"

Plötzlich fiel ihr die Tonne ein, die noch vorm Haus stand. Mit der glimmenden Glut.

Feuer! Ich sitze in der Falle!

Sie sackte auf der Treppe zusammen. Niemand kam herein, aber sie kam auch nirgends hinaus. Nur zwei Türen hatten flexible Gitter, die man aufklappen konnte. Die vom Eingang und die Balkontür oben im ersten Stock. Aber der Balkon lag vor einem Abgrund aus Brombeergestrüpp.

Der Motor erstarb. Eine Tür wurde zugeschlagen. Schritte. Trampeln. Hecheln. Ein metallenes Klacken. Die Feuertonne. Da war wer dagegengestoßen. Pause. Geräusche an der Haustür. Scharren.

Als sie hörte, wie ein Schlüssel ins Schloss glitt, raste sie nach oben, riss die Balkontür auf und kletterte über das Geländer. Den Sprung zu überleben schien die einzige Chance.

„Sina!"

Pause.

„Sina!"

Der Eindringling hatte das Licht im Flur angemacht und kam die Treppe herauf. Er kannte ihren Namen. Und sie die Stimme. Langsam entspannte sie sich. Sie hob das Bein und kletterte wieder über das Geländer zurück.

Michael war gerade oben angekommen. Mit ihm zwei Hunde. Eine fuchsfarbene Schäferhündin und ein kleiner Mischling, schokoladenbraun, mit bernsteinfarbenen Augen. Sie kamen auf sie zugesprungen, schwänzelten, begrüßten sie, als wären sie alte Freunde.

„Michael?!"

„Cioccolatino! Ronya! Schluss!", aber die beiden stupsten sie mit ihren Nasen, ihr blieb nichts anderes übrig, als sie abwechselnd zu kraulen. Michael nahm sie an den Halsbändern und zog sie zurück.

„Schluss!", befahl er. Die beiden setzten sich tatsächlich brav neben ihn. „Ich hab versucht anzurufen. Aber du bist nicht ans Handy gegangen."

„Kein Empfang." Sie hielt ihm das Handy vor die Nase.

„Ach ja, sorry!" Michael schlug sich mit der Hand gegen die Stirn. Sein blondes Haar war zerzaust, er sah müde aus. „Hab ich vergessen zu sagen. Du musst den Router anmachen. Der hängt an einer Antenne. Echt schwaches Signal hier, aber durch die wird es verstärkt.

Mach ich später gleich an. Ohne ist es hier eine Katastrophe."

Sina nickte, ließ sich auf das karminrote Sofa fallen, das in dem kleinen Wohnzimmer vor dem Balkon stand. Die Angst saß ihr noch in den Knochen. „Hast du mir einen Schreck eingejagt!" Sie umfasste ihr Handgelenk und fühlte den Puls. Langsam beruhigte er sich. „Ich war kurz davor, vom Balkon zu springen!"

Michael grinste. „Hab ich dir doch gesagt. Ist mitten im Wald das Haus. Die Geräusche sind völlig anders als in der Stadt. Da haben schon ganz harte Kerle Reißaus genommen, wenn nachts der Rehbock angefangen hat zu bellen und die Wildschweine zu grunzen."

„Vor denen habe ich keine Angst", fauchte Sina. „Nur vor den Zweibeinern. Keine dreihundert Meter von hier lag die Leiche. Echt ruhige Ecke!"

Michael nickte. „So was ist aber noch nie passiert. Ich schließe hier noch nicht mal ab. Weiß nicht, wie oft der Schlüssel im Wagen steckt. Wenn wir nicht da sind, steht alles draußen rum. Ist noch nie was geklaut worden. Dieser Commissario hat mich herzitiert. Deshalb habe ich mich gestern Abend noch ins Auto gesetzt und bin losgefahren. Andrea sollte auch mitkommen, aber die ist gerade in Barcelona. Wie hart ist der denn drauf? Hat gedroht, mich von der deutschen Polizei verhaften und nach Italien ausliefern zu lassen! Alles wegen zwei Cannabispflanzen! Das ist auch in Italien

Eigenbedarf, sagt mein Anwalt. Aber dieser Typ redet ständig von einem Feld. Ich verstehe den nicht richtig am Telefon. Campo heißt doch Feld?"

„Sì! Er hat einen dezenten sizilianischen Akzent. Wenn da nicht der Tote wäre!"

Michael verzog den Mund, runzelte dabei gleichzeitig die Stirn. „So ein Quatsch, als wenn ich jemanden umlegen und den dann oben an meiner Quelle liegen lassen würde. So blöde kann doch keiner sein?"

Sina gähnte. Die Aufregung schien sich nun ins Gegenteil zu verkehren. Sie sah auf ihr Handy. Zwei Uhr!

„Ich lege mich wieder hin. Alles Weitere morgen früh", sagte sie, gähnte wieder und schlappte zurück in ihr Zimmer. Cioccolatino folgte ihr schwänzelnd, aber sie schlug ihm die Tür vor der Nase zu.

Es fing gerade an zu dämmern, als sie von lautem Hundegebell geweckt wurde. Es war ein aggressives, hohes Bellen, das ihr durch Mark und Bein ging. Wenn sie die beiden nachts nicht gesehen hätte, wäre sie vor Panik unter der Bettdecke verschwunden.

Was war denn nun schon wieder? War da was? Oder nur ein Rehbock, Wildschweine?

Sie war immer noch todmüde. Bekam kaum die Augen auf, fühlte sich wie manchmal im Traum, wenn man mit aller Macht versuchte, sie zu öffnen, es aber nicht schaffte. Michael schien auch davon aufgewacht zu sein. Sie hörte seine Tür klappern.

„Ruhe!", schrie er.

Aber die Hunde waren völlig aus dem Häuschen.

Ruhig bleiben, befahl sie sich. *Einfach umdrehen, Decke über den Kopf ziehen. Ist bestimmt nichts!*

Ronya und Cioccolatino bellten zornig. Die Angst kehrte zurück. Sie sprang aus dem Bett, zog blitzschnell Jeans und Shirt über, schlüpfte in die Turnschuhe. Als sie aus dem Zimmer kam, lief Michael gerade den Hunden hinterher ins Erdgeschoss.

„Was ist denn los?", schrie sie ihm hinterher.

„Keine Ahnung. Da ist scheinbar was. Oder einfach nur Spinnfieber. Wahrscheinlich hat sich ein Wildschwein vorm Haus verirrt. Jetzt haltet doch mal die Schnauze, verdammt noch mal", motzte er die Hunde an. Das ohrenbetäubende Gebell hallte durch das ganze Haus. Es war, als wenn sich eine spitze Nadel ins Trommelfell bohrte.

Michael schien keine Spur besorgt, nur völlig genervt. Sina blieb auf der Treppe stehen. Hielt sich den Fluchtweg nach oben offen. Die Hunde wuselten vor der Haustür herum, bellten im Staccato, knurrten, kratzten wütend an der Tür. Angstschweiß brach ihr aus allen Poren. Plötzlich war sie ganz sicher, dass das nicht nur ein Wildschwein war. Als sie sah, wie Michael die Haustür entriegeln wollte, schrie sie voller Panik:

„Nicht aufmachen!"

Aber schon stürmten die Hunde wild keifend durch die offene Tür, rasten über die Terrasse Richtung Wald. Dann sah Sina eine Hand, die Michael am Kragen packte, sah durch die offene Tür, wie eine Pistole auf seinen Kopf gerichtet wurde.

Sie nahm drei Stufen auf einmal und sprintete nach oben.

Feigling, schalt sie sich. Aber was war denn mit diesen Scheißkötern los? Wenn da wer vor der Haustür gestanden hatte, warum waren die nur völlig durchgeknallt zum Wald gerast? Wahrscheinlich warteten da die anderen?

Stimmengemurmel von unten. Sie verstand kein Wort.

Ich muss ihm helfen! Aber wie? Sina sah sich in dem kleinen Wohnzimmer um, fand nichts, womit sie hätte zuschlagen können. Keinen Kerzenständer, keine Flasche, keine Bronzeskulptur. Nichts! Also doch springen und versuchen, Hilfe zu holen?

Verdammter Mist, verdammter. Ich hasse diesen Ort!

„Sina!"

Sie lauschte. Michael! Er lebte! Wie klang er?

„Sina!"

Rief er um Hilfe?

„Sina, komm runter! Es ist alles in Ordnung!"

Ein Bluff!? Wenn der, der Michael die Pistole vor die Nase gehalten hatte, alleine war, würde sie es schaffen. Sie wog ab.

Dann kletterte sie hektisch über das Balkongeländer, hielt sich an den Metallstreben fest, versuchte so, sich langsam nach unten abzulassen. Aber ihr Gewicht funktionierte wie ein Anker, der zum Meeresgrund wollte. Sie ließ die Metallstäbe los, stürzte, abgebremst von wild wucherndem Brombeergestrüpp, in den Abhang. Durch ihr dünnes T-Shirt bohrten sich spitze Dornen, stachelige Äste verfingen sich in den Haaren. Aber sie lebte!

„Sina?"

Die Stimme kam von oben. Von da, wo sie eben noch gestanden hatte.

„Sina!"

Sie sah hoch. Zwei Männer blickten vom Balkon auf sie herab. Der eine, Michael, hatte einen besorgten Gesichtsausdruck, starrte fassungslos nach unten, fragte sich wohl gerade, ob sie noch alle Tassen im Schrank hatte.

Der andere war Falcone.

Sein Gesichtsausdruck schwankte zwischen Besorgnis und diesem arroganten Grinsen, das Sina so sehr hasste. Als wäre das nicht genug, gesellten sich nun schwanzwedelnd die beiden Hunde dazu.

Schienen sich ja prima zu verstehen!

Zornig versuchte sie, sich aus den Schlingpflanzen zu befreien, aber die feinen Widerhaken verfingen sich überall. Im T-Shirt, der Hose, den Haaren. Die nackten Stellen ihrer Arme, des Halses waren verkratzt und schmerzten. Blut floss über ihr Gesicht, Tränen verwässerten es, und weil sie darüber noch wütender wurde, über sich, ihre Dummheit, flossen noch mehr. Noch viel wütender, sie war kurz davor zu kochen, machte sie aber, dass Falcone sie in dieser hilflosen Lage sah. Es war demütigend! Sie lag im Brombeergestrüpp auf dem Rücken wie ein Käfer. Und heulte. Schließlich schienen die Männer genug von dem Schauspiel zu haben und verließen ihren Logenplatz. Sina fiel es wie Schuppen von den Augen: Der Commissario hatte ihre SMS bekommen.

Als der um die Ecke des Hauses bog, ging gerade die Sonne auf, tauchte ihren Todfeind in ein weißgoldenes Licht. Falcone legte die Hand vor die Augen und sah in der strahlenden Helligkeit aus wie ein Prinz. Sina fühlte sich wie Dornröschen, oder wie Dornröschen sich gefühlt haben musste.

Von den ganzen schmerzenden Dornen war im Märchen aber nie die Rede. Und sie war nicht die schöne Prinzessin, sondern ein heulendes Elend. Sie schluchzte immer noch. Falcone schritt heldenhaft durch das hohe Brombeergestrüpp, bewegte sich wie in Zeitlupe, löste immer wieder einzelne Äste, die sich an seiner Hose verhakten. Schließlich war er bei ihr.

„Alles in Ordnung, Sina?" Michael stand mit den Hunden unten am Haus. Sie antwortete nicht. Er musste doch selber sehen, dass nicht alles in Ordnung war! Falcone kniete sich hin und reichte ihr die Hand. Widerwillig nahm sie sie, versuchte, sich ein Stück nach vorne ziehen zu lassen. Aber die hässlichen Widerhaken hielten sie fest.

„Autsch!"

„Was machst du auch ständig für einen Mist", motzte er sie an, beugte sich vor und begann, die Dornen aus ihren Haaren zu lösen.

„Haben Sie eine Schere?", rief er dann zu Michael.

„Auf gar keinen Fall!", protestierte sie, lieber würde sie hier verdorren.

„Eine Gartenschere!", rief er, ohne sich von ihr abzuwenden, runzelte die Stirn und strich ihr sanft über die blutverschmierten Wangen.

Sina wollte ausholen, seine Hand wegschlagen, aber die Stacheln hielten sie in einem eisernen Griff gefangen.

„Tranquilla", sagte er. „Ganz ruhig."

„Tolle Hunde hast du!“, motzte Sina.

Sie saß weitgehend befreit von Widerhaken und dornenbehafteten Ästen auf der Terrasse. Falcone hatte die Zweige, die sich im Haar verhakt hatten, gelöst, wo sie zu lösen waren, den Rest hatte er mit der Gartenschere einfach gekappt. Es war dann auch so noch schwierig genug, alle wieder aus ihren Haaren loszuwinden. Das T-Shirt hatte sie direkt in den Müll geschmissen. Da war nichts mehr zu retten. Ansonsten sah sie aus wie Struwwelpeter. Die beiden Männer konnten sich ein Grinsen nicht verkneifen.

„Sorry, Sina“, entschuldigte Michael sich, bevor er anfing loszulachen, sich abwechselnd die Nase zuhielt, aber immer, wenn er sie ansah, lauthals losprusten musste.

Dann schlugen die Hunde erneut an. Sina stöhnte. Aber das Bellen war freundlicher, nicht aggressiv, eher so, als wenn sie es täten, weil man sie sonst beschuldigen würde, es nicht getan zu haben.

„Complimenti an deinen Friseur, Sina!“

Bruno kam auf die Terrasse gestolpert. Anscheinend war er den Hang hinterm Haus heruntergerutscht, hatte so versucht, sich anzuschleichen. In der rechten Hand hielt er einen dicken Holzknüppel, die obligatorische, fast auf den Filter heruntergebrannte Kippe klebte an seiner Unterlippe, während er den Rauch hustend ausstieß.

„Da hast du ja ganze Arbeit geleistet“, fuhr er Falcone an. Aber dann sah er Michael, und sein Gesicht begann zu strahlen, wie Sina es noch nie bei ihm gesehen hatte. Bruno öffnete die Arme.

„Mikaele, mio amico!“ Er umarmte ihn, klopfte ihm kräftig auf die Schulter. Eine komische Figur, die sie zusammen abgaben, fand Sina. Der eine war groß, fast ein Hüne, der andere eher klein. Die Arme, unterschiedlich lang, verknoteten sich, Brunos Kopf reichte bis zu Michaels Brust, so verschmolzen sie kurz zu einer Einheit.

„Da haben wir ja alle Banditen beisammen“, grinste Falcone süffisant.

„Glaubst du eigentlich immer noch an dieses Märchen, dass wir irgendetwas damit zu tun haben?“, zischte Sina.

Der Commissario ignorierte sie, ging stattdessen auf die beiden Männer zu, die sich wieder voneinander gelöst hatten. „Zeigen Sie mir, wo Sie es angebaut haben!“, befahl er Michael und wies in Richtung Wald.

„Ich dachte, Sie hätten das gefunden“, blaffte der giftig zurück.

Falcone sah den Deutschen an. Mehr nicht. Der versuchte, dem Blick standzuhalten. Sina rempelte den Freund an.

„Besser, du tust es“, sagte sie auf Deutsch. Es kitzelte ihr bereits in der Nase. Das Capsaicin strömte wieder unkontrolliert in Falcones Adern.

„Also gut.“ Michael gab das Duell auf. „Es waren nur zwei Pflanzen. Im Übrigen habe ich schon mit meinem Anwalt darüber gesprochen. Zwei Pflanzen sind nun wirklich keine Plantage! Als wenn zwei

Pflanzen ein Feld wären!“ Er schüttelte fassungslos den Kopf. „Auch nicht in Italien. Das ist eine üble Unterstellung. Dagegen werde ich mich wehren!“ Michaels Stimme ging in hohe Töne über, wurde schrill, überschlug sich. Bruno stellte sich schützend vor ihn. Er hatte den Knüppel immer noch in der Hand, schien jederzeit bereit, zuzuschlagen, falls jemand wagte, seinem Freund auch nur ein Haar zu krümmen. Auch Ronya und Cioccolatino gesellten sich schwänzelnd zu dem Duo, verstärkten so die imaginäre Front.

„Andiamo! Gehen wir!“ Falcone gab sich völlig unbeeindruckt.

Die Hunde liefen freudig vor ihnen her. Ronya zerrte an Brunos Knüppel, den er immer noch eisern in der Hand hielt. Schließlich gab er sich geschlagen und warf ihn ein paar Meter weiter ins Gras. Die Hündin sprang schwänzelnd hinterher, brachte ihn aber sofort wieder zurück, damit Bruno noch einmal schmiss. Vor dem Tor stand Michaels schwarzer Yeti 4 x 4.

Klar, mit Allrad war der steile Weg kein Problem.

Neben dem provisorischen Parkplatz führte eine steile Holztreppe zu den Anbauterrassen, dann ein Pfad seitlich am Wald entlang. Die kleine Gruppe lief im Gänsemarsch den Hang hinauf. Michael war an der Spitze. Schließlich blieb er an einem bereits umgegrabenen Beet stehen. Er wies auf eine Stelle.

Die anderen drei starrten auf den aschbraunen grobkrümeligen Boden. Unzählige Steine durchsetzten die Erde. Ein paar Wurzeln ragten aus dem trockenen Feld. Welke Blätter lagen zusammengerollt auf der Oberfläche, auch ein paar Haselnüsse. Aber wie man auf die Idee kam, hier hätten einmal Cannabispflanzen gestanden, konnte Sina sich nicht erklären. Oder hatten die von der Spurensicherung restlos alles mitgenommen? Bruno schüttelte fassungslos den Kopf, starrte nach oben in den Himmel, zeigte dem einen Vogel, fächerte sich mit der Hand auf die Stirn, als wolle er die Wolken fragen, wie blöd das denn sei. Er steckte sich keuchend eine Kippe an. „Porco dio! Seid ihr kleinlich. Keiner aus dem Norden wäre jemals so kleinlich!"

„Wie kommst du auf die Idee, Di Neri, wir wären kleinlich?" Falcone runzelte die Stirn, drehte sich um. „Kommt mit!", befahl er.

Wieder im Gänsemarsch, nun mit dem Commissario an der Spitze, liefen sie den Hang hinunter. Die Hunde sprangen zwischen ihnen her und rasten in atemberaubender Geschwindigkeit den steilen Berg runter. Falcone bog direkt in den angrenzenden Wald. Der Weg, dessen eine Seite flach an einen Bach grenzte, führte in eine kleine Schlucht. Im fließenden Wasser sah Sina das Ende eines Seils liegen. Falcone sprang über das Gewässer, schnappte das Seil, zog sich so den steilen Hang hoch. Die anderen folgten ihm. Mächtige Kastanienbäume und mehr als dreißig Meter hohe Pappeln warfen ihre Schatten. Sie kämpften sich durch Brombeergestrüpp, Wacholderbüsche, Haselnusssträucher, bis sie auf eine kleine Lichtung kamen. Sina schätzte sie auf hundert Quadratmeter. Es war ein erst kürzlich grob umgepflügter Acker mitten im Wald. Auch hier staksten Wurzeln aus der Erde, lagen abgebrochene Stängel und verwelkte Blätter auf dem aufgebrochenen Boden.

Eindeutig Cannabis, dachte Sina. Ganz eindeutig. Fast meinte sie, es läge noch der typisch süße Geruch in der Luft. Sie musterte den abgeernteten Acker. Es war unmöglich zu sagen, wie viele Pflanzen hier gestanden hatten. Der Commissario verschränkte die Arme vor der Brust und beobachtete Michael. Der war kalkweiß im Gesicht.

„Damit habe ich nichts zu tun“, stammelte er.

Sina befürchtete einen Moment lang, er würde in Ohnmacht fallen. Aber etwas stand in seinen Augen. Etwas irritierte sie. Plötzlich war sie sicher, Michael wusste mehr!

„Wer hat denn das Seil da vorne angebracht?“, fragte Falcone schroff.

„Klar, das war ich“, gab Michael zu. „Für Andrea, die kommt dort immer aus dem Wald, wenn sie mit den Hunden unterwegs ist. Und wenn es hier regnet, ist alles glatt und matschig. Bevor das Seil da war, ist sie immer ausgerutscht. Oder hat sich einfach auf den Hosenboden gesetzt und ist die Böschung runtergerutscht. Die hat danach immer ausgesehen wie ein Schlammmonster. Deshalb hab ich das Seil dort angebracht.“

Bruno nickte bestätigend.

„Dann hat Andrea den grünen Daumen?“, bohrte der Commissario.

„So ein Quatsch! Andrea raucht nicht. Auch keine Joints“, stöhnte Michael genervt.

„Dann braucht sie wohl Geld?“, beharrte Falcone.

„Braucht sie Geld?“, wiederholte Michael. „Wer braucht schon kein Geld?“

„Also hat sie hier zufällig ein paar Samen in die Erde fallen lassen?“, zwinkerte Falcone und schlug Michael dabei kameradschaftlich auf die Schulter. Der zuckte zusammen.

„Nein, Quatsch! Nein! Ist doch eine völlig bescheuerte Frage! Wenn ich Geld brauche, raube ich keine Bank aus!“

„Veramente? Wirklich?“

„Veramente no!“, fauchte Michael. „Außerdem ist das hier ja gar nicht mehr mein Grundstück. Woher soll ich wissen, wer hier was macht? Das geht mich gar nichts an! Ich war hier noch nie!“

Cioccolatino zog demonstrativ einen Stängel samt Wurzel aus dem Boden und raste wie ein Verrückter auf dem Feld herum, als wolle er zeigen, wie gut die Wirkung des Krautes sei.

„Naturalmente! Da hat er recht“, mischte sich Bruno nun ein. „Hier im Wald ist doch meistens mehr los als in Turin zur Rushhour. Da will man seine Ruhe – und? Ständig mäht wer Gras in seinem Kastanienhain. Mit diesen lauten Motorsensen! Oder macht

Holz. Mit kreischenden Sägen! Dann schleichen da noch permanent die ganzen Pilzsammler rum."

Michael nickte dankbar ob des Strohhalms, den ihm sein Freund gerade hinschmiss: „Die sind ja alle schon unterwegs, wenn es noch dunkel ist. Wie oft die Hunde nachts anschlagen! Von wegen Ruhe!"

Bruno schüttelte den Kopf. „Na ja, Pluto nicht."

Schröder überhörte den Einwand. Falcone auch. „Wenn ich die dann rauslasse, rasen sie wie zwei wild gewordene Hyänen los. Vom Balkon aus sieht man lauter Lichtkegel im Wald herumtanzen. Als wenn Lichtkegel einfach so in der Dunkelheit umherfliegen!"

„Sì, sì! Und wenn die dann weg sind, kommen die aus Genua und Savona. Wollen Pilze und Beeren sammeln. Aber die finden garantiert nichts mehr. Wo einmal ein Monregalese entlanggelaufen ist, findet man garantiert nichts mehr!"

„Ja, ja genau, darüber regt sich Andrea immer auf. Egal, wie früh sie aufsteht. Es sind keine Pilze mehr zu finden. Niente! Aber immer kommen ihr Piemontesen mit vollen Körben entgegen, erzählen voller Euphorie, wie gut die Pilzsaison wäre!"

„Allora! Wer soll da noch den Überblick behalten? Wer im Wald was macht? Dann sind da noch die Flüchtlinge oben in Madonna del Pilone. Alle tun so, als wären das Heilige. Aber es sind Menschen. Und meine Mutter hat immer gesagt, wenn du hundert Erbsen hast, ist eine faul. Meiner Meinung nach sind es zwei! Vielleicht wollte sich jemand sein Taschengeld aufbessern?"

„Du hast recht, Di Neri, zwei faule Erbsen!", nickte Falcone genüsslich. „Habt ihr gemeinsame Sache gemacht? Du und dein deutscher Freund. Einer sät. Der andere gießt. Habt ihr gemeinsam geerntet? Seid ihr überrascht worden? Oder war er euer Kurier? Diese ganze Unschuldstour kaufe ich euch nicht ab. Brauchst du das Gras für deine Patienten, Di Neri? Um sie ruhigzustellen? Du warst hier, als der Mord passiert ist. Habt ihr es absichtlich so aussehen lassen, als wäre es ein Trüffeldieb? Der Schraubenzieher ist aus deiner Werkstatt und trägt deine Fingerabdrücke, Di Neri. Aber du hast natürlich keine Ahnung, wie der in die Hand der Leiche gekommen ist. Reiner Zufall! Und dann steht hier genauso zufällig ein Marihuanafeld. Andrea geht selbstverständlich hier spazieren. Aber keiner hat es je gesehen? Bei der Entfernung zu Ihrem Haus müssten Sie schon alleine von der Luft stoned geworden sein!"

„Unwesentliche Details! Du brauchst einen Sündenbock, Falcone!" Bruno zündete sich eine Kippe an, inhalierte den Rauch besonders genüsslich, als wenn er sich gerade vorstellte, etwas von den übrig gebliebenen Blättern zu rauchen.

„Certo, das ist es!", fuhr er schimpfend fort und stellte sich demonstrativ an Michaels Seite, der den Rauch mit der Hand von seiner Nase wegfächelte. „Kriegst du Feuer unterm Hintern, weil ihr nicht weiterkommt? Ihr wisst ja immer noch nicht, wer der Tote ist!“ Bruno verzog verächtlich das Gesicht. „Wenn du deinen Job richtig machen würdest, müssten wir hier nicht stehen und uns deine abstrusen Theorien anhören. Zwei rechtschaffene Anwohner zu verdächtigen, unbescholtene Bürger. Die mit ihrer Arbeit dafür sorgen, dass Häuser nicht verfallen und Gärten bestellt werden. Du gehst doch den Weg des geringsten Widerstandes. Aber sizilianischen Gorillas fehlt eben Fantasie, Spürsinn, Kombinationsgabe! Porca miseria! Wieso haben sie uns nicht einen geschickt, der die Brillanz eines Montalbanos hat! Oder die Intelligenz eines Brunettis. Ich brauche jetzt einen Caffè. Ich gehe jetzt frühstücken. Komm, Mikaele! Sina?“ Bruno drehte sich um und stampfte los.

Falcone schüttelte fast unmerklich den Kopf. Ein paar Muskeln spannten sein sonst glattes Hemd. Sina hielt den Atem an. Es hätte sie nicht gewundert, wenn er die Pistole gezogen und Bruno von hinten erschossen hätte. Aber der Commissario hielt nur kurz inne, machte dann ein Kreuzzeichen.

„Schröder, Sie gehen nicht frühstücken. Sie kommen mit mir in die Questura“, befahl er. „Was du machst, Di Neri, ist mir im Moment egal. Vielleicht frühstückst du mit Miss Marple.“

Sina wischte sich die Brösel von der Jacke und stieg wieder in den Lancia, der direkt vor dem Portici parkte. Sie hatte einen Riesenhunger gehabt, sich direkt an der Bar einen Cappuccino und dieses himmlische Croissant con crema bestellt. Bruno hatte sich an einen der kleinen Tische gesetzt und beleidigt getan, als sie an der Theke stehen geblieben war.

„Sina, sei doch meine Miss Marple!“, hatte er gefrotzelt. Aber bei der Vorstellung, Falcone könne tatsächlich sie damit gemeint haben, stieg in ihr ein Gefühl von unbeherrschter Wut hoch. Dieser arrogante Affe! Aber zugegeben, die Lage war brenzlig. Zwar hatte es nicht so geklungen, als ob Falcone sie wirklich noch verdächtigte. Aber Michael saß hundertprozentig mit einem Bein im Knast. Vor allem, wenn der Commissario in Michaels Augen das Gleiche wie Sina gesehen hatte.

Wie gut kenne ich Michael?, fragte sie sich erneut. Hatte er tatsächlich etwas mit Drogen zu tun? Bruno? Aber dann schüttelte sie heftig den Kopf. Nein. Sie konnte es sich nicht vorstellen. Bei keinem der beiden.

Sie startete den Wagen, der Auspuff frotzelte, hielt kurz inne, aber dann brummte der Motor. Sie klickte auf ihr Handy.

Schon elf Uhr, merda!

Tino wohnte nicht weit vom Café entfernt. Aber sie musste sich beeilen, um noch vor der Siesta zu UPS zu kommen. Bevor die ihre Pforten zu schlossen. Auch wenn Sina die Siesta mochte, weil es eine Art verordneter Auszeit war, hatte sie oft geflucht, wenn sie vor verschlossenen Türen stand. Gerade, wenn sie nach längerer Zeit von Deutschland nach Italien kam und gewöhnt war, einzukaufen, wann ihr danach war. Aber genauso ging es ihr andersherum, wenn sie sich wunderte, warum in der heiligen Mittagspause plötzlich eine solche Hektik herrschte.

Sina hatte die Kühlakkus, die sie gestern in Michaels Kühltruhe eingefroren hatte, ohne weiteren Schutz im Auto liegen. Auch deshalb war Eile geboten. Als sie vor Tinos Haus hielt, sah sie, wie er mit seinem Jeep gerade auf den Hof fuhr. Er kam ihr grinsend entgegen.

„Hast du noch etwas gefunden?", fragte Sina. Aber im Grunde musste sie nicht fragen. Der unvergleichliche Duft strömte aus seinem Lederbeutel direkt in ihre Nase, löste so eine massive Gier bei ihr aus. Grillo öffnete den Reißverschluss und holte die schmutzigen Knollen heraus.

„Zweihundert Gramm. Mehr oder weniger!" Er hielt ihr seine geöffnete Hand hin. Die war genauso dreckig wie die Knollen, in tiefen Furchen klebte Erde, als wäre sie im Grunde schon eins mit der Haut. Dann sah er sie entsetzt an.

„Mamma mia! Was ist dir passiert?"

Sina wollte ihm nicht die ganze Geschichte erzählen, die Zeit rannte, und wer wusste, was auf dem Weg zum Parcelservice noch alles passieren konnte. In dieser merkwürdigen Gegend. Die Worte ruhig und harmlos bekamen hier eine völlig andere Bedeutung.

„Ach“, sagte sie deshalb, „bin über Cioccolatino gestolpert.“

Tino begann zu strahlen. Er grinste über beide Backen, die Augen lachten, sogar die Falten, die sich dadurch an den Ohrläppchen bildeten. Sie setzte einen fragenden Blick auf. War er ein Sadist?

„Sie sind da?“, stammelte der alte Mann aufgeregt.

Jetzt verstand Sina. „Ja, Michael ist gestern Nacht gekommen.“

„Andrea auch?“

Sie schüttelte den Kopf.

Da verschwanden alle Lachfalten, die Ohrläppchen hingen traurig herunter, und der Mund war wieder fest verschlossen.

„Vieni“, sagte er nur kurz, und sie folgte ihm durch das enge Treppenhaus in den zweiten Stock.

Dann saß sie wieder in dem dunklen Wohnzimmer, die Jalousien waren wie immer geschlossen. Tino schaltete das Licht an, öffnete die Tür der Vitrine, holte den Limoncello heraus und stellte ihn mit zwei Gläsern auf den Tisch.

„No, no, nicht für mich!“, protestierte Sina.

Tino schüttelte nur den Kopf, als wolle er sagen, nicht auch noch sie könne ihn so enttäuschen, nachdem er gerade verkraften musste, dass Andrea nicht da war, und schenkte die Gläser voll.

„Das sind Vitamine, die braucht man um diese Jahreszeit“, rechtfertigte er sich, nippte dabei an seinem Glas. Sina tat es ihm gleich. Aber alleine vom Nippen stieg ihr der Alkohol, von dem Tino behauptete, er wäre in dem Zitronenlikör gar nicht vorhanden, in den Kopf. Sie beschloss, das Glas so stehen zu lassen. Sich auf eine Diskussion einzulassen, war völlig sinnlos. Sie kramte in ihrer Handtasche, fischte den zerknitterten Zeitungsausschnitt heraus, während der Trifolao in die Küche ging, um die Trüffel zu holen. Sie hörte, wie er die Kühlschranktür öffnete, und lange bevor er wieder das Wohnzimmer betrat, strömte der feine Duft in ihre Nase.

Ich muss einen haben, dachte sie und beschloss, etwas für sich abzuzweigen. Als Vorschuss, sozusagen. Sina hatte den Zeitungsausschnitt auf die geblümte Plastikdecke gelegt. Tino stellte die Tupperdose direkt daneben.

„Kennst du den?“

Er nahm den Zeitungsfetzen, sah sich im Zimmer um, ging zu einem Tischchen und holte unter ein paar Zeitungen seine Brille hervor.

„Nur zum Lesen“, erklärte er.

Er betrachtete das Bild. Dann schüttelte er den Kopf.

„No. Das ist doch der Tote! Aber das habe ich ja alles schon dem Commissario gesagt. Das ist keiner von hier. Auch kein Trifolao von denen aus Alba. Oder den Monterossos. Da bin ich mir ziemlich sicher.“

„Aber was hat er denn dann dort gemacht?"

Er zuckte mit den Schultern.

„Bei Dunkelheit. Mitten im Wald. Wo ist das Auto? Der muss doch irgendwie dahin gekommen sein. Du läufst doch da immer durch. Hast du denn gar nichts bemerkt?"

Wieder zuckte Tino mit den Schultern und schüttelte den Kopf.

„Oben in Madonna del Pilone sollen Flüchtlinge wohnen. Hast du die schon mal im Wald getroffen?"

Wieder nur ein Zucken mit den Schultern. „Italien hat auch so schon Probleme genug", murmelte er.

Tino hatte dann die Knollen wortlos, aber mit großer Sorgfalt, eingepackt. Sie zuerst mit Papiertüchern umwickelt, in Plastiktüten gesteckt, dann zusätzlich in eine Styroporkiste, in die Sina auch die Kühlakkus gelegt hatte. Von außen roch man nun nichts mehr. Das war zum einen wichtig, damit sich der Geruch nicht verflüchtigte, denn das Aroma hing stark von ihrem Duft ab. Zum andern, damit niemand vermutete, welch kostbare Fracht in dem Päckchen transportiert wurde. Sie hatte natürlich vor, es zu versichern, aber der Verlust des raren Gutes wäre bitter gewesen.

Wenn man durch den Wald vom Cannabisfeld direkt nach oben läuft, konnte man durchaus bei der Unterkunft der Flüchtlinge herauskommen, dachte Sina, als sie eine Stunde später in die Via Ascheri in

Richtung Madonna del Pilone abbog. Vielleicht hatten die tatsächlich etwas damit zu tun. Unmöglich wäre es zumindest nicht. Wusste Michael davon und wollte sie schützen? Wäre das logisch?

Diesmal war alles anders. Sie traute ihren Augen kaum. Der Platz war belebt, auf den Bänken saßen die Schwarzen. Aber vor der Bocciabahn standen ältere Herren und warfen schwere Eisenkugeln auf den Sand. Im Moment schienen es noch zwei Grüppchen zu sein, die sich vorsichtig beäugten, beschnupperten. Sina parkte den Lancia diesmal am Rand des Platzes, fischte den Zeitungsschnipsel aus ihrer Tasche und ging auf die Gruppe der Schwarzen zu.

„Na, suchst du wieder deinen Freund?" Der Junge vom letzten Mal löste sich aus der Gruppe. Sina schüttelte den Kopf.

„Nein. Aber vielleicht habt ihr den ja gesehen?"

Sie gab ihm den Ausschnitt. Er warf einen kurzen Blick darauf und gab ihn ihr zurück.

„Der Polizist hat uns das auch schon gefragt. Bist du auch einer?"

Sina schüttelte wieder den Kopf. Der Schwarze sah sie argwöhnisch an. „Wieso sollten wir dir das sagen?"

Sina kramte in ihrer Handtasche und zückte einen Zwanzig-Euro-Schein. Der Junge nahm ihn, steckte ihn grinsend in die Tasche.

„Der war hier. Hat nach dem Weg gefragt. Aber wir kennen uns ja auch nicht aus."

„Wann war das? Ich meine, welche Uhrzeit?"

„Später Nachmittag, würde ich sagen."

„Weißt du, wo er hinwollte?"

Er zuckte mit den Schultern. „Hab ich mir nicht gemerkt. Er hat schlecht gesprochen."

„Wie? Schlecht gesprochen?"

„War kein Italiener. Hatte einen ziemlichen Akzent."

„Und sein Auto?"

„Ein Volvo. Weiß. Ausländisches Kennzeichen. Rumänien. Ich habe ihm aber erklärt, dass er hier nur noch höher in die Berge kommt. Da hat er umgedreht."

„Und du kannst dich nicht mehr erinnern, wonach er gefragt hat?"

„Schicke Schuhe", grinste der Schwarze und starrte auf ihre goldenen Sneakers.

Was soll's! Sie bückte sich, öffnete die Schnürsenkel, schlüpfte aus ihnen heraus und hielt sie dem Schwarzen hin. Ihm würden sie sicherlich nicht passen. Aber vielleicht hatte er eine Freundin.

„Irgendwas mit T. Taunaurru, oder so."

Via Tanaro! Er hatte die Via Tanaro gesucht! Da, wo Michaels Haus lag. Brunos Haus. Wo er ermordet worden war. Was hatte er dort gesucht? Wen hatte er dort getroffen?

„Danke!", rief sie und lief auf Strümpfen zum Auto zurück. Die alten Männer drehten sich kurz um, spielten dann aber unbeeindruckt weiter Boccia.

Bevor sie einstieg, drehte sie sich aber noch einmal

um. Der Junge stand noch am gleichen Platz, grinste glücklich, wohl über die Schuhe. Sina ging noch einmal zurück.

„Sag mal, wie lange seid ihr schon hier?"

„Ich seit Ende Juli. Die meisten anderen auch", antwortet er irritiert.

„Na, dann ist es ja gut." Zu spät, um Cannabis auszusäen. Sina ging erneut zum Lancia. Diesmal drehten sich die alten Männer noch nicht einmal mehr um.

Michael war noch unterwegs, aber die beiden Hunde freuten sich riesig, Sina zu sehen. Als wären sie bereits alte Bekannte. Sie deponierte die Trüffel, die sie abgezweigt hatte, schnell im Kühlschrank. Legte in die Tüte zusätzlich zwei Eier, damit sie den Duft absorbierten. Am Abend wollte sie Tajarin mit weißem Trüffel machen. Jedenfalls, sofern Michael die mochte. Man wusste ja nie!

Aber vorher muss ich in den Wald!, beschloss sie. *Ich muss wissen, wohin dieser Weg geht. Der, an dem die Quelle ist. Da, wo die Leiche gelegen hat. Da, wo Bruno mich in den Wohnwagen gesperrt hat. Vielleicht hat sich der Tote dort mit jemandem getroffen. Vielleicht gibt es da irgendwo ein Haus, in dem er sich mit seinem Mörder getroffen hat.*

Sina holte ihren Laptop und setzte sich auf die Terrasse. Die Sonne zauberte lange Schatten, das Licht war bizarr, milchig, aber gleichzeitig brillant. Eine gedämpfte Ruhe. Nur von Zeit zu Zeit hörte man Blätter rascheln. Einen Eichelhäher schreien. Es roch nach Wehmut, nach Abschiedsschmerz. Sie klappte den Laptop auf und gab Michaels Passwort ein. Schnell hatte sie die Satellitenansicht des gesamten Gebiets auf dem Schirm, zoomte es so nah wie möglich heran.

Ecco! Da waren die Dächer der beiden Häuser. Die Lichtung mit dem vermeintlichen Cannabisfeld. Aber die Aufnahme war älter, man konnte nur eine Wiese erkennen. Den Weg, den sie suchte, fand sie nicht. Aber aus dem Wald lugten vereinzelt rote Dächer.

Da muss ich hin, dachte sie, machte einen Screenshot und sendete ihn an sich selbst. Wahrscheinlich gab es im Wald wieder keinen Empfang. Dann konnte sie wenigstens den Screenshot öffnen.

Als Nächstes gab sie „Monterosso, Alba“ bei Google ein und landete sofort auf deren Internetseite. Trüffel, piemontesische Spezialitäten, aber auch aus ganz Italien. Alles vom Bagna Cauda über Salami bis hin zur Schokolade. Gab es da eine Verbindung? Sina klickte auf die Schokolade. Drei, vier Verpackungen kamen ihr bekannt vor. Corleone! Sie kamen von Corleone! War das die Verbindung? War das eine Verbindung? Dann öffnete sie Outlook und schrieb eine E-Mail an ihren Chef.

„Hallo Franz, die Trüffel sind unterwegs! Sollten morgen früh da sein. Sag mal, kennst du die Monterosso Srl.? Haben wir mit denen schon Geschäfte gemacht? Weißt du was über die? Ist (ziemlich) wichtig! Sina

PS: Zehn Gramm Weiße habe ich hier im Kühlschrank. Und hundert Gramm Schwarze. Kannst du von meinem Gehalt abziehen."

Kurze Zeit später stiefelte sie mit Ronya und Cioccolatino wieder den beschwerlichen Weg nach oben. Ein Fitnessstudio brauchte man hier definitiv nicht. Bruno schien noch nicht wieder da zu sein. Wahrscheinlich war er im Portici hängen geblieben oder gleich zum Mittagessen übergegangen. Sie bog in den Weg, der zur Quelle führte, da, wo noch vor Kurzem die Leiche gelegen hatte.

Wie lange war das her? Eine Ewigkeit!

Nach einer Viertelstunde kam sie auf eine kleine Lichtung, in deren Mitte eine Gruppe von Laubbäumen und ein paar rostige Fässer standen.

Hat da jemand seinen Müll entsorgt?, ärgerte sie sich, noch während ihr Blick zu den imposanten Bäumen wanderte.

„Aber was ist das?" Da baumelte etwas in den mächtigen Ästen einer Eiche. Ein Mann?

„Cacca cazzo! Che merda di cazzo di nuovo", fluchte sie. „In welchen verdammten Mist trete ich schon wieder!"

Ihr erster Impuls war umdrehen, abhauen. Und zwar schnell! Die Hunde schienen nichts zu wittern. Ronya schnupperte hingebungsvoll an einem winzigen Blättchen, während Cioccolatinos Ohren im Wind tanzten. Aber dann stapfte sie doch tapfer auf die Lichtung. Je näher sie der Eiche kam, umso unheimlicher wurde ihr. Der Erhängte hatte keine Füße, war flach wie eine Flunder. Auch der Kopf fehlte. Er wurde vom Wind sanft hin und her bewegt, als würde er schon seit einer Ewigkeit dort hängen.

Dann erkannte sie ihn.

An einer fast durchsichtigen Kunststoffschnur baumelte ein Kleiderbügel, daran ein zerschlissenes Hemd, an dem eine graue Hose hing. Daneben am Baumstamm, und das ließ den Erhängten wie ein Mahnmal erscheinen, ein Schild: Sammeln von Produkten auf der Erde und darunter ist verboten.

Eine Vogelscheuche! Es ist nur eine Vogelscheuche, beruhigte sie sich. *Aber was sollte die hier verscheuchen? Und warum?*

Die Vogelscheuche schien alt. Vielleicht war der Besitzer gestorben. Und niemand wusste von dem armen Helden, der hier am Baum hing und auf seinen Herrn wartete.

Die Hunde stürmten sofort weiter. Sina beschloss, ihnen zu folgen. Vielleicht liefen die hier öfter mit Andrea lang. Aber schon nach kurzer Zeit zweifelte sie an deren Aufrichtigkeit: Der Weg endete abrupt. Deshalb musste sie durchs dichte Unterholz kriechen, über kleine Bäche hüpfen, steile Böschungen hochklettern. Immer den Hunden hinterher. Ronya wartete meist oben. Sina meinte in den Augen der Schäferhündin ungeduldiges Unverständnis zu erkennen, wie ungelenk sie sich an biegsamen dünnen Ästen nach oben zog.

Dann kam sie an eine Stelle, an der ein Bach einen natürlichen Pool gebildet hatte. Das Wasser war türkisblau, an manchen Stellen auch smaragdgrün. Sicherlich weit mehr als zwei Meter tief. Ronya sprang sofort hinein und sah sie auffordernd an. Sina schmiss ein Stöckchen in die Mitte des kleinen Sees, die Schäferhündin schwamm hinterher, unbändige Wollust war ihr ins Gesicht geschrieben. Cioccolatino rannte am Ufer umher, ging nur mit den Füßen baden.

No, sì, no, sì, begann Sina auszuzählen, brach aber ab, öffnete kurz entschlossen die Schnürsenkel, streifte die Schuhe ab, zog die Strümpfe aus, Hose, T-Shirt, Unterhose und sprang ins Wasser. Ein Schock. Ein spitzer Schmerz. Dem folgte ein Taubheitsgefühl, als wären alle Gliedmaßen augenblicklich abgestorben. Und eine Gänsehaut breitete sich sekundenschnell über ihrem ganzen Körper aus.

Das Wasser war eiskalt!

Sina tauchte unter, berührte den felsigen Boden, stieß sich von unten mit aller Kraft ab und schoss nach oben, über die Wasseroberfläche hinaus. Dann schwamm sie einige Züge, spürte, wie Wärme, Gefühl, Leben in ihren Körper zurückkehrten.

Genau das Richtige, um den ganzen Mist abzuwaschen, dachte sie, stützte sich auf einen der Felsen und hievte sich aus dem Wasser. Die Felsen waren warm, hatten die Sonne in sich gespeichert. Sina blieb auf einem sitzen, ließ die Füße im Wasser baumeln.

Gar nicht mehr kalt.

Winzige Fische kamen herangeschwommen und knabberten an ihrem Knöchel. Libellen mit cyanfarbenen, von innen leuchtenden Flügeln tanzten in der Luft. Das leise Surren der Flügel, das Rauschen des Wassers, wenn es wieder aus dem kleinen See herausfloss, waren die einzigen Geräusche. Sie stützte sich mit den Handflächen auf dem weißen Felsen ab, warf den Kopf nach hinten und sah in den Himmel: Blau. Und genau danach roch es. Nach diesem frischen klaren Farbton. Am liebsten wäre sie ewig so sitzen geblieben.

Einige Zeit später, sie hatte sich noch von der Sonne trocknen lassen, kamen die drei endlich wieder auf einen Weg. Tiefe Gräben säumten die vergraste Mitte. Ein grobes Reifenprofil hatte sich in die Erde gegraben. Wahrscheinlich ein Traktor. Aber auch ein Allrad konnte hier ohne Weiteres fahren. Sicherlich nicht der Volvo, von dem der Schwarze gesprochen hatte. Sina beschloss, noch ein paar Meter weiter bergauf zu laufen.

Hier standen im dichten Wald vereinzelt halb verfallene Case. Einige waren alte, zweistöckige Kastanienhäuser. Darin wurden früher die Maroni vierzig Tage bei einem glimmenden Feuer getrocknet und leicht geräuchert, was sie haltbarer machen sollte.

In der Toskana wären alle diese Häuser bereits zu Höchstpreisen verkauft, dachte sie. Aber hier standen sie einsam und verlassen und verfielen. Rechts ging ein kleiner Pfad vom Hauptweg ab. Anscheinend war hier erst vor Kurzem ein Auto gefahren. Das Gras war platt gedrückt, die Reifenspuren schienen frisch. Sie lief den Weg ein Stück weiter. Dann sah sie ein Haus auf einer kleinen Lichtung.

Es war ein altes Steinhaus. Zwei Stockwerke. Die Fensterläden waren geschlossen. Direkt ans Haus gebaut war ein überdachter Verschlag, in dem jede Menge Holz aufgeschichtet war. Ein Hackklotz. Ein paar Sägespäne. Ein Korb. Ansonsten sah man keine Spuren von Leben. Es war nicht wie bei Michael, wo jede Menge Krimskrams im Garten rumstand. Oder angepflanzt war. Keine Rose. Keine Hortensie. Kein Stuhl. Keine Bank in der Sonne. Auf der Wiese vor dem Haus standen lediglich ein paar Pilze, mit Hüten braun wie Cioccolatino. Vorsichtig drehte sie einen aus dem Boden, um ihn mitzunehmen und später zu bestimmen. Dann lief sie auf die andere Seite des Hauses. Hier war der Eingang. Sina rüttelte an der Holztür. Natürlich war die verschlossen. Auf einer Steinstufe blitzte eine kleine Kugel im Licht, sie bückte sich, um sie aufzuheben, und erkannte ein zusammengedrücktes Stanniolpapier. Vielleicht von einem Kaugummi. Neben der Tür lehnten ein paar Skier samt Stöcken. Sie lehnten so da, als wäre erst vor Kurzem jemand zurückgekehrt und hätte sie dort abgestellt. Aber je intensiver sie hinsah, umso mehr Spinnweben und Staub bemerkte sie auf den metallenen Kanten. Ein seltsamer Ort! Alles sah so normal aus. Aber etwas stimmte nicht. Sie fischte ihr Handy aus der Jackentasche. Klar, kein Empfang. Sina beschloss, zurückzulaufen.

Einige Meter weiter unten am Waldrand parkte ein brauner Panda Der Kofferraum stand offen, zwei Männer luden etwas ein. Der Wald auf der linken Seite war eingezäunt, das Auto stand vor dem geöffneten Tor. In Italien waren viele Wälder in Privatbesitz. Weil Pilze, Maronen oder was auch immer von heimtückischen Dieben gemopst wurden, schien Einzäunen sicherer. So viel zum Vertrauen in die eigenen Landsleute.

„Salve“, begrüßte sie die Männer. Sie hätten Zwillinge sein können. Wäre der eine nicht groß und hager, der andere klein und rund gewesen. Der große wirkte wie die lang gezogene Variante des kleinen. Sina taufte sie sofort Pat und Patachon. Ihre Hosen waren an vielen Stellen geflickt. Darüber hingen rot karierte Wollhemden. Jeder trug eine Baseballmütze. Sie musterten Sina argwöhnisch, während die beiden Hunde auf sie zusprangen.

„Salve“, knurrten sie gleichzeitig.

Wie sollte sie dieses Knurren deuten? Galt es ihr? Den Hunden? Aber es interessierte sie brennend, was die beiden einluden, und sie ging vorsichtig näher. Als sie in den Kofferraum blickte, blieb ihr der Atem weg. Alles Steinpilze! Und sie hielt immer noch krampfhaft den braunen Pilz in der Hand.

„Das ist ja unglaublich!“

Die Männer strahlten stolz. Das warnende Knurren verflüchtigte sich. Aber sie musterten irritiert Sinas Beute. Zu allem Überfluss knickte der Stil des Pilzes ein, der Hut hing traurig herab. Sie fühlte sich wie ein Rosenkavalier, dessen Gabe in letzter Minute den Geist aufgab.

„Sono cattivi! Die sind schlecht", mahnte Pat kopfschüttelnd.

„Von denen kriegst du Bauchschmerzen", nickte Patachon bekräftigend.

Sina schämte sich. Die dachten wohl, sie sei so blöde, den Pilz essen zu wollen. „Ah, ich wollte den bestimmen", rechtfertigte sie sich, warf ihn aber in hohem Bogen in den Wald.

Patachon tätschelte Sina beruhigend die Schulter, während der andere einen Korb aus dem Auto holte, aus dem ein Ciabatta und eine grüne Flasche lugten.

„Magst du einen Schluck?", fragte er und reichte ihr ein einfaches Wasserglas.

„Dolcetto?", mutmaßte Sina.

Er nickte und schenkte die Gläser voll.

„Buono!" Der Wein rollte die Kehle herunter, als wäre es Saft. Die Männer tranken auf ex. Pat schenkte sofort nach.

„Kennt ihr euch hier aus?", fragte Sina und nahm auch einen zweiten großzügigen Schluck.

„Certo!"

„Wisst ihr, wem das Haus da oben gehört? Wenn man den Weg nach rechts abbiegt?"

„Du meinst da im Wald?“, er zeigte grob in die Richtung.

Sina nickte.

„Einem aus Briaglia.“

„Wisst ihr auch, wie der heißt?“

„Alberto oder Alfredo. Weiß nicht so genau.“ Er zuckte mit den Schultern.

Langsam machte sich eine Wolke aus Watte in Sinas Kopf breit. Nur war es mit dem Dolcetto so eine Sache – nach dem dritten Schluck konnte man nicht mehr aufhören. Und den machte sie gerade. Also hielt sie tapfer ihr Glas noch einmal hin.

Kurze Zeit später war die Flasche leer. Patachon packte ein paar Steinpilze in eine zerknitterte Papiertüte und gab sie Sina. Dann knallte er die Kofferraumklappe zu, sah dabei seinen Kumpel auffordernd an. Zeit aufzubrechen, stand in seinem Blick.

„Grazie, mille grazie! Veramente mille mille grazie“, bedankte sie sich überschwänglich. Die Welt war doch schön! Der Himmel wunderbar blau. Pat und Patachon einfach reizend. Sie standen hier, als wären sie alte Freunde. Fast hätte sie zum Abschied geweint. Sie umarmte zuerst den einen, gab ihm einen dicken Kuss auf die linke und einen auf die rechte Wange. Dann dem anderen.

„Sollen wir dich ein Stück mitnehmen?“, fragte Pat, aber Sina deutete auf die beiden Hunde.

„Grazie, wir laufen besser.“

Die beiden setzten sich ins Auto und brausten los.

Zwei Minuten später hörte man nur noch den Motor, dann war auch das Geräusch verschwunden.

Merda!, fluchte sie, als sie einige Zeit später an die Stelle kam, die sie mit Steinen markiert hatte, wünschte sich, die Einladung der beiden angenommen zu haben. Das war viel steiler, als es von unten gewirkt hatte. Sie hielt sich vorsorglich an einem dicken Ast fest.

Hatte man ihm nicht angesehen, dachte sie, während er brach und sie ihren einzigen Halt verlor. Sie stürzte. Stolperte. Fiel. Kam fast wieder auf den Füßen zu stehen, dachte in diesem Moment an ein Wunder, verlor dann doch das Gleichgewicht, die Pilztüte hielt sie fest in der linken Hand, vielleicht störte die das Gleichgewicht, sie stolperte final über einen Stein und stürzte der Länge nach in das herbstliche Laub.

„Mamma mia", schimpfte sie und spuckte den Waldboden aus. Die Hunde standen schwänzelnd neben ihr. Der kleine Braune schlug ihr die Pfote entgegen.

Es war bereits nach drei, als sie endlich wieder das Haus erreichte. Michael war schon da. Die Hunde stürzten auf ihn zu. Sina bemühte sich um einen normalen Gang, schlenderte so harmlos wie möglich auf die Terrasse. Zu allem Überfluss hatte sie einen Schluckauf.

„Wie siehst du denn schon wieder aus?", fragte Schröder entsetzt und kam ihr besorgt entgegen.

Sie sah an sich herunter. Die Jeans war an den Knien gerissen. Die waren blutig aufgeschrammt. Das Shirt dreckig, ein paar Weinflecke waren wohl auch darauf. Dann tastete sie an ihre Stirn. Da musste sich die Beule befinden. An der gleichen Stelle wie die vor ein paar Tagen. Im Grunde wollte sie gar nicht wissen, wie sie aussah.

„Ich war Pilze suchen", und hielt Michael die verbeulte Tüte vor die Nase. Man konnte nur noch erahnen, dass es Steinpilze gewesen waren.

„Sina, du hast ein Fahne!" Er sah sie fassungslos an.

„Ach", tat sie es ab, „ich habe im Wald ein paar Männer getroffen, mit denen habe ich ein kleines Schlückchen Dolcetto getrunken. Aber wirklich nur ein ganz kleines Schlückchen." Sie zeigte mit den Fingern knappe drei Zentimeter. Dann ließ sie den fassungslosen, kopfschüttelnden Mann stehen, ging ins Haus, schmiss die Tüte auf den Küchentisch, lief nach oben in ihr Zimmer und ließ sich auf das Bett fallen. Ihr letzter Gedanke war, dass Michael es sicherlich bereute, ihr Unterschlupf gewährt zu haben. Dann schlief sie sofort ein.

Später saßen sie zusammen auf der Terrasse. Michael hatte einen Rosato von Anna Maria Abbonia spendiert. Ein Nebbiolo, der als Rosé ausgebaut war. Er erinnerte an Sommerfrüchte, Pfirsich, Aprikose, auch seine rosagoldene Farbe, schmeckte anfangs fruchtig, im Abgang dann aber dunkel und geheimnisvoll, leicht und schwer zugleich. Dazu gab es Trüffelbrot. Dafür hatte sie einen Teil des Schwarzen dünn gehobelt, mit flauschigem Weißbrot, Olivenöl und Butter in der Pfanne geröstet. Aber bevor sie das getan hatte, hatte sie Michael die Gretchenfrage gestellt:

„Magst du Trüffel?“

„Logisch“, hatte der verständnislos geantwortet.

„Dann bist du der Erste, den ich hier treffe.“

Das Wichtige bei dem Pane al tartufo, wie Sina es zubereitete, waren Trüffel in unterschiedlichen „Zuständen“. Zuerst hatte sie das Weißbrot in einem warmen Butter-Öl-Gemisch in der Pfanne gewendet. So konnten die Scheiben beidseitig Fett aufsaugen. Darüber hatte sie sofort ein Drittel der gehobelten Trüffel geworfen, so dass sie mit anbrieten. Nach drei Minuten hatte sie ein weiteres Drittel darübergestreut, alles immer wieder gewendet, bis das Brot goldbraun und ein Teil der Pilze kross waren. Dann richtete sie das knusprige Ciabatta auf einem sonnengelben Teller an, bestreute es mit Salz und den restlichen Trüffelscheiben.

Es schmeckte köstlich. Michael sah sofort ein wenig besänftigter aus. Als sie am späten Nachmittag aufgestanden war, hatte er ziemlich grummelig gewirkt. Auch weil der Commissario ihn nicht vom Haken lassen wollte. Seinen Pass hatte er ebenfalls einkassiert.

„Mit dem Haus stimmt etwas nicht. Da müssen wir noch mal hin. Und das Auto finden", sagte Sina. „Das ist bestimmt noch irgendwo hier. Hat Falcone was rausgelassen? Wie die beiden gestorben sind?"

„Nein, der gnädige Herr hält sich bedeckt."

„Wenn der aus Rumänien war, was durch die Aussage des Schwarzen fast belegt ist, dann hatte es nichts mit Drogen zu tun."

„Wenn du auf das Feld anspielst? Ich glaube kaum, dass es was mit dem Mord zu tun hat. Ein blöder Zufall. Dass es entdeckt worden ist. Ein saublöder Zufall."

„Aber du hast doch nichts damit zu tun?"

„Natürlich nicht!"

„Aber du weißt etwas?"

Michael zuckte mit den Schultern. Sina ließ das Thema fallen. Er schien nicht darüber reden zu wollen.

„Wo könnte das Auto sein? Gibt es hier jemanden, der mit zwielichtigen Wagen dealt?"

Michael überlegte. „Vielleicht. Vielleicht!"

„Da müssen wir hin."

„Nicht so leicht. Ist ein hohes Tor. Von außen sieht man nichts. Man munkelt, dahinter würde ein Tunnel in den Berg führen. Da würden auch Autos stehen, deren Herkunft nicht ganz geklärt ist. Ob da was dran ist, weiß ich nicht. Der Bulle müsste es aber wissen."

„Wollen wir den fragen?"

Bevor Michael antworten konnte, klingelte sein Handy. Er sah auf das Display und stand hektisch auf.

„Hi", sagte er, entfernte sich vom Tisch und lief in die Dunkelheit.

„Spinnst du", hörte sie noch, dann war seine Stimme nur noch Gemurmel.

Sina ging in die Küche, setzte Wasser für die Tajarin auf, zerließ Butter, nahm den Weißen aus dem Kühlschrank, schrubbte ihn mit einer Bürste sanft unter fließendem kaltem Wasser ab. Den Teig für die Nudeln hatte sie direkt nach dem Aufstehen am Nachmittag zubereitet. Die dünnen Tajarin lagen fertig geschnitten auf einem bemehlten Brett. Als das Wasser kochte, ließ sie ihre selbst gemachte Pasta in den Topf gleiten.

Kurze Zeit später saßen sie wieder auf der Terrasse. Michael hatte die Nase dicht über den Nudeln und sog den Duft ein.

„Göttlich! Allein dieser Duft! Unglaublich!", schwärmte er. „Die schwarzen sind lecker, aber damit nicht zu vergleichen."

Dann nahm er die Gabel, drehte die Nudeln am Tellerrand auf. Keiner sagte mehr ein Wort. Sie drehten konzentriert die Pasta auf die Gabel, seufzten, rochen, kauten, seufzten wieder, manchmal gab es noch ein „Oh mein Gott" zu hören. Am Ende tunkten sie die restliche Buttertrüffelsoße mit Brot auf, und Michael leckte seinen Teller ab. Sina war der Meinung, dass man diese Art Pasta eigentlich mit geschlossenen Augen essen sollte.

„Wenn der Cioccolatino das auch drauf hätte, könnten wir es öfter mal genießen." Michael lehnte sich zufrieden zurück.

„Was meinst du?"

„Na, Trüffel finden! Aber der findet nichts."

„Wirklich? Ist der ein Trüffelhund?"

„Ja, von Tino. War angeblich sein bestes Pferd im Stall. Ledra, seine Hündin, hatte acht Junge. Zwei waren ‚Bianco come il latte', weiß wie Milch. Auf die war Andrea eigentlich scharf. Da war ich noch der Meinung, ich könnte mich durchsetzen."

„Wieso?"

„Na, ich wollte keine Hunde. Ich wollte auch keine Katzen."

„Und?"

„Wir haben zwei Hunde und drei Katzen."

Sina grinste.

„Wahrscheinlich war alles ein abgekartetes Spiel. An dem Tag, als Ledra geworfen hatte, kam der alte Gauner hier vorbei und hat es Andrea brühwarm erzählt. Geschwärmt von zwei der Welpen, die ‚weiß wie Milch' seien, als wäre das etwas wahnsinnig Besonderes. Na ja, wenn man Ledra kennt, schon. Und Andrea träumt schon lange davon, selbst Trüffel zu suchen. Mit Tino war sie öfter unterwegs."

„Der nimmt sie mit?“

Schröder nickte.

„Das ist ja unglaublich! Das macht doch keiner! Das würde ich auch gerne mal erleben.“ Es war schon lange Sinas Traum, mit zur Trüffelsuche zu gehen.

„Andrea hat einen Artikel darüber geschrieben. Ich lege ihn dir mal auf den Nachttisch.“

„Gerne!“

„Nach zwei Monaten waren die zwei ‚weiß wie Milch‘ weg. Gott sei Dank, hab ich gedacht. Aber dann kam sie damit, die anderen, die alle ‚bruno come il cioccolato‘ seien, wolle keiner. Also wären es Nothunde. Als wären junge Trüffelhunde Nothunde. Auch wenn sie braun wie Schokolade sind. Als wäre das ein Kriterium! Im Gegenteil, da sind sie nachts nicht sichtbar, jedenfalls weniger als so ein ‚weiß wie Milch‘. Eines Tages waren wir wieder mal bei Tino Trüffel kaufen. Mich haben sie mit Limoncello abgefüllt. Danach waren wir im Gehege, und Tino hat gesagt, der braune mit dem kleinen Stern wäre sein bestes Pferd im Stall. Und schwupp, hat ihn Andrea geschnappt.“

„Limoncello!“, grinste Sina wissend.

„Und? Findet er was? Nein! Das Arbeitsgerät ist kaputt. Leider ist die Garantie schon abgelaufen! Er ist ein Versager. Und ein Vergaser. Wenn der einen lässt, musst du das Haus verlassen. So ist es mit dem besten Pferd.“

„Na ja, es gibt ja im Moment auch so gut wie nichts. Da kann er ja auch nichts finden.“

Als würde er ahnen, dass von ihm gesprochen wurde, kam Cioccolatino schwänzelnd zu ihnen, Michael tätschelte ihn liebevoll.

„Von wegen. Der Tino erzählt permanent, dass er welche findet, ‚Grosso come‘, und dann zeigt er immer mit den Händen die Dimensionen. Und wenn man genug Limoncello getrunken hat, fragt er, warum man nicht gleich ein ganzes Kilo Schwarze nehmen möchte. Das man dann auch nimmt!“

„Andrea kennt doch die Stellen, an denen er sucht?“

„Ja, aber es ist Ehrensache, dass sie dort nicht sucht. Deshalb kaufen wir auch bei dem Schlitzohr, neben denen für uns auch noch Übungstrüffel für die Hunde. Da sieht die Bilanz noch schlechter aus. Wenn Andrea mit ihnen losgeht und Trüffel versteckt, kommt sie in der Regel mit weniger zurück. Zum einen findet Ronya zwar die versteckten, weil die nach Andrea riechen. Und dann frisst sie sie. Manchmal findet Ronya sie aber nicht. Cioccolatino sowieso nicht. Und Andrea weiß nicht mehr, wo sie sie versteckt hat. Also eine Minus-Rechnung. Dann füttert sie aber die Hunde auch mit Trüffel, um sie zu konditionieren. Und um dieses Signal zu verstärken, kriegen sie auch noch Wurst. Und jetzt kommen noch die Therapiestunden bei Bruno für den Püffo dazu.“

„Püffo?“

„Püffo, na ja, Psycho. Der Cioccolatino kann das nur nicht richtig aussprechen“, grinste er schelmisch.

Nun kam auch Ronya und setzte sich neben ihr Herrchen. Michael kraulte beide.

„Wenn das nicht hilft, bleibt nur noch die Macelleria!“

Sina schüttelte den Kopf.

Dabei sieht es überhaupt nicht so aus, als wenn er Hunde nicht mögen würde, dachte sie. Anscheinend hatte Bruno Michael mit seiner Ironie schon angesteckt.

„Ihr füttert sie aber nicht mit dem Weißen?“

„Noch nicht! Aber wer weiß, was ihr so einfällt. Vor allen Dingen, welche Tipps das alte Schlitzohr Andrea gibt. Sind wir hier, jammert er oft, dass es nichts gibt. Auch keine Steinpilze, die angeblich hier ja nur so sprießen. Kaum sind wir weg, wächst alles im Überfluss. Dann sagt er immer: ‚Da, als ihr nicht da wart, war der ganze Wald voller Steinpilze. Da habe ich solche großen gefunden.‘ Bei den Tartufi ist es das Gleiche. Ein Schlitzohr! Wenn er nicht schon so alt wäre, wäre ich glatt eifersüchtig. So wie er Andrea immer ansieht. Und dann noch diese Story mit dem Fußballspielen. Haha!“

„Fußball spielen?“

„Na, er hätte als junger Bub mit dem Weißen Fußball gespielt. So viele hätte es gegeben!“ Michael schüttelte den Kopf.

Sina nickte. Diese Geschichte hatte er ihr auch erzählt.

„Du solltest Falcone besser nicht erzählen, dass ihr eure Hunde mit einem solchen Luxusfood füttert.

Wäre ein neues Argument für ihn, zu glauben, dass ihr Geld braucht. Hat er dir die Bilder gezeigt?“, wechselte sie das Thema.

„Welche Bilder?“

„Na, die von den Toten.“

„Klar.“

„Er kommt mir irgendwie bekannt vor. Ich habe mir schon den Kopf darüber zerbrochen. Ich weiß einfach nicht woher. Aber du kennst ihn nicht?“

Michael schüttelte den Kopf.

„Und Corleone?“

„Ich kenne nur Vito Corleone“, grinste er.

„Alfredo. Er hieß Alfredo Corleone. Ein faszinierender Mann.“

„Du kanntest beide Toten?“

„Vielleicht“, Sina nickte. Sah, wie es hinter seiner Stirn zu arbeiten begann. Glaubte er am Ende auch, sie sei eine Mörderin?

„Ich werde morgen nach Alba fahren“, sagte sie, um seine Gedanken zu zerstreuen. „Ich muss mehr über Monterosso rauskriegen.“

Michael gähnte. Er nahm den letzten Schluck des Weines.

„Ich lege mich hin. War ein langer Tag und eine anstrengende Nacht. Lass alles stehen. Machen wir morgen.“

Provokation

Bevor Sina nach Alba aufgebrochen war, hatte sie ihre Mails gecheckt.

„Ich habe mit Luigi telefoniert", hatte Franz geschrieben, „der sich im Übrigen wundert, wo du steckst! Wo steckst du eigentlich? Auf dem Markt herrscht gähnende Leere. Also Mengen von hundert Gramm kriegt man, sagt Luigi. Aber mehr? Wo sind also die her, die unterwegs sind? Was die Monterossos betrifft, hat er sich gewunden, wollte am Telefon nicht mehr rauslassen, als dass es Gerüchte gäbe. Am besten, du fragst ihn einfach mal persönlich!

Wo sind also die her, die du mir schickst? Hast du eine geheime Quelle aufgetan? Franz

PS: Lass es dir schmecken!"

In der Via Vittorio Emanuele II herrschte schon reges Treiben. Ein großes Banner hing über der schmalen Via und flatterte unruhig über den Köpfen der Passanten. Es kündigte den Mercato Mondiale del Tartufo Bianco D'Alba an. Swarowski, Gucci und Prada lagen neben edlen Feinkostläden. Die Gasse war noch im kühlen Schatten, die warmen Sonnenstrahlen würden ihn erst am Mittag vertreiben. Menschenmengen drängten durch die Fußgängerzone in Richtung Cortile della Maddalena. Andere standen eng aneinandergepresst vor den Schaufenstern der Bottegas. Sina stellte sich auf Zehenspitzen, versuchte so einen Blick auf die Auslagen zu erhaschen. Sie wollte unbedingt wissen, wie hoch der Trüffelpreis hier auf der Emanuele war. In der Regel immer günstiger als auf dem Markt. Allerdings bekam man nicht immer 1A-Ware, was Sina nicht störte, wenn es um ihren Privateinkauf ging. Sie nahm gerne eine bizarre Form oder auch einen von Hundezähnen verletzten, wenn er dann weniger als die Hälfte kostete. Aber in den Auslagen standen nur Gläser, Flaschen, eingeschweißte Käse, Salami, alles Produkte, die meist mit künstlichem Aroma versehen wurden. Kein einziger Frischer. Auch keine Schwarzen. Das hatte sie noch nie erlebt!

Sie drängte sich entschlossen an einer Reisegruppe von Japanern vorbei, warf im Vorbeigehen einem jungen Straßenmusiker einen Euro in seinen Gitarrenkoffer und stöhnte, als sie die lange Schlange sah, die sich vor dem Eingang des Cortile gebildet hatte. Der Mercato del Tartufo fand in einem großen weißen Spitzgiebelzelt statt, das wie eine riesige Glocke den Duft der Trüffel gefangen hielt.

Als sie nach einer guten halben Stunde endlich das Zelt betrat, bekam sie sofort Hunger. Der Duft war ihr schon in die Nase gekrochen, als sie noch in der Schlange wartete, aber nun überschlugen sich die unterschiedlichsten Aromen, kokettierten miteinander, vermischten sich. Direkt am Eingang des Zeltes reihten sich Stände wie an einer Perlenkette aneinander, die mit diversen piemontesischen Köstlichkeiten befüllt waren. Käsetürme mit Testun al Barolo oder ein schon in sich zerfließender Gorgonzola mit Birnen. Salami al Tartufo oder mit Wildschwein, frische Steinpilze, allerdings aus dem Trentino, Grappa und Wein, alles mit einer Selbstverständlichkeit „unverschämt" ästhetisch drapiert, dass Sina sich unmöglich beherrschen konnte. Glücklicherweise standen auf einigen Theken Teller mit Kostproben, von denen sie im Vorbeigehen naschte.

Im Zelt herrschte heftiges Gedränge. In diesem Jahr waren die Stände rot-schwarz, dazu war ein dunkles Holzparkett verlegt worden. An der linken Außenwand lagen weitgehend die Stände mit Wein, Käse, Salami, während sich in der Mitte der Halle die der Trifolao befanden. Hüfthohe Holztische, auf denen längliche Kuchenglocken wie das Allerheiligste dargeboten waren. Die Trifolao, die hinter den Theken standen, sahen anders aus als die auf der Peccati di Gola. Dort hatte den Trifolao noch der Dreck unter den Fingernägeln geklebt. Hier standen sie hübsch herausgeputzt, mit Cowboyhut, vollem Rauschebart und posierten so gerne für die Kamera. Andere saßen hinter ihren Kuchenglocken, als würden sie mit Diamanten handeln. Alle erinnerten an Goldgräber. Unter den Kuchenglocken, in denen in den letzten Jahren das weiße Gold als üppige Berge gelegen hatten, lagen nun nur einzelne Exemplare. Alle, auch die kleinsten, separat ausgepreist. Der Preis war atemberaubend. Fast 8000 Euro. Preise, wie sie in Deutschland üblich waren. Aber nicht hier!

Da hatte sich ihr Ausflug ins Monregalese ja mehr als gelohnt, dachte Sina. Jedenfalls für ihren Chef. Wenn Grillo sie nun tatsächlich weiter belieferte!

Sie drängte sich näher an einen der Tische.

„Möchten Sie mal riechen?“, fragte ein piemontesischer Cowboy. Den Hut aus kornfarbenem Bast hatte er schräg ins Gesicht gezogen. An ihm baumelten Trüffel aus Plastik. Vollbart und bleiches Gesicht erinnerten Sina an Räuber Hotzenplotz. Das dicke, bunte Tuch, das er sich um den Hals fast wie einen Schwimmreifen gewickelt hatte, sah mehr nach Halsschmerzen als nach festlicher Bandana aus.

„Nur zwanzig Euro“, setzte er hinterher.

„Für was?“ Sie glaubte sich verhört zu haben.

„Na fürs Riechen“, antwortete er mit größter Selbstverständlichkeit.

Sina schüttelte den Kopf. Dieses Chichi machte sie nicht mit.

Die Stände der großen, internationalen Händler lagen an der rechten Außenwand. Menschentrauben ballten sich dort zusammen und versperrten ihr den Blick. Aber so, wie es roch, mussten in den Auslagen Weiße liegen. Im Gedränge erkannte sie auch einige Berufskollegen. Der Mercato war für Sina in den letzten Jahren immer nur schnelle Orientierung und mehr eine Veranstaltung für Touristen als für seriöse Käufer. Aber hier standen an den Wochenenden ab Anfang Oktober bis Ende November alle renommierten Händler, und man konnte sich einen schnellen

Überblick verschaffen, auch Gespräche über den nichtoffiziellen Preis führen. Zum Kaufen ging Sina dann aber direkt in eine Bottega, meist in die von Luigi. Den hielt sie grundsätzlich für integer, aber im Grunde waren alle Schlitzohren. Auch er lamentierte immer: „Cara, du kommst spät, gerade hat jemand eine große Bestellung gemacht.“ Dazu setzte er einen Gesichtsausdruck auf, als wäre ein Tornado über seinen Laden gerast. Sie beschloss, zuerst ihn aufzusuchen.

„Sina, mi amore! Wo hast du gesteckt? Ich habe dich schon vermist!“

„Ciao Luigi! Lange Geschichte. Bin in der Nähe von Mondovì hängen geblieben.“

Luigi winkte sie hinter die Theke und küsste sie auf beide Wangen. Er war ein großer, hagerer Typ Mitte vierzig. Sina fand ihn immer eine Spur zu dünn. Meist schnallte er seine ohnehin schmalen Jeans mit einem Gürtel noch enger, damit sie ihm nicht von den Hüften rutschte. Sein kurzes schwarzes Haar hing füllig, aber dezent ungeordnet an seinem kantigen Kopf. Die große Brille betonte lustige Augen, der meist lächelnde Mund lag in einem perfekten Dreitagebart. Sie hatte sich oft gefragt, wie er es anstellte. Egal, wann sie ihn traf, niemals war sein Bart länger, aber auch nicht kürzer. Über den Lippen wuchsen die Stoppeln noch schwarz, aber an Backen und Kinn durchwob sie schon ein silbernes Garn.

Luigi fasste sie an der Schulter, sah ihr ernst in die Augen, zwinkerte aber gleichzeitig spitzbübisch. „Ein Mann?"

Sina schüttelte den Kopf. „Genau genommen zwei! Hast du von den Morden gehört?"

Er sah sie neugierig an. „Certo! So viele Morde passieren hier nicht. Dann auch noch Corleone. Ein herber Verlust. Wer soll nun seine köstliche Schokolade herstellen? Seinen einzigartigen Caffè? Aber sag mir: Was hast du damit zu tun, Cara?"

„Nichts. Im Grunde, jedenfalls. Ich war nur zur richtigen Zeit am richtigen Ort. Passiert mir sonst nie! Deshalb glaubt der Commissario, ich wäre die Mörderin. Hat meinen Pass einkassiert, dieses Stronzo!"

„Che disastro! Welches Desaster!" Luigi schüttelte verständnisvoll den Kopf, schien zu überlegen, wie er sie seelisch aufbauen konnte. „Möchtest du etwas trinken? Einen schönen Grappino. Ich habe einen wundervollen Riserva von Carlo Bocchino."

Sina schüttelte energisch den Kopf. Sie hatte sich vorgenommen, auf keinen Fall mehr tagsüber Alkohol zu trinken. Auch nicht den, der in Italien nicht unter diesen Begriff fiel, sondern unter Gesundheitstrunk, Lebenselixier, und von dem Bruno sicherlich behauptet hätte, er habe kaum mehr Prozente als Wasser. Wie Grappa.

„Einen Caffè, wenn du hast."

„Certo", antwortete Luigi, sah sich unsicher um,

verließ seinen Stand und drängte sich durch das Gewühl.

Sina setzte sich auf einen der windigen Hocker und musterte die Auslage. Luigi war alleine. Sonst hatte er immer seine zwei Söhne dabei. In der Theke lagen, wie bei den anderen Händlern, ein paar Einzelexemplare, weiße und ein paar mehr schwarze. Kurze Zeit später presste sich Luigi mit zwei dickbauchigen Tässchen durch die Menschenmasse und reichte ihr eine mit duftendem Espresso.

„Ein Löffel Zucker ist drin", sagte er und schüttelte sich. „Die spinnen. Niemals war es hier schon so voll. Völlig abartig. Aber sieht düster aus in diesem Jahr, Cara, das sage ich dir! So was habe ich noch nicht erlebt. Mein Vater auch nicht. Diese Trockenheit. Den ganzen Sommer. Kein Regen im Juli. Im August. September. Die Saison ist vorbei. Schon jetzt. Eine Katastrophe. Die paar Knollen da", er wies auf die Theke, „kosten ein kleines Vermögen. Die Japaner und die Amis nehmen alles zu Höchstpreisen. Die liegen weit höher, als was auf den Schildchen steht. Die nehmen alles!" Er schüttelte unablässig den Kopf, tippte mit dem Zeigefinger auf die Stirn und fächerte mit der Hand davor, was so viel hieß, wie blöd sind die, „alles, was wir in den letzten Jahren hätten aussortieren müssen. Minibruchstücke, Trüffel, die schon riesige Wurmlöcher haben. Egal. Hauptsache, er ist weiß. Ich könnte auch glatt ein paar Boviste impfen!"

„Angeblich hat Monterosso mehr?"

Luigi zog das Lid herunter. „Aber nicht in den Auslagen, Cara. Die sehen genauso aus. Ich war dort, bevor sie die ganzen Irren reingelassen haben. Da sieht es genauso aus wie bei mir. Wenn die mehr haben, geht es unter dem Ladentisch weg. Wahrscheinlich zu Preisen", er schüttelte die Hand, „die sogar mir die Tränen in die Augen treiben würden. Die Chinesen und Russen zahlen auch jeden Preis!"

„Und was gibt es für Gerüchte, wegen Monterosso, meine ich?"

Er wiegte mit dem Kopf ganz leicht hin und her.

„Es heißt, der Handel mit Trüffel und Spezialitäten sei nur Fassade für andere Geschäfte, wenn du verstehst, was ich meine!" Er sprach leise. Aber bei dem diffusen Gewusel an Stimmen und Tönen hätte sowieso niemand auch nur eine Silbe verstehen können.

„Also Mafia?"

Luigi wippte wieder leicht mit dem Kopf hin und her.

„Die Trifolao liefern alle an ihn. Nicht an mich. Cara, wenn Monterosso Trüffel verkauft und kein anderer hier sonst, dann hat er die Trifolao aus Alba in einem eisernen Griff. Wenn ich sie anfrage, dann stöhnen die nur, rechtfertigen sich, es gäbe ja nichts. Aber ich bin sicher, dass sie an ihn verkaufen. Verkaufen müssen! Irgendwie hat er sie in der Hand. Und mein Vater alleine, mit meinen Söhnen? Wenn die mit fünfzig Gramm zurückkommen!" Er ließ beide Hände mut- und machtlos auseinanderfliegen. „Für dich hätte ich aber etwas zurückgelegt, Cara, aber nachdem du nicht aufgetaucht bist …“

Sina winkte ab.

„Und Corleone? Hatte der was mit Monterosso zu tun?“

Luigi zuckte mit den Schultern. „Keine Ahnung! Wer guckt schon hinter die Fassade?“

Sina stand auf, küsste Luigi rechts und links auf die Wange, wollte schon gehen, als ihr noch etwas einfiel. Sie fischte das verknitterte Bild des Toten aus der Tasche und zeigte es Luigi.

„Kennst du den?“, fragte sie.

Luigi musterte das Bild. Dann nickte er.

„Sì, kommt mir bekannt vor. Der war schon hier. Vielleicht ein Kunde?“

„Vielleicht?“

„Cara, hier laufen so viele Menschen rum. Ein Kunde? Vielleicht. Wenn es mir einfällt, melde ich mich. Kein Italiener. Da bin ich sicher.“

„Aus Rumänien?“

„Ja, könnte sein. Vielleicht.“ Er gab ihr das verknitterte Bild zurück. Sie steckte es wieder in die Tasche.

„Schick es mir doch mal per Mail. Dann kann ich auch andere fragen.“

„Gute Idee, Luigi, mache ich.“ Sina zückte ihr Handy, legte das Bild auf die weiße Theke, machte ein Foto, ging schnell in ihr E-Mail-Programm, rief Luigis Adresse auf und drückte auf „senden“.

„Du hast es!“

„Oh ihr Deutschen! Muss immer alles so schnell gehen“, stichelte Luigi.

Sie grinste, winkte ihm kurz zu und beschloss, nun zum Stand von Monterosso zu gehen, mehr zu drängeln. Es dauerte fast eine halbe Stunde, bis sie endlich nach vorne gerückt war. Alle Nationalitäten standen in der Schlange. Amis, Japaner, Chinesen, Deutsche. Je näher sie ihrem Ziel gekommen war, umso besser konnte sie beobachten, dass viele Unterschriften unter, wie sie vermutete, Bestellungen gesetzt wurden. Andere wurden aber sehr schnell abgefertigt und verließen den Stand schon nach wenigen Minuten. Dann stand sie vorne und legte ihre Visitenkarte auf die Theke, um sich zu legitimieren.

„Was kann ich für Sie tun, Signora Cassotto?“ Ein Mann um die fünfzig, weißes Hemd, schwarze Hose, lächelte sie an. Ein perfekter Kurzhaarschnitt, gepuderte Haut. Alles piekfein. Sein penetrantes Aftershave war stärker als der zarte Duft der Trüffel. Sina fragte sich, was er damit überdecken wollte. Es war ihr immer suspekt, wenn Menschen den eigenen Geruch dermaßen mit Parfüm überdeckten. Aber bei ihm konnte sie sich nicht vorstellen, dass er überhaupt nach etwas roch. Neutral. Ein Neutrum. Aschgrau. Sein Lächeln aalglatt. Es erreichte seine Augen nicht. Er hatte ein Namensschildchen an sein Revers geheftet. Mario Monterosso.

„Nun, ich möchte, was alle anderen auch wollen. Ich bräuchte drei bis vier Kilo.“

„Signora Cassotto, das wollen auch andere."

„Signor Monterosso, wir sind aber nicht andere. Wir sind der Laden in München. Wir beliefern von dort Deutschland."

„Ich kann Ihnen fünfhundert Gramm anbieten. Für 4800 Euro."

„Man hat mir gesagt, Sie könnten vielleicht zu einem höheren Preis auch mehr liefern?"

Er drehte sich fast unmerklich um.

„Leider hat man Ihnen da etwas Falsches gesagt, Signora. Wir haben wie die anderen Händler nur, was in der Auslage ist. Aber wir haben ja Ihre Karte. Sollte sich die Situation ändern, würden wir Sie anrufen. Natürlich würden wir dies in der Reihenfolge der Anfragen tun."

Er log. Sina war sich sicher. Hier stank etwas zum Himmel!

Sie kramte das zerknitterte Zeitungsbild des Toten heraus und hielt es Monterosso unter die Nase.

„Kennen Sie den zufällig?" Sie zog die Stirn in Falten und bemühte sich, so provokant wie möglich zu gucken.

Ein kurzer Schatten um die Augen, ein kurzes Zucken eines Lides. Dann sagte er: „Nein, Signora, auch damit kann ich Ihnen nicht weiterhelfen. Möchten Sie nun das halbe Kilo?", fragte er ohne jegliche Mimik.

Sina schüttelte den Kopf. „Aber Schokolade von Corleone können Sie noch liefern?"

„Certo, Signora!“

„Auch seine Weißen?“

Nun sah er sie irritiert an.

„Entsetzlich, was mit ihm passiert ist! Aber sicherlich haben Sie ja seine Rezepte.“ Sina schnappte den Zeitungsausschnitt, drehte sich um und wühlte sich durch die Schlange. Sie spürte seinen bohrenden Blick im Rücken und hätte zu gerne gewusst, was er nun machte, aber als sie sich umdrehte, war er verschwunden. Ein anderer hatte seinen Platz eingenommen. Er sah aus wie ein Klon von Monterosso.

Im hinteren Teil des Zeltes war an der kompletten Rückwand eine gigantische Vinothek aufgebaut. Rote, hohe, viereckige Bartische, an denen die Besucher die Creme der piemontesischen Weine verkosten konnten, standen vor einer mindestens dreißig Meter langen Bar, hinter der in Regalen die edlen Tropfen aufgereiht waren. Hier war erstaunlich wenig los. Sina überlegte, was sie nun tun sollte. In den großen Saal gehen, in dem prominente Köche der Region für Publikum kochten? Aber auf Küchenhokuspokus hatte sie im Grunde keine Lust. Und zum Weißen gab es sowieso nichts Besseres als ein paar frische Nudeln mit Butter. Sie musterte die Menschen, die an den Bartischen standen. Weitgehend Asiaten. Japaner, eine Chinesin. Als ihr Blick weiter nach rechts schweifte, glaubte sie ihren Augen nicht zu trauen. Falcone stand mit einer Frau an einem der Tische. Die Gesichter waren sehr nah beieinander, sie nippte an einem Ballon mit Rotwein. Schienen sich glänzend zu amüsieren. Sina spürte einen kurzen Stich. Für einen kleinen Moment war sie neidisch. Auf die schöne Italienerin. Ihre pechschwarzen langen Haare. Die Figur, von der sie träumte. Natürlich, dazu musste sie nicht näher herangehen, hatte sie braune, feurige Augen. Sie sah so aus, wie sie gerne ausgesehen hätte. Eifersucht kroch aus irgendwelchen sonst tief verborgenen Orten ihres Seins. Sie hätte dieser Belladonna am liebsten das Glas aus der Hand geschlagen. Selbst den Platz neben Falcone eingenommen. Dann schob sie dieses Gefühl schnell zur Seite, affig, schalt sie sich, so was von affig, als wenn ihr dieser Typ gefallen würde, und schlenderte so unauffällig wie möglich in Richtung Ausgang. Aber es war zu spät. Falcone hatte sie gesehen, ließ die Frau stehen und kam mit schnellem Schritt auf sie zu.

„Was machst du hier?“, fuhr er sie an.

„Was geht dich das an!“, schnaubte sie zurück.

„Eine Menge!“

„Wieso? Du scheinst doch gerade nicht im Dienst zu sein. Also guck einfach weg. Und lass mich in Ruhe.“

Der Commissario stemmte die Hände in die Hüften und sah nach oben. Sina hätte sich nicht gewundert, wenn er begonnen hätte, mit den Hufen zu scharren. Stinkender Rauch aus seinen Nasenlöchern gequollen wäre.

„DU SOLLTEST MONDOVÌ NICHT VERLASSEN!“

„WER HAT DAS GESAGT!“

Sie standen sich gegenüber wie zwei Stiere und sahen sich kampflustig an. Sina hatte wie er die Hände in die Hüften gestemmt.

„ICH!“ Er hielt sie an den Schultern fest.

„Du hast mir nichts zu sagen! Du bist hier in Zivil! Geh lieber zurück. Sonst kriegst du noch Ärger mit deiner Liebsten. Die guckt schon ganz böse.“

Sie löste sich, drehte sich um, wollte gehen, aber Falcone hielt sie an der Schulter fest. Ein Griff aus Eisen. Er zog sie zurück, zog sie an sich und flüsterte zornig in ihr Ohr.

„Sinistra. Das ist kein Spiel! Verschwinde!“

Da, wo ihr Körper Falcones berührte, wurde es brandheiß.

„Nicht? Na dann, trotzdem viel Spaß beim Spielen. Ich wollte sowieso gehen“, sie riss sich nun endgültig los und stampfte wütend Richtung Ausgang.

Auf dem Weg zum Auto kam sie an einem Stand vorbei, an dem kistenweise Steinpilze aufgestapelt waren. Aus dem Trentino, was für die Piemontesen fast einer Provokation gleichkam. Es schienen Musterexemplare zu sein. Sina konnte die Wälder, in denen sie aus dem Boden sprossen, förmlich vor sich sehen. Lichte Tannenwälder, voller weichem, feuchtem Moos. Sie sah den Händler fragend an, der nickte, dann nahm sie einen Pilz mit einem extrem bauchigen Stil, drückte sanft und roch an ihm. Ja! Es waren herrlich junge Funghi, frisch und fest. Im Unterschied zu Deutschland wurden in Italien die Stile nicht angeschnitten. Man sah nicht, ob der Pilz wurmstichig war, und konnte üble Überraschungen erleben. Aber Wurmstichigkeit war in Italien kein Manko. Die Pilze wurden auch mit Fleischeinlage gegessen.

Aber von diesen wunderbar knackigen Steinpilzen hätte sie am liebsten eine ganze Kiste gekauft oder am besten alle. Es gab Dinge, bei denen konnte sie sich nicht beherrschen und kaufte immer zu viel. Dazu gehörten Olivenöl, Trüffel und Pilze. Michael, fiel ihr ein, hatte Brennnesseln im Garten. Eine Lasagne mit Brennnesseln und Steinpilzen wäre genau das Richtige für den Abend. Die Porcini, die sie von den Männern bekommen hatte, taugten nur noch zum Trocknen. Sie hatte die Brösel auf Zeitungspapier ausgebreitet und in die Küche gelegt.

„Zwei Kilo, per favore", orderte sie und klopfte sich auf die Schulter, der Verführung entgangen zu sein. Zumindest zum Teil.

Danach kaufte sie noch in einer Bottega frische Lasagnenudeln.

Kurze Zeit später fuhr sie auf der SP3 Richtung Mondovì. Die Sonne hatte zwar den morgendlichen Nebel verdrängt, aber das Licht war immer noch leicht milchig. Vor Alba erstreckte sich eine Ebene, in der viele große Haselnussplantagen lagen, alle mit der Sorte Tonda Gentile. Die meisten davon wurden an Ferrero verkauft. Pappelwälder säumten die Straße.

Erst kurz vor Roccabella wurde die Landschaft hügeliger, rechts und links lagen nun farbenprächtige Weinberge. Der Dunst ließ alles vielschichtig erscheinen, als hätte jemand Transparentpapier über die einzelnen Ebenen gelegt. Barolo ließ sie links liegen. Von Novello war der Blick nach La Morra grandios. Die Stadt thronte über den Weinbergen. Es war, als hätte ein Maler versucht, Farbflächen aneinanderzureihen.

Nach Novello fuhr sie die Serpentinen hinunter auf die SP12. Der Tanaro schlängelte sich an der Landstraße entlang. Aber er hatte wenig Wasser. Nur in der Mitte des breiten, steinigen Flussbettes verlief der Fiume, mehr wie ein Bach. Pappelwälder und Haselnussplantagen prägten die Landschaft. Daneben lagen abgeerntete Maisfelder, auf denen Tauben die letzten Körner aufpickten. Zwischen ihnen liefen, irgendwie verloren, ein paar Männer mit Hunden. In dieser Erde gedieh das weiße Gold. Tino hatte erklärt, dass es gerne in Flussnähe unter Weiden, Pappeln und Haselnüssen wuchs.

In Clavesana bog sie links ab. Der Lancia schraubte sich die engen Serpentinen in die Frazione Moncucco hoch. Hier war das Weingut von Anna Maria Abbona, von dem sie gestern Abend den Rosé probiert hatte. Die kleine Cantina lag auf dem höchsten Punkt des Hügels. In einem Steinhaus befand sich ein kleiner Verkostungsraum, davor eine Holzterrasse, auf der ein junges Mädchen mit zwei Gästen eine Weinprobe machte. Von dort hatte man einen gigantischen Blick. Zum einen auf die sanfte Hügellandschaft der Langhe und zum anderen auf die Ebene vor Cuneo mit dem gewaltigen Panorama der Westalpen. Natürlich überragte der Monviso alles.

So wie das junge Mädchen in der Sonne saß, vor ihm drei Flaschen Wein, die sie zum Verkosten in bauchige Gläser geschenkt hatte, an denen nun die Gäste abwechselnd nippten, schien alles ruhig, friedlich, liebevoll. Ohne jegliche Hektik, werbendes Verkaufen, Anpreisen. Eine geradezu zeitlose Stille lag über diesem Ort. Eine Ahnung von Zufriedenheit und Glück, wie man sie selten fand. All das hatte Sina gestern Abend auch in dem „Rosa" geschmeckt. Es verzückte sie und versetzte ihr gleichzeitig einen Stich.

Ich bin immer unterwegs. Komme an, um gleich wieder zu gehen. Egal wo, München, Stallwang, Positano oder der Rest der Welt. Es muss toll sein, einfach so seine Arbeit zu machen. Hier sind Menschen zur richtigen Zeit am richtigen Ort. Und machen das Richtige.

Anna Maria empfing sie wie einen Gast, der nach langer Zeit zurückkehrte, und sprach sofort Deutsch mit ihr, als sie das Münchner Kennzeichen sah. Die Sprache hätte sie durch ihre Gäste gelernt, aber auch schon Weinregionen in Deutschland besucht, erzählte sie stolz. Den Riesling würde sie besonders mögen.

Eine gute neue Adresse für MAXX, dachte Sina, als sie zwei Stunden später in die Via Tanaro einfuhr, und sah erneut in den Rückspiegel. Seit Alba hatte sie das Gefühl, dass ihr jemand folgte, nun war sie sich sicher. Der graue Tipo bog ebenfalls in die kleine Straße ein. Als sie den Lancia an der Ausbuchtung der Via Tanaro abstellte, fuhr er an ihr vorbei. Sie prägte sich das Nummernschild ein und schrieb schnell eine SMS an sich selbst. Wahrscheinlich wieder Falcones Handlanger.

Dann stieg sie aus, nahm ihre Einkäufe und schlenderte den Waldweg entlang. Bruno stand vor seinem Haus, mit ihm ein weiterer Mann in Michaels Alter. Er hatte eine Lockenmähne, die wirr auf seinem Kopf hing. Als Erstes fiel ihr seine grasgrüne Hose und das in unterschiedlichsten Grüntönen karierte Hemd auf. Er stand neben einem schnittigen Cabrio. Dic hellblaue Farbe wirkte ein bisschen merkwürdig. Vor allem zu der grünen Hose und dem karierten Hemd. Als sie näher kam, erkannte sie, dass es ein Ford Mustang war. Etwas älter als der Lancia, schätzte sie. Wenn der bis hierher kam, dachte Sina spontan, konnte sie nächstes Mal den Spider auch hier abstellen. Beide fuchtelten aufgeregt mit den Händen in der Gegend herum. Als sie Sina sahen, verstummten sie.

„Sina!“, rief Bruno und kam erfreut auf sie zu. Küsste sie auf die linke und die rechte Wange. Der Lockenkopf schaute interessiert zu.

„Ah“, sagte Di Neri, „das ist Roberto. Ein Freund. Er kommt aus Sizilien.“

„Sizilien?“, fragte Sina irritiert und verwundert, dass Bruno Freunde aus dem Süden hatte.

„Nein!“ Roberto schüttelte fassungslos den Kopf.

„Robert“, stellte er sich selbst vor. „Nicht aus Sizilien. Aus Kanada.“

„Kanadier?“

„Aber mein Ururgroßvater mütterlicherseits kam aus Sizilien.“

Bruno nickte bekräftigend. „Sag ich doch! Un siciliano. Das wird man nie los.“

„Ich lebe schon eine Weile hier im Norden, aber für Bruno ist das völlig bedeutungslos“, grinste Robert. Sein Italienisch hatte einen unverkennbaren englischen Akzent, den er sichtlich pflegte. Während Michael bemüht war, möglichst akzentfrei zu sprechen, was ihm natürlich nicht gelang, hörte sich das Englisch-Italienisch immer ein wenig chic an, exotisch, besonders.

Michael kam stöhnend beim Haus an. „Hätte ich mal lieber das Auto genommen, aber da hätte ich mir ja wieder eure blöden Sprüche anhören müssen“, sagte er und schnaufte dabei wie ein Walross.

„Geht ihr weg?“, fragte Sina enttäuscht. „Ich habe Steinpilze. Ich wollte Lasagne machen. Außerdem war ich bei Anna Maria Abbona.“

Die drei nickten. Keiner sagte etwas. Sie wirkten wie drei Lausbuben, die etwas Schräges planten.

Fehlt nur, dass sie pfeifen, dachte sie.

„Roberto muss üben“, versuchte Michael zu erklären, fing aber einen funkelnden Blick von diesem ein.

„Was muss er denn üben?“

„Roberto ist ein Weltklasse-Trompeter“, versuchte Schröder es wiedergutzumachen.

„Und ihr übt zusammen?“

„Nein!“ Di Neri wand sich, ihm war es sichtlich peinlich.

„Andrea hat Geburtstag“, offenbarte Michael schließlich.

„Ich dachte, die ist in Barcelona.“

„Ist sie ja auch. Nicht jetzt, meine ich. Aber bald.“

Wahrscheinlich wollten sie ein Geburtstagsständchen einüben. Dabei hätte sie gerne mit ihnen über die neuesten Entwicklungen geredet.

Es war schon nach Mitternacht, als ihr Handy klingelte. Sie war gerade eingeschlafen, hatte noch mit Freunden gechattet. Fast hatte sie sich die empfangsfreie Zone der letzten Tage zurückgewünscht. Anstatt auf der Terrasse in den Himmel zu blicken, hatte sie auf den Bildschirm gestarrt. Und sie hatte über die Monterossos recherchiert.

„Sina“, sagte sie verschlafen.

„Sina, ich bin’s.“

„Michael!“ Sie stand im Bett. Da war was passiert!

„Kannst du uns holen?“

„Holen? Hat euch der Trompeter im Stich gelassen?“

„Nein, den müsstest du auch mitnehmen.“

Eigentlich hatte sie keine Lust, sich noch einmal anzuziehen und den Berg hochzulaufen. Aber immerhin hatte Michael was gut bei ihr. Außerdem schien er ziemlich angetrunken.

„Nimm mein Auto, der Schlüssel liegt in der Küche. Wir sind in der Questura.“

„In der Questura?“

„Ja. Du weißt ja, wo die ist.“

Sina nickte. „Ist mit euch alles in Ordnung? Seid ihr gesund?“

„Alles in Ordnung“, antwortete Michael, „fast alles.“

Sie schlüpfte in ihre Jeans, zog ein T-Shirt über,

die alten Wanderschuhe an, rannte die Treppen hinunter und schnappte sich den Schlüssel vom Küchentisch.

„Bin gleich wieder da“, sagte sie zu den Hunden.

Falcone war sichtlich wütend. Er stand an der Theke, als Sina den neonhell erleuchteten Eingangsbereich der Questura betrat, und füllte irgendwelche Papiere aus.

„Was ist denn los?“, brauste sie ihn an, ging aber kurz in Deckung für den Fall, dass er Feuer speien würde. Aber der Commissario sah nur kurz hoch, schrieb dann weiter.

„Bist du sauer, weil sie dein Tête-à-Tête gestört haben?“, motzte Sina.

Jetzt legte er seinen Kugelschreiber weg und sah sie streng an.

„Das Tête-à-Tête scheint dir nicht zu passen, Sinistra.“

„Hör auf, mich ständig Sinistra zu nennen! Es reicht, wenn das mein Vater macht.“

Sie stellte sich kurz vor, wie ihr Vater und Falcone zusammen an einem Tisch saßen und sich wahrscheinlich blendend verstanden, deshalb wechselte sie schnell das Thema.

„Was ist denn hier eigentlich los?“

„Wir hatten einen Notruf. Gegen halb zwölf. Da würde ein Mann auf dem Dach eines stillgelegten Baumarktes stehen und trompeten. Der Anrufer befürchtete, er wolle springen und sich selbst noch ein letztes Ständchen bringen."

„Roberto?"

Falcone nickte nur. „Die Kollegen sind mit Blaulicht, Krankenwagen und Feuerwehr angerückt. Als sie dort ankamen, sahen sie, wie zwei Männer über den Zaun stürzten, sich in einen Amischlitten setzten und versuchten, zu flüchten. Es gab eine schlimme Verfolgungsjagd. Aber certo!", grinste er selbstgefällig. „Wir haben sie gestellt."

„Michael und Bruno?"

Er nickte. „Bruno ist gefahren. Er hatte 1,7 Promille."

„1,7 Promille?"

Er nickte.

„Wir mussten natürlich das Auto beschlagnahmen. Du kennst das Gesetz?"

Jetzt nickte Sina. Wer in Italien mit einem Alkoholpegel von 1,5 erwischt wurde, bei dem wurde radikal das Auto einkassiert. Und zwar ohne Rückgabeschein!

„Wir haben dann den Trompeter vom Dach geholt. Er konnte sich kaum noch auf den Beinen halten. Aber nicht aus Angst, dort runterzustürzen. Oder weil er sich umbringen wollte. Nein, der war genauso blau wie die beiden anderen."

„Und jetzt?"

„Du kannst sie mitnehmen. Ich ertrage das nicht länger", sagte er verächtlich.

Sina hörte es nun auch. Irgendwo aus dem Gebäude hallte eine Trompete. Mit entsetzlich falschen Tönen.

„Was war denn los?", fragte Sina, als sie bei Brunos Haus ankamen. Im Auto stank es nach Alkohol. Die Männer waren fast augenblicklich eingeschlafen. Jetzt stiegen sie wankend aus, der Bewegungsmelder an der Hauswand ging an, sie schwankten bis zum Marmortisch und ließen sich auf die Stühle plumpsen.

„Wir waren bei Maria", erklärte Michael erschöpft.

„Maria?"

„Die macht die beste Pizza in ganz Italien", ergänzte Bruno.

„Woher willst du das denn wissen, du isst doch immer nur Milanese!"

„Ich esse aber woanders auch keine Pizza. Wenn ich welche essen würde, dann nur bei Maria."

„Du hast bei mir aber schon welche gegessen, die Andrea gemacht hat. Da hast du gesagt, das sei die Beste!"

„Ja, ja, die Italiani, die sind Überläufer", seufzte Di Neri.

„Was war denn los? Was war denn los bei Maria?"

„Andrea hat Geburtstag!"

Roberto nahm zwischenzeitlich immer mal die Trompete an den Mund und presste fürchterliche Töne heraus. Wahrscheinlich würden alle Tiere im Wald flüchten.

„Ja, das weiß ich schon, aber doch nicht heute! Die ist doch in Barcelona. Oder ist die auch da gewesen?"

Bruno schüttelte fassungslos den Kopf. Als hätte er Sina nicht so viel Begriffsstutzigkeit zugetraut.

„Certo, nein. Die ist in Barcelona. Natürlich. Aber der arme Mikaele. Sie ist eine Frau. Du weißt doch, wie Frauen sind. Kaum ist der Geburtstag um, geht es schon wieder los mit dem nächsten und diesem großen Problem: Was soll ich ihr schenken! Das belastet dich. Gerade hast du es hinter dir. Es geschafft. Bist zwei, drei Tage danach in Hochstimmung, wenn es das Richtige war und sie wie ein Kätzchen schnurrt. Aber schenkst du das Falsche! Oh Dio, steh mir bei! Dann hast du die Hölle! Dann fährt sie die Krallen aus!"

„Ich dachte, ihr wolltet ihr ein Ständchen bringen."

Wieder schüttelte Bruno fassungslos den Kopf. „Ich bringe niemandem ein Ständchen. Das ist niveaulos. Ich singe nicht."

„Das war genau wie mit dem Hund", mischte sich Schröder nun ein, während Roberto weiter versuchte, aus seinem Instrument etwas Vernünftiges herauszubringen. Er sah entgeistert auf die Trompete, fing an sie zu streicheln und zu liebkosen, um sie dann wieder zum Mund zu führen. Bruno fischte eine zerknitterte Zigarette aus der Brusttasche und versuchte, sie anzuzünden.

„Nicht, das Haus fliegt in die Luft", warnte Sina. Aber er ließ sich nicht abhalten.

„Was war also mit dem Hund? Den gibt es ja schon!“

„Ja, aber mit der Vase. Da war es genauso. Immer wenn wir da vorbeigefahren sind, hat sie gesagt: ‚Oh guck mal, die schöne Vase, die steht immer noch da.‘ Und das nun seit zwei Jahren! Der Baumarkt hat vor zwei Jahren dichtgemacht. Seitdem sagt sie jedes Mal, wenn wir dort vorbeifahren: ‚Guck mal, die Vase, die steht immer noch da!‘ Das war genauso bei den Hunden. Der Tino wohnt ja in der gleichen Straße. Also zuerst, guck mal, die Hunde sind noch da. Und dann guck mal, die Vase ist noch da. Was da für ein Druck aufgebaut wird!“

Alle drei Männer nickten.

„Der arme Mikaele!“ Bruno tätschelte ihn an der Schulter.

„Ihr wolltet die Vase stehlen?“

„Ah! Stehlen! Wir wollten sie verschenken. Das sollte ein Geschenk sein. Stehlen?“ Di Neri schüttelte den Kopf, fuchtelte mit seiner brennenden Zigarette herum.

„Die steht seit zwei Jahren in diesem verlassenen Baumarkt. Wir wollten ihr einen schöneren Platz geben. Einen Platz, der ihrer Schönheit gerecht wird. Nicht auf diesem verlassenen Hinterhof.“

„Und wo ist die Vase jetzt?“

„Wir haben es nicht mehr geschafft, sie über den Zaun zu heben. Weil diese ganze Horde von Wilden angerauscht kam. Und weil Roberto unbedingt aufs

Dach klettern musste, um den ‚Sound' da oben auszuprobieren." Das Wort Sound sprach er verächtlich aus, als wäre es etwas Ekelerregendes.

„Und ihr seid mit seinem Wagen geflüchtet."

„Er war ja nicht da."

„Und vorher seid ihr bei Maria gewesen? Und habt euch Mut angetrunken, oder was?", grinste Sina.

Bruno schüttelte wieder fassungslos den Kopf.

„Wie kommst du auf diese Idee! Wir haben den neuen Jahrgang probieren müssen. Vom Dolcetto."

„Na, von einer Flasche wird man aber nicht so blau."

„Es war der Dolcetto von Martinelli, vom Signore, von LR, von Ratti und Clavesana. Im Vergleich."

„Vielleicht noch ein paar Grappini", setzte er hinterher.

„Ihr seid echt nicht ganz sauber. Könnt ihr froh sein, dass Falcone euch laufen gelassen hat!"

„Der hat ja von der Vase nichts mitbekommen", grinste Bruno stolz.

„Aber deinen Führerschein, den kannst du vergessen! Und das Auto von Roberto auch."

Plötzlich herrschte betretenes Schweigen.

„Das ist ja das Schlimme", räusperte sich Michael. „Das Auto gehört Robertos Frau. Das ist ihr Schätzchen. Den fährt die seit zwanzig Jahren. Das ist ihr ganzer Stolz."

Sina schüttelte nur noch den Kopf.

„Wie seid ihr eigentlich auf die Idee gekommen, bei

eurem Raubzug mit einem so auffälligen Auto zu fahren? Das ist doch total bescheuert!“

„Na ja, wenn sich jemand das Nummernschild von meinem Yeti aufgeschrieben hätte, wäre gleich wieder die ganze Bande dieses Bullen hier aufgelaufen. Und Roberto ist ein unbeschriebenes Blatt.“

„Du musst morgen mit Falcone reden“, platzte es aus diesem heraus, und die beiden andern nickten kräftig. „Der steht auf dich!“

„Quatsch!“

„Doch. Wie der dich ansieht. Der zieht dich förmlich mit den Augen aus. Mamma mia!“

Sina verdrehte die Augen. Männer!

Bruno stand auf, öffnete schwankend die Eingangstür. „Vielleicht noch einen piccolo grappino, zum Abschluss?“

Wieder nickten Roberto und Michael.

„Sina?“

Schließlich nickte die auch.

Diebstahl

„Porca miseria“, am nächsten Morgen stand Sina fassungslos vor der leeren Stelle, an der sie am Abend zuvor ihren Lancia geparkt hatte. Neben ihr ein bleicher Roberto, der ständig auf seinem Handy herumklickerte.

„Sie ist heute Abend da“, sein Gesicht war voller Panik.

„Wer?“, fragte Sina knapp und überlegte gleichzeitig, ob sie den Wagen woanders abgestellt hatte. Aber sie war sicher, es genau hier getan zu haben. Seit sie angekommen war, hatte sie den Wagen immer an der gleichen Stelle geparkt. Und zwar exakt hier.

„Meine Frau!“

Sina schob Roberto zur Seite und sah sich den Asphalt an. Suchte eine Spur, eine einfache Erklärung, sah die Straße hinunter, auch wenn sie es im Grunde ausschloss, dass sie vergessen hatte, die Handbremse anzuziehen und den Gang einzulegen. Aber da war natürlich nichts. Der Lancia war weg! Der ihres Nonno. Ihr Gigolo. Der zwar immer Muckende, aber doch dann immer irgendwie Verlässliche. Und das hier! Unvorstellbar. Sie waren in einem winzigen Kaff in Norditalien. Da passierte so was nicht. In Rom wurden Autos geklaut. In Neapel. Aber doch nicht hier!

Roberto klickte ununterbrochen auf seinem Handy herum. Eigentlich waren sie aufgebrochen, um mit

Falcone zu sprechen und zu versuchen, das Schätzchen seiner Frau freizubekommen.

Und jetzt das.

Sina zückte kurz entschlossen ihr Handy, scrollte im Adressbuch zu S und drückte auf Stronzo.

„Sinistra?“, er war sofort am Telefon.

„Entschuldigung, wenn ich euch beim Frühstück störe. Aber mein Auto ist weg. Sie haben mir den Lancia geklaut!“ Sie versuchte ihrer Stimme einen festen Ton zu geben.

„Wo bist du?“, fragte er knapp.

„Via Tanaro.“

„Ich komme.“

Als sie aufgelegt hatte, klingelte ihr Handy erneut.

„Endlich erreiche ich dich!“ Ihre Mutter war am Telefon.

„Sie haben mir den Lancia geklaut“, platzte es aus Sina heraus.

Kurze Pause am anderen Ende der Leitung. „Na sei froh, dass du die alte Karre endlich los bist.“

„Mama!“, sie war kurz davor, sich einfach auf die Straße zu setzen und in Tränen auszubrechen.

„Na ist doch wahr! Die Karre ist auch nicht besser als dein Klaus. Schöne Fassade, aber nichts dahinter. Man hätte meinen können, der wäre auch Italiener. Leg dir bloß nicht wieder so einen Mist zu!“

„Mama!“, wieso musste sie immer gleich einen Rundumschlag machen. Immer alles miteinander verknüpfen, was gar nicht zusammenhing. Wieso konnte sie nicht einfach nur sagen, es täte ihr leid. Gleich würde wieder eine Bemerkung über ihren Vater kommen.

„Reicht, dass ich auf so einen Gigolo reingefallen bin!“

„Mama!“, Sina merkte, wie sie sauer wurde. „Ich melde mich wieder. Die Polizei kommt gleich! Tschüss Mama.“ Sie drückte das Gespräch einfach weg.

Als Falcone eintraf, hatten sich alle vor Brunos Haus versammelt. Der rauchte eine Zigarette nach der anderen, während Roberto permanent auf seinem Handy herumtippte. Michael hatte sich erschöpft auf einen der Stühle fallen lassen. Pluto lag wie immer unter dem Tisch, und die beiden Hunde hatten sich neben ihren Herrn gesetzt. Sina ging unruhig auf und ab.

Der Commissario kam mit seinem Motorrad den Waldweg entlanggefahren, und Sina hatte das Gefühl, weggucken zu müssen. Sie wollte nicht, dass ihr dieser selbstgefällige Macho gefiel. Dieses Stronzo. Dieses pezzo di merda. Auf gar keinen Fall! Aber so, wie er auf dem Motorrad saß, stark, maskulin, erinnerte sie sich an ihre allererste Assoziation. Heiß wie die Hölle und scharf wie die Trinidad Moruga Scorpion.

Auf keinen Fall, Cassotto. Auf gar keinen Fall!

Aber dann sah sie doch hin. Wie er den Ständer mit der Fußspitze lässig ausklappte, als wäre da keinerlei Widerstand. Den Helm abnahm. Die Haare schüttelte.

Vom Motorrad stieg. Dann strömten die Männer auch schon auf ihn zu und unterbrachen Sinas Fantasien.

„Commissario, ich brauche das Auto! Meine Frau ist schon auf dem Weg. Ich muss sie später in Mondovì am Bahnhof abholen. Was konnte ich dafür, dass die mein Auto genommen haben. Ich hatte darauf keinerlei Einfluss!", schleimte Roberto.

Falcone zuckte mit den Schultern. „Ich bin sicher, dass Sie noch nicht wieder fahren können, Signor Madson!"

„Aber das Auto!" Er setzte einen Blick auf, als wäre er ein misshandelter Pudel.

„Wenn diese beiden Männer allerdings Ihr Auto gestohlen haben …!"

Roberto schien zu überlegen. Freundschaft oder Frau. Aber konnte sich gerade nicht entscheiden.

„Wir haben das Auto doch nicht gestohlen, wie kommst du auf eine solche abstruse Idee?" Bruno fuchtelte Falcone vor dem Gesicht herum. Der wehrte ihn ab, als wären es Fliegen.

„Di Neri, du hast auch ohne schon genug Schwierigkeiten. Das wird auf jeden Fall ein teurer Spaß! 1,7 Promille!", ein leichtes Grinsen umspielte seinen Mund.

„Ah, ich wusste, ihr seid kleinlich. Diese 0,2 Promille mehr. Wo ist da der Unterschied?" Bruno tat beleidigt.

„Das habe ich nicht zu entscheiden. Da musst du dich an anderer Stelle beschweren."

„Aber könnte nicht das Gerät kaputt sein? Oder die Unterlagen verschwinden. Ich meine, so was soll doch schon vorgekommen sein?“ Er tanzte vor Falcone herum, als wäre er Rumpelstilzchen.

„Wenn du so weitermachst, wird das Ganze für dich noch übel enden. Ich sehe dich im Knast. Und diese Vorstellung gefällt mir.“

„Da haben wir es! Du versuchst alles, um mich schuldig aussehen zu lassen. Du schiebst mir was unter. Wahrscheinlich war der Apparat manipuliert! Wahrscheinlich hast du den manipuliert! Niemals hatte ich über 1,5. Niemals. Von den zwei, drei Gläsern Wein.“

„Als Nächstes wirst du noch behaupten, die Winzer hätten den Wein gepanscht, ihn mit mehr Alkohol versehen, als auf den Flaschen stand.“

„Auch eine interessante These“, sinnierte Bruno, und ein schelmisches Lächeln breitete sich auf seinem Gesicht aus.

„Signor Madson“, Falcone ignorierte Brunos Einwand, öffnete den Reißverschluss seiner Lederjacke, holte einen Zettel heraus, einen Stift, ging zum Tisch und schrieb etwas darauf. „Hier ist eine Telefonnummer, da steht Ihr Auto. Bis alle Umstände geklärt sind“, er sah zu Bruno, „gebe ich es vorübergehend frei.“

„Das ist alles meine Schuld, Commissario!“ Michael war käseweiß im Gesicht. Er hatte am Abend noch Godamed genommen, sein Allheilmittel gegen den Kater am nächsten Morgen, das wohl auch das Schlimmste verhindert hatte, aber er war noch wackelig auf den Beinen. „Die beiden wollten mir nur helfen“, gestand er.

„Später“, Falcone wendete sich nun Sina zu. „Wo stand der Lancia?“

„Cazzo!“, zischte sie. „Ich habe ihn immer dort auf der Straße geparkt. Gestern, als ich von Alba gekommen bin. Heute Morgen war er weg.“

„Als du deine Freunde geholt hast, bist du da mit dem Lancia gefahren?“, wollte Falcone wissen.

„Nein, mit Michaels Auto.“

„War er noch da, als du zurückgekommen bist?“

Sina überlegte. War er noch da? Hatte sie ihn dort stehen sehen? Hatte sie überhaupt darauf geachtet? Hätte das Scheinwerferlicht ihn überhaupt erfassen können? Sie zuckte mit den Schultern.

„No lo so! Keine Ahnung!“ Dann fiel ihr das Auto ein, dass ihr gestern gefolgt war.

„Lässt du mich noch beschatten?“

Falcone schüttelte den Kopf.

„Also ist mir jemand anders gefolgt! Ich hatte schon in Alba das Gefühl. Aber als ich in die Via Tanaro gefahren bin, war der immer noch da. Ich habe seine Autonummer.“ Sie zückte erfreut ihr Handy und öffnete die SMS, die sie sich gestern geschickt hatte. Der Commissario drückte auf ein Icon auf seinem Smartphone.

„Falcone. Ich gebe euch eine Autonummer durch. Überprüft die!“ Dann las er die Zahlen von Sinas Bildschirm ab.

„Ich hatte dir gesagt, du sollst hierbleiben“, fuhr er sie wütend an. „Aber nein, die gnädige Signorina muss ihren Dickkopf durchsetzen.“

„Der Lancia ist aber HIER gestohlen worden!“, blaffte Sina zurück.

„Aber er wäre nicht HIER gestohlen worden, wenn du deine Nase nicht in Dinge stecken würdest, die dich nichts angehen!“

„Soll ich vielleicht warten, bis ihr so weit seid! Bislang ist da ja nicht viel passiert, außer, dass ihr Bruno, Michael und mich verdächtigt“, funkelte sie ihn an.

„Ich habe dir gesagt, das ist kein Spiel! Es ist eine Warnung. Nur eine kleine Warnung. Bevor wer auch immer Ernst macht.“

„Ah, dann seid ihr ja endlich auch schon auf diese Spur gekommen, ich dachte, ihr kommt nie drauf!“

Die drei Männer standen grinsend daneben. Bruno zwinkerte Sina wissend zu. „Ich habe es dir ja gesagt.“

„Halt die Klappe, Di Neri. Und du, steig auf!“, befahl er Sina und wies auf sein Motorrad.

„Nein! Auf gar keinen Fall!“

„Steig auf!“ Er ging zu seinem Motorrad, öffnete die Seitentasche und holte einen Sturzhelm heraus. Dann sah er sie auffordernd an.

„NEIN“, sie schüttelte energisch den Kopf.

„Hast du eine Jacke für sie, Di Neri?“ Und zu Sina gewandt: „Steig auf oder fahr zur nächsten Questura und gib eine Anzeige auf. Die werden dir sicherlich schnell weiterhelfen."

Sina stöhnte. Und in diesem Moment knurrte gleichzeitig ihr Magen laut und böse.

„Dieser scheiß sizilianische Macho", schimpfte sie auf Deutsch.

Michael verzog keine Miene.

Kurze Zeit später hielten sie vor einem maronenfarbenen Haus, das von einer hohen Natursteinmauer umgeben war. Davor lag eine idyllische Pferdekoppel, auf der ein altersschwacher Schimmel und ein Esel grasten, die neugierig aufsahen und die Ankömmlinge musterten. Im Unterschied zu der Kamikazefahrt war Falcone fast brav gefahren. Die Fußrasten hatten keinen Gummiabrieb auf dem Asphalt hinterlassen. Nach den ersten Minuten, die sie völlig verkrampft auf dem Rücksitz verbracht hatte, konnte sie danach die Fahrt sogar genießen, hatte sich eng an ihn gepresst, die Arme um seinen Körper geschlungen. Er hatte ihre Hände kurz und fast unmerklich gedrückt, bevor sie losgefahren waren, als wollte er so sagen, sie könne ihm vertrauen. Und es war gefährlich heiß geworden, da, wo sich ihre Körper berührten.

Falcone stieg ab, schlenderte auf die Eingangstür zu und zog an einem Strick. Ein helles Läuten erklang und gleich darauf ein tiefes Gebell. Sina stellte sich hinter ihn in den Schutz seines Körpers. Ein kleiner

Mann öffnete die Tür zunächst nur einen Spaltbreit. Er hielt zwei braune Hunde am Halsband, die sich wie wilde Tiere gebärdeten, Zähne fletschten, als wenn sie sie gleich zerfleischen wollten. Sina schätzte ihn auf Mitte vierzig. Seine bleiche Gesichtsfarbe wirkte glasig, unecht, fast wie aus Wachs. Auf dem Kopf hatte er nur wenige Haare, dafür aber einen langen schwarzen Vollbart, der bis zu seiner schmächtigen Brust reichte. Das schwarze Brillengestell hatte fast ebensolche dunklen Gläser. Deshalb konnte man seine Augen auch kaum erkennen, nur, wie sich die Pupillen hektisch hin und her bewegten. Er trug Sandalen, eine cremefarbene Leinenhose und ein blaues Shirt mit dem Aufdruck: Datemi una maschera e vi dirò la verità. Gebt mir eine Maske und ich werde euch die Wahrheit sagen.

Wenn der in einem Flugzeug säße, würden alle sofort aussteigen, dachte Sina. Es war nicht lange her, als sie kurz nach den Terroranschlägen in Brüssel von Berlin nach München geflogen war und fünf Reisende ausgestiegen waren, weil ein Mann mit extrem südländischem Aussehen in der Maschine saß. Sina hatte ihn im Grunde normal gefunden, zumindest für einen Süditaliener.

„Commissario!", piepste er.

„Können wir reinkommen!" Es war keine Frage.

Der kleine Mann sah sich skeptisch um, öffnete

dann aber die Tür und ließ sie eintreten. Das Haus war direkt an einen Felsen gebaut, der gute dreißig Meter steil nach oben ragte. Davor lag ein romantischer Innenhof, Geranien und Bougainvilleen blühten, drei Katzen sonnten sich. Als er die Eingangstür hinter sich geschlossen hatte, liefen die Hunde schwänzelnd auf sie zu.

„Was kann ich für Sie tun?“ Er trat unruhig von einem Bein auf das andere und drückte dabei die Hände zusammen, als wolle er sie auswringen.

„Martello! Wir suchen einen Lancia. Einen Lancia Beta Spider, genauer gesagt. Baujahr …“ Falcone sah Sina fragend an.

„Achtzig,“ ergänzte sie.

„Seltener Wagen!“ Der Bleiche fasste sich an den Bart, schien zu grübeln. „Wurden keine zweitausend Stück gebaut. Wahrscheinlich gibt es keine fünfzig mehr in ganz Italien. Was wollen Sie denn anlegen?“

Falcone zuckte mit den Schultern. „Du hast nicht zufällig einen da?“

Der kleine Mann schüttelte erleichtert den Kopf. „Nein, leider, ein solches Schätzchen habe ich nicht. Aber ich kann mich umhören.“

Der Commissario nickte, klopfte ihm lobend auf die Schulter.

„Können wir uns mal umsehen!“ Wieder keine Frage.

Martello schien abzuwägen, ahnte wohl, dass es keinen Sinn hatte abzulehnen. Er wies auf ein großes doppelflügeliges Tor, gute drei Meter hoch und vier Meter breit, das direkt in die Felswand eingebaut war, zog rasselnd einen Bund mit vielen Schlüsseln aus seiner Hosentasche, steckte einen großen eisernen in das Schloss. Die Türen eierten unförmig, die Scharniere quietschten, Tageslicht fiel auf grob gehauenen Fels, erhellte die ersten Meter der Höhle, die sich dahinter befand.

Es roch erdig, nach Öl und Benzin. Sina spähte in die Dunkelheit, sah, dass es nicht nur einfach ein Raum, ein Keller war, sondern ein Tunnel, vielleicht fünf Meter breit und drei Meter hoch, der in den Felsen gehauen war. Wie weit er ging, konnte sie nicht erkennen. Martello betätigte einen Lichtschalter, die Leitungen hingen lose auf nacktem Stein, ein paar Glühbirnen erleuchteten jetzt spärlich die längliche Höhle. Nun konnte Sina erkennen, dass hier Autos geparkt waren. Unterschiedlichste Baujahre. Alte, völlig verbeulte Fiat Pandas aus den Zeiten, als sie noch die „tolle Kiste“ waren. Neue BMWs, Škodas, aber auch ein feuerroter Testarossa.

Ein bisschen wie bei 1001 Nacht, dachte sie.

Falcone schien sich auszukennen, er ging zielstrebig in den Tunnel, scannte den Raum wie der Raubvogel, der er ja war, Auto für Auto. Manche hatten Nummernschilder, andere nicht. Manche waren auf Hochglanz poliert. Andere rosteten vor sich hin. Sina folgte ihm vorsichtig, sie schätzte, dass der Tunnel gute hundert Meter in den Berg hineinging. Mindestens. Gigantisch!

Und sie suchte nach Rot. Nach dem Lanciarot. Nicht nach Vollrot, wie beim Testarossa. Es war satt, aber mehr ins Orange gehend. Rosso! Wie die aufgehende Sonne! Das hätte man auch in diesem diffusen Licht gut identifizieren können. Die Anzahl der Autos mit dieser Feuerfarbe war gering. Sina war es schon häufiger auf den Straßen aufgefallen. Schwarz, Weiß, Silbergrau, aber Farbe wurde nicht mehr bekannt. Wohl ein Zeichen der Zeit. Und hier gab es kein Sonnenrot. Keinen Lancia.

Aber plötzlich blieb sie an einem weißen Volvo hängen. Hatte der Rumäne nicht angeblich einen Volvo gefahren? Sie rammte Falcone ihren Ellenbogen in die Rippen.

„Der Tote im Wald hat einen weißen Volvo gefahren", flüsterte sie ihm ins Ohr.

Er sah sie skeptisch an.

„Kannst du den mal öffnen!", rief er Martello zu.

Der druckste herum. „Ist erst vor ein paar Tagen reingekommen."

Falcone nickte verständnisvoll. „Die Papiere hast du auch?"

„Die sollen noch kommen. Mit der Post."

„Mit der Post?"

Martello nickte, zuckte mit den Schultern, als wolle er sagen: „Du weißt doch, wie die italienische Post ist", war aber mit einem Schlag noch bleicher geworden, drehte sich um und lief ins Haus. Man hätte meinen können, die Hunde wären hinter ihm her.

„Woher weißt du, dass es ein Rumäne war? Dass er einen Volvo gefahren hat“, zischte Falcone, sah sie streng an.

„Na oben, von einem der Flüchtlinge. Da seid ihr doch auch gewesen“, rechtfertigte sie sich.

„Anscheinend mit weniger Erfolg.“ Er schüttelte fast unmerklich den Kopf.

Der Bleiche kam mit einem Schlüssel zurück, drückte auf die Fernbedienung. Falcone hatte sich Handschuhe übergezogen, öffnete vorsichtig die Fahrertür, die Mittelkonsole, hob vorsichtig die Gummimatten hoch, spähte unter den Fahrersitz und fischte ein zerknittertes Papier hervor.

„Das ist die echte italienische Gründlichkeit“, grinste er. Er strich es glatt, zückte sein Handy und alarmierte die Spurensicherung.

Dann wendete er sich wieder an Martello, der vor innerlicher Anspannung zu platzen schien.

„Martello“, Falcone sprach den Namen des kleinen Mannes kurz und hart aus. Nicht laut, aber mit einem gefährlichen Unterton. „Nur für den Fall, dass du etwas von dem Lancia hörst. Du informierst mich sofort! Sicherlich hast du ja von allen anderen Fahrzeugen die Papiere parat!“

„Certo, certo, Commissario!“

Sina hatte den Eindruck, dass sein wachsweißes Gesicht kurz davor war, hochrot anzulaufen.

Sie waren bei drei weiteren obskuren Autohändlern gewesen, aber angeblich hatte keiner etwas von dem Lancia gehört. Schließlich hielt Falcone seine Guzzi direkt vor dem Café Portici, stieg ab, zog den Helm vom Kopf. Sein Haar war zerzaust, er strich es mit der flachen Hand glatt.

„Caffè."

Wieder keine Frage. Dieser Typ konnte nicht „bitte" sagen!

Aber Sina nickte trotzdem. Sie hatte Hunger. Frust. Der Lancia war weg. Das, was ihr von ihrem Großvater geblieben war. Obwohl er schon lange tot war, roch es immer noch nach ihm. Als wenn Armaturen, Kunstledersitze, Gaspedal, Motor seinen Geruch gespeichert hätten. Den nach stinkendem Schweiß und herbem Aftershave. Sie konnte den warmen Fahrtwind spüren, der durch ihr Haar wehte, während sie über die engen Serpentinen nach Positano fuhren, das azurblaue Meer auf der einen Seite, die schroffen Felsen auf der anderen. Und ihr Nonno das Lenkrad mit einer Hand und mit der andern ihre hielt, und sie sich wie eine kleine Königin fühlte. Der Lancia war sein Erbe, deswegen hatte sie ihn geliebt. Nicht, weil er so selten war, vielleicht wertvoll, nicht, weil er so schön war.

Aber ja, er war auch verdammt schön. Ja, das war er! Wie sehr hatte sie immer über seine Macken geflucht. Wenn er kochte, spuckte, fauchte und horrende Rechnungen aus diversen Werkstätten kamen. Niemand schien ihn zu verstehen. Niemand sein Wesen zu erfassen. Nur letztes Mal war sie an einen Mechaniker geraten, der ihn zum Schnurren gebracht hatte. Seitdem hatte er nur mal zum Spott gefaucht. Rein rhetorisch. Und nun war er weg!

Sina schmiss Brunos Jacke und ihre Tasche auf einen der weißen Plastikstühle, lief schnurstracks zur beleuchteten Vitrine. Die kleinen Törtchen, die in der Glastheke des Cafés hübsch drapiert waren, sahen geradezu betörend verführerisch aus. Die gesamte Theke maß mindestens vier Meter, und auf drei Etagen lagen hier die unterschiedlichsten Sorten. Es waren keine großen Torten, wie man sie in Deutschland kannte, sondern kleine, mundgerechte Häppchen. Ein kleiner Schwan, liebevoll mit Sahne gefüllt. Bezaubernde Miniobsttörtchen mit Heidelbeeren, Erdbeeren und halbierten Trauben. Wahrscheinlich befand sich darunter die legendäre Vanillecreme. Ein anderes erinnerte sie an einen Steinpilz und war mit Schokolade bestäubt. Kleine Kugeln mit einer Zabaionefüllung, Nugat- oder Cremeschnittchen, deren Biskuitboden in Rum getränkt war.

Falcone hatte sich draußen an den Tisch gesetzt und lehnte sich zurück. Die verspiegelte Sonnenbrille verdeckte seine Augen, er ließ sich nur ungern hineinsehen. Das dunkle Haar fiel leicht zerzaust nach hinten. Er war muskulös, aber kein Muskelpaket. Besonders seine kantigen Arme erschienen Sina wie solide Äste, die wirklich hielten, wenn man sie brauchte. Und es war, als würde aus jeder Pore eine besondere Sinnlichkeit strömen. Aus dieser Distanz befand sie die als ungefährlich, auch, ihn so zu mustern. Aber unter anderen Umständen … Wenn sie ihn unter anderen Umständen kennengelernt hätte, nicht mit seiner Pistole vor der Nase. Wenn? Dieser Typ war verdammt scharf. Molto piccante!

„*Finger weg!*“, hörte sie die warnende Stimme ihrer Mutter. „*Der ist noch schlimmer als Francesco! Du hast dir schon an deutlich Harmloseren die Finger verbrannt.*“

Sogar an einer Null-Grad-Beziehung!, musste sie ihrer Mutter leider recht geben. Auch wenn das kaum vorstellbar war.

Also hatte sie doppelten Frust. Deshalb beschloss sie, sich nicht vor die Wahl zu stellen, welche der diversen Sorten Törtchen sie nehmen wollte. *TUTTI! Ich will alle!*

Schon alleine von Berufs wegen musste sie alle probieren. Außerdem waren ihre Nerven schlimm strapaziert worden. Die brauchten dringend etwas Süßes.

„Tutti“, antwortete sie deshalb, als die Verkäuferin sie fragte, wies auf den Tisch, an dem Falcone saß, und musste innerlich grinsen. Hatte sie damit auch Falcone gemeint?

Der schmunzelte, als die Cameriera das Tablett zum Tisch balancierte, auf dem sein Espressotässchen, eine Flasche Wasser, ein Glas, Sinas Cappuccino und drei große Teller mit den süßen Teilchen standen.

„Ich teile nicht.“ Sina griff, kaum dass die Cameriera alles auf den Tisch gestellt hatte, gierig nach einem Dolce mit einem gelben Klecks aus Zuckerguss und stopfte es in den Mund.

Zabaionefüllung! Köstlich. Danach etwas mit Schokolade, dachte sie und suchte nach einem dunklen Klecks. Genau das Richtige! Und nun etwas Neutrales. Also, der schöne Schwan mit seinem kalten Inneren aus flauschiger Sahne.

Falcone beobachtete, wie Sina sich dem süßen Rausch hingab, sein Lächeln war warm, fast zärtlich. Er öffnete lässig eines der Papiertütchen, die Schale hatte gerade noch auf einem winzigen Eckchen des Tisches Platz gefunden, streute den Zucker in seinen Caffè, rührte um und nahm ihn auf ex.

„Du scheinst hungrig zu sein", bemerkte er dann trocken.

„Nein, gierig", antwortete sie. „Ich habe Frust. Seit ich in diese verdammte Via Tanaro abgebogen bin, habe ich nichts als Ärger. Und dann ist da auch noch so ein Bulle, der allen Ernstes glaubt, ich hätte mit diesem ganzen Chaos etwas zu tun", blaffte sie ihn an.

„Hast du nicht?" Er runzelte streng die Stirn, es schien aber, als müsse er sich beherrschen, nicht zu lachen.

„Du glaubst es doch nicht wirklich? Du glaubst doch nicht wirklich, dass ich eine Doppelmörderin bin, die auch noch mit Drogen dealt?"

„Vielleicht bist du eine Doppelmörderin, weil du mit Drogen dealst."

Sina schüttelte ungläubig den Kopf und stopfte eine Kugel mit einer grünen Markierung in den Mund. Pistazie. Auch lecker!

„Also rekapitulieren wir mal deine obskuren Verdächtigen. Zunächst einmal Bruno Di Neri. Psychoanalyst. Der will hier nur seine Ruhe haben. Mordmotiv: Jemand hat ihn dabei gestört. Deshalb hat er ihn im Affekt getötet.

Michael Schröder, Hausbesitzer und Deutscher. Der hatte in seinem Garten zwei Cannabispflanzen stehen. Und weil jemand diese zwei Cannabispflanzen gefunden hat, hatte er Angst, dass er auffliegt. Also hätten wir ein Motiv.

Sina Cassotto. Stolpert zufällig in diesen ganzen Mist. Findet zufällig den Toten. Trifft zufällig auf Corleone. Hat weder eine Ahnung von den Cannabispflanzen noch von anderen merkwürdigen Dingen. Der Lancia wird geklaut. Das ist ein echtes Mordmotiv! Wenn ich den erwische und wenn er meinem Auto auch nur ein Haar gekrümmt hat, bringe ich den um! Dann kannst du mich einlochen. Davon träumst du doch." Sina stopfte sich wie zur Belohnung für das ganze ihr angetane Leid gleich zwei Dolci in den Mund.

Falcone hatte ihr aufmerksam zugehört.

„Du hast euren Startrompeter vergessen. Andrea. Und den Trüffelsucher."

Sina schüttelte den Kopf.

„Willst du nicht endlich mal rauslassen, wie der oben im Wald gestorben ist?"

Falcone schien abzuwägen.

„Ein Schlag auf den Kopf. Und dann hat man ihm einen Giftköder in den Mund gestopft. So einen, wie er hier von rivalisierenden Trifolao verwendet wird, um die Hunde der Konkurrenz zu töten. Aber mit einer stärkeren Dosis. Einer sehr starken Dosis."

Oh Gott, dachte Sina, *das könnte dann doch Tino gewesen sein. Aus Rache für seinen Hund.* Aber sie schwieg. Auf keinen Fall würde sie ihn verraten.

„Wie kommt eigentlich dieser Tunnel in den Berg?", wechselte sie abrupt das Thema und gönnte sich ein weiteres Törtchen. Falcone schüttelte den Kopf. Ob wegen des plötzlichen Themenwechsels oder ihrer Fressorgie, konnte sie nicht einschätzen.

„Der Tunnel. Das weiß keiner so genau. Im Ort erzählt man sich, Partisanen hätten ihn während des Zweiten Weltkrieges als Unterschlupf gebaut. Auch als Fluchtweg. Aber das ist absurd."

„Und dieser Martello? Der hat doch offensichtlich Dreck am Stecken. Wieso verhaftet ihr den nicht?"

„Er ist clever. Zum einen parkt er tatsächlich Autos für Kunden. Der Testarossa. Den brauche ich nicht zu überprüfen. Certo! Für den hat er Papiere. Oder sein Kunde. Die alten Karossen gehören ihm. Warum er die verbeulten, vor sich hin rostenden aufhebt? Angeblich verkauft er. Alles andere ist Spekulation. Er hat sich noch nicht erwischen lassen. Anscheinend mächtige Freunde. Wenn wir überraschend kommen, ist alles sauber. Manchmal scheint es, als wäre die

Mauer am Ende des Tunnels nur ein weiteres Tor, das in die Tiefe führt. Aber bislang haben wir das nicht beweisen können. Manche Alte im Ort erzählen, der Tunnel sei früher über zweihundert Meter lang gewesen. Aber ob das stimmt? Ob die Erinnerungen mit ihnen durchgehen? Es gibt keine Aufzeichnungen. Keine Pläne. Nichts. Solange sich Martello nichts zuschulden kommen lässt." Er grinste. „Aber vielleicht haben wir ja jetzt einen Grund, dort etwas genauer hinzusehen. Ansonsten ist er ein kleiner Fisch in diesem Bassin."

Falcones Telefonino klingelte.

„Pronto", er hörte angestrengt zu. Als er das Gespräch wegklickte, lächelte er zufrieden.

„Eine neue Spur! Der Zettel. Eine Rechnung von einem Hotel aus Alba. Und wir haben einen Namen. Dein Rumäne heißt ..."

Aber bevor Falcone den Namen aussprechen konnte, fiel Sina ihm ins Wort. Es war, als wenn ihr Mund automatisch angefangen hätte zu sprechen. Sie hatte keinen Einfluss darauf.

„Alexey Schukow!"

Falcone sah sie stirnrunzelnd an. Dann folgte eine lange Pause.

„Du kennst ihn? Du kennst ihn also doch. Ein bisschen viel Zufall, Sinistra", zischte er streng. Sein Zorn wehte wie ein heißer Sturm über den Tisch. Sina wollte sich schon ducken.

Ihr war der Appetit vergangen, sie schob frustriert

den Teller weg. Dadurch wurde das enge Konstrukt aus Tellern, Tassen, Gläsern in seiner exakten Passgenauigkeit gestört, ein Teller schob den nächsten, der die Tasse, das Glas, bis die Kettenreaktion dort angekommen war, wo das kleine Schälchen mit den Zuckertütchen stand. Es kippelte zuerst nur, ergab sich dann aber der Schwerkraft. Keiner von beiden nahm es wahr.

Sina hatte aufgehört zu grübeln, woher sie den Toten kannte. Es hatte ihr auf der Zunge gelegen, aber der Name wollte nicht heraus. Sie hatte Eselsbrücken angewendet, das Abc von vorne bis hinten aufgesagt, bei jedem Buchstaben kurz innegehalten, den Namen zu dem Gesicht gesucht. Aber er war ihr nicht eingefallen.

Bis eben. Nur würde Falcone ihr das niemals glauben.

„Was weißt du über ihn?“, fragte er schroff.

„Er war in München. Wollte bei uns gelistet werden. Kam in der Tat aus Rumänien.“ Jetzt fiel ihr alles wieder ein. „Er hätte alles. Wir könnten alles bestellen. Dabei hat er merkwürdig gezwinkert. Hatte auch ein paar Dosen Kaviar dabei. Ohne Etikett. Meinem Boss war er nicht koscher. Hat ihn abblitzen lassen. Aber er kam immer wieder. Jedenfalls drei, vier Mal. Dann habe ich ihn noch einmal getroffen, auf der EATALY in Turin. Hat sich an meine Fersen geheftet und rumgeschleimt.“ Sie verzog den Mund.

Irgendwann war Falcone in die Bar gegangen, hatte dort alles bezahlt, ihr ein Papptablett mitgebracht und Papier zum Einwickeln. Darin verstaute sie die restlichen Dolci.

Als sie auf seinem Motorrad saß, die Arme um ihn geschlungen, hatte er wieder fast unmerklich ihre Hände gedrückt. Dann war er losgebraust. Sina hatte beschlossen, sich fallen zu lassen, sich an ihn geschmiegt, wenigstens für diese eine Fahrt. Sie war viel zu kurz, dachte sie, als sie den Weg zum Haus hinunterging.

Aber er hat mir geglaubt.

Als sie zum Haus kam, saß Michael auf der Terrasse und japste nach Luft. Sein Gesicht war hochrot. Schweiß rann ihm von der Stirn, und Tränen schossen aus seinen Augen. Er hustete keuchend.

Oh Gott, dachte Sina, *der hat einen Herzinfarkt!*

Sie zückte ihr Handy, um den Notruf zu wählen. Dann aber sah sie neben dem Teller Spaghetti, das kleine Gläschen, in das sie das scharfe Öl mit der Trinidad Moruga Scorpion gefüllt hatte.

Sie fing an zu lachen und prustete gleichzeitig: „Porca miseria, das tut mir leid!"

Schröder guckte verdutzt.

„Von dir?", hustete er.

Sie nickte.

„Ich dachte, Andrea hätte das gemacht! WAS IST DAS?", prustete er heraus.

In diesem Moment hörte Sina ein Auto den Schotterweg herunterfahren. Sie sah hoch, während Michael ein Glas Wasser mit einem Zug leerte. Kurze Zeit später fuhr ein weißer Jeep durch das Tor und direkt vor das Haus.

„Na endlich", brummelte der Hausherr, stand auf und ging auf das Auto zu. Die beiden Hunde hatten es bellend am Tor empfangen, liefen nun schwänzelnd an der rechten und linken Seite entlang.

Im Auto saß ein drahtig wirkender Mann um die vierzig, die Haare nur millimeterlang geschnitten, ein kantiger Kopf. Neben ihm ein kleines Mädchen, schwarze, volle Haare, mit einem hübschen Puppengesicht, vielleicht sechs Jahre alt, und zeterte.

„Ein Wolf, un lupo, un grande lupo", schrie sie.

„Komm, Sara, die kennst du doch", sagte der Mann, während er ausstieg.

„No, no", schrie die Kleine.

„Ciao Marco", Michael hustete immer noch.

„Was ist los? Du bist ganz rot im Gesicht." Marco schlug ihm freundschaftlich auf die Schulter.

Der Deutsche schüttelte nur den Kopf. „Ich habe einer Hexe Unterschlupf gewährt", und wies auf Sina.

„Ah, du bist zu Besuch hier? Wie lange schon? Du weißt ja, was man über Besuch sagt?"

Sina stand auf dem Schlauch, schüttelte den Kopf.

„Besucher sind wie Fische. Nach drei Tagen fangen sie an zu stinken." Marco grinste breit, als hätte er ihr gerade ein nettes Kompliment gemacht. Dann kam er näher, schnüffelte an ihr.

„Aber du kannst noch bleiben", zwinkerte er ihr zu.

Sina war sprachlos. Ihr fiel nichts ein, womit sie hätte antworten können, sah nur zweifelnd zu Michael. „Du hast ja saubere Freunde!"

„Der ist immer so", rechtfertigte sich Michael.

„Deine Tochter?", fragte Sina und suchte krampfhaft nach einer echt gemeinen Spitze. Aber die kam von Marco selbst.

Er nickte stolz. „Manche meinen aber, es sei der Postbote gewesen", fuhr sich über den Kopf, grinste, während die dunkelhaarige Signorina immer noch lautstark bekundete, sie würde auf gar keinen Fall aussteigen, bei diesem großen Lupo.

„Sie hat keine Angst", grinste der augenscheinliche Vater. „Sie wird schon gleich kommen."

„Marco hat die Türen im Haus gemacht", erklärte Michael nun. „Ein Künstler! Handwerklich erste Sahne, aber eben mit einem kleinen italienischen Manko."

„Ah", erwiderte Marco, „wer wird sich mit solchen Details aufhalten."

Schröder grinste. „Ist dir was aufgefallen, Sina?", fragte er.

Sie nickte. Es waren wunderschöne Holztüren. Aus Kastanienholz, massiv und schwer. In rötlichem Marone gebeizt. Aber man konnte sie nur von außen abschließen. Dafür hatten sie da aber keine Klinke. Nur innen.

Die Männer gingen ins Haus. Ronya stand interessiert vor dem Autofenster und hörte sich das Gezeter der jungen Signorina an. Es war, als versuche die Hündin zu verstehen, was Sara ihr sagte.

„Geh weg“, befahl die Kleine. Aber weder Stimme noch Haltung verrieten nur eine Spur von Angst, sondern pure Koketterie.

Sina suchte nach einem Stück Holz und warf. Ronya rannte hinterher. Das schien Sara zu gefallen.

„Gib es mir“, befahl sie Sina.

Wahrscheinlich war der Briefträger Falcone, dachte sie, reichte Sara aber grinsend den Stock durch das offene Autofenster.

Dann drehte sie sich um und ging ins Haus. Die Männer standen in der Küche und diskutierten. Auf dem Küchentisch lag ein Messingschloss auf „antik“ gemacht, das auf beiden Seiten sowohl eine Türklinke als auch Löcher für den Schlüssel hatte.

Marco lamentierte. „So was gibt es in ganz Italien nicht. Wo hast du das her?“

„Na, im Internet bestellt. Du willst mir erzählen, in Italien gibt es keine Türklinken?“

„Nein, auf keinen Fall. Also wirklich nicht.“

Sina sah aus dem Küchenfenster, wie die Kleine nun doch aus dem Auto stieg und zur Hundedompteurin wurde. Sie zog die große Schäferhündin, die sie nur gerade so überragte, am Halsband, führte sie auf der Terrasse auf und ab und gab dabei Cioccolatino permanent den Befehl: Platz!

Mit der wird ihr Vater noch Freude haben, dachte sie, *später, wenn die Verehrer sie umgarnen. Die müssen zuerst Platz machen, bevor sie eine Audienz bekommen.*

Sara war jetzt schon eine kleine Diva und eine Belladonna. Sina ging auf ihr Zimmer. Sie wollte ihrem Chef eine Message schreiben. Fragen, was er über Schukow wusste. Dann die Suchmaschine quälen und beobachten, ob jemand einen Lancia Beta Spider anbot. Das Auto war zu auffällig, um es irgendwo hinzustellen, wo es jeder sah. Man konnte es nur verstecken. Oder es war schon in Genua auf einem Schiff. Aber im Grunde glaubte sie das nicht. Wahrscheinlicher war, dass die Diebe ihn irgendwo versteckt hatten. Und dass sie das getan hatten, bedeutete, dass sie ihnen zu nahe gekommen war. Verdammt nahe!

„Wir gehen heute Abend alle zu Franca", schrie Michael ihr hinterher. Wer nun auch wieder diese Franca und wer mit alle gemeint war?

Zur Trattoria könne man laufen, hatte Schröder gesagt. Wo sie jetzt so unter Beobachtung standen, wollten sie lieber nichts riskieren. Michael fuhr nicht, wenn er etwas trank. Aber zu einem guten Essen gehörte auch ein guter Wein, hatte er gesagt. Und Bruno hatte ja keinen Führerschein. Was ihn im Grunde nicht interessierte. Aber er schien Falcones Warnung doch ernst zu nehmen.

„Da Franca" war eine kleine Trattoria in Roatta. Sina war schon durch den Ort gekommen, als sie nach Madonna del Pilone unterwegs war.

„Bistro del paese" stand auf dem Schild, ein Fremder wäre nicht auf die Idee gekommen, dass sich dahinter eine Trattoria verbarg, eher eine Bar, in der man einen schnellen Caffè oder auch einen Martini trinken konnte. Dazu ein paar kleine Antipasti serviert bekam.

Franca begrüßte sie mit einem Küsschen, auf jeder Wange eines, und wies in den Speiseraum. Dort war ein langer Tisch hübsch weiß eingedeckt, der durch den ganzen Raum ging. Auf der Tafel lagen Grissini, einfach so auf der Decke. Zwei Weingläser pro Platz, eines etwas größer. Der längliche Raum war an drei Seiten von Fenstern gesäumt. In der Langhe gingen gerade die Lichter an, die Hügel begannen sanft zu leuchten, in den Schäfchenwolken verfingen sich die letzten Sonnenstrahlen, färbten sie goldgelb, rot, violett, dunkelblau. Nur an einer Wand war Platz für alte

Schwarz-Weiß-Fotos, alles Bilder aus der Trattoria. Sina ging interessiert an ihnen entlang. Gruppenfotos vor dem Haus. Ein Hochzeitsfoto, wohl mit den Eltern der Wirtin, der jungen Franca in der Küche. Das Leben spielte sich hier ab. War Zentrum der Familie. Das einzige Bild, das ein anderes Motiv zeigte, war ein gerahmtes Puzzle von Schloss Neuschwanstein. Sina grinste in sich hinein. War es eigentlich überall so, dass die Menschen von den „anderen" Orten träumten? In Deutschland musste es immer das Meer sein. Inbegriff der Idylle war ein palmenbesetzter Strand. Während in Thailand Bilder von schneebedeckten Gipfeln hingen.

Sie zählte durch. Dreißig Plätze!? Das hatte Michael also mit „alle" gemeint.

„Wer kommt denn alles?", fragte Sina interessiert.

„Ach, nur ein paar Freunde", antwortete Michael.

„Ein paar Freunde?"

Kurze Zeit später waren fast alle Plätze besetzt. Roberto und seine Frau wollten später noch kommen, hatte Michael erklärt und ihr zwar alle vorgestellt, aber die Namen hatte sie sofort wieder vergessen. Die meisten zumindest. Ein paar Deutsche waren auch dabei. Schröder saß neben einem deutschen Pärchen. Bruno war „Capo Tavola", er saß an der Stirnseite des Tisches.

Sina hatte sich neben Anna gesetzt, die sie spontan interessant fand. Sie hatte langes, hennagefärbtes Haar, das über die Schultern bis zum Hintern fiel, braune Augen, war völlig ungeschminkt und mindestens eins achtzig groß. Das leicht rundliche Gesicht war der spannende Kontrast vor den klassischen Maßen von Nase, Mund und Augen, die im Goldenen Schnitt lagen. Sie war nicht hübsch. Sie war schön, fand Sina. Die karminrote Jacke passte wunderbar zu ihren Haaren. Mitte dreißig schätzte sie. Anna hätte Model sein können. Vielleicht war sie es.

„Du kommst aus Berlin?“, fragte Sina interessiert. Sie fand diese Geschichten immer spannend, wenn sich jemand entschloss, seinem alten Leben den Rücken zu kehren.

„Bin vor zehn Jahren hier hängen geblieben.“

„Ein Mann?“, scherzte Sina.

Anna schüttelte den Kopf.

„Ich bin auf der Grande Traversata delle Alpi bis zum Meer gelaufen.“

„Bis zum Meer? Zu Fuß?“

„Wie sonst? Mit dem Auto kann man da nicht lang“, grinste sie ironisch.

„WOW“, sagte Sina ehrlich bewundernd. Sie lief gerne, aber meistens, um irgendetwas zu suchen. Und vor diesen Höhen schwindelte es ihr nur vom Hören.

„Und wovon lebst du?“

„Ich bin Naturführerin. Führe Gruppen auf der GTA entlang. Meist Deutsche. Aber nun habe ich auch noch den Schein zur Touristenführerin gemacht. Gerade habe ich eine Gruppe aus Schwaben, die eine

‚Trüffel und Wein'-Tour gebucht haben. Heute Nachmittag waren wir bei Ratti zu einer ausgiebigen Weinprobe." Sie gähnte. „Und du?"

„Im Grunde wollte ich nur Pilze einkaufen. Aber ich bin stattdessen in diesen Schlamassel gerutscht. Nun ist auch noch mein Auto weg. Geklaut. Hat Michael es schon erzählt? Ich könnte kotzen!"

Anna nickte mitleidig. Franca hatte vier Flaschen Roero Arneis auf dem Tisch verteilt. Außerdem frisches Weißbrot. Anna nahm eine der Flaschen.

„Magst du?", aber ohne ihre Antwort abzuwarten, schenkte sie ein.

Sina nickte trotzdem. Sie kannte den Langhe Arneis und war gespannt auf die Variante aus dem Roero. In den Achtzigern des letzten Jahrhunderts war diese Rebsorte fast am Aussterben. Angeblich war sie nur als Schutz für den wertvollen Nebbiolo, der Traube, aus der der Barolo gekeltert wurde, angepflanzt worden. Die süßen Arneistrauben mochten die Vögel lieber. Zuweilen war sie auch dem Barolo beigemischt worden, um ihn etwas milder zu machen. Deshalb bezeichnete man ihn auch manchmal als Barolo Bianco und gab ihm den Beinamen „kleiner König" oder auch „weißer Nebbiolo".

Sie nippte. Es war ein fruchtiger Weißwein mit einer leuchtend gelben Farbe. Ein junger, frischer Vino, leicht mineralisch, schmeckte aber auch nach weißen Blüten und Mandeln.

Franca kam mit einem silbernen Tablett in den Gastraum, es war, als hätte sie der Wind hereingeweht, so leicht tänzelte sie, mit ihr der Duft vom weißen Trüffel. Auf dem Tablett lag, in runden Portionseinheiten, Carne Cruda, garniert mit einer hauchdünnen Scheibe weißem Trüffel. Franca ging von Platz zu Platz und legte auf jeden Teller das Kalbsfleischtatar.

„Auf Brot solltest du besser verzichten“, warnte Anna. „Wir haben fünf bis sechs Vorspeisen vor uns. Dann gibt es Pasta und Gnocchi. Das Wildschwein hier ist sehr gut, aber auch das Brasato al Barolo. Und beim Nachtisch muss man sich auch nicht entscheiden.“

Sina kannte sie gut, diese opulenten piemontesischen Menüs. Essen war in ganz Italien ein großes Fest, und auch wenn sie es nur ungern zugab und niemals ihrem Vater hätte sagen dürfen, ohne des Hauses für immer verwiesen zu werden, war diese Küche eine der besten des Landes. Sie war zwar bodenständig, weil sie auch, wie ganz Italien, mit „Arme-Leute-Zutaten“ kochte, aber die Zutaten ausgefallen kombinierte und die Rezepte einen Hauch französisch interpretierte. Die Piemontesen behaupteten allerdings, die französische Küche sei piemontesisch.

Der Arneis schmeckte großartig zum Carne Cruda. Es war nur leicht mit Salz und Pfeffer gewürzt und mit einem milden ligurischen Olivenöl beträufelt. Das Toskanische wäre bereits zu eigen gewesen. Der Weiße brachte zum Schluss noch den Kick. Sina hatte es einmal erlebt, da war das Carne Cruda mit weißem Trüffelöl gewürzt worden. Un peccato! Eine Sünde. Das rein synthetische Öl war viel zu intensiv und machte den feinen natürlichen Geschmack des Kalbfleisches zunichte. Es war wie Tubenketchup zum Rinderfilet. Maggi in der Suppe. Oder Tomatensoße aus der Tüte.

Die Geräuschkulisse hatte sich von einem lautstarken Palaver zu fast andächtigem Raunen gewandelt. Kaum jemand sprach noch. Sina hatte nur einmal zu Bruno hochgesehen und beobachtet, wie er die Trüffelscheibe auf den Tellerrand legte, und zwar mit einem Gesicht, als hätte man ihm Gift serviert. Als sie die letzte Gabel in den Mund schob, machte ihr Handy Pling. Sie stöhnte. Sollte sie sich bei diesem Essen stören lassen? Aber im Grunde wartete sie dringend auf Antwort von ihrem Chef. Sie klappte die Schutzhülle des Handys auf und drückte auf das Display. Kaum zu glauben, dass man hier Empfang hatte.

„Hab dir eine Mail geschrieben! Sollten die Trüffel von Schukow sein, dann ordere auf keinen Fall mehr!"

Sina schüttelte den Kopf.

„Ärger?", fragte Anna und schenkte ihnen beiden nach.

Franca kam schon mit dem nächsten Gang, einem kleinen Blätterteigtörtchen, gefüllt mit Waldbeeren und Hühnerfleisch. Sina nickte und steckte sich das mundgerechte Häppchen direkt in den Mund. Raffiniert! Die süßsauren Beeren, das zarte Hühnerfleisch und ein Hauch Balsamico.

„Dieser Tote", erzählte sie dann, „hat früher versucht, meinen Chef zu beliefern. Er war damals schon der Meinung, dass der nicht ganz koscher ist. Ich habe ihm vorhin eine kurze Mail geschickt und ihn gefragt, was er über Schukow weiß. Habe aber vergessen zu schreiben, dass er der Tote ist. Nun denkt mein Chef, die Trüffel, die ich ihm per Express gesendet habe, könnten von dem Rumänen sein."

„Und die sind nicht von ihm?"

„Natürlich nicht! Der war ja schon tot, als ich ihm hier begegnet bin."

Anna grinste. „Du scheinst ein gefährlicher Umgang zu sein. Ein Rumäne, sagst du?"

Sina nickte.

„Na, der wird die in Alba mit Trüffel versorgt haben", mutmaßte sie. „Oder was glaubst du, wo die herkommen? Der Markt ist doch so gut wie leer. Habe ich in den letzten zehn Jahren noch nie erlebt." Franca servierte nun „Trota in agrodolce". Eine lachsfarbene Forelle aus dem Corsagliatal, süßsauer eingelegt. Unglaublich zart und mit einer feinen Säure. Sina schwieg. Erst als sie den Teller restlos leer gegessen hatte, fragte sie Anna.

„Du meinst, die Trüffel, die in Alba verkauft werden, sind aus Rumänien?"

Anna nickte „Darauf kannst du wetten. Ich war diese Woche dort. Gähnende Leere, jedenfalls annähernd bei den meisten. Auch bei Morra lag wenig. Da liegen ein paar Krümel, an denen sie die Touristen schnüffeln lassen. Wäre im Übrigen eine gute Geschäftsidee: Trüffelschnuppern. Damit könnte man gut Kohle machen. Im Grunde könnten sie die Messe auch abbrechen. Manche verkaufen noch ihre Trüffelbutter oder nehmen Order entgegen, um das Gesicht zu wahren. Andere haben auch noch ein paar Schwarze. Aber so viel besser sieht es da auch nicht aus. Man munkelt, dass einiges unterm Ladentisch weggeht. Aber wo sollen die denn herkommen? Wenn die anderen nichts haben?“

„Monterosso!“, antwortete Sina. „Monterosso kontrolliert den Markt. Die haben die Trifolao dort in der Hand. Die zwingen sie, alles, was sie finden, nur an sie zu verkaufen. Deshalb haben die noch Ware. Zumindest scheinen die unter der Hand ihre Kunden zu beliefern. Und die anderen nicht.“

Anna schüttelte ungläubig den Kopf. „Glaub mir, die kommen aus Rumänien oder auch Kroatien. Heute haben sie die magische Grenze von 10 000 Euro geknackt. Das ist der Preis, mit dem Monterosso in seinem Imagevideo bei Youtube immer angibt.“

„Wenn das stimmen würde, nur mal theoretisch, und rauskäme“, sinnierte Sina, „wäre es ein Skandal! Für Alba. Eine Katastrophe für das ganze Piemont. Wenn das stimmen würde, könnten die ihre Preise vergessen. Niemand würde ihnen jemals wieder glauben.“

„Nun ja“, antwortete Anna, „der überwiegende Teil der Händler dort ist ja nicht davon betroffen. Die haben leere Theken. Und was da liegt, sind oft Attrappen mit Trüffelduft.“

Ist Falcone deshalb in Alba gewesen?, fragte sich Sina. *Hat er dort ermittelt? Und ich wäre fast hineingeplatzt!*

„Aber das lohnt sich heute doch kaum noch. Früher, in den Neunzigern, gab es diese Schmuggelei häufig. Aber heute. Soweit ich weiß, kostet der rumänische Trüffel meist die Hälfte dessen, was der EK hier vor Ort ist."

„Das wäre richtig, wenn nicht das Wetter hier so gewesen wäre. Aber in Osteuropa, da haben die ein gutes Jahr. Und vergiss den Schwarzmarkt nicht."

„Sie könnten auch in Umbrien kaufen."

„Wer sagt, dass sie das nicht auch tun?"

„Woher weißt du das?"

Anna grinste.

„Aber bei allen Tartufi, die in Alba verkauft werden, kontrolliert doch die Kommission die Qualität", konterte Sina.

„Ich dachte, du bist Halbitalienerin?"

„Jaaa?", sie zog den Ton am Ende hoch.

„Dann müssen wir ja nicht darüber reden, wie das mit Kontrollen hier so läuft. UND: Wieso sollten die aus Kroatien schlechter sein? Bloß, weil damals Morra diesen Marketingtrick angewandt hat, von dem Alba bis heute profitiert!

Die Trüffelmesse wurde Anfang der dreißiger Jahre von dem äußerst gewieften Händler Giacomo Morra ins Leben gerufen. Er schickte damals das weiße Gold an Prominente wie Marilyn Monroe, die Königin von

England, Jacqueline Kennedy und machte so den Tuber magnatum pico zur Marke ‚Weißer Alba-Trüffel'. Es ging zeitweise so weit, dass die ganze Welt glaubte, nur in Alba gäbe es den Weißen."

„Anna, das ist doch Unsinn. Der Boden ist beim Trüffel genauso wichtig wie beim Wein."

„Na, dann machen wir demnächst mal eine Blindverkostung", konterte die.

Sina schnaufte, weil sie sicher war, dass sie den Unterschied schmecken würde. Und weil Franca nun wohl die hoffentlich letzte Vorspeise auf den Tisch stellte. Einen warmen Flan aus Ziegenkäse mit getrockneten Feigen. Flauschig. Wie Wolken. Die getrockneten Feigen waren in einem Vino Sante aufgeweicht und geschmort worden.

„Ich glaube, du hast einen Verehrer", sagte Anna leise und spachtelte den Ziegenkäseflan, als wäre er die erste Vorspeise.

Sina guckte irritiert.

„Der da hinter dir sitzt, macht Stielaugen nach dir."

Sie drehte sich langsam um. Es war nur noch ein Tisch besetzt. Mit einem einzelnen Gast. Er hatte einen Teller mit dampfender Pasta vor sich. Ein schmieriger Typ, mit einer speckig glänzenden Glatze. Das Gesicht war aufgedunsen. Das schwarze Seidenhemd spannte über seinen Muskeln. Und natürlich trug er ein Goldkettchen.

„Der ist aber gar nicht mein Typ", sagte sie auf Deutsch, als sie sich wieder Anna zuwendete. Wenn

Falcone nicht versichert hätte, sie nicht mehr zu beschatten, hätte sie geschworen, dass es einer seiner Bodyguards war.

Franca stellte den Wein, einen Barbera, für die Primi auf die Tafel.

„Aber wie passt Corleone ins Bild?“, fragte sie und ließ sich von Anna einschenken.

„Der schöne Corleone“, grinste die.

Sina nickte. Es war so traurig. Immer noch.

„Corleone war ganz sicher nicht so harmlos, wie er immer getan hat. Die Gerüchteküche brodelt. Von der ganzen Schokolade ist der nicht so reich geworden!“

„Aber die ist verdammt gut.“

„Sì! Hast du mal ausgerechnet, wie viel Schokolade man verkaufen muss, damit man sich einen Ferrari leisten kann? Und der hatte nicht nur einen! Ich meine, der war ja kein Aktionär bei Ferrero. Der hatte keine Schokoladenfabrik, sondern eine kleine Manufaktur.“

Sina wollte es nicht hören, gestand sie sich ein. Sie wollte diesen Traummann Corleone nicht von seinem Podest stoßen.

„Come Lei Signora“, erinnerte sie sich und bekam rote Backen.

In ihren Träumen hatte sie schon allerhand mit ihm angestellt. Das war das Wunderbare an Träumen. Man konnte mit den Männern machen, was man wollte. Kurz fiel ihr Falcone ein.

Franca brachte nun die Primi. Sina hatte sich für die Gnocchi mit Fontina entschieden. Minikartoffelklößchen, nicht viel größer als Erbsen, die in einer cremigen Sahnekäsesoße lagen.

Morgen, dachte Sina, *mache ich Diät. Bei dem Essen hier nutzt mir auch das Pasta-Gen rein gar nichts.*

Sie musterte Anna.

Die hat auch das Pasta-Gen, dachte sie. *Certo!*

„Sag mal", wechselte sie nun das Thema. „Ich suche nach einem Käse, der in Kastanienblättern eingewickelt reift. Ein Testun."

Wenn jemand den kannte, dann Anna! So viel wie die rumkam.

Die wiegte den Kopf. „Vielleicht", sagte sie, „kann ich dir da helfen."

Verzweiflung

Als sie am nächsten Morgen aufstand, hörte sie Michael schon unten auf der Terrasse rumoren. Sie hatte schlecht geschlafen. Trotz des Abendspaziergangs war der Magen einfach zu voll. Nach den Gnocchi hatte es noch Ravioli gegeben. Natürlich selbst gemacht mit einer Steinpilzsoße. Das Brasato al Barolo, der Rinderbraten, war weich wie Butter, und das Wildschwein lag in einer kräftigen, fast schwarzen Soße. Zum Nachtisch gab es Semifreddo al Torrone mit einer intensiven Schokoladencreme, Budino, einen piemontesischen, natürlich selbst gemachten Haselnusspudding, und ein Feigentörtchen. Danach hatte Franca noch ihren natürlich selbst gemachten Schnaps und Likör serviert. Einen Haselnusslikör, einen Absinth und einen bernsteinfarbenen Grappa im Barrique ausgebaut. Danach gab es Caffè.

Sina hatte lange wach gelegen und überlegt, was es bedeuten würde, wenn das, was Anna vermutete, tatsächlich stimmte. Wenn Schukow tatsächlich Monterosso mit weißem Trüffel aus Rumänien beliefert hätte. Und das vielleicht schon länger? Was hatten die dann aber für einen Grund, ihn umzubringen? Im Grunde keinen. Sie würden sich damit nur ihrer sprudelnden Quelle berauben.

Grund hätten die, die in Alba vor ihren leeren Theken saßen. Oder die, die für das Image der Stadt verantwortlich waren. Wenn es so gewesen wäre, hätte es sein können, dass man sich gerne dieses Mannes entledigt hätte. HÄTTE. Aber warum ausgerechnet hier? Da hätte es doch andere Möglichkeiten gegeben, ihn aus dem Weg zu räumen. Verdammt. Es passte einfach alles nicht zusammen.

Als sie auf die Terrasse kam, hantierte Michael gerade an Cioccolatino herum. Der Hund trug einen pinkfarbenen Schwimmreif um die Taille. Anders konnte Sina es nicht interpretieren.

„Was machst du denn da?“, fragte sie irritiert.

„Toll, was?“ Schröder grinste stolz.

„Und was soll das sein?“

„Das ist meine Erfindung. Ein Antijagdring.“

„Ein Antijagdring.“

Cioccolatino drehte den Kopf hin und her, sichtlich irritiert von dem aufgeblasenen Plastikring, der seinen Körper umgab.

„Ein Antijagdring?“ Sina runzelte die Stirn.

„Der Lump haut immer ab. Andrea hat mit Ronya schon Stunden im Wald verbracht und auf ihn gewartet. Einmal ist er einem Rehkitz hinterher. Ich habe ihn nur bellen gehört. Im Wald war ein kleiner See. Auf dem See standen in der Mitte zwei Bäume, winzige Inseln. Und auf der Insel saß Cioccolatino auf der rechten Seite des Baumes und das Reh auf der linken. Mit dem Ring kommt er nicht so schnell durchs Gebüsch. Und wenn er mal wieder auf einer Insel strandet, kann er zurückschwimmen. Und ich muss ihn nicht holen und durch Wasser waten. Sollte ich mir patentieren lassen. Nun habe ich auch ein Geburtstagsgeschenk für Andrea. Nachdem das mit der Vase nicht so geklappt hat.“ Er lächelte glücklich.

Ob Andrea darüber so glücklich war? Sina schüttelte den Kopf. Dieses Tal wurde ihr immer suspekter. Und was es aus den Menschen zu machen schien.

„Kann ich mal dein Auto haben?“ Sina hatte beschlossen, noch mal nach Alba zu fahren. Aber zuerst wollte sie zu Tino, um eine neue Sendung nach München vorzubereiten. An Franz hatte sie noch in der Nacht gemailt, dass Schukow nicht der Lieferant der Trüffel sei.

Franz hatte ihr ausführlich geschrieben, Schukow habe ihm tatsächlich Waren angeboten, die falsch etikettiert waren. Also Kaviar, der nicht von der Krim kam. Kobe-Rind, das keines war. Und weiße Alba-Trüffel …! Der Mann habe sich zwar nur in Andeutungen ergossen, aber das hätte man zwischen den Zeilen lesen können. Er hatte eine Karte dagelassen. Die Firma hieß Markovic mit Sitz in Bukarest.

Und, Sina irre sich, er wäre kein Rumäne. Zwar hätte er seinen Firmensitz dort, ursprünglich käme er aber aus der Ukraine.

Als sie bei Tino angekommen war, hatte seine Frau völlig aufgelöst vor der Haustür gestanden. Ihr Mann sei verhaftet worden, hatte sie verzweifelt gestammelt. Aber er habe noch was für sie, habe er ihr ausdrücklich gesagt. Sina ging mit der alten Frau in den zweiten Stock. Im Kühlschrank lagerte ein Kilo weißer Trüffel.

Dieser Mann war ein Schatz. Un tesoro!

Danach war Sina nach Mondovì gerast, hatte das Auto direkt vor der Questura geparkt und war, ohne anzuklopfen, in Falcones Büro gestürmt. Der hatte sich selbstgefällig in den Bürostuhl gelehnt.

„Was soll das?“, fauchte sie ihn an.

„Was soll was?“ Er rollte mit dem Stuhl leicht nach vorne.

Sina hatte sich vor seinem Schreibtisch aufgebaut. Wie eine Katze kurz vorm Angriff. Ihre Stimme war schrill. „Stell dich nicht so dumm. Du weißt genau, was ich meine.“

Der Commissario runzelte die Stirn.

„Du hast doch keine Ahnung, was hier läuft. Halt dich raus! Sonst ist es beim nächsten Mal nicht nur das Auto, das verschwindet.“

„Tino war es nicht. Assolutamente no! Da bin ich mir hundert Prozent sicher. Auch nicht wegen des vergifteten Hundes!“

„Vergifteter Hund?“, fragte Falcone nun hellhörig.

Der wusste davon nichts! Sina hätte sich auf die Zunge beißen können. Aber jetzt kam sie da nicht mehr raus. Der würde sie an seine Wand nageln.

„Der, den sie ihm vergiftet haben.“

„WANN WAR DAS?“

Sina zuckte mutlos mit den Schultern. Sie ließ sich auf den Stuhl vor Falcones Schreibtisch fallen.

„Wieso ist der so niedrig? Wieso machst du das? Damit sich alle klein vorkommen. Hast du das wirklich nötig“, blaffte sie ihn an.

„Perché? Ist er unbequem?“

„Darum geht es doch gar nicht. Er ist einfach zu niedrig!“

„Bis jetzt hat sich noch niemand beschwert.“

Sina schüttelte den Kopf.

„Was hast du gegen ihn in der Hand?“

„Das werde ich dir nicht sagen.“

„Ich kann eine Kaution stellen.“

„NO! Lass es!“, sagte er bestimmt. „Sina, lass es, wie es ist. Es ist im Moment das Beste. Auch für deinen Trifolao.“

Das ist das erste Mal, dass er Sina zu mir sagt, stellte sie fest.

„Warum?“, bohrte sie und war sich nicht sicher, ob sie damit auch meinte, warum er plötzlich Sina zu ihr sagte.

„Das kann ich dir nicht sagen“, beharrte er.

„Kann ich etwas für ihn tun?“

Er schüttelte den Kopf. Sina sprang auf und sprintete wortlos zum Ausgang.

„Deinem Trüffelsucher geht es gut!“, hörte sie Falcone noch rufen, bevor sie die Tür hinter sich zuschmiss.

Alba war kaum größer als Mondovì, aber hier konnte man die allgegenwärtige Präsenz des weißen Goldes deutlich spüren. Auch die der Familie Ferrero. Beides hatte Alba wohlhabend gemacht. Zum einen wuchsen unter den berühmten Haselnüssen weiße Trüffel. Zum anderen hatte die von Pietro Ferrero in den Vierzigern erfundene Urform des Nutellas einen Siegeszug in der ganzen Welt angetreten. Nach dem Zweiten Weltkrieg herrschte Kakaomangel, aber Haselnüsse gab es im Piemont genug. Der Senior hatte in seiner kleinen Konditorei in der Via Rattazzi eine Paste aus Haselnüssen, Zucker und einer Messerspitze des seltenen Kakaos hergestellt, sie zu einem Laib geformt und unter dem Namen „Giandujot“ seinen Kunden angeboten. Aber erst sein Sohn Michele verfeinerte die Paste und brachte sie in den Sechzigern als Nutella auf den Markt. Eine Erfolgsstory! Sina mochte die noch heute angebotene Urform lieber. Anstelle von Zucker wurde die Creme mit Honig verfeinert und als Nocciomiele, eine Art Nusshonig verkauft.

Sie hatte Schröders Auto auf der Piazza Giuseppe Garibaldi geparkt. Es war kein Markt, deshalb konnte man es heute dort gut abstellen. Danach war sie durch kleine, verwinkelte Gassen in die Via Camillo Benso Conte di Cavour gelaufen, in der der Verkaufsladen der Monterossos angeblich lag. Vor vielen Geschäften der Via Cavour waren kleine Tische aufgebaut, auf denen halbrunde Vitrinen aus Plexiglas standen. Sina ging näher heran, um genauer zu begutachten, was in ihnen lag. Von Weitem sah es aus, als würden dort stattliche Mengen Trüffel lagern. Und so roch es auch! Aber es war, wie Anna gesagt hatte: In den Theken lagen Attrappen und Abgüsse größerer Funde. Je näher sie an die Vitrinen heranging, umso mehr roch sie, dass mit künstlichem Duft nachgeholfen worden war. Außerdem lagen dort die klassischen Produkte wie Risotto, Käse, Salami, natürlich alles con tartufo, Dinge, die sich länger hielten oder sowieso mit Aromastoffen versehen waren. Es gab immer noch keine Möglichkeit, das Aroma der Weißen zu konservieren. An diesen ganzen Nobelprodukten hatte sie, wie auch ihr Chef, kein Interesse. In den Regalen von M. F. A. fand man weder Trüffelöl noch -pasta, auch keine im Glas. Franz war der Meinung, das sei nur Geldmacherei. Entweder frisch oder gar nicht. Trüffelbutter fand er noch in Ordnung. Aber mit den ganzen Pseudoprodukten wurde der Profit nur in die Höhe getrieben. Da wurde aus zehn Gramm plötzlich eine wundersame Vermehrung, jedenfalls, wenn es um den Preis ging.

Franz! Den Gedanken an ihn verdrängte sie sofort wieder. Der würde sie lynchen. Rausschmeißen: In ihrer Tasche lagen die Tartufi von Tino.

Nachdem sie Falcone verlassen hatte, hatte sie krampfhaft überlegt, was sie tun konnte. Sie musste unbedingt wissen, ob Annas Vorwurf stimmte: Dass die Monterossos tatsächlich Trüffel aus Osteuropa kauften, um sie als Alba-Trüffel zu verkaufen. Deshalb war sie in Mondovì in eine Boutique, mit Preisen wie auf der Leopoldstraße, gegangen und hatte sich dort komplett neu eingekleidet. Nun trug sie ein elegantes kobaltblaues Kostüm, schwarze hochhackige Schuhe, in denen sie auf dem Pflaster entlanggewackelt war. Außerdem hatte sie sich eine Brille zugelegt, die Haare hochgesteckt und geschminkt, wie es die Frauen aus Osteuropa häufiger taten, also nicht mit Farbe gespart. Sie hoffte auch, dass ihr nun die Übungen, die sie mit der Aussprache des Cappuccino und Kapukino gemacht hatte, zugutekommen würden. Während der ganzen Autofahrt hatte sie geübt.

„Ik koome won Markoovisch und priinge Tartuf."

Es war noch wenig los in der Fußgängerzone der Via Cavour. Eine Gruppe Japaner, die alles akribisch fotografierte. Jede Hauswand schien ein Motiv wert, vor allem, wenn davor ein lächelndes Gesicht für das Fotoalbum verewigt wurde. Die Einheimischen erkannte man daran, dass sie bereits in dicke Jacken vermummt durch die Straßen liefen. Über Nacht war es Herbst geworden. Die Fahrt durch die Langhe war von dicken Nebelschwaden begleitet worden, die sich nicht richtig hatten auflösen wollen. Deshalb war es frisch, und sie fror in ihrem leichten Sommerkostümchen.

Tartufi Monterosso lag unscheinbar in einem Hinterhof der Via Cavour. Ein winziges Schild war an dem mit Säulen bemalten Torbogen angebracht, durch den dann ein schmaler Tunnel in einen Innenhof führte. Von der Straße aus konnte man nur die roten Markisen des Ladens sehen.

Das ist nicht normal, dachte Sina. Alle anderen, die man nicht sofort von der Straße aus erkennen konnte, hatten Tafeln aufgestellt, auf denen sie ihr spärliches Angebot feilboten. Aber von Monterosso sah man nur dieses unscheinbare Schild.

Sie öffnete die Tür, und ein heller Klingelton ertönte. Der Verkaufsraum war ein Gewölbe, gemauert aus handgefertigten Terrakottasteinen. Holzregale, edel beleuchtete, mit rotem Samt ausgeschlagene Vitrinen, in denen sich wie eben noch auf den Straßenständen Salami, Käse, Pasta und Öl befanden, hier allerdings kostbar und hochwertig präsentiert. Sie kam sich fast vor wie in einer Kirche, wo das Allerheiligste aufgebahrt war. Nur ein einziger Weißer prangte auf dem rubinroten Stoff. Bei näherem Hinsehen erkannte Sina, dass er aus Gold gefertigt war.

„Buon giorno", rief sie.

Es schien, als erwarte man keine Kunden.

„Hallo!"

Endlich bewegte sich der Vorhang und ein Mann kam in den Verkaufsraum. Er roch übertrieben nach Aftershave. Sina hätte sich am liebsten die Nase zugehalten, so penetrant fand sie es. Sie wusste sofort, dass es Mario Monterosso war, der sie auch auf der Messe bedient hatte. War dieser Gestank auf der Messe noch von unzähligen anderen Gerüchen und Düften überlagert worden, roch es hier fast nur nach ihm. Er trug einen schwarzen Anzug, Gucci vermutete sie und Maßanfertigung. Wie sonst hätte er so perfekt, ohne auch nur eine Falte zu werfen, fast wie eine zweite Haut sitzen können.

„Buon giorno, Signora", sagte er. Das Lächeln erreichte auch diesmal seine Augen nicht.

Erkennt er mich? Aber er hatte sie ja nur einmal gesehen, und da hatte sie völlig anders ausgesehen. Trotzdem zitterten ihr die Knie. Sie sah sich hektisch um, rückte die schwarze Brille gerade und sagte ihren Satz auf.

„Ik koome won Markovisch und priinge Tartuf."

Jetzt drehte der Mann sich unruhig um. Sina öffnete die Tasche, ließ ihn in das Innere sehen und riechen. Dabei kam er ihr nah, zu nah. Sein übler Geruch warf sie förmlich um. Sie rümpfte unmerklich die Nase und hielt gleichzeitig die Luft an.

„Quanto?", fragte er knapp.

„Ein Kiloo", antwortete sie und stieß dabei die Luft aus.

Er rieb Zeigefinger und Daumen aneinander.

„Vi immmer. Vare kut. Seehr kut. Du wollen sehen?"

Er schüttelte den Kopf, ging zur Kasse, es machte „pling". Sina sah, wie er ein Bündel Scheine herausnahm. Dann kam er zurück, zählte ihr tausend Euro auf die Hand.

Nur tausend Euro? Konnte das sein? Was nun? Aber

sie wollte sich nicht verraten. Aber würde sie sich nicht verraten, wenn sie die Summe einfach akzeptierte? Sie entschloss sich, fragend zu gucken. Zog die Stirn irritiert in Falten, hob die Augenlider und setzte einen strengen Blick auf. Sie versuchte es zumindest. Aber ausgerechnet in diesem Moment knurrte ihr Magen. Es war wie ein plötzlicher Donner in der Stille. Monterosso musterte sie erstaunt. Sina meinte ein abfälliges Lächeln in seinem sonst maskenhaften Gesicht zu erkennen, das sie maßlos reizte. Auch ihren Magen. Sie drückte die Hand fest auf ihren Bauch, wenigstens als Schallschutz, dachte sie.

Monterosso drehte sich um, ging erneut zur Kasse, nahm Geldscheine heraus und zählte weitere vier Fünfziger auf ihre Hand.

Wenn der tatsächlich für 1200 Euro einkauft, macht er ein Bombengeschäft, schoss es ihr durch den Kopf. Aber sie gab ihm die Trüffel, nahm die Scheine, stopfte sie in die Tasche, drehte sich um und verließ fluchtartig den Laden.

Das war zu leicht! Und das war zu wenig! Verdammt!

Sie hatte Tinos Frau deutlich mehr bezahlt. Mindestens dreitausend hätte die Ware bringen müssen. Selbst wenn sie aus Rumänien käme.

Als sie aus der Tür kam, stieß sie mit einem Mann zusammen. Es war der Glatzkopf, der am Abend zuvor bei Franca hinter ihr gesessen hatte. Sina beschleunigte den Schritt. Im Film würde jetzt der Bösewicht wieder aus dem Laden kommen und hinter ihr herrennen.

Aber nichts geschah. Verdammt! Sie hatte nun einen Haufen Schulden bei ihrem Chef.

Aber das war der Beweis!

Ich habe den Beweis, dass Anna recht hatte. Das war es wert, dachte sie, als eine Hand, scheinbar aus dem Nichts, sie grob am Ellenbogen packte und von der Straße wegzog. Die Brille verrutschte und fiel auf den Boden. Sie trat mit aller Macht auf den Fuß, der hinter ihr stand, erwischte aber die Brille, die knarzend zerbarst, kratzte dann wild auf die Hände, die ihren Brustkorb eisern umfassten.

„Sei einfach ruhig", zischte eine dunkle Stimme.

Sina entspannte sich. Es war Falcone.

Keine dreißig Sekunden später ging der Glatzköpfige mit schnellem Schritt an den Arkaden vorbei, unter denen die beiden in der dunkelsten Ecke, geschützt von dicken Pfeilern standen. Nach zwei Minuten löste Falcone den harten Griff.

„Was soll das?", fauchte Sina.

„Hab ich dir nicht gesagt, du sollst dich raushalten. Einfach raushalten!", fauchte er zurück.

„Ich kann mich nicht raushalten. Du verdächtigst mich. Tino sitzt im Knast. Der Lancia ist weg. Woher wusstest du überhaupt, wo ich bin? Lässt du mich schon wieder beschatten?"

Falcone schüttelte den Kopf. „Zu wissen, wo wer ist, ist in Zeiten der modernen Kommunikationstechnologie kein Problem. Auch wenn man aus Sizilien kommt, Schätzchen."

„Ihr habt mich verwanzt?"

„Verwanzt." Falcone schüttelte genervt den Kopf. „Ich kann dein Handy orten. Ich sehe auf meinem Bildschirm genau, wo du bist. Als sich dieser rote Punkt mit dem Namen Cassotto Richtung Alba bewegte, schwante mir, dass du was im Schilde führst. Was für ein Theater hast du hier überhaupt veranstaltet?" Er musterte sie von oben bis unten. Die Kostümjacke war verrutscht, die weiße Bluse hing zum Teil über dem Rock. Die hochgesteckten Haare hatten sich durch Falcones Manöver teilweise gelöst. Sina strich eine lange Strähne, die ihr auf der Nase baumelte, zurück. Und funkelte Falcone zornig an.

„Ich wollte wissen, ob sie Trüffel aus Rumänien kaufen! Ich wollte wissen, ob sie betrügen!"

„Und?"

„Er hat gekauft!"

„Das kannst du auch beweisen? Wie viele Zeugen hattest du denn dabei?"

Sina verschränkte die Arme trotzig vor ihrer Brust, zog dabei den Mund zusammen, sodass sich an der Oberlippe lauter kleine Fältchen bildeten.

„Keine! Wir waren allein. Was denkst du denn. Glaubst du, der hätte sonst mit mir das Geschäft gemacht?"

„Und wie ist das Geschäft gelaufen? Was hast du bekommen?" Falcone zog das „ä" in die Länge und baute sich vor Sina auf, ebenfalls die Arme vor der Brust verschränkend.

„1200. Für ein Kilo!"

Er schüttelte den Kopf und fing an zu lachen. Konnte kaum aufhören, hielt sich die Hände auf den Bauch. Sina hätte ihn am liebsten vors Schienbein getreten, damit dieses Stronzo endlich aufhörte, über sie zu lachen.

„Ich weiß überhaupt nicht, was es da zu lachen gibt! Was soll das? Ihr seid dazu ja nicht in der Lage. Ihr seid ja immer noch so blöd zu glauben, wir hätten etwas damit zu tun!"

„Sie haben keine rumänischen gekauft.", sagte Falcone plötzlich sehr ernst. „Du hast ihnen gerade sehr gute piemontesische zu einem Spottpreis verkauft. Und glaube mir: Das wusste er!"

Sina ließ sich erschöpft mit dem Rücken an die Wand fallen. Kurz hatte sie das Gefühl, ohnmächtig zu werden. Falcone ging einen Schritt auf sie zu, drückte sie mit seinem Körper an die Wand. Aus seinen Augen sprühte Zorn, so glühend rot wie die Lava vom Ätna. Er kam bis auf wenige Zentimeter an sie heran.

„Ein letztes Mal, halt dich raus!"

Für einen Moment hielt sie den Atem an. Falcones Lippen waren nur einen Windhauch von ihren entfernt. Aber dann drehte er sich um und sagte: „Komm!"

Wie immer war es keine Frage.

Als Nächstes hielt Michael den Atem an, als Sina mit dem Yeti auf dem begrünten Platz vorm Tor zum Stehen kam. Er sah entsetzt auf die schwarze Motorhaube. Sein Blick hatte etwas von einem Frosch, der anstelle einer Fliege einen künstlichen Angelköder verschluckt hatte, der nun im Hals feststeckte. Auf dem metallicschwarzen Blech war groß und in Pink „Vai a puttane!“ aufgesprayt. Sie hatte die ganze Fahrt über fürchterliche Angst gehabt, Michael könnte sie deswegen erwürgen, und zur Verstärkung Bruno mitgebracht.

Oben bei seinem Haus hatte sie Turnschuhe übergezogen, trug aber ansonsten noch das kobaltblaue Kostüm. Es war eine komische Mischung, die abgewetzten Turnschuhe, der edle Designerfetzen, die verschmierte Wimperntusche, das verlaufene Make-up. Bruno hatte sich den Kommentar nicht verkneifen können, ob sie plane, hier einen Club für „lucciole“ zu eröffnen und schon mal Werbung für die käufliche Liebe mache? Wäre sicherlich interessanter, als nach Essen zu jagen!

In Alba war Falcone wie ein wütender, Feuer speiender Stier vor ihr hergerannt, sie mit den neuen Schuhen wie ein Storch hinterhergestöckelt. Schließlich hatte sie die Schuhe ausgezogen und war auf Nylonstrümpfen hinter ihm hergehetzt. Aber immer wenn sie kurz davor war, sich einfach auf die nächste Bank plumpsen zu lassen und Falcone als Understatement den Ringfinger hochzuhalten, während sie gleichzeitig schimpfend ihn als pazzo, pezzo di merda, strammato betitelte, war ihr der Glatzköpfige eingefallen. Das kleine Pflänzchen ihrer Sympathie hatte Falcone jedenfalls mit diesem wütenden Lavastrom in Schutt und Asche gelegt. Wahrscheinlich war ja sowieso alles harmlos, und Stronzo reagierte völlig überzogen.

Aber als sie dann beim Auto angekommen waren, hatte Sina die Überlegungen bezüglich Harmlosigkeit ad acta gelegt. Ein Barbesitzer erzählte, ein Motorradfahrer habe kurz am Auto angehalten, sich an der Motorhaube zu schaffen gemacht und sei dann wieder losgebraust. Aber an das Nummernschild konnte er sich natürlich nicht erinnern. Certo! No.

Als Sina die rosafarbene Botschaft las, war sie kurz davor, sich einfach mitten auf die Straße zu legen und einen Heulkrampf zu bekommen. Aber genau da hatte ihr Handy vibriert.

„Buon giorno, Signora Cassotto“, hatte Monterosso geschrieben, „wir freuen uns, dass wir nun ein halbes Kilo Tuber magnatum pico für Sie reservieren konnten. Tagespreis 6000 Euro. Bitte teilen Sie uns schnellstmöglich mit, ob Sie die Ware ordern möchten. Saluti Mario Monterosso!“

Falcone hatte ihr das Telefonino aus der Hand gerissen. So geschockt, wie sie darauf starrte, dachte er wohl, es wäre eine Morddrohung. Dann hatte er aber einfach nur den Kopf geschüttelt, während ihr die Tränen aus den Augen schossen.

„Es tut mir total leid", versuchte Sina Michael zu beschwichtigen. „Es stand in Alba auf dem bewachten Parkplatz, und als ich zurückkam … Aber Bruno hat einen Bekannten …"

Die Hunde umkreisten sie freudig, während ihr Herrchen fassungslos auf den pinkfarbenen Schriftzug stierte.

„Schade", Di Neri tat bedauernd. „Wenn es Spiegelschrift wäre, würde ich es lassen. Aber so können es die Schnecken, die ständig vor einem herkriechen, nicht lesen!"

Schröder bedachte ihn mit einem vernichtenden Blick, drehte sich um und stürmte zum Haus. Die beiden Hunde rannten hinter ihm her. Er fluchte und schimpfte, schüttelte immer wieder den Kopf. Zwar konnte Sina nicht verstehen, was er sagte, aber natürlich ahnte sie es. Sicherlich wünschte er sich, NEIN gesagt zu haben, als sie ihn gefragt hatte, ob sie in sein Haus könne.

„Ich rede mit ihm", nickte Bruno ihr aufmunternd zu und stürmte hinter Michael her.

Sina stand vorm Tor. Wagte nicht, die imaginäre Grenze zu überschreiten. Fühlte sich einsam. Verlassen. Verzweifelt. Hinter dem Tor schien alles Warme, Weiche, Kuschelige zu sein.

Da, wo sie stand, war es eiskalt.

Am besten, ich hau ab. Nehme mir in Mondovì ein Hotel. Miete mir ein Auto. Merda! In was für ein Chaos bin ich hier eigentlich geraten!

Sie beschloss, vorsichtig über die imaginäre Grenze zu schreiten, wartete auf einen Stromschlag, Landminen. Die endgültige Explosion. Aber es geschah nichts. Natürlich nicht. Sie lief über den feuchten Rasen zum Haus. Je näher sie ihm kam, umso wärmer und molliger wurde die Luft. Sie war immer noch leicht milchig, aber für kurze Sekunden durchdrang spitzes Licht den Dunst, mit ihm die Ahnung, jeden Moment könne die Sonne den Nebel vertreiben. Die beiden Hunde hatten sich auf die Terrasse gelegt. Auch sie würdigten sie keines Blickes.

Untreue Bande!

Bruno und Michael diskutierten lautstark in der Küche. Sina schob entschlossen die Glastür zur Seite.

„Ich verschwinde. Packe nur noch meine Sachen. Aber könntest du mich wenigstens bis nach Vicoforte fahren, Michael? Habe an der Via Tanaro noch keine Bushaltestelle gesehen."

Schröder nickte.

Während sie ihre Sachen in eine Tasche schmiss, überkam sie ein unbändiger Zorn. Auf sich. Auf Falcone. Auf Monterosso. Und triefendes Selbstmitleid. Schluss. Sofort Schluss, schalt sie sich, aber dicke Tränen liefen schon wieder die Backen runter.

Auch wenn dieses Chaos mit dem Casa begonnen hatte, sie mochte es. Sehr! So sehr, dass sie sich in kurzen Augenblicken gewünscht hatte, selbst so einen Ort zu besitzen. Nicht wieder gehen zu müssen. Wie sonst immer. Klar, sie sah viel. Manchmal zu viel! An wie viel unterschiedlichen Orten war sie eigentlich in einem Jahr? Ihre Wohnung in München war oft nur ein Platz, an dem sie ihre Kleider wechselte. Sie hatte keine Zimmerpflanzen mehr. Auf ihrem kleinen Balkon standen in den ersten Jahren noch ein paar Kräuter. Die sie bald aber nur noch als Trockenkräuter einsetzen konnte, bevor sie in der braunen Tonne landeten. Tiere? Jeder Fisch wäre an fehlender Zuwendung gestorben. Zusätzlich war sie dann noch häufig bei Klaus gewesen. Die gepackte Tasche ständig dabei. Immerhin hatte sie bei Klaus eine Zahnbürste gehabt. Das war schon fast, als wäre man zu Hause. Eine Zahnbürste, die blieb, wenn man selbst nicht da war.

Sina rechnete nach.

Im Grunde, dachte sie, *bin ich ein halbes Jahr unterwegs.*

Die restliche Zeit lag zwischen diesen Zeiten, sie waren endlos gestückelt, es gab nie lange Phasen des Bleibens, mit Ausnahme der zwei Auszeiten, die sie sich nahm. Zwei Monate. Einen im Spätsommer, einen im Frühjahr. Und diese zwei Monate verbrachte sie in Positano bei ihrem Vater. Dort war für sie Heimat. Stallwang mochte sie, sie liebte den Bayerischen Wald. Aber Heimat war dieses Haus in den Bergen, zu dem man auch heute noch unzählige Steinstufen hinauflaufen musste. War das nur so, weil sie dort geboren war? War der Mensch wie ein Vogel, ein Wal, ein Frosch, der immer an den Ort, an dem er geboren war, zurückkehren wollte? Oder musste? Sich nur dort wirklich wohlfühlte. Und so unterschiedlich das Haus an den Klippen in Positano und dieses Casa hier auch waren, sie ähnelten sich doch. Beides waren besondere Orte. Nicht nur einfach Plätze. Häuser. Grundstücke. Nicht nur Steine aufeinander. Sie hatten etwas, was man brauchte, um zu bleiben. Aber was es war, hätte Sina nicht beschreiben können. Es klopfte an der Tür.

„Sì."

Michael öffnete die schwere Holztür zunächst nur einen Spalt.

„Tut mir leid, Sina. Bleib! Bitte! Bruno leiht dir auch sein Auto."

Als er ihre dick verquollenen Augen sah, öffnete er die Tür ganz, auch seine Arme, und drückte sie fest an sich.

Sina fiel ein Stein vom Herzen. Deshalb quollen die Tränen erneut, sie schluchzte: „Es war, als wenn ich zu Hause rausgeflogen wäre. Zu Hause! Weißt du, was das für mich heißt?"

Michael zog ein verknittertes Papiertaschentuch aus seiner Tasche und gab es ihr. „Na ja, ich hatte schon die Brennnesseljauche aus dem Schuppen geholt", grinste er.

„Brennnesseljauche?"

Kurze Zeit später stellte Sina ihre Zahnbürste ins Bad. Die würde sie einfach hier vergessen. Dann beschloss sie, noch einmal in das Café zu fahren, in dem sie neulich Tino getroffen hatte. Wo diese merkwürdige Stimmung geherrscht und der Trifolao sich ständig umgedreht hatte. Wo angeblich Spitzel aus Alba saßen.

Sie sah aus dem Fenster. Es war, als hätte das Wetter den Schalter umgelegt. Ein kräftiger Wind wirbelte die Blätter von den Bäumen. Es genügte ihm nicht, die Stiele einfach nur von den Ästen zu reißen, damit sie zu Boden fielen. Nein, er wirbelte sie wütend in die Luft, sie drehten Pirouetten, wurden erneut in den Himmel getrieben, es schien fast wie eine Hoffnung auf Weiterleben, bevor sie dann haltlos auf den Boden segelten. Sie schnappte sich einen Pullover. Vielleicht hatte Michael eine dickere Jacke für sie. Von Andrea vielleicht.

Während sie den steilen Berg zu Bruno tapfer hinaufstapfte, sinnierte sie: Konnte es sein, dass die Monterossos die Gewinner waren? Einfach so davonkamen? Sie dermaßen demütigten! Ohne dafür zu bezahlen! Klar hatten die Dreck am Stecken. Aber wie viel war die Frage. Definitiv kontrollierten sie den Trüffelmarkt in Alba. Erpressten Trifolao, ausschließlich an sie zu verkaufen. Was sie nicht hier bekamen, holten sie sich aus dem Osten.

Der lokale Markt war für die Monterossos aber sicherlich völlig uninteressant. Ob die einem Restaurant in Turin Trüffel verkauften oder nicht. Total egal.

Die verdealten ins Ausland. Und zwar zu deutlich höheren Preisen. Die ganze Welt war im Moment verrückt. Von Hongkong bis New York. Alle wollten den weißen Alba-Trüffel, waren bereit, sehr viel Geld zu bezahlen. Kein anderer Weißer hatte es geschafft, so zur Marke zu werden. Für keinen anderen wurden solch astronomische Preise erzielt. Und in diesem Jahr war schon ein winziger Krümel ein kleines Vermögen wert.

Außerdem konnte man den Weißen nach wie vor nicht züchten. Den schwarzen Périgord bauten die Franzosen schon seit über hundert Jahren in Plantagen an. Der größte Teil der Ernte kam von diesen Plantagen. Aber der Tuber magnatum pico wuchs ausschließlich wild. Deshalb hatte man auch keinen Einfluss auf die Wachstumsbedingungen. Oder das Wetter. Wahrscheinlich bewässerten die Franzosen ihre Plantagen schon längst, um in diesem Jahr keine Ernteausfälle zu haben.

E cazzo! Warum hatte Falcone Tino verhaftet? Hatte der Schukow doch ermordet? Weil er seine Fundstellen ausgekundschaftet hatte? Oder weil er seinen Hund vergiftet hatte? Aber warum sollten Schukow Grillos Fundstellen interessieren? Und hätte der alte Mann, so agil, wie er auch sein mochte, gegen den deutlich jüngeren Schukow eine Chance gehabt? Hätte dann nicht tatsächlich der Trifolao im Herbstlaub begraben sein müssen? Wie Sina es ja anfangs vermutet hatte. Und die Monterossos? Frische, weiße Trüffel waren ein Saisongeschäft. Das konnte unmöglich ihr Hauptbusiness sein. Selbst bei den Gewinnen, die sie damit machten. Oder wenn sie über das restliche Jahr mit Trüffelprodukten dealten. Es konnte unmöglich die Haupteinnahmequelle der Monterossos sein! Der Laden war eine Fassade. Nur für was? Drogen?

Aber gingen Schukow und Corleone auf das Konto der Monterossos?

War Schukow zu gierig geworden? Verlangte einen zu hohen Preis? Aber hätten sie sich gerade in diesem Jahr ihrer sprudelnden Quelle beraubt? Das ergab keinen Sinn.

Und Corleone passte nach wie vor nicht ins Bild.

Razzia

Es hatte begonnen zu nieseln, ein Regen fein wie Staub. Sina zwängte sich durch die eng aneinander geparkten Autos. Die Terrasse des Cafés war leer bis auf zwei Raucher, in dicke Jacken gehüllt, vor ihnen zwei Espressi.

Sie stand zögernd in der Tür und blickte in den spärlich beleuchteten Innenraum. Auch wenn hier niemand rauchte, schien es verqualmt. Fast alle Tische waren belegt. Auch an der langen Bar drängten sich die Gäste. Natürlich nur Männer. Das diffuse Palaver stoppte für eine Zehntelsekunde, als Sina eintrat. Es war nur ein kurzer Rucker, ein winziger Aussetzer, kaum hörbar. Sie fühlte sich wie in einem englischen Club. So wie Meryl Streep in „Jenseits von Afrika“, als ihr der Zutritt zum Muthaiga Country Club verwehrt wurde.

Aber keiner zollte Sina mehr Aufmerksamkeit als diese winzige Pause im Gespräch. Sie sah sich um, hatte keinen Plan, gedacht, sich unauffällig irgendwo dazuzusetzen. Aber das war in dieser Männerdomäne völlig unmöglich. Dann erblickte sie an einem der Tische Adriano, den Trifolao, den sie auf der Peccati di Gola kennengelernt hatte. Neben ihm war noch ein Platz frei. Sie ging zielstrebig auf ihn zu.

„Darf ich?“, fragte sie kurz entschlossen.

„Certo!“ Adriano schien sie wiederzuerkennen. „Endlich Regen.“ Er wies auf die offene Tür. „Nutzt aber nichts mehr. Die Saison ist durch. Ich habe so gut wie nichts, und das ist schon verkauft", sagte er.

Sina winkte beschwichtigend ab. „Eine schlimme Saison. Für euch besonders."

Adriano nickte. „Aber es ist ja nur ein Zubrot. Für uns Trifolao war es nie mehr. Dass wir mitten in der Nacht losgehen, hat ja nicht nur den Grund, dass wir unsere Plätze geheim halten wollen. Wir gehen vor und nach der Arbeit. Weil man davon seine Familie nicht satt kriegt."

Sina nickte. „Soldi, Kohle machen die, die damit dealen."

Adriano nickte ebenfalls und grinste. „Also du."

„Leider nur mein Chef. Gehst du jetzt nicht mehr?"

„Doch, doch. Aber die paar Krümel, die wir mit nach Hause bringen? Immerhin noch mehr als die aus Alba. Das macht die ganz kirre."

„Aber manche finden doch mehr?" Sina stellte sich ahnungslos.

„Du meinst Tino." Adriano machte eine abfällige Handbewegung. „Der IST DER EINZIGE, der mehr findet! Bei dem ist es fast normal. Da wird allerhand gemunkelt. Wieso findet er und wir so wenig?"

Sina spürte einen spitzen Schmerz, als würde sich ein Pfeil in ihre Brust bohren. Sollte der alte Mann sie doch betrogen haben? Sollte auch er seine Trüffel woanders kaufen? Sollte sie von ihm rumänische bekommen haben? Sollte sie sich so getäuscht haben? Die Bedienung kam an den Tisch. Sina bestellte einen Caffè.

„Wie meinst du das?“, platzte es aus ihr heraus.

„Ach“, Adriano drehte sich hektisch um. Genauso wie Tino, als sie ihn hier getroffen hatte. Da hatte sie die zwei unterschiedlichen Lager noch nicht so wahrgenommen. Die unsichtbare Spaltung. Das listige Auskundschaften. Den Neid. Aber jetzt war all das auch für Sina deutlich sichtbar. Im Grunde ein einfaches Ratespiel!

Die drei links neben uns, dachte sie, *sind genau einen Hauch zu geschniegelt, um echt zu sein! Alba! An dem Tisch rechts klebt den Trifolao Dreck an den Wangen, den Fingernägeln, die Kleidung ist abgenutzt, die Stiefel so rissig wie ihre Haut. Monregalese!*

„Er ist verhaftet worden“, flüsterte Adriano, als wäre es der Beweis, dass mit Tino etwas nicht stimmte.

„Weißt du, warum?“

Adriano öffnete den Mund, aber die Worte blieben stecken. Er sah erschrocken zur Tür. Eine Horde Carabinieri stürmte in die Bar. Einer führte einen überdurchschnittlich großen Deutsch Kurzhaar an der Leine und positionierte sich mit ihm drohend in der Mitte der Bar. Ein anderer blockierte den Ausgang und hielt die Hand scheinbar zufällig am Pistolenhalfter. Die restlichen gingen von Tisch zu Tisch und ließen sich Ausweispapiere oder was auch immer zeigen.

Sina stöhnte. Was war denn nun schon wieder passiert? Natürlich hatte sie keine dabei. Der Pass lag bei Falcone, der Führerschein klebte hinter der Sonnenblende vom Lancia, und ihr Perso lag auf dem Nachttisch im Casa. Sie war kurz davor, eine Schimpftirade auf die Polizisten herunterbrechen zu lassen, als einer der Carabinieri dem Kontrolleur ein Zeichen machte und sie wortlos stehen ließ. Adriano sah sie misstrauisch an. Sina wusste genau, was er dachte. War auch sie eine Spionin?

Nun ließ der Polizist den Hund von der Leine. Der lief zunächst suchend auf und ab, blieb dann an dem Tisch schwänzelnd stehen, deren Gäste Sina eben noch als Albaspitzel identifiziert hatte.

„Dann packt mal aus!“, befahl der Carabiniere. Es war so still wie in einer Kirche. Alle starrten die Männer an, die sich verlegen um den Tisch herumdrückten. Es schien, als seien sie näher aneinandergerückt, als wollten sie so einen Schutzwall bilden. Der Hund drückte seine Schnauze auf den Oberschenkel des Mannes ganz rechts am Tisch.

„Schnell! Subito!“, wiederholte der Carabiniere. In seiner Stimme schwang ein gefährlicher Unterton von Ungeduld.

Vorsichtig zog der Mann ein schlaffes Ledersäckchen aus seiner Hosentasche. Der Polizist öffnete es, schnüffelte daran und gab dem stolz schwänzelnden Hund eine Belohnung. Der Duft, der aus dem Beutel strömte, überdeckte sanft den Mief in der Bar. Trotzdem schätzte Sina, dass im Säckchen weiße Trüffel nur in der Konzentration von Bachblüten vorhanden waren. Das schien auch den Monregalesen ein schadenfrohes Grinsen in die sonst so ernsten Gesichter zu zaubern.

Sichtlich verächtlich gab der Carabiniere, wohl auch ein Monregalese, mutmaßte Sina, dem zitternden Albaspitzel seinen Beutel zurück. Kurze Zeit später waren die Polizisten so schnell verschwunden, wie sie gekommen waren. Ein paar Minuten blieb es mucksmäuschenstill. Dann begann das Palaver wieder, als wäre nichts gewesen.

„Was war das denn?"

„Hast du es nicht mitgekriegt?" Adriano schien nicht mehr sicher, was er Sina erzählen konnte und was nicht.

Sina schüttelte den Kopf.

„Die haben Rumänen geschnappt. Kurz vor Turin."

„Ja, und?"

„Die hatten zwei Styroporkisten im Kofferraum. Angeblich Steinpilze für ihren Onkel, mit dem sie sich an dem Rasthof treffen wollten."

Er machte eine bedeutungsschwangere Pause.

„Ja, und?"

„Aber in den Kisten waren keine Steinpilze. Sondern vierzehn Kilo Weiße. Das sind zurzeit über 100 000 Euro."

„Wow!"

„Die Polizei hat die Kisten beschlagnahmt. Jetzt drehen die durch. Fehlt nur noch, dass sie uns Fußfesseln anlegen. Machen überall Razzien. Das Image des Alba-Trüffel sei in Gefahr. Wenn das durchsickern würde! Kein Einzelfall wäre!" Adriano sprach nicht weiter.

Sina nickte.

„Und dieser Onkel?“

„Keine Ahnung. Ich weiß nicht mehr. Nur, dass alle nervös sind. Und jetzt kommt wieder diese alte Geschichte hoch. Aber das ist lange her. Als der Ostblock noch bestand. Da gab es wohl mal einige wenige“, das betonte er mit Nachdruck, „die da billig gekauft und dann teuer in Alba verkauft haben. Aber das ist lange her.“

„Hat Tino bei denen gekauft? Ist er deswegen eingelocht worden? War er der Onkel?“, bohrte Sina.

Adriano schüttelte heftig den Kopf. „No! Auf keinen Fall! Der würde sich lieber erschießen, als einen rumänischen auch nur anzufassen.“

Sina fiel ein Stein vom Herzen. Auch wenn sie es im Grunde selbst nicht geglaubt hatte.

„Was sind es denn dann für Gerüchte?“

Wieder schüttelte Adriano den Kopf. Was er ihr vor der Razzia noch bereitwillig erzählen wollte, schien jetzt tabu für ihn. „Es hat schon genug Unruhe gegeben. Aber vielleicht erzählt dir ja sein Kumpel da drüben mehr.“

Er wies auf einen Tisch mit vier Männern. Einer kam ihr bekannt vor. Ein kleiner, grauer, unscheinbarer. Einer von den Menschen, die man immer übersah. Sie schätzte ihn um die fünfzig. Aber er war schwer zu schätzen. Er hatte wahrscheinlich schon mit dreißig so ausgesehen. Auf seiner Glatze wuchsen spärliche Stoppeln und färbten seinen Kopf in ein meliertes

Schwarz. Wenn sie ihn in Deutschland getroffen hätte, hätte sie ihn der rechten Szene zugeordnet. Jetzt erinnerte sie sich auch, woher sie ihn kannte. Der hatte mit Tino auf der Terrasse gesessen. An dem Tag, als sie ihn hier getroffen hatte.

Von Adriano würde sie nichts mehr erfahren. So viel war klar. Merda! Es wäre vorhin so leicht gewesen, wenn Falcones Handlanger nicht aufgetaucht wären. Aber sie musste unbedingt herausbekommen, was das für Gerüchte waren, die um den alten Trifolao kreisten. Sina überlegte, wie sie Kontakt zu Tinos Freund bekommen konnte. Tinos Freund?, wunderte sie sich. Der passte nicht.

„Wie heißt er denn?“, fragte sie Adriano und hoffte, er würde nicht wieder so rumzicken, als wolle sie ihm ein Beichtgeheimnis entlocken.

„Fritto. Wohnt in Briaglia.“

Sie kramte in ihrer Handtasche, zog endlich einen Stift hervor und schrieb den Namen auf eine zerknüllte Serviette. Instinktiv schien Fritto zu bemerken, dass er Inhalt des Gespräches war, denn er sah nervös zu ihrem Tisch, erhob sich abrupt und verließ mit schnellem Schritt die Bar.

Sina sprang auf und folgte ihm, sah, wie er um den Zaun herumlief und auf eines der davor geparkten Autos zusteuerte. Es war ein alter Fiat Panda, voller Beulen, die rote Farbe war kaum zu erkennen, das Auto voller Staub. Der Nieselregen hatte ihn aufgeweicht, er rann wie schmutzige Tränen die Karosserie hinunter. In den Radläufen hingen Schlammklumpen. Der Platz, auf dem der Panda stand, war durch den herunterfallenden Dreck völlig verschmutzt.

„Signor Fritto“, rief sie ihm hinterher.

Er stoppte sofort. Als hätte ihn ein Speer heimtückisch von hinten durchbohrt.

„Sì?“ Es war kein überraschtes „Sì“, er hatte es erwartet. Dann drehte er sich langsam um. Sina holte ihn kurz vor seinem Auto ein.

„Ich bin Sina, Sina Cassotto. Wir sind uns schon mal begegnet.“

Fritto nickte.

„Ich mache mir große Sorgen um Tino Grillo. Ein Freund von Ihnen. Er ist heute Morgen festgenommen worden.“

Fritto nickte wieder und zog seinen grünen Parka enger.

„Man munkelt, es gäbe Gerüchte?“

Fritto zog die Mundwinkel abschätzend nach unten und schüttelte den Kopf.

„Nein, ich weiß nichts.“ Er drehte sich um und öffnete die Tür seines Pandas.

„Vielleicht fällt Ihnen ja noch was ein“, setzte Sina hinterher, zog eine Visitenkarte aus ihrer Jackentasche, steckte sie durch die offene Wagentür und hielt sie Fritto unter die Nase. Er nahm sie widerwillig, warf sie achtlos auf den Beifahrersitz, startete den Motor, gab Gas und fuhr mit quietschenden Reifen an. Dreckklumpen stoben in die Luft.

Der hat etwas zu verheimlichen, dachte Sina. *Certamente.*

Sie stand verloren auf der Straße. Da, wo vor Kurzem der quirlige Markt gewesen war, parkten nun Autos. Und wo man sonst die Berge sah, war jetzt nur eine milchige, undurchsichtige Fläche.

Wie mochte es Tino gehen?, fragte sie sich.

Ihn einzusperren schien ihr, wie einen Vogel in einen Käfig zu sperren. Der alte Mann brauchte Wald, Luft, Erde. Er brauchte es, am frühen Morgen zusammen mit seinen Hunden loszustapfen, durch Pfützen, Nebelschwaden, Spinnweben zu waten. Sie war sicher, er würde im Gefängnis eingehen wie eine Amsel, ein Dompfaff oder eine Meise im Käfig. Ihre Mutter hatte die früher immer eingefangen und in eine Voliere gesetzt. Aber keiner hatte überlebt. Die kleine Sina hatte das fürchterlich zornig gemacht. Wie konnte man diese schönen Tiere einsperren?, hatte sie ihre Mutter angemotzt. Die mussten fliegen. Die brauchten Freiheit. Die konnte man doch nicht einsperren!

Aber die Mutter hatte nicht damit aufgehört. Immer und immer wieder hatte sie Fallen aufgestellt. Also hatte Sina die Käfigtüren geöffnet und die Vögel freigelassen. Das war alles, nachdem ihr Vater Stallwang verlassen hatte, und heute dachte sie versöhnlich, es sei vielleicht der Versuch ihrer Mutter gewesen, das Unzähmbare ihres Vaters zu beherrschen.

Tino war genauso.

Finito! Basta! Sina stampfte auf den Boden. Jetzt musste endlich was passieren. Sie musste wissen, was hier gespielt wurde. Den Laden aufmischen. Egal wo. Am besten an allen Fronten.

Sie stürmte wütend zurück in das Café. Die Männer verstummten abrupt.

„Wer weiß was? Ich zahle für Informationen! Ich will wissen, was es für Gerüchte gibt! Wegen Tino. Ihr sitzt hier in aller Ruhe und trinkt euren Caffè. Wahrscheinlich Corretto. Und euer Kumpel hockt im Knast. Was wisst ihr?“

Totenstille.

Sina fischte einen Stapel Visitenkarten aus ihrer Tasche und knallte sie auf die Theke.

„Für den Fall, dass es euch wieder einfällt. Vielleicht ja auch etwas zu einem roten Lancia Beta Spider. Ich zahle eine Belohnung.“

Dann drehte sie sich auf dem Absatz um und ging.

Sie stürmte die Straße hinunter, schnurstracks in das Café des Chinesen. Es war das gleiche Bild wie vor ein paar Tagen. Die Männer hatten alle Tische besetzt. Aber keiner trank oder aß etwas. Sie nahm zwei Tassen, die auf der Theke standen, und schlug sie hart gegeneinander.

„Ciao, ich bin Sina Cassotto. Tino Grillo haben sie heute Morgen verhaftet. Man sagt, es gäbe Gerüchte. Diese Gerüchte interessieren mich!“, und hielt einen Fünfzig-Euro-Schein in die Luft. „Wer sich was verdienen will …“ Sie ließ den Satz unvollendet, erwartete keine Antworten. Wusste, sie würde auch hier keine bekommen. Deshalb verteilte sie nur ihre Visitenkarten auf den Tischen.

Als sie wieder hinaus in den Nieselregen trat, wusste sie nur eines sicher: Franz würde sie feuern, wenn sie nun auch noch mit dem restlichen Geld Informanten bezahlte.

Ihr nächster Gedanke galt Falcone. Dieses Stronzo musste wissen, was los war. Certo!

Sie stürmte durch die engen Gassen zur Funicolare. Ihre Haare klebten feucht am Kopf. Die Jacke von Andrea war klamm. Aber einen Schirm besaß Sina nicht. Sie liebte Wetter. Heftige Gewitter, tropische Regengüsse, dicken Nebel, der dann die Sonne durchließ. Viele ihrer deutschen Freunde waren völlig verblüfft, wenn sie beiläufig von schlechtem Wetter erzählte. Die dachten, in Italien würde die Sonne immer scheinen. Einer Freundin, mit der sie ihren Vater besucht hatte, war es auch dann nicht auszureden gewesen. Sie hatte ausschließlich kurze Röckchen und Sommershirts im Koffer. Als die Maschine in Napoli Capodichino aufsetzte, schimmerte die Landebahn feucht. Und dann ergossen sich heftige Regenfälle am Golf von Sorrent.

Aber ein Regenschirm schien Sina ein unnötiges technisches Gerät. Das sie sowieso überall vergessen hätte. Michael hätte ihr sicher einen geliehen. Wahrscheinlich hatte Bruno sogar einen im Auto. Aber dem würde sie auf keinen Fall von diesem Tick erzählen.

Sonst landete sie gleich auf seiner Couch. Vielleicht war es auch einfach wieder eine von jenen Kindheitserinnerungen, die sie so liebte. Sie waren auf Capri, hatten einen Ausflug gemacht, als ein plötzlicher Platzregen herunterkrachte. Ihre Eltern hatten sie in die Mitte genommen, waren zum Schiff gerannt und tropfnass, wie alle andern, dort angekommen. Aber die Menschen lachten albern. Es war, als hätte der Regen Glückshormone über sie ausgeschüttet.

Als Sina in der Questura ankam, war der Falke ausgeflogen. Keiner konnte ihr sagen, wohin. Oder wann er zurückkommen würde.

Also trabte sie zurück zur Funicolare. Die Seilbahn glitt in den Dunst wie in eine Waschküche. Wie eng war dieser Filz? Würde einer reden? Der Nebel umhüllte die Kabine so, als schwebe sie in den Wolken. Die Bewegung der Seilbahn war nur durch das schwammige Gefühl in der Magengegend spürbar.

Wohin kann ich jetzt noch gehen?, fragte sie sich, als sie in Breo ausstieg. Dann fiel ihr die Vereinigung der Trifolao ein, die irgendwo auf dem Marktplatz ein kleines Haus hatte. Sie fand es am Ende der parkenden Autos. Auf dem Dach prangte ein verblichenes Schild: Mercato del Tartufo. Vor den Fenstern hingen blickdichte Gardinen. Sie rüttelte an der Eingangstür. Zu. Nirgends ein Hinweis auf Öffnungszeiten.

Und jetzt? Sina kickte mit der Fußspitze einen Stein weg.

So ein verdammter Mist!

Je tiefer sie eindrang, umso weniger erschloss sich. Ein Rumäne, der Ukrainer war, war im Niemandsland der piemontesischen Wälder ermordet worden. Zu diesem Zeitpunkt war Tino irgendwo in der Nähe. Was hatte also der alte Mann damit zu tun? Hatte er doch etwas damit zu tun? Dann die Monterossos. Der schöne Corleone. Die Rumänen, die mit weißem Trüffel geschnappt worden waren.

Und nun das Gerücht um Tinos Geheimnis.

Ich blicke da nicht durch. Ich muss wissen, was er für ein Geheimnis hatte. Vielleicht ist das der Schlüssel! Zu allem!

Sie zog die Jacke enger um sich und betrachtete den Brunnen, der am Eingang des Marktplatzes inmitten des Kreisverkehrs angelegt worden war: Kinder aus Bronze standen im Kreis, hielten sich an den Händen. Sie sahen seltsam künstlich aus, als kämen sie aus einer anderen Welt. Zwischen ihnen schossen Fontänen hoch.

„Sina!"

Sie drehte sich um. Anna kam durch die Arkaden auf sie zu. Groß, schlaksig, sie trug eine braune Schiebermütze, das lange rötliche Haar hatte sie zu einem Pferdeschwanz gebunden.

„Hi! Na, hast du das Essen bei Franca gut verdaut?"

Sina musste kurz überlegen, was sie meinte, es schien ihr Jahre her, seit sie Anna dort kennengelernt hatte. Dabei war es erst gestern Abend gewesen. Seitdem lag ihr einiges im Magen. Aber nicht das Essen von Franca. Anna küsste sie auf beide Wangen.

„Gehst du mit? Ich will in die Eisdiele." Sie wies auf die andere Seite des Ellero. Dort lag direkt an der Straße die Gelateria Lurisia.

„Die machen das beste Eis in der Gegend. Eigentlich das beste der Welt. Nugat ist eine Wucht."

Sina überlegte. Im Grunde wusste sie nicht, was sie nun tun sollte. Aber selbst wenn sie es gewusst hätte. Ein gutes Eis wäre jetzt genau das Richtige.

Kurze Zeit später löffelten sie andächtig das cremige Gelato. Sina hatte Nugat, Pistazie und Nuss bestellt, probierte die Sorten nacheinander, dann wieder von vorne, versuchte herauszubekommen, welches besser war. Dann entschied sie, die waren alle Spitzenklasse.

„Die haben den Trüffelsucher heute Morgen verhaftet!" Sina kratzte mit dem Löffel den silbernen Becher aus und überlegte, ob sie sich gleich noch mal das Gleiche bestellen sollte. Aber sie wollte sich vor Anna nicht so outen.

„Welchen?" Anna gab ihr zu verstehen, dass es hier kein Alleinstellungsmerkmal war, deutete auf ihren Mund und grinste.

„Tino. Er hat angeblich ein Geheimnis. Oder es gibt Gerüchte, er hätte ein Geheimnis. Ich muss es wissen!" Sina wischte sich mit der dünnen Papierserviette über den Mund.

„Na ja, die haben Rumänen geschnappt mit einem Kofferraum voller Weißer. Wie ich es dir gestern gesagt habe. Vielleicht wollten die ihn beliefern?“

Sina schüttelte heftig den Kopf. „Auf keinen Fall!“

Anna grinste. „Der scheint es dir aber angetan zu haben!“

„Sì“, grinste sie zurück, „ist leider aber schon vergeben.“

„Meistens so. Jedenfalls die Guten.“

„Keiner ist bereit, etwas zu sagen. Ich muss wissen, was los ist. Alle schweigen.“

Anna überlegte.

„Ach“, sinnierte sie, „normalerweise arbeitet Mario hier. Ist auch ein Trifolao. Warte, ich frage mal.“

Sie stand auf, ging zu der Theke und sprach ein paar Worte mit einem älteren Mann, wohl dem Besitzer. Dann drehte sie sich um und steuerte wieder auf den Tisch zu, nickte. „Der macht Urlaub. Aber ist wohl übermorgen wieder da. Also, wenn du bis dahin nichts herausbekommen hast …“

Der ohrenbetäubende Lärm eines Motorrades fegte trotz geschlossener Fenster in die Eisdiele. Eine Sirene heulte. Anna hielt sich die Ohren zu. Sina erkannte die Silhouette sofort. Ihr Magen hatte kurz zuvor gezuckt. Und ihre Nase auch.

„Heißes Eisen“, bemerkte Anna und setzte sich wieder.

„Du kennst ihn?“, fragte sie überrascht.

Anna grinste. „Man munkelt, seit er in der Stadt ist, wären die Straftaten gewaltig angestiegen.“

Sina sah sie fragend an.

„Wohlgemerkt, beim weiblichen Geschlecht. Wer würde sich nicht gerne mal von dem Handschellen anlegen lassen …", grinste Anna.

„Mir hat er schon mal eine Pistole vor die Nase gehalten, das hat gereicht!"

„Na, da hätten einige hier sehr gerne mit dir getauscht."

Sina schüttelte den Kopf. „Aber der ist doch liiert."

„Nicht dass ich wüsste."

„Mit so einer Blonden. Die den Lidschatten unter ihren Augen trägt. Oder einer Dunkelhaarigen, mit brennenden braunen Augen?"

Anna schüttelte den Kopf.

„Nee, nicht dass ich wüsste. Und hier in der Eisdiele kommt eigentlich jeder Klatsch an."

„Und der über Tino?"

„So ein Tratsch nun wieder nicht. Guck dich mal um. Hier sind viele Frauen. Drüben im Café fast nur Männer. Aber Mario wird bestimmt was wissen."

„Es eilt, Anna!"

„Andrea!"

„Falcone rückt mit nichts raus."

„Ich meinte Andrea, die Frau von Michael. Die kennt doch Tino ziemlich gut."

„Die ist in Barcelona."

„Trommeln die da noch?"

Sina beschloss, später mit Michael darüber zu reden. Dann würde sie seine Frau anrufen.

Aber als sie endlich zurück zum Haus kam, waren nur die Hunde da. Michael musste mit Bruno unterwegs sein. Hoffentlich nicht wieder irgendwelche Geburtstagsgeschenke für Andrea organisieren. Sie ging nach oben in ihr Zimmer. Auf ihrem Nachttisch lag ein *Geo*-Heft. Michael hatte es wohl hingelegt. Spezialausgabe: „Goldsuche im Piemont“. Sie suchte im Inhaltsverzeichnis und fand den Artikel, von dem Michael erzählt hatte. Andrea hatte ihn geschrieben.

Goldsuche im Piemont! Las sie und ließ sich auf das Bett fallen.

Trüffel. Sie sind der Stoff für Mythen und Legenden, galten früher als Essen von Hexen, als Aphrodisiakum und sind heute von Feinschmeckern auf der ganzen Welt begehrt. Manche Trüffelarten kann man züchten und in Plantagen anbauen. Andere wachsen nur wild. Und auf die beginnt alljährlich im Herbst die geheimnisvolle Jagd. Dann ziehen die Trifolao mit ihren Hunden auf der Suche nach dem weißen Gold durch die finsteren Wälder des Piemonts.

An einem dieser wunderschönen Herbsttage bringt Tino, „mein“ Trüffelsucher, die bestellten Tartufi und ich stelle ihm endlich die Frage, die mir schon so lange auf den Lippen brennt:

„Nimmst du mich mit zur Trüffeljagd?“

Natürlich wird er sie verneinen, denn ich bin keine flüchtige Besucherin. Ich bin die Tedesca, die Deutsche, die hier lebt. Und auch wenn ich ohne Lizenz keine Trüffel suchen darf, habe ich schon so unter mancher Kastanie erfolglos gebuddelt, bevor ich wusste, dass die Tartufi unter Kastanien gar nicht wachsen.

„Sicher", antwortet Tino.

Habe ich mich verhört? Er will mich zu seinen streng geheimen Fundstellen mitnehmen? Ich hake sofort nach: „Und wann?"

Er würde mich anrufen, sagt er und verschwindet. Ruft er wirklich an? Kein Anruf am Sonntag. Auch am Montag nicht. Ich fühle mich wie ein Teenager, der auf sein erstes Rendezvous wartet. Aber dann klingelt am Dienstagabend endlich das Telefon.

„Domani!", sagt Tino und lacht.

Am nächsten Morgen sitze ich in seinem Jeep. Er schließt seinen Sicherheitsgurt und setzt die Brille auf.

„Nur wegen der Polizei", erklärt er. Tino ist Mitte siebzig. Als ich ihn kennenlernte, ging er aufrecht, nun läuft er gebückt. Stützt sich auf einem Stock ab. Läuft mit drei Beinen, wie er lachend sagt. Aber das hält ihn nicht ab, täglich auf die Suche nach den Edelpilzen zu gehen. Ledra, ein Labradormix, sitzt hinten. Tino fährt in einen kleinen Seitenweg und hält auf einer großen Wiese. Die Hündin springt aus dem Auto, hat die Nase sofort dicht am Boden und geht auf Spur. Wird schneller und verschwindet zwischen den Büschen. Sie sei halt

auch ein Jagdhund, sagt Tino verschämt. Als sie dann endlich zurückkommt, ist ein Hund bei ihr.

„Cerca, Ledra. Suche!" Aber die spielt lieber mit ihrem Gefährten.

Hier sei nichts, Tino schüttelt den Kopf. Sein langer Schatten ist im Unterschied zu seinem gebeugten Rücken kerzengerade.

Wir gehen zurück zum Auto. Er öffnet die Klappe, legt seinen Stock in die extra gebaute Holzkiste und hebt seine Ledra ins Auto. Zuerst die Vorderfüße, dann den ganzen Hund. Im Auto setzt Tino seine Brille wieder auf (nur wegen der Carabinieri) und erklärt, dass wir jetzt an eine Stelle fahren, an dem der weiße Trüffel wächst. Ein wahrhaft erhabener Moment für mich. Wir verlassen die kleine Betonstraße und biegen auf einen Schotterweg.

„Hier wachsen sie", sagt Tino.

„Hier direkt an der Straße?", frage ich fassungslos.

Das habe ich mir imposanter vorgestellt. Dachte an einen malerischen Eichenwald. Aber am Straßenrand! Im schmutzigen Schotter?

Wieder versucht Tino Ledra zum Suchen zu motivieren. Aber auch hier hat die Hündin anderes im Kopf. Schnuppert hier und da, bloß nicht da, wo sie es soll. Nach kurzer Zeit brechen wir ab.

Als wir wieder ins Auto steigen, nichts in den Taschen außer dem kleinen Schwarzen, den Tino schon gestern gefunden hat, setzt er zuerst wieder seine Brille auf und betont noch einmal, dass er sie nicht brauche.

Während wir ins Corsagliatal hinunterfahren, erzählt er die Geschichte eines Kunden, der einen Trüffel gekauft und sich anschließend beschwert hatte, weil der nicht geschmeckt hätte.

„Aber der hat ihn gekocht!" Tino schlägt sich auf die Beine und lacht. Ob ich mir das vorstellen könnte? Der hätte ihn gekocht! Tino lacht und lacht, bis ihm die Tränen aus den Augen laufen und er auch mit Brille nichts mehr sehen kann. Und schüttelt gleichzeitig immer wieder den Kopf.

Auch die nächste Stelle verlassen wir ohne großen Erfolg. Ledra hat zwar zwei haselnussgroße Schwarze gefunden, sie aber direkt gefressen. Dann hat sie ihrer Leidenschaft, der Jagd, gefrönt, während Tino sich auf die Kante der geöffneten Heckklappe setzte, um sich auszuruhen. Wenn ich nicht wüsste, wie alt er ist, seine gebeugte Gestalt nicht sehen würde, hätte ich das Gefühl, in Begleitung eines jungen, drahtigen Mannes zu sein, der das schwierige Gelände im gleichen Tempo oder sogar schneller durchquert als ich. Schließlich sitzen wir wieder im Auto. Tino setzt sich die Brille auf.

Bei der nächsten Stelle sei er sicher, dass nur er sie kenne. Die Konkurrenz wäre groß! In Frankreich hätten sie ja Plantagen, da sei das Suchen leicht. Er grinst. Na, ja, aber das wäre doch eher Trüffelsuchen für

Mädchen. Außerdem würden die auch noch glauben, ihre schwarzen Périgord wären die besten der Welt.

Aber, grinst er mitleidig, die Franzosen hätten ja keine Weißen. Da müsse man wohl nachsichtig sein.

Meine Spannung ist nun riesengroß. Es ist die letzte Stelle für heute Morgen. Der Weg sei ein wenig brutto, ein wenig schwierig, sagt Tino, als wir uns den schmalen Trampelpfad durch Brombeergestrüpp hinunterquälen. Der alte Mann läuft souverän voraus, ich stolpere hinterher. Dann, mitten im Kastanienhain, stoßen wir auf eine Gruppe mit Eichenbäumen.

Cerca, Ledra, cerca!

Diesmal fängt Ledra an zu buddeln. Blitzschnell rennt Tino zu ihr, ich hinter beiden her. Die Arbeit ist Teamwork im besten Sinne. Tino, der Ledra animiert, an einer vielversprechenden Stelle zu riechen. Ledra, die schnuppert, zu buddeln anfängt. Wenn Tino meint, sie sei am Ziel, schiebt er sie sanft weg, streicht mit dem Finger vorsichtig die lose Erde weg. Er holt einen Schraubenzieher aus seiner Umhängetasche und bricht damit ein hartes Stück Erde aus dem Boden. Dann fordert er sie auf, noch ein bisschen tiefer zu graben.

Endlich sehe auch ich die gelbliche Haut. Tino und seine Hündin sind vollkommen konzentriert, die eine buddelt, der andere streicht weg, buddelt, streicht weg.

Über den Ort fällt eine Ruhe, wie ich sie nur selten erlebt habe. Es liegt an der Konzentration, die beiden inne ist. Ich bin Teil des Ganzen, gehöre dazu, auch wenn sie mich kaum mehr wahrnehmen. Die Freude in Tinos Augen, die Lust, als er den Trüffel birgt, das ist ehrliche Leidenschaft. Die Sonne fällt durchs Laub. Tino kniet auf dem trockenen Waldboden, Ledra buddelt, schnüffelt und sucht.

Hier ist alles. Hier ist jetzt.

Später, als er auf dem steilen Weg nach oben eine kurze Ruhepause macht, sagt er: „Io sono un povero vecchio diavolo." Er sei ein armer alter Teufel. Aber dieser arme alte Teufel lächelt ziemlich glücklich.

„Tino", sage ich, „es ist so wunderschön hier. Wie viele Menschen erleben das. Machen, was ihnen so viel Spaß macht. Haben ihr Glück gefunden! Die meisten jagen doch ein Leben lang hinter ihm her."

Er grinst und lacht. „Si", sagt er, stimmt! Er brauche das. Es sei ein Geschenk der Natur. Ein Wunder. Er liebe die Suche. Sie sei seine Leidenschaft, die auch noch gut für die Gesundheit ist. Klar, jeden Morgen drei Stunden Trüffeljagen ersetzt jedes Fitnessstudio!

Ganz gut geschrieben, dachte Sina, als sie einige Zeit später das Heft zur Seite legte. An einigen Stellen hatte sie grinsen müssen. Und das eine oder andere kam ihr ziemlich bekannt vor. Sie drehte sich zur Seite. Cioccolatino lag vor ihrem Bett. Sie kraulte ihn am Kopf. Draußen knallte der Regen gegen die Fensterscheiben.

Ich muss mir später unbedingt eine Skizze machen. Wohin die Linien führen und wo sie enden. Das hilft immer.

Und bei diesen Überlegungen schlief sie ein.

Sina erwachte, als ihr Handy summte. Die Lider schienen wie zugeklebt. Draußen regnete es immer noch. Es hörte sich an, als wenn jemand die Dusche angelassen hätte. Dazu kam das laute Rauschen des Corsaglia im Tal. Sie tastete nach ihrem Handy und drückte auf den Knopf an der Seite. Halb zehn. Dann aktivierte sie die SMS. Die Nummer war unterdrückt.

„Komm morgen ins Portici. 11.00 Uhr. Habe Informationen. Kosten 500 Euro."

Anscheinend hatte ihre PR-Kampagne gewirkt. Sie scrollte hinunter. Es waren noch zwei neue SMS angekommen. Eine von ihrer Mutter. Und eine von Anna. Zuerst öffnete sie die von Anna.

„Ruf mich morgen mal an", hatte die geschrieben, „habe 'ne Info wegen deines Käses."

„Ruf mich morgen unbedingt mal an", hatte auch ihre Mutter geschrieben.

Plötzlich bekam Sina riesigen Hunger. Der Duft von gerösteten Maroni war nach oben bis in ihr Zimmer gezogen. Es roch fast wie auf einem Jahrmarkt. Sie ging nach unten. Durch die gläserne Küchentür fiel das gemütlich flackernde Licht des brennenden Kaminfeuers.

Michael hatte ein Glas Wein vor sich stehen und wohl im Kamin Maronen geröstet. Die aufgebrochenen Schalen lagen vor ihm auf dem Küchentisch. Es war mollig warm. Die Hunde schliefen auf dem blanken

Terrakottaboden und sahen nur einmal kurz nach oben, als Sina die Glastür öffnete. Dann schliefen sie weiter.

„Willst du auch ’nen Schluck?“, fragte Michael.

Sie nickte.

„Auch Kastanien?“

Wieder nickte Sina. Wenn sie so recht überlegte, hatte sie außer dem Eis mit Anna den ganzen Tag so gut wie nichts gegessen. Aber sie hatte, bevor sie zurückgekommen war, noch bei dem Ariensänger in Vicoforte eingekauft.

„Willst du ein paar schnelle Antipasti?“, fragte sie.

Der Hausherr lächelte wohlgefällig, stand auf, nahm eine Pfanne, deren Boden mit centgroßen Löchern versehen war, und füllte sie mit Maronen. Dann stellte er sie auf die heißen Steine in den offenen Kamin. Sina öffnete gleichzeitig den Kühlschrank und begutachtete ihre Einkäufe: Sie hatte dünn geschnittenes Vitello, ein Glas Weißen Thunfisch, Fenchel und noch einige schöne feste Steinpilze aus Alba. Außerdem hatte sie in der Macelleria einen frischen Hahn mitgenommen. Er war groß wie ein Kapaun und hatte knappe zwei Kilo auf die Waage gebracht. Morgen früh wollte sie ihn gleich in Rotwein und Rosmarin einlegen. Für übermorgen hatte sie Michael, Bruno, Roberto und seine Frau zum Abendessen eingeladen. Das „Pollo con Rosmarino“ war ein Rezept ihres Vaters. Der stellte das Huhn, nachdem er Pizza und Brot gebacken hatte, in einem Tontopf in die erlöschende Glut des Steinofens und ließ es dort bis zum nächsten Morgen schmoren. Wenn er es dann am nächsten Abend sanft erwärmte, war das Huhn weich, saftig und voller explodierender Aromen.

Nun gab sie als Erstes den Weißen Thunfisch in eine Schüssel, dazu ein Ei, Olivenöl, Kapern und zwei Sardellen. Dann mixte sie alles mit dem „Zauberstab", würzte es mit Zitrone, Salz und Pfeffer, legte das bereits dünn geschnittene Vitello auf eine Platte und verteilte die Soße darauf. Als Nächstes nahm sie den Fenchel, schnitt ihn mit dem Trüffelhobel in feine Scheiben, beträufelte ihn mit Olivenöl und Zitrone, würzte mit Salz und Pfeffer. Dann hobelte sie noch üppig Parmesan darüber. Als Letztes schnitt sie einen Steinpilz in feine Scheiben, beträufelte ihn mit Olivenöl, ließ es kurz einwirken, wiederholte das Ganze noch zwei Mal, bevor sie das Carpaccio mit Salz, Pfeffer und Parmesan bestreute.

„Pronto!" Sie stellte die drei Antipasti auf den Tisch.

„Du bist schnell", lobte Michael und nahm sich gierig eine Gabel des Vitellos.

„Hast du noch was rausgekriegt? Andrea hat heute Abend angerufen. Die ist völlig aus dem Häuschen, weil sie Tino verhaftet haben. Die ist kurz davor, ihren Fotojob abzubrechen", nuschelte er mit vollem Mund und schüttelte gleichzeitig den Kopf. Schien sich zu fragen, ob Andrea das wohl auch für ihn täte.

„Es muss irgendein Geheimnis geben." Sina ließ

sich auf einen Stuhl fallen. Michael nahm ein riesiges, bauchiges Weinglas, schenkte es randvoll und stellte es ihr vor die Nase.

„Michael", empörte sich Sina, „willst du mich betrunken machen?"

„Das ist Dolcetto!" Er sah sie fassungslos an.

Sie runzelte die Stirn. Anscheinend hatte Bruno Michael schon angesteckt mit seinem philosophischen Gedankengut über Alkohol.

Sina nippte. Der Wein war einfach und ehrlich. Ohne Schnörkel. Ohne Vanille im Abgang. Kein Duft nach Rosen. Nur ein richtig guter roter Wein. Rosso. Rubino.

Er schmeckt wie die Farbe. Er ist die Farbe.

„Ein Geheimnis?" Schröder ging zum Kamin und schüttelte die Maroni in der Pfanne.

„Tino muss ein Geheimnis haben. Es gibt Gerüchte. Und es muss was mit weißem Trüffel zu tun haben."

„Da wär ich jetzt gar nicht drauf gekommen."

Sina ignorierte ihn. „Keiner ist bereit, etwas zu sagen. Hüllen sich alle in Schweigen." *Außer einem*, setzte sie den Gedanken fort.

„Was kann denn da großartig für ein Geheimnis sein? Außer den Stellen?"

„Überleg doch mal. Der Trifolao ist einer der wenigen, die in diesem katastrophalen Jahr überhaupt noch etwas finden. Bei den anderen sind die Taschen fast leer. Viele gehen gar nicht mehr los."

„Na, umso wertvoller sind seine Stellen!“

„Ja sicherlich“, gab Sina zu, rollte ein Kalbfleischscheibchen auf die Gabel, tauchte es, bevor sie es zum Mund führte, noch einmal in die Mayonnaise. „Aber ist das alles? Ist deswegen Schukow ermordet worden? Und Corleone?“

Michael zuckte mit den Schultern und balancierte eine Gabel Steinpilzcarpaccio in seinen Mund. „HMMM!“

„Vielleicht weiß Andrea etwas. Vielleicht hat die eine Idee. Können wir sie nicht anrufen?“, insistierte Sina.

„Jetzt?“ Michael sah auf die Teller, nach seinem entsetzten Gesichtsausdruck zu urteilen, hatte er nicht vor, sich bei diesem überraschenden kulinarischen Ereignis stören zu lassen.

Sina nickte.

„Heute Abend schläft sie schon“, schüttelte er den Kopf. „Morgen früh.“

Er stand auf und brachte die Pfanne mit den heißen Maroni zum Tisch. Sina war gierig, griff nach einer, ließ sie aber sofort zurück in die Pfanne plumpsen. „Heißßßßß!“

„Tut mir echt leid. Dieser ganze Schlamassel.“

„Na ja, kannst ja nichts dafür“, brummte er.

„Ich kann mir auch ein Zimmer nehmen“, bot Sina noch mal an.

„Wieso? Hast du Siebenschläfer in deinem Zimmer?“

Sie schüttelte irritiert den Kopf.

„Oder riecht es nach Jauche, wenn du das Fenster öffnest?“

„Neinnnn!“

„Oder habe ich dir schon mal Grappa im Wasserglas serviert?“

„Michael?“

Jetzt grinste der breit. „Na ja, dann kannst du auch bleiben. Das ist nämlich unser Programm für ungewollte Besucher. Ein bisschen Brennnesseljauche habe ich immer angesetzt im Keller stehen. Die stinkt, sage ich dir.“

Sina schüttelte den Kopf. Dann begann sie lauthals zu lachen.

Als sie am nächsten Morgen auf die Terrasse kam, war sie erneut kurz davor, lauthals loszulachen. Aber sie hielt sich schützend die Hand auf den Bauch, ihre Bauchmuskeln taten noch vom gestrigen Abend weh. Mitten auf der Terrasse im Nieselregen stand, als wäre sie schon immer dort gewesen, eine Vase, mehr noch eine Amphore. Sie war gut einen Meter zwanzig hoch und aus rotem Terrakotta.

Michael stand plötzlich hinter ihr: „Toll, was!"

„Ist sie das?" Sina lief um das Schmuckstück herum. Oben hatte es zwei bauchige Henkel, einen kleinen Riss am Rand, aber ansonsten war die Vase heil und traumhaft schön. Es war diese klassische Einfachheit, schnörkellos, klar und wahrscheinlich sogar handgedreht. Sie konnte gut verstehen, dass Andrea sie unbedingt haben wollte.

Schröder nickte.

„Und wie habt ihr das geschafft?"

„Na ja, war im Grunde einfach. Wir hatten sie ja schon direkt am Zaun. Außerdem waren wir diesmal vorher nicht bei Maria."

Sina schüttelte belustigt den Kopf. „Dann sollte Falcone hier besser nicht auftauchen. Sonst wird Andrea dich zu ihrem Geburtstag im Knast besuchen müssen."

„Ach was, die merken das eh nicht. Und wenn! Ist kein Fall für deinen Commissario. Also darfst du ihn ruhig auch zum Abendessen einladen." Michael grinste süffisant.

„Quatsch! Was ihr habt", sie schüttelte energisch den Kopf. „Aber denk dran, Roberto und seiner Frau Bescheid zu sagen!"

Das Huhn hatte Sina schon in Dolcetto eingelegt. Außerdem viel Knoblauch, Rosmarin und ein paar Peperoni dazugegeben. Darin musste es nun gut 24 Stunden marinieren. Dass es Dolcetto war, durfte ihr Vater nicht erfahren. Er schwor auf Primitivo.

Es war zehn vor elf, als Sina ins Portici kam. Etwa ein Dutzend Gäste standen an der Edelstahltheke. Sie hatten einen Caffè vor sich, manche auch schon ein Glas Wein. Die meisten waren in Arbeitsklamotten, Handwerker, die hier eine kurze Pause einlegten, einen schnellen Espresso tranken oder auch einen Vino. Sie ging in den Nebenraum. An kleinen Bistrotischen saßen vereinzelt ein paar Gäste. Es war nur gedämpftes Raunen, das an ihr Ohr drang, nicht wie sonst lebhaftes Geschnatter.

Ist er schon da?

Sie setzte sich an einen der freien Tische, bestellte einen Cappuccino, widerstand den ganzen Törtchen, aber ein Croissant con crema musste sein. Monviso Croissant hatte Sina es getauft.

Kurze Zeit später betrat ein kleiner schmächtiger Mann das Café. Er sah sich hektisch um. Aschgraues Haar klebte ihm nass am Kopf, sein Schnauzbart hatte lustige Zwirbel rechts und links, so wie Kaiser Wilhelm sie getragen hatte. Der blaue Jogginganzug war genauso nass wie seine Haare. Ende sechzig, schätzte Sina. Ob sie ihn schon mal gesehen hatte, konnte sie nicht sagen. Aber er steuerte direkt auf sie zu.

„Giorno“, nuschelte er, setzte sich auf den freien Stuhl neben ihr, während die Cameriera Cappuccino und Croissant auf den runden Tisch stellte und den Mann fragend ansah. Sina beschloss, den Genuss von beidem auf später zu verschieben. Diesmal musste sie andere Prioritäten setzen.

„Das Gleiche“, antwortete der Mann, blickte sich aber dabei so ängstlich um, als wäre allein die Bestellung ein Verrat. Anscheinend wollte er sich nicht vorstellen.

„Das Geld?“, fragte er stattdessen, zwirbelte gleichzeitig nervös an seinen Bartenden. Sina deutete auf ihre Tasche.

„Vom Lancia weiß ich aber nichts!“

Sie seufzte. Hatte sie im Grunde auch nicht erwartet.

„Allora! Was gibt es für Gerüchte?“

„Alle sind verrückt! Das Wetter! Sie haben mit einem Verdienst gerechnet. Manche ein Haus gebaut.“

„Und was hat Tino damit zu tun?“

„Er ist der Einzige, der noch größere Mengen findet. Im Grunde das Gleiche, wie sonst auch. Und deshalb gibt es Gerüchte. Das kann nicht mit rechten Dingen zugehen!“, flüsterte er, als könne er so den rauen Klang seiner Stimme verbergen.

„Also wird er beliefert? Von den Rumänen?“

Für diese Information werde ich keine 500 Euro ausgeben!

Sie gähnte demonstrativ.

Der Mann schüttelte den Kopf. „Nein! Er hat geschafft, was noch keiner geschafft hat!“

Nun war Sina gespannt.

„Es heißt, er hätte ein Sporenextrakt entwickelt. Damit junge Bäume beimpft. Plantagen angelegt. Und von denen würde er nun ernten, der alte Teufel.“

Wenn das stimmte, wäre es eine Sensation. Etwas, wonach die ganze Welt gierte. Was bislang als unmöglich galt, nämlich, den weißen Trüffel zu züchten. Plantagen würden eine gesicherte Ernte liefern. Anders als im Wald verstreute einzelne Stellen, die vom Wetter abhingen. Sollte es tatsächlich stimmen, dass der alte Fuchs schon längst über eigene Plantagen verfügte? Aber hätte er nicht mehr davon, wenn er seine Essenz patentieren ließe? Und sie verkaufte?

„Woher weißt du das? Von Tino?“

Der Mann schüttelte den Kopf.

„Also von wem?“ Sina zog die Augenbrauen streng nach oben und wies auf ihre Tasche.

„Fritto. Der hat es erzählt. Ist doch sein Kumpel. Der wird es wissen!“, beharrte er und sah Sina auffordernd an.

„Fritto?“ Dann fiel er ihr ein. Der Kleine. Unscheinbare. Den man immer übersah. Der sie gestern vor dem Café stehen gelassen hatte.

Sina wog ab, ob es Sinn machte, weiter zu bohren, aber es schien nicht so. Mehr würde sie aus ihm nicht herausbekommen. Mehr hatte der nicht zu verraten. Also fasste sie in ihre Tasche, zog fünf Scheine heraus und gab sie ihm. Der Mann zählte kurz, steckte das Geld ein und verschwand. Er war schon weg, als sein Cappuccino und das Croissant serviert wurden.

Klein und eingefallen wartete Tinos Frau in der Tür. Die Sorgen standen ihr im Gesicht, wie die Headlines in der *Bild*. Als sie Sina erkannte, glomm ein Funken Hoffnung in ihren Augen.

„Signora Cassotto! Haben Sie was von meinem Mann gehört?"

Sina schüttelte nur den Kopf.

Der Funke verglomm, die Schulten fielen mutlos nach unten. Die Arme schienen dadurch merkwürdig lang, reichten fast zum Boden, als wären sie gedehnt worden. Wie viele Nächte Signora Grillo in ihrem Leben schon ohne ihren Mann verbracht haben mochte? Bestimmt nicht viele.

„Entri!" Die alte Frau bat sie trotzdem hinein, machte in dem kleinen Salon Licht, wies auf das Sofa, öffnete die Schranktür, holte wie automatisch ein Glas und Limoncello heraus. Jede Handbewegung schien ein Ritual zu Ehren ihres Mannes. Aber Sina winkte ab.

„Signora Grillo, ich brauche unbedingt Ihre Hilfe. Es wird behauptet, Ihr Mann habe ein großes Geheimnis. Ich muss wissen, was da dran ist!"

Tinos Frau sah sie ängstlich an.

„Man sagt, er hätte ein spezielles Verfahren entwickelt, eine Sporenessenz gefunden, mit der er weiße Trüffel züchten könne. Man erzählt, er hätte ganze Plantagen damit beimpft. Stimmt das?"

Die Signora schüttelte vehement den Kopf. „Das ist eine schlimme Verleumdung! Diese elenden Halunken! Sie hassen ihn. Weil seine Taschen nicht auch leer sind. Ich habe ihn angefleht, sag denen, dass es nicht stimmt. Aber er wollte nicht. Hat darüber gelacht. Hat ihm vielleicht sogar gefallen."

„Also, Sie meinen, es stimmt nicht?"

„Sicher nicht! Er hat ein paar Bäume geimpft. Mit dem Schwarzen. Da steckt er ihn aber einfach nur in die Erde. Also kleine, oder welche, die die Hunde schon angefressen haben. Abfall! Das macht er, seit er ein kleiner Junge war." Sie wies auf das Fenster. „Draußen im Vorgarten. Da stehen drei Bäume, unter denen wächst was. Schwarze! Die haben wir gepflanzt, ach, ich weiß gar nicht mehr, wann. Vielleicht vor zwanzig Jahren. Und unten im Gewächshaus. Da hat er auch immer ein paar Töpfe stehen. Mit jungen Bäumen. Aber ein Verfahren? Nein." Sie schüttelte immer noch den Kopf.

„Sie halten es für ausgeschlossen?", bohrte Sina nach.

„Ausgeschlossen."

Sina konnte nicht entschlüsseln, ob dies nun Ja oder Nein bedeutete.

„Wenn es nun doch stimmen würde, wo könnte er denn das Ganze aufbewahren?"

Signora Grillo schien zu überlegen, wie weit sie Sina vertrauen konnte. „Ach", antwortete sie dann, „das Haus im Corsagliatal. Das seines Nonno. Da ist er oft."

„Im Corsagliatal?"

„Sì, er ist doch dort geboren."

„Und wo ist das Haus?"

„Ach, das ist gar nicht weit von dem des Deutschen entfernt."

Sinas Gedanken begannen sich zu überschlagen. Was, wenn …?

Wenn er in diesem Haus tatsächlich die Pilzbrut aufbewahrte. Sie dort herstellte. Das Rezept versteckte. Die Plantage dort war. Das wäre natürlich ein Grund für Schukow, ihn zu verfolgen. Aber damit rückte Tino leider wieder in den Mittelpunkt dieser ganzen bescheuerten Geschichte. Und zwar als Täter!

„Können Sie es mir genauer beschreiben? Ich meine, wo das Haus ist?"

Die Signora ging in den Flur, eine Tür wurde geöffnet, dann war Stille. Schließlich kam sie mit einer verknitterten Landkarte und ein paar verblichenen Bildern zurück.

„Ich war dort nicht, seit …", Tinos Frau schüttelte nur den Kopf. Auf den Bildern war ein typisches Steinhaus abgebildet, wie es sie im Wald sehr häufig gab. Vor dem Casa stand ein junger Mann. Es waren die Augen, an denen sie den jungen Tino erkannte. Und das Lachen.

Die alte Frau breitete die Karte auf dem Tisch aus und fuhr mit dem Zeigefinger der blauen Linie Corsaglia nach, bog dann in die Via Tanaro ein und machte um das Gebiet, in dem auch Michaels Haus lag, einen großen Kreis. Sina stöhnte. Eine Stecknadel im Heuhaufen! Und das bei diesem Wetter.

„Haben Sie vielleicht ein Telefonbuch für mich?"

Die Signora schlurfte wieder in den Flur und kam mit den Pagina Bianche zurück. Sina hatte Angst, sie könne unter dieser zusätzlichen Last zusammenbrechen, nahm ihr schnell das Telefonbuch aus den Händen, schlug es auf, suchte nach Briaglia und Fritto. Er wohnte in der Via A. Bosarelli. Vielleicht wusste Fritto mehr! Auch, wie man zu dem Haus kam. Wenn er Tinos Freund war. WENN.

Sina drückte die alte Frau zum Abschied. Sie sah verloren aus, wie sie so winzig in der Wohnungstür stand, die viel zu groß für sie erschien.

Fritto wohnte abseits von der Hauptstraße in einem neu gebauten Haus. Die Einfahrt davor war breit betoniert. Es schien, als sei es gerade erst weiß getüncht worden, an manchen Wänden stand noch das Gerüst. Die Fensterläden waren geschlossen. Um das Grundstück herum verlief ein hoher Drahtzaun. Es hatte etwas Glattes. Alles war neu. Gleichzeitig lieblos. Selbst die spärlichen Blumen im Vorgarten schienen merkwürdig künstlich. Aber der Kamin qualmte.

Sina stellte das Auto direkt vor die Einfahrt.

Es dauerte eine Weile, bis Fritto die Tür öffnete. Sina wich entsetzt zurück, als mit dem Mann ein Schwall abgestandener Luft aus dem Inneren stob.

Staubsauberbeutel. Voller Staubsaugerbeutel mit undefinierbarem Inhalt. Ein Geruch, so undefinierbar wie der Mann selbst. Grau und gleichzeitig unerträglich. Sie rümpfte angeekelt die Nase.

Er schloss die Tür sofort hinter sich, schien sie nicht hineinbitten zu wollen. Aber Sina war sowieso froh, draußen stehen bleiben zu können. Ihre inneren Alarmlampen blinkten. Immerhin war der Eingang überdacht.

„Signor Fritto, wir haben uns gestern im Café getroffen. Ich habe noch ein paar Fragen“, begann sie zögernd.

Er sah sie stumm an. Seine Augen waren blutrot unterlaufen. Und er hatte eine ziemliche Fahne. Dabei war es noch nicht einmal zwölf.

Sina beschloss, direkt zu sein. „Sie hätten erzählt, ihr Freund Tino habe ein Verfahren entwickelt, um weiße Trüffel zu züchten.“

Fritto zuckte nur mit den Schultern. Es schien völlig absurd, dass dieser menschliche Staubsaugerbeutel ein Freund von Grillo sein sollte. Im Gegenteil, Grillo schien ihm völlig egal.

„Heißt das ja oder nein?“

Wieder blickte er Sina nur stumm an. Aber es lag etwas Gefährliches in seinem Schweigen. Sie sah sich unwillkürlich um. Niemand war auf der Straße. Zum Glück hatte er sie nicht hereingebeten.

„Wollen Sie ihm nicht helfen? Ich dachte, er sei Ihr Freund.“

Schweigen.

„Dieses Haus von Tino. Das im Corsagliatal. Wissen Sie, wo das ist? Genau, meine ich?“, versuchte sie es weiter. Er war ihre einzige Quelle.

Fritto ging einen Schritt nach vorne und kam ihr nah. Zu nah. Dieser Schritt durchbrach eine unsichtbare Grenze, Sinas Schutzwall. Seine merkwürdigen Ausdünstungen pressten sich in ihre Nase, durch die Luftröhre, in die Lunge. Sie hatte das Gefühl zu ersticken. Dann fächerte er mit der schrägen Hand kurz vor ihrem Gesicht herum und stierte sie böse an. Sina duckte sich instinktiv und ging gleichzeitig einen Schritt nach hinten, stand nun im Regen.

„Verschwinde, du kleine Schlampe! Hör auf herumzuschnüffeln. Wer weiß, was sonst noch passiert“, zischte er, zog das Lid mit dem Zeigefinger nach unten. „Pass bloß auf“, hieß das.

Sina taumelte zurück, von seinem unerträglichen Atem nach hinten gestoßen. Als sie aus seiner Reichweite war, drehte sie sich um und rannte zum Auto. *Der hat Dreck am Stecken,* dachte sie, als sie hektisch den Motor anließ.

Täuschung

Bruno hatte versprochen, Gnocchi zu machen. Als sie zurückkam, stand er in der Küche und presste Kartoffeln direkt auf die Tischplatte, gab ein Ei in die Kartoffelmasse und begann, alles auf dem bemehlten Küchentisch zu vermengen. Pluto lag darunter und schlief.

„Und?“, fragte er, war aber voll auf seinen Teig konzentriert, als wäre der das Wichtigste auf der Welt. Sina setzte sich auf einen Stuhl und sah ihm gebannt zu. Er rollte nun Würste, schnitt kleine Teile schräg mit dem Messer ab, zog dann alles liebevoll über eine Gabel, damit die Oberfläche Rillen bekam. So haftete später die Soße besser. Diese Intensität, mit der Bruno bei der Sache war, erinnerte sie an Corleone. So wie Bruno Gnocchi hatte Corleone Caffè gemacht. Mit Hingabe und Leidenschaft.

Die fertigen kleinen Klößchen legte er behutsam auf einen goldenen Pappteller. Erst als er den ganzen Teig verarbeitet, sich die Hände gewaschen, den Tisch sauber gemacht hatte, war Bruno zum Zuhören bereit. Er öffnete den Kühlschrank, holte eine Flasche Prosecco heraus und schenkte die prickelnde Flüssigkeit in zwei kleine Wassergläser. Natürlich war der Prosecco aus Valdobiadene. Dann zündete er sich eine Zigarette an. Sina grinste in sich hinein. Ob ihm aufgefallen war, so lange nicht geraucht zu haben?

Auf dem Kühlschrank stand eine Schüssel mit grünem Pesto neben einer mit frisch geriebenem Parmesan. Direkt daneben kochte auf dem Herd blubbernd eine Tomatensoße, vermutlich eine Bolognese. Sina konnte sich kaum beherrschen, ihren Finger nicht zuerst in die Bolognese zu tauchen, danach in das Pesto und dann noch in den Parmesan. Vor allem nach dem Erlebnis mit dem Staubsaugerbeutel. Stattdessen sagte sie: „Dieser Fritto ist nicht koscher. Und ein Freund von Tino ist der bestimmt nicht." Sie erzählte Bruno von ihrer Begegnung.

„Aber ob der was mit den Morden zu tun hat?"

„Ein Junkie. Wenn du mich fragst. Vielleicht hast du ihn einfach dabei gestört, und er war deshalb verschnupft." Das letzte Wort betonte er extra lang.

„Und wie der gerochen hat!" Sina sog den Duft der brodelnden Tomatensoße ein, als wäre sie das dringend benötigte Antiserum. Ihre Nasenflügel waren immer noch verklebt. Ihre Lunge verpestet. Wahrscheinlich für immer.

„Und Judas?"

„Judas?"

„Na, der im Portici?"

Jetzt kapierte Sina, was Bruno meinte: „Angeblich hat Grillo ein Verfahren entwickelt, um weiße Trüffel zu züchten."

„Großartig! Dann wird ja endlich dieser Tanz um das Goldene Kalb aufhören!"

Sina nickte. Wenn es stimmte, würde es eine ganze Kultur verändern.

„Für die in Alba wäre es eine Katastrophe. Aber

für alle Trüffelliebhaber super, weil die Preise nicht mehr ins Astronomische steigen. Man sich mehr als diese homöopathische Dosis leisten kann, die in Restaurants über die Spaghetti gehobelt wird. Schlimmer als bei Bachblüten! Eine Konzentration, die in der Pasta kaum nachzuweisen ist."

Di Neri schüttelte den Kopf. „Die Menschen wollen betrogen werden. Denen könntest du einen gepressten Pferdeapfel über die Nudeln hobeln. Wenn du sagst, es seien Trüffel, würden sie in Begeisterungsstürme ausbrechen."

Sie sah Bruno ernst an. „Falls es wirklich stimmt, sind eine Menge Leute dahinter her. Angeblich hat Tino hier irgendwo ein Haus. Weißt du, wo?"

„Hier hat doch jeder irgendwo ein Haus."

„Dann wäre auch klar, warum hier nachts, wer auch immer, herumgegeistert ist. Deine Keller aufgebrochen wurden. Wenn es stimmt, wird alles klarer. Schukow war dahinter her. Certo! Vielleicht, um in Rumänien Plantagen anzulegen. Oder alles nach China zu verkaufen."

„Du meinst, er wollte es deinem Trüffelsucher stehlen."

Sie nickte „Corleone vielleicht auch?"

„Die Monterossos?"

Das erste Mal hatte sie das Gefühl, hinter die Kulissen zu blicken. Irgendwie zumindest. „Wir müssen unbedingt dieses Haus finden", sagte sie mehr zu sich selbst.

In diesem Moment wurde die Tür geöffnet und Ronya steckte die Schnauze herein, gefolgt von Cioccolatino und Michael. Im Gegensatz zu seinen Hunden war Michael völlig trocken. Anscheinend war er bis zum Haus gefahren. Pluto sah kurz nach oben, schlief dann aber weiter. Ronya schüttelte sich direkt neben Sina.

„Ihh", schrie die.

Michael sah schuldbewusst auf den Steinboden. „Hast du mal 'nen Lappen?"

Di Neri stellte kopfschüttelnd einen großen Topf mit Wasser auf den Herd. „Keine Ahnung, wo einer ist. Das ist Frauensache."

Sina zog die Stirn in Falten und sah Bruno tadelnd an. „Wahrscheinlich im Bad. Draußen", sagte sie dann zu Michael.

Der verschwand und kam mit Lappen und Schrubber zurück. In der Küche hing ein feuchter Nebel, es roch nach Tomatensoße, Rauch, nach nassen Hunden, das Wasser kochte. Bruno warf die Gnocchi hinein, füllte die Bolognese in eine Schüssel und stellte sie zusammen mit Pesto und Parmesan auf den Tisch, während sein deutscher Freund den Boden wischte.

Kurze Zeit später verteilte Bruno die Klößchen auf drei Teller. Ronya und Cioccolatino saßen neben dem Herd, schauten hoffnungsvoll nach oben, während Pluto schlief. Sina hätte sich nicht vorstellen können, dass dieser Hund gefährlich sein konnte, wenn sie es nicht mit eigenen Augen gesehen hätte. Di Neri hatte eine Flasche Dolcetto geöffnet, den er in Wassergläser einschenkte.

Ist eh wurscht, dachte Sina und nahm einen kräftigen Schluck. In dieser Küche war es so kuschelig und gemütlich, das Wetter draußen so hässlich, was hätte man sonst mit einem solchen Tag Besseres anfangen sollen, als die wunderbarsten, flauschigsten Gnocchi der Welt zu essen, dazu einen guten Dolcetto zu trinken. Der Wind pfiff durch die Fenster, der Regen hieb dagegen. Sie aßen schweigend, nur ab und zu gab Ronya Michael Pfötchen, während Cioccolatino devot direkt hinter ihr saß. Aber Schröder hielt dem Biafrablick seiner Hündin stand.

„Wir müssen unbedingt dieses Haus finden", sagte sie, als sie fertig gegessen hatten.

„Welches Haus?", fragte Michael.

Sina fasste kurz zusammen.

„Das wäre natürlich ein Hammer! Wenn das tatsächlich stimmen würde."

Sie nickte.

„Aber was sollen wir denn dort finden? Außer Beweisen gegen Tino! Gesetzt den Fall, es gäbe was, würde es beweisen, dass er stärker in der Sache mit drinhängt als angenommen. Das wird Andrea gar nicht gefallen", sagte Schröder besorgt. Bruno nickte zustimmend.

„Vielleicht war es Notwehr?" Sina hatte es auch schon durchgespielt. Und certo. Damit rückte Tino in den Mittelpunkt. Tino war zur Tatzeit im Wald. Und Tino hatte nun auch ein Motiv.

„Der Giftköder im Mund, Notwehr! Eine interessante Argumentation. Wahrscheinlich auch bei Corleone."

„Du könntest Andrea anrufen, fragen, ob sie weiß, wo das Haus ist."

„Die weiß bestimmt, wo das Haus ist. Ist ja schließlich immer mit dem Casanova unterwegs."

„Und ihr? Ihr wohnt hier und kennt euch null aus."

„Im Wald ist es gefährlich. Das weißt du doch selbst. Ich gehe nicht in den Wald", säuselte Bruno.

Schröder nickte. „Man hat hier auch schon wieder Wölfe gesehen."

Sina schüttelte den Kopf. „Kannst du also Andrea mal anrufen? Ich bin sicher, dass man bis zu dem Haus fahren kann."

„Klar, aber die sitzt gerade im Flieger."

Sina goss sich genervt noch etwas Dolcetto ins Glas. Notfalls würde sie sich auf die Couch nebenan schmeißen und ihren Schwips ausschlafen.

So war es auch, als sie am Nachmittag erwachte. Mit ihr auf dem Sofa lagen Ronya und Cioccolatino. Deshalb hatte sie im Schlaf dieses undefinierbare Gefühl der Enge gehabt. Im einzigen Sessel schnarchte Michael. Bruno war nirgends zu sehen. Aber das Feuer im Kamin brannte, es war mollig warm, der Wind heulte wie ein Wolf und es regnete immer noch. Das Rauschen des Corsaglia war wie das eines Fernsehers ohne Signal.

Sina ließ ihre neuesten Erkenntnisse Revue passieren. Tinos Geheimnis veränderte alles. Leider schloss dies auch die Möglichkeit ein, dass er doch der Täter war. Allerdings niemals aus Absicht. Da war sie sich sicher. Aber wenn er Schukow tatsächlich umgebracht hatte, konnte es kaum im Affekt geschehen sein. Körperlich war er Schukow nicht gewachsen. Hatte Schukow Grillo beobachtet, verfolgt? Hatte er ihn erpresst? Aber womit? Vielleicht waren es auch zwei. Einer, Tino, der Schukow die Beule auf der Stirn verpasst, ein anderer, der ihm den Giftköder in den Mund gesteckt hatte. Vielleicht hatte Fritto Tino geholfen. Vielleicht war er deshalb sein Freund. Aber wenn es gar kein Geheimnis gab, wie Tinos Frau behauptete, wäre auch diese Theorie falsch. Vielleicht gab es an Tinos Haus Spuren. Vielleicht hatte jemand versucht, einzubrechen. Dort konnte die Lösung liegen. Und der Beweis, wenn es um das Sporenextrakt ging.

Wenn sie dort etwas finden würden. Wenn.

Draußen war es noch hell. Sie zückte ihr Handy. Halb vier. Ausreichend Zeit, um nach dem Casa zu suchen. Zumindest, wenn sie Michael wachkriegen und animieren konnte, mit dem Allrad danach zu suchen.

Schröder war nicht begeistert. Bruno aber sofort dabei. Sina brauche schließlich Hilfe, überredete er seinen amico.

„Wenn wir allerdings in Tinos Haus die Ernte von Mikaeles Cannabisplantage finden würden …“, sinnierte er.

„Bruno!“, Sina schüttelte entsetzt den Kopf.

„Na ja, der sitzt ja schon im Knast. So eine Kleinigkeit würde kaum mehr ins Gewicht fallen“, insistierte Di Neri.

„Bruno!“

„Allerdings gibt es ein Problem.“

Sina und Michael sahen ihn entgeistert an.

„Wo kriegen wir das Kraut her? Oder hast du vielleicht noch etwas im Keller gelagert?“

Nun schüttelte auch Schröder genervt den Kopf.

Obwohl die Lüftung voll aufgedreht war, beschlugen die Scheiben des Yeti sofort von innen. Der Regen war so dicht, die Wischer scheiterten trotz ihres hektischen Hin und Hers kläglich, freie Sicht zu schaffen.

„Völlig bescheuerte Idee!“, schimpfte Michael, fuhr aber los. Bruno hatte sich nach hinten gesetzt und steckte sich eine Kippe in den Mund.

„Das kannst du vergessen“, motzte Schröder.

„Ich mache auch das Fenster auf.“

„No. Auf keinen Fall.“

Di Neri murmelte irgendetwas, schien aber geneigt, den Befehl seines deutschen Freundes zu befolgen. Sie fuhren auf die Via Tanaro.

„Es gibt zig Wege, die rechts und links abgehen“, schimpfte Michael weiter.

„Aber Andrea hat es ja eingeschränkt.“

Schröder hatte sie angerufen. Natürlich wusste

seine Frau, wo das Haus war. Keine fünfhundert Meter Luftlinie, hatte sie behauptet.

„Die kann aber rechts und links nicht unterscheiden."

„Pah, das ist aber auch nicht leicht", verteidigte Bruno Andrea.

„Gib mir mal den Zettel", bat Sina.

Michael hatte mitgeschrieben, als er Andrea angerufen hatte, Sina versuchte, seine Handschrift zu entziffern.

„Es könnte heißen, die Dritte rechts."

„Rechts! Dann fahren wir aber runter. Da kommen wir ins Tal. Aber sie hat von oben geredet. Oberhalb von uns!" Schröders Stimme überschlug sich.

„Dann nimm halt die Dritte links", empfahl Di Neri.

Schließlich fuhren sie über einen holprigen Waldweg. Der Wagen wühlte sich durch dicke Pfützen, als wäre es Quark. Nach fünfhundert Metern lag ein Baumstamm quer über dem schmalen Waldweg. Der Sturm hatte ihn wohl gerade erst gefällt.

„Es kann aber nicht mehr weit sein", Sina wollte so kurz vorm Ziel nicht aufgeben. Sie öffnete die Tür, zögerte kurz, stieg aber aus.

„Du willst doch nicht bei diesem Wetter loslaufen!", rief Schröder ihr hinterher.

„Was bist du denn für ein Weichei, Michael", frotzelte Bruno.

Genervt stieg Michael aus dem Wagen, ließ auch die Hunde heraus. Sina knöpfte ihre Jacke zu und setzte die Kapuze auf. Nur Di Neri blieb im Wagen sitzen.

„Bruno?“ Michael öffnete die Hintertür.

„Ich bin ein Weichei“, bemerkte der trocken, lehnte sich fest in den Rücksitz, als würde er von dem mit Gewalt festgehalten. Michael schüttelte nur den Kopf.

Die Ohren von Cioccolatino tanzten im Wind. Ronya hüpfte elegant über den Stamm. Sina und Michael kletterten darüber. Der Boden war glitschig. An ihren Schuhen klebte bereits nach ein paar Metern dicker Schlamm. Es schien, als hätten sie Gewichte aus Blei an den Sohlen, die sie nach unten zogen. Michael schüttelte permanent den Kopf.

„Geh halt zurück“, maulte Sina ihn an. Das waren ja wirklich zwei Helden.

Aber er stapfte tapfer weiter. Wahrscheinlich wollte er sich die Blöße vor Bruno nun doch nicht geben.

Der Weg führte sie an eine Lichtung, auf der zwei einsame Pfeiler im regnerischen Dunst standen. Als sie näher kamen, erkannte Sina, dass es Reste eines Tors waren. Der Rundbogen war wohl schon längst zusammengebrochen. Dahinter stand ein altes Steinhaus, wie auf dem Bild. Zwei Stockwerke, ein Spitzgiebel, das Dach aus Metall. Anscheinend war die Dachrinne verstopft, Regenwasser staute sich, lief laut plätschernd über. Direkt unter diesen Stellen hatten sich im Gras kleine Seen gebildet. Die Fassade war notdürftig ausgebessert, zum Teil mit grobem Putz, zum Teil mit

Backsteinen. Das Gras vorm Casa war gemäht. Sina rüttelte an der Tür. Sie war verschlossen. Auch die braunen Jalousien.

Klar, wäre auch zu schön gewesen!

Dem Haus gegenüber lag eine Scheune mit einem offenen Unterstand.

„Guck mal, ein Lamborghini", Michaels Augen glänzten. Sina sah nur einen alten Traktor. Hinter ihm stand ein Kunststofftank, jede Menge Holz war an die Rückwand gestapelt.

Sie rüttelte am Scheunentor, stellte aber überrascht fest, dass es sich ohne Widerstand aufschieben ließ, öffnete es einen Spaltbreit und blickte in den schummrigen Raum. Dann verschlug es ihr den Atem. Der Lancia stand in der Scheune!

„Michael!"

Schröder inspizierte gerade den Traktor.

„Michael!"

Schröder unterbrach, sah hoch, während Sina das Tor aufschob.

Stroh war wie Schnee vom Heuboden auf den Spider heruntergerieselt. Aber ansonsten schien er heil. Sie lief um ihn herum, wischte das Heu weg, fuhr am Lack entlang, tastete, betastete seine Formen, lachte dabei, blies ein paar Halme vom Dach, streichelte darüber. Dann riss sie die Fahrertür auf. Kabel hingen wirr vor dem Armaturenbrett.

„Verdammt! Das war einer, der sich nicht damit auskennt." Michael war hinter sie getreten und sah sich das Desaster an. „Da ist mehr herausgerissen worden als nötig.“

„Ich kann es nicht glauben“, stammelte Sina, ihre Stimme stockte, sie wusste nicht, ob sie lachen oder weinen sollte. Der Lancia war wieder da. Aber augenscheinlich ging es auf Tinos Konto. Hatte sie sich so getäuscht? Hatte er sie so getäuscht?

„Wie er den hierhergebracht hat?“

„Na, das war bestimmt vor dem Regen. So schlimm ist der Weg nicht, wenn es trocken ist. Nicht so steil wie bei uns.“

„Ich kann es nicht glauben.“

„Ja, wer soll es denn sonst gewesen sein?“

„Ich weiß es nicht. Aber Tino? Das passt doch alles nicht zusammen!“

„Vielleicht müsst ihr euch einfach mal daran gewöhnen, dass er ein riesiges Schlitzohr ist.“

„Wir?“

„Na, Andrea und du. Der hat ja bei euch fast einen Heiligenschein. So unschuldig, wie er tut, ist er nicht. Eher ziemlich gerissen.“ Schröder konnte endlich seinem Frust über den sonst so unantastbaren Rivalen Luft machen. „Und dass er den Schraubenzieher bei Bruno geklaut hat und ihm so auch noch den Mord unterjubeln wollte, ist hinterhältig und gemein! Also …“ Er schüttelte vehement den Kopf. Sein Haar war klitschnass, Wassertropfen stoben dabei in die Luft, es sah fast so aus, wie wenn Ronya sich schüttelte.

Sina schwieg. Sie hätte gerne einen Luftsprung gemacht, wäre dabei übermütig in die Pfützen vorm Haus gesprungen. Die paar Kabel zu reparieren schien im Verhältnis zu seinem sonstigen Gezicke harmlos. Aber gleichzeitig war sie todtraurig. Konnte sie sich so getäuscht haben? Und Andrea auch? Aber alles sprach gegen Tino. Wirklich alles!

„Am liebsten würde ich ihn gleich mitnehmen", sie ging nicht auf Michaels Schimpftirade ein, „ihn bei Bruno unterstellen."

„Vergiss es. Den kriegen wir hier jetzt nicht raus. Mal abgesehen von dem Baum."

Sie nickte. „Macht keinen Sinn."

„Weiß ja sonst keiner", beruhigte Schröder.

„Ich würde gerne ins Haus gehen."

„Da müssten wir aber einbrechen."

„Ob Falcone nichts davon weiß? Wieso hat er es nicht schon längst durchsucht?"

Michael zuckte mit den Schultern.

„Willst du also einbrechen?"

Sie sah sich um. Nach irgendetwas, mit dem man die Tür hätte aushebeln können. Aber Michael bremste sie aus.

„Sina, es wird bald dunkel. Lass uns morgen früh zurückkommen."

Sie nickte widerwillig. Natürlich wäre es vernünftiger. Aber den Lancia alleine lassen? Am liebsten hätte sie sich ins Heu gelegt und ihn bewacht. Deshalb ging sie noch einmal zurück, streichelte sanft über die

Motorhaube, fegte noch etwas von dem Stroh weg. Dann schloss sie das Tor sorgfältig.

Bruno saß noch im Auto. Es stank gewaltig nach Rauch. Aber er verzog keine Miene. Auch nicht, als Michael kurze Zeit später in einer Pfütze stecken blieb. Die Räder wühlten sich in den Schlamm. Di Neri blieb nichts anderes übrig, als zusammen mit Sina auszusteigen und zu schieben.

Als sie bei Bruno ankamen, holte der drei Wassergläser und eine Flasche Grappa. „Prosecco schafft das nicht mehr. Wir brauchen etwas Stärkeres", sagte er und schenkte die Gläser voll.

Verrat

Am nächsten Morgen hatte Sina einen faden Geschmack im Mund. Zum einen vom Grappa. Zum anderen von dem schlimmen Verdacht.

Er drückte von unten hoch, als würde ein riesiger Stein, eher ein Fels sich durch die engen Gewinde und Öffnungen ihrer Eingeweide nach oben drängen. Spielte Tino ein falsches Spiel? Sie wollte es einfach nicht glauben.

Verdammt, ich drehe mich im Kreis, dachte Sina. *Ich muss mit ihm reden. Nur Tino kann es aufklären. Ich muss zu Falcone.*

Kurze Zeit später klopfte Sina an Di Neris Tür, aber niemand antwortete. Sie drückte die Klinke herunter, klar, war offen. Auf dem Küchentisch lag ein Zettel und der Autoschlüssel.

„Nimm das Auto, aber sei leise!"

Sina grinste. Der letzte Grappa sei falsch etikettiert, würde Bruno behaupten. Glücklicherweise hatte er am Abend noch einige Antipasti gezaubert und die restlichen Gnocchi gekocht. Und schließlich diese kleinen Törtchen aus dem Café Portici zu einem Caffè Corretto serviert.

Als sie in die Questura kam, war zwar die Tür von Falcones Büro offen, aber der Vogel ausgeflogen. Sie zögerte. Sollte sie sich wieder auf sein Büßerschemelchen setzen? Brav auf ihn warten? Die Hände demütig auf dem Schoß gefaltet, die Knie zusammengedrückt. Oder sollte sie gleich vor seinem Schreibtisch knien?

Aber dann entschied sie sich frech für seinen Lehnstuhl. Auch weil auf seinem Schreibtisch jede Menge Papiere lagen, auf die sie so einen flüchtigen Blick werfen konnte. Direkt obenauf lag ein Gesprächsprotokoll.

„… mit Tino Grillo" las sie, aber die polternden Schritte im Flur, auch dieses Zucken im Magen, das Bitzeln in der Nase warnten sie. Sie ließ sich schlagartig nach hinten in den Stuhl fallen, der bockig nachfederte, Sina fühlte sich wie auf einem Schleudersitz.

Der Commissario betrat das Büro, stutzte, schien kurz zu überlegen, was sie gesehen haben konnte, lehnte sich dann aber nur arrogant grinsend über seinen Schreibtisch und säuselte: „Du hattest Sehnsucht? Schätzchen!"

Stronzo! „Ich muss den Trüffelsucher sehen."

„Wieso? Willst du noch mehr an die Monterossos verkaufen?"

Sina merkte, wie sauer sie wurde. Dass er sofort wieder dieses kleine Malheur ansprach, war ein Zeichen seines miesen Charakters. Kleingeist. Kleinstadt-Casanova. Die Frauen hier schienen einen seltsamen Geschmack zu haben. Der ein Frauenschwarm?

„Ich muss Tino sehen!", befahl sie.

Kann es ja mal versuchen, dachte sie gleichzeitig. Bei ihm funktionierte diese Masche ja meistens.

Falcone drehte sich wortlos um und verließ sein

Büro, nicht ohne ihr vorher einen mahnenden Blick zuzuwerfen. Sie hätte sich sowieso nicht getraut, weiterzulesen. Wer wusste, wie dieser Kamikazebulle darauf reagierte. Im Grunde war sie zu verblüfft, dass ihre Forderung bei ihm eine Reaktion ausgelöst hatte. Welche, blieb abzuwarten. Kurze Zeit später kam er zurück, knallte ein Formular auf seinen Schreibtisch. Drehte es aber noch gnädig um, sodass sie es lesen konnte.

„Das kannst du draußen ausfüllen. Gib es vorne beim Empfang ab. Die melden sich bei dir, wenn sie es bearbeitet haben.“ Er zuckte hilflos mit den Schultern. „Aber du kennst ja die Bürokratie.“

Sina hielt sich krampfhaft mit beiden Händen an der Lehne fest. Sie war kurz davor, aufzuspringen und ihm ins Gesicht zu spucken. Dann sah sie die Rillen in seiner Schreibtischplatte. Von Weitem wirkten sie wie ein Muster. Aber es waren Kerben! Für erlegte Täter? Oder Frauen? Sie hielt beides für möglich.

„Prego!“, presste sie heraus.

„Warum willst du mit ihm sprechen?“

Wieso musste dieser Typ einen immer auf den Boden zwingen? Wieso gab er sich nie zufrieden? Wieso musste dieser Kerl sie immer so in den Boden rammen? Aber sie gab sich geschlagen. Es hatte keinen Sinn, mit diesem Geplänkel Zeit zu verschwenden. „Ich habe den Lancia gefunden!“

„Wo?“

„In der Scheune von Tino. Er hat ein Haus. Ist in

der Nähe von Michael. Habt ihr denn da nicht gesucht?"

„Als wir da waren, war dort nichts!"

„Gestern Abend war er aber da. Kurzgeschlossen. Wegen des Regens war es unmöglich, ihn mitzunehmen."

Der Commissario nickte.

„Ich muss wissen, ob er etwas damit zu tun hat."

Er nickte erneut.

„Und dann gibt es da noch die andere Geschichte", schob sie zögernd hinterher.

Falcone sah sie fragend an.

„Angeblich hat er ein Sporenextrakt entwickelt, um Bäume zu impfen und den weißen Trüffel zu züchten. Ihm sei gelungen, was niemandem vorher geglückt ist. Angeblich würde er derzeit auf seinen Plantagen ernten."

„Der Trifolao leugnet das."

„Du kennst also die Geschichte!"

Er nickte.

„Deshalb muss ich ihn sprechen."

Falcone setzte sich auf den Büßerstuhl. Mit ihm wirkte der wie für einen Zwerg gemacht. Kein Ausdruck lag in seinem Gesicht. Dunkles Eis in seinen Augen. Kein einziger Muskel bewegte sich. Alles schien erstarrt. Erfroren. Aber dann sah Sina ein kurzes Zucken der Mundwinkel. Fast unmerklich. Ein winziges Flackern im Eis seiner Augen. Kurz darauf verzog sich sein Mund, entblößte die weißen Zähne.

Er begann lauthals zu lachen. Sein Lachen hätte Berge zum Beben gebracht. Eisberge zum Schmelzen. Aber da keines von beiden da war, bebte Sina und schmolz dahin.

Falcone lachte.

„Ich kann dich nicht zu ihm lassen“, er setzte wieder eine ernste Miene auf. Aber seine Augen lachten noch immer.

„Aber du könntest ihn fragen.“ Sie lehnte sich nach vorne, stemmte die Ellenbogen auf den Schreibtisch, legte den Kopf auf ihre Hände und sah ihm in die geschmolzenen Augen. Es war, als hätte das Lachen alles vertrieben, die Schranken, Grenzen, Härte.

Sina sah Falcone das erste Mal wirklich.

Er schlug zustimmend die Lider nieder. Aber es dauerte eine Weile, bis er sich erhob und das Zimmer verließ.

Sina blieb einfach so sitzen, saß immer noch exakt so da, als er zurückkam. Hatte es nicht gewagt, sich zu bewegen, um den Zauber nicht zu zerstören.

„Er schwört, dass er es nicht war.“

Sina nickte. Ihr Herz war gerade weit offen. Natürlich glaubte sie auch dem Trüffelsucher.

„Ich glaube ihm. Es passt nicht. Auch wenn es zu passen scheint. Wenn man es von außen betrachtet.“

Wieder nickte der Commissario. Dann sah er sie lange an. Schließlich nahm er ihre Hand. Sein Griff war wie ein Anker.

„Komm!“, befahl er.

„Wohin?“

„Wir stochern im Heuhaufen“, und zog sie hinter sich her.

Als sie über die Piazza liefen, hielt er immer noch ihre Hand. Es schien ein Verbindungspunkt zu sein. Ihre ganzen irritierenden Gefühle strömten über diesen festen Knoten, begegneten sich dort völlig unkontrolliert und nahmen so den Körper des anderen ein. Es waren unterschiedliche farbige Teilchen, manche rot, rosso, heiß und brennend. Manche verglühten in blendendem Weiß, als sie aufeinanderprallten. Andere wärmten. Manche waren voller Fantasie. Andere trugen die Erinnerung an den Duft von Kornblumen in sich. An rot blühende Felder mit Mohnblumen. Und die Hoffnung, in ihnen gemeinsam zu versinken.

Es fühlte sich gut an, musste Sina eingestehen. Verdammt gut sogar. Auch die Blicke der anderen Frauen, die sie verächtlich ansahen. *Wahrscheinlich leuchten wir wie zwei Glühwürmchen,* dachte sie.

Briaglia war nicht weit von Mondovì Piazza. Dass Falcone dorthin fuhr, überraschte sie nicht, denn Fritto kam ihr ständig in den Sinn. Wer wusste von dem Haus im Wald? Monterosso? Schukow? Corleone? Aber nur, wenn es ihnen jemand erzählt hätte. Und zwar ein sehr enger Vertrauter von Tino. Seine Frau schloss Sina aus. Aber je länger sie über diesen Fritto nachdachte, desto sicherer war sie, dass er dahintersteckte.

Regen klatschte aufs Dach. Falcone hatte seine Hände am Lenkrad, Sina ihre unter die Oberschenkel geklemmt. Sie schwiegen. Jeder in seinen Gedanken. Oder in Gedanken an den anderen. Aber Sina schob alles sofort wieder weg.

Ich hau hier bald wieder ab. Finger weg, Cassotto! Das macht keinen Sinn.

Sie wollte sich nicht ausmalen, was die ganzen winzigen Teilchen, die eben in ihren Körper geströmt waren, schon angerichtet hatten. Was sie in sich spürte, versetzte sie in ungebremste Panik. Und dann noch in diesem kleinen Raum mit ihm.

Das Auto ist ein seltsamer Platz, fand sie. *Eine erzwungene Zweisamkeit, in dieser kleinen Kapsel. Gekünsteltes Reden, wenn man einander fremd ist. Oder peinliches Schweigen.*

Streithähne, hatte sie einmal gedacht, müsste man zusammen eine lange Autofahrt machen lassen. Aber mit ihm schien Schweigen vertraut.

„Dürfen wir reinkommen", Falcone drückte die Tür auf, als Fritto sie öffnete, und ging forsch an ihm vorbei. Der folgte devot. Sina schreckte zurück, gefasst auf den fürchterlichen Geruch, er war auch da, aber nur wie ein Unterton in einem Lied. Vordergründig roch es nach einem scharfen Reiniger, als hätte er alles desinfiziert. Als hätte er auf sie gewartet. Aber was wollte er verstecken? Was hatte er zu verbergen?

Bevor er ihnen einen Platz angeboten hatte, saß der Commissario schon an dem rustikalen Tisch. Die Sitzflächen der Stühle waren noch mit Plastikfolie überzogen, man hatte den Eindruck, die ganze Einrichtung wäre gerade erst aus dem Möbelhaus geliefert worden. Auch die Bilder an den Wänden schienen wie ein Alibi. Um etwas zu überdecken, was sonst nicht vorhanden war. Sina setzte sich auf einen der anderen Stühle und roch es hier wieder stärker. Voller Staubsaugerbeutel. Lange nicht ausgeleert. Mit undefinierbarem Inhalt. Das passte überhaupt nicht zu dem sonst so sterilen Umfeld. Fritto zog es vor, stehen zu bleiben.

„Der Lancia!“ Falcone begann mit seinem Zeigefinger auf die mahagonifarbene Tischplatte zu tippen. Darauf stand ein gläserner Aschenbecher. Das Einzige, was in ihm lag, war eine kleine silberne Kugel aus zusammengerolltem Stanniolpapier.

Woher kenne ich das?, fragte Sina sich. Dann fiel es ihr ein: das Haus im Wald. Da, wo die Skier standen. Das passte! Es gehörte Fritto!

Der räusperte sich nur. „Der Lancia?“

„Bist du ein Papagei?“

„Ich weiß nichts von einem Lancia. Und ich fahre auch keinen.“

„Ein roter Spider. Schicker Wagen. Hast du eine Freundin?“

„Was soll das?“

„Hast du nicht erzählt, Tino könne Weiße züchten? Wem hast du das alles erzählt?“

Fritto blieb stur, zuckte nur mit den Schultern. „Ich weiß nicht, wovon Sie reden, Commissario."

„Vielleicht hast du Corleone davon erzählt?"

Kein Zucken in Frittos Gesicht. Falcone stand abrupt auf.

„Denk darüber nach. Ich bin sicher, es fällt dir wieder ein!"

Dann ging er, ohne ihn noch eines Blickes zu würdigen. Sina folgte ihm.

Eine Stunde später stürmte Falcone mit Sina in den Laden von Monterosso. Mario Monterosso stand hinter der Theke, als hätte er auf sie gewartet.

„Commissario, welche Freude, Sie zu sehen. Signora Cassotto! Leider haben wir nun die Ware verkauft", er machte ein untröstliches Gesicht, zuckte mit den Schultern. Sina biss sich auf die Lippen. Natürlich hatte er sie erkannt. Trotz fetter Schminke und Akzent. Wahrscheinlich hatte er sie gegoogelt, als sie auf der Messe war, und ihr Steckbrief hing in seinem Büro.

„Womit kann ich Ihnen behilflich sein?"

Sina spürte diese nun schon vertraute Schärfe, Hitze durch den Raum flirren. Sie konnte Falcones Augen nicht sehen, aber wahrscheinlich glühten die rot. Auch Monterosso wich etwas nach hinten, obwohl die Theke zwischen ihnen lag.

„Ich habe mich gefragt", sagte der Commissario erstaunlich ruhig, „was für Sie dieses Sporenextrakt wert ist, das der Trifolao aus Vicoforte entwickelt hat?"

„Ach, Sie meinen dieses Gerücht. Gerüchte! Wer wird schon etwas auf diese Gerüchte geben? Es gab ja auch immer mal diese Geschichte, man könne Gold herstellen. Aus Stroh!“

„Nachdem Sie Ihrer Quelle auf solch schlimme Art beraubt wurden?“

„Sie sprechen in Rätseln, lieber Commissario.“

„Nun ja, einer Ihrer Lieferanten hat ja das Zeitliche gesegnet.“

„Sie meinen Corleone?“

Er gab sich betont harmlos. „Wirklich bedauerlich, was ihm passiert ist.“

„Ach, Sie haben auch weiße Trüffel von Corleone bezogen?“

Für einen Moment zuckte es in Monterossos Augen.

„Certo, Commissario. Auch Butter, Öl, Pasta. Natürlich sind die, wie es üblich ist, mit synthetischen Aromen versetzt. Das ist völlig legal. Und natürlich weiße Trüffel aus Schokolade.“

„Ich wusste nicht, dass Corleone auch mit Pilzen handelte.“

„Das war natürlich nicht sein Hauptgeschäft“, wand er sich heraus.

„Alberto Fritto?“

„Wer soll das sein?“

„Dann wechseln wir mal zu ‚rot‘. Lancia Beta Spider.“

„Ach, Sie meinen das schöne Auto der Signora.“ Er sah zu Sina. „Wirklich bedauerlich und so selten.“

„Das hat sich also bis nach Alba herumgesprochen."

„Certo, Commissario. Solch ein Verlust. Es tut mir unendlich leid."

Sina konnte sich kaum halten. Dieser scheinheilige Schleimer. Die Luft war heiß. Falcones rot glühende Ausdünstungen hätten genügt, den ganzen Laden in Brand zu setzen, wenn jemand ein Streichholz angezündet hätte.

„Nun, lieber Signor Monterosso", Sina zog den Kopf ein. Wenn Falcone so freundlich wurde, war es gefährlich. Sehr gefährlich. „Dann werden Sie ja auch nichts dagegen haben, wenn ich meinen Kollegen von der Guardia di Finanza einmal bei Ihnen vorbeischicke. Um Ihr Geschäft zu kontrollieren."

„Naturalmente! Jederzeit, Commissario. Jederzeit!"

„Hast du Hunger?", hatte Falcone kurz vor Mondovì gefragt. Als Sina nickte, setzte er das Blaulicht auf das Autodach des Alfas und brauste an der Ausfahrt vorbei. Eine halbe Stunde später saßen sie am Meer.

Sina liebte dieses Stück Ligurien besonders. Vielleicht, weil es der Amalfiküste so ähnlich war. Unmittelbar vorm Strand stiegen die Berge auf Höhen bis achthundert Meter. An den Hängen führten alte Pfade durch Erikawälder und Olivenhaine, fast immer mit herrlicher Aussicht aufs Meer. Die Landschaft war einzigartig, an vielen Stellen geradezu spektakulär.

Noch bevor das Mare mediterraneo zwischen den

ligurischen Bergen hervorspitzte, ließ der Regen nach. Der Himmel hing voller dicker Wattewolken, war hoch, höher als sonst. Aber als sie die Serpentinen bei Noli hinunterfuhren, brach die Sonne durch, und die Temperatur stieg auf vierundzwanzig Grad. Mächtige Palmen säumten die Uferpromenade des kleinen Dorfes. Der Fischmarkt war schon vorbei, hier konnte man jeden Morgen den Fisch kaufen, den die Pescatori mit ihren bunten Holzbooten direkt vor der Küste gefangen hatten. Die lagen jetzt am Strand. Einige der Fischer machten sich an den Netzen zu schaffen, säuberten sie oder legten sie einfach nur zusammen. Sie trugen noch ihr orangefarbenes Ölzeug, ein starker Kontrast zum dunkelblauen Meer, das, aufgewühlt, hohe Wellen gegen den Strand schleuderte, die sich dort brachen, dann flach ausliefen.

Die überdachte, teilverglaste Terrasse der Trattoria Bagno Vittoria lag erhöht über dem flachen Sandstrand, man blickte direkt aufs Meer. Sonnenschirme und Strandliegen waren längst abgebaut, die dritte Jahreszeit hatte begonnen.

Der warme Kartoffelsalat mit den kleinen, bunten, ligurischen Oliven und Tintenfisch, ein Schwertfischcarpaccio und gefüllte Sardinen wurden auf einer ovalen Glasplatte serviert. „Uno per due“, eine Vorspeise für zwei, hatten sie geordert, danach die „Frutti di Mare“, dann „Branzino alla ligure“. Der Wolfsbarsch war in der Nacht noch im Meer geschwommen, duftete nach den Kräutern, die an der steilen Küste wuchsen, und war mit einer Kruste aus Parmesan, Brot und Olivenöl im Ofen überbacken. Auch die Frutti di Mare schmeckten köstlich, die Scampis zart wie Butter, die Muscheln nach Meer. Sie hatten gegessen, genossen und geschwiegen.

Als sie fertig waren, sagte Falcone drohend: „Du hältst dich raus! Keine Besuche mehr bei Fritto. Oder Monterosso. Die sind nervös. Sehr nervös. Beide!“

Sina war irritiert von der plötzlichen Veränderung seiner Stimme. Eben schien alles noch weich und sinnlich. Jetzt wieder hart.

„Du meinst, sie hängen da mit drin?“

Der Polizist zuckte mit den Schultern. „Ich bin mir im Moment exakt bei zwei Dingen sicher. Tino hatte kein Geheimnis. Aber genau dahinter waren alle her. Fritto. Schukow. Corleone. Monterosso. Und wer weiß, wer noch!“ Dabei sah er Sina streng an.

„Du glaubst doch nicht wirklich immer noch …“, brauste sie auf und schlug mit den Händen in die Luft. Falcone zuckte zurück. Der Windhauch, die Luft, die sie so aufwirbelte, schien wie eine sanfte Ohrfeige. Dann lehnte er sich lachend nach vorne, nahm ihre anfangs noch widerspenstigen Hände und hielt sie fest. Es war, als wäre diese Berührung nun eine Geste, die in ihrer Beziehung erlaubt war. Offiziell. Legitim. Sina war trotzdem kurz davor, sie ihm wieder zu entziehen, als Strafe dafür, dass er ihr immer noch nicht vertraute.

Sie immer noch verdächtigte. Aber dann entschied sie, dass es einfach schön war. Diese Berührung so nah, wie Nähe überhaupt sein konnte.

Es war bereits später Nachmittag, als der Commissario am Parkplatz hinter der Piazza hielt, auf dem Brunos Auto parkte. Er war über die Autostrada mehr geflogen als gefahren. Als wäre er auf der Jagd. Oder auf der Flucht.

Jetzt hatten sie sich einander zugewandt. Falcones linke Hand umfasste das Lenkrad, als müsse er sich festhalten, die rechte lag auf ihrem Nacken. Hatte es am Mittag noch genügt, brav nebeneinanderzusitzen, Händchen zu halten, war nun der kleine Innenraum voller elektrisierender Teilchen. Aufgeladen mit seinen sinnlichen Ausdünstungen. Mit ihrer Gier auf Scharfes. Der Lust, auf völlig unkontrollierten Genuss kurz vor der Schmerzgrenze. Auf diese Art Schärfe, von der man genau wusste, dass man keine Luft bekam, die alles reizte und einem die Tränen in die Augen trieb. Die aber einfach glücklich machte. Falcone zog sie an sich. Seine Lippen waren wie rot glühende Lava.

Sina schrak zurück. Das war zu heiß. Was sollte das! Sie drehte sich abrupt um, öffnete entschlossen die Beifahrertür, rannte zu Brunos Auto. Der Nieselregen war wie ein feines Spinnennetz. Er kühlte ihre heiße Haut. Ihr Blut. Atemlos stieg sie ein und startete den Motor.

Früher, dachte sie, während sie aufs Gaspedal trat, dass die Reifen quietschten, *hätte ich mich reingestürzt. Aber ich habe mir schon an deutlich Kälterem die Finger verbrannt.*

Am Abend saß sie mit Bruno und Roberto in Michaels Küche. Der Kamin brannte, seine tanzenden Flammen tauchten das Rundgewölbe in ein orangefarbenes Licht, das einem Sonnenuntergang glich. Schröder hatte den Tontopf mit dem Huhn auf Sinas Geheiß tatsächlich schon vor Stunden auf die heißen Steine gestellt. Deshalb duftete die ganze Küche nach „Rose der See“, das bedeutete nämlich Rosmarin. Der ursprüngliche Lebensraum der Pflanze fand sich an den trockenen sandigen Küsten des Mittelmeers. Ronya, Cioccolatino und Pluto schliefen unterm Tisch.

Sina war noch in Vicoforte beim Arienmann vorbeigefahren, hatte auch ein paar Chilis gekauft. Natürlich die Trinidad Moruga Scorpion. Zwei waren bereits gehackt und in Öl eingelegt. Irgendeine Art von Ersatzbefriedigung musste sein, hatte sie beschlossen und war tastend mit dem Zeigefinger über ihre brennenden Lippen gefahren. Sie fühlte sich wie damals, bei ihrem ersten Kuss. Dachte, jeder müsse es sehen. Jeder erkennen, wie verändert plötzlich alles war. Die Lippen viel röter, größer, fast geschwollen, die Wangen glühend, die Augen … Aber keiner nahm davon Notiz.

„Wir stehen nicht mehr unter Verdacht“, sagte sie nun und lehnte sich in ihrem Stuhl zurück. „Einhorn“ hatte sie ihn genannt, weil er weiß gebeizt war und an der Lehne ein kleines Horn hatte. Der große Holztisch war mit bunten Keramiktellern eingedeckt, einfachen Wasser- und bauchigen Weingläsern. Natürlich stand Dolcetto bereit. Es war der gleiche, den sie vor zwei Tagen getrunken hatten und in dem das Hühnchen nun schon seit Stunden schmorte.

Madsons Haare hingen wieder wirr am Kopf, aber heute trug er dezentere Kleidung.

Jedenfalls für seine Verhältnisse, dachte Sina. Die Hose sah aus, als wäre sie der übrig gebliebene Teil eines alten Smokings, und war schon an einigen Stellen abgewetzt. Darüber trug er eine dicke, lachsfarbene Strickweste mit Zopfmuster. Darunter ein weißes Hemd und eine schwarze Krawatte. Es war, als hätte er sich nicht entscheiden können, wohin er gehen sollte. Zum Konzert oder gemütlich auf die Couch. Seine Frau war schon wieder abgereist. Deshalb hatte er auch als Erstes den W-LAN-Code von Schröder gefordert und tippte permanent auf seinem Handy herum. Sina überlegte, ob sie den Router ausschalten sollte. Mit diesem hektischen Kommunikationsgetue brachte der Mann eine störende Hektik in das sonst so gemütliche Rundgewölbe. Auch Di Neri starrte paralysiert auf dessen nervöse Finger.

„Du kannst zurück nach Turin“, versuchte Sina ihn abzulenken.

„Ich komme hier doch nicht weg“, sagte Bruno, sah aber nur kurz zu ihr, dann wieder gebannt zu Roberto.

„Wieso?“

„Na, wenn ich mich ins Auto setze, wird garantiert dieser Gorilla irgendwo lauern!“

Sina schenkte ihm einen sehr bösen Blick. „Dann nimmst du halt den Zug! Michael oder Roberto fahren dich bestimmt zum Bahnhof. Oder ich, wenn ich den Lancia wiederhabe“, schlug sie vor.

„Mit dem Zug?“ Jetzt hatte sie seine volle Aufmerksamkeit. Er sah sie verständnislos an, als würde man etwas schier Unmögliches von ihm erwarten, formte die Hand zur mano cornuta, der gehörnten Hand, streckte Ringfinger und Zeigefinger nach oben, deutete dann aber nach unten. Eine Geste, die das Unglück abwenden sollte.

„Ach, ich warte noch. Da tut sich gerade was.“

Michael und Sina sahen ihn fragend an.

„Allora, einer meiner Patienten aus Turin hat einen Bruder“, erklärte er nun, „der einen Schwager, dessen Onkel einen Sohn, der in der Questura in der Beweisaufnahme sitzt. Sie haben mir Hoffnungen gemacht!“

„Und du schimpfst immer über Berlusconi?“ Jetzt blickte auch Madson von seinem Telefonino hoch.

„Berlusconi ist korrupt!“, antwortete Bruno empört.

„Und wie nennst du das? Ihr Italiener mit eurer scheiß Doppelmoral!“

„Doppelmoral? Das ist Kampf für Gerechtigkeit! Gegen ein fürchterliches Unrecht, das mir angetan wurde! Und um noch ein schlimmeres zu verhindern. Das war doch alles manipuliert!“ Dabei machte er einen beleidigten Gesichtsausdruck, der wohl bestärken sollte, wie man überhaupt etwas anderes annehmen konnte.

„Du hattest 1,7 Promille! Das hätte echten Ärger gegeben, wenn dem Auto meiner Frau was passiert wäre.“ Roberto hielt sein Handy in die Luft, stand auf, begann, wie mit einer Wünschelrute auf und ab zu gehen. Anscheinend hatte das Wetter die Sache mit dem Empfang erledigt.

„Niemals hatte ich 1,7 Promille. Niemals! Die hatten gar kein Recht, uns anzuhalten.“

„Du bist mit hundert Sachen durch den Ort gerast! Das habe ich mit eigenen Augen gesehen.“

„Du warst betrunken“, winkte Di Neri ab. „Und wir waren auf der Umgehung.“

„Ja, aber die liegt in Vicoforte.“ Roberto schüttelte den Kopf.

„Ah.“ Bruno fuchtelte mit beiden Händen herum, wobei sich die Fingerkuppen flüchtig berührten, wollte damit ausdrücken, „über welche Bagatelle reden wir“, entschied sich dann aber zu antworten. Augenscheinlich schien Robertos fragendes Gesicht seine Erkenntnis zu bestätigen, dass der Kanadier nicht der italienischen Gestensprache mächtig war. Trotz sizilianischer Herkunft. „Schilder sind nur Vorschläge! Empfehlungen! Nicht wie bei euch, wo alles mit stupiden Gesetzen geregelt ist. Das nimmt einem doch die Luft zum Atmen!“

„Na, ich bin gespannt, ob das der Commissario auch so sieht“, Roberto setzte sich wieder, legte das

Handy auf den Tisch und verschränkte die Arme wie ein trotziger Junge vor seiner Brust, während Sina an Brunos Vortrag denken musste, wie toll er die deutschen Regeln fände, als sie sich kennengelernt hatten.

„Dieser Bimbo?", Di Neri verzog angeekelt das Gesicht, als hätte sich gerade eine riesige Spinne auf seinen Kopf gesetzt.

„Bruno", mischte sich nun Sina ein. Sie konnte es kaum mehr ertragen, dass er so über IHN sprach, auch wenn sie insgeheim sicher war, irgendwo in Di Neris Hirn saß ein kleiner Schalk, der sich köstlich amüsierte. „Das ist rassistisch. Im Übrigen bin ich in Positano geboren."

Er riss die Augen entsetzt auf. „Dio mio! Das ist ja noch schlimmer als dein Name. Na ja, jeder Mensch hat seine Fehler."

Sie schüttelte den Kopf. Hatte keine Lust auf diese Debatte. Deshalb lenkte sie das Gespräch zurück auf das eigentliche Thema. „Falcone verdächtigt uns nicht mehr. Allerdings bis auf das Cannabisfeld."

Michael bekam sofort einen roten Kopf. „Das war doch kein Feld. Da haben, wenn überhaupt, zehn Pflanzen gestanden."

„Und woher weißt du das?", bohrte sie nach.

„Ich kann diesbezüglich keine Aussage machen, auch zu keiner Aussage gezwungen werden, weil es sich um ein verwandtschaftliches Verhältnis handelt."

„Andrea?"

„Quatsch!"

„Also der, für den du schon die anderen Pflanzen betüdelt hast?“

Michael schwieg.

Im Grunde war es Sina egal. Das Theater, das um Cannabis gemacht wurde, hatte sie noch nie verstanden. Wirklich beweisen konnten die Carabinieri sowieso nicht, wie viel dort gestanden hatte. Es sei denn, sie hatten tatsächlich alle Wurzeln aus dem Feld gebuddelt. Was sie aber sofort als „non italiano“ verwarf.

„Was wissen wir denn überhaupt sicher?“ Schröder nahm den Dolcetto und schenkte die Gläser voll.

„Schukow hat weiße Trüffel aus dem Ostblock verkauft. Aber wem? Direkt an Monterosso? Oder über einen Mittelsmann? Also Fritto oder Corleone?“, kombinierte Sina.

„Nehmen wir mal an, über Corleone. Vielleicht hatte er in seiner Schokolade ein spezielles weißes Pulver versteckt, das die Monterossos mit dem weißen Gold in die ganze Welt geliefert haben. Ob man einen Drogenspürhund so austricksen kann? Wäre die perfekte Tarnung! Vielleicht riechen die so nichts anderes als Trüffel.“

„Fritto war vielleicht nur der Botenjunge.“

„Hat die Ware von Corleone an die Monterossos geliefert.“

„Der hat kein Hirn für mehr. Der ist kein Strippenzieher“, nickte Sina.

„Hat vielleicht vor Corleone angegeben, er könne weiße Trüffel züchten.“

„Vielleicht war Schukow dabei. Natürlich hat der erkannt, was er damit für einen Gewinn machen konnte. Und wollte es kaufen."

„Vielleicht hat Fritto Vorschuss verlangt." Schröder nahm einen kräftigen Schluck Wein.

Di Neris Kopf bewegte sich zwischen Sina und Schröder hin und her wie beim Pingpong. Madson starrte teilnahmslos auf sein Handy.

„Dann hat er versucht, an Tinos Geheimnis zu kommen."

„Aber der hat es ihm nicht gegeben, weil es nichts zu geben gab. Also konnte Fritto nicht liefern. Kam deshalb gewaltig unter Druck."

„Fritto hat auch ein altes Haus hier in der Nähe. Dort könnte er sich mit Schukow getroffen haben."

„Und weil der ihn bedrängt hat, er aber nicht liefern konnte, hat Fritto Schukow eine aufs Hirn gehauen, ihm den Giftköder ins Maul gesteckt und ihn dann im Wald abgelegt. Dort, wo Tino Trüffel sucht."

„Und Corleone?"

„Der wusste davon. Als er von dem Mord hörte, hatte er bestimmt Fritto in Verdacht. Ihn vielleicht zur Rede gestellt."

„Und dann BUMM."

„Wäre irgendwie logisch."

„Dann hätten die Monterossos gar nichts direkt damit zu tun?"

„Zumindest haben sie wohl rumänische gekauft. Und Corleones Ware verdealt."

Sina stand auf, ging zum Kamin und hob vorsichtig den Deckel des Tontopfes. Der Duft eines langen Sommertages ergoss sich im Gewölbe. Schnell schloss sie ihn wieder, ging zur Theke, wo eine Schale mit Salat stand, und stellte sie auf den Tisch. Rucola, Brunnenkresse, Wildkräuter waren in einer Marinade aus Feigenessig und Olivenöl angemacht. Andrea habe den Essig selbst hergestellt, hatte Michael stolz erzählt. Sina fand ihn köstlich und wollte unbedingt etwas mit nach München nehmen. Di Neri musterte den Salat skeptisch, nahm seine Jacke von der Stuhllehne und schlich Richtung Tür.

„Willst du nichts?“, rief Sina ihm nach.

Er schüttelte abfällig den Kopf. „Wo ich herkomme, essen das nur die Hasen.“ Dann betätigte er das Türschloss, ging nach draußen, aber nicht ohne Michael mit einem vorwurfsvollen Blick zu bedenken, der besagte, wie herzlos es sei, seinen Freund bei diesem Wetter zum Rauchen nach draußen zu schicken.

Roberto schaufelte sich Salat auf den Teller.

„Der Feigenessig ist super“, sagte Sina, zuckte aber gleichzeitig zusammen, weil ein spitzer Knall die Stille durchbrach. Dann folgte ein Scheppern. Ronya und Cioccolatino stürzten aggressiv bellend zur Tür und scharrten wild mit den Pfoten gegen das Holz.

„Was war das denn?“, stutzte Michael, sprang auf, lief zum Fenster, schob die Gardine einen Spalt zurück und lugte nach draußen. Fast gleichzeitig stolperte Di Neri herein, drängte die Hunde zurück und schloss hektisch die Tür hinter sich. Die brennende Kippe hing noch in seinem Mundwinkel.

„Was war denn los?“, fragte Schröder vorwurfsvoll. „Du hast doch nicht etwa die Vase umgeschmissen?“

„ICH. Nein. Natürlich nicht. NO. Da ist irgendein Verrückter, der ballert rum“, nuschelte Di Neri und betastete vorsichtig seinen Kopf.

„Wahrscheinlich ein Jäger“, versuchte Michael zu beruhigen.

„Ist keine Jagd heute“, antwortete Bruno.

„Dann ein Wilderer!“

Di Neri zuckte mit den Schultern.

Roberto sprang nervös auf. „Lass die Hunde raus, Michael!“

„Bist du verrückt? Auf keinen Fall! Der knallt sie ab! Kippe aus, Bruno!“

„Ist alles zu?“, fragte Sina leise.

Michael ging mit schnellen Schritten aus der Küche, nicht ohne Di Neri vorher noch einen mahnenden Blick zuzuwerfen. Der zog noch einmal an der fast schon auf den Filter heruntergebrannten Zigarette und schmiss sie dann ins Kaminfeuer.

„Alles dicht. Kommt keiner rein“, sagte Schröder kurze Zeit später.

„Vielleicht ein Versehen.“

„Certo“, antwortete Bruno und klang dabei so überzeugt, wie wenn man ihn aufgefordert hätte, mit dem Rauchen aufzuhören.

Sina hatte sofort daran gedacht, Falcone anzurufen. Aber sie wollte nicht, dass er dachte, also dass er dachte, was sie dachte, was er denken würde, wenn sie ihn anrufen würde, nämlich dass sie nur nach einem Grund suchte, ihn herzulocken. Nicht nach dem Abgang. Wieder fuhr sie mit der Zunge über die Lippen. Sie bitzelten immer noch, so als würde sich gerade eine Betäubung lösen.

„Geh halt du noch mal raus und guck, was los ist", schlug Roberto vor.

„Ich?" Bruno zeigte dem Kanadier einen Vogel. „Ich gehe da nicht noch mal raus." Dann schenkte er sich demonstrativ Dolcetto nach und nahm einen kräftigen Schluck. „Geh du doch mit deiner Trompete. Damit kannst du zur Jagd blasen."

„Ausgeschlossen. Das ist ein Schätzchen. Was glaubst du, was die gekostet hat!" Roberto wiegte seinen Trompetenkoffer wie ein Baby. Sina hatte sich gewundert, warum er den mitgebracht hatte, dann aber gemutmaßt, die Herren wollten am Originalschauplatz vor der Amphore das Geburtstagsständchen für Andrea üben.

„Michael, du bist der Hausherr. Du wirst dich doch davon nicht ins Bockshorn jagen lassen", stichelte Madson.

„Mikaele geht da nicht raus. Kommt nicht infrage!"

„Bleibt nur noch Sina", Robertos Augen begannen zu leuchten. „Natürlich, das ist die Idee, Sina geht raus. Auf sie wird niemand schießen. Sie ist eine Frau. Ihr Italiener seid doch solche Gentlemen!"

„Sina kann nicht rausgehen! Was, wenn es ein Ausländer ist? Ein Kanadier zum Beispiel", blaffte Bruno ihn an.

„Ich habe eine Idee", mischte Schröder sich nun ein und warf gleichzeitig noch ein großes Stück Holz in das Feuer. „Wir bauen eine Puppe oder etwas, was danach aussieht."

„Hätte von mir sein können", grinste Bruno und steckte sich eine Zigarette in den Mund. Sein Gesicht sprach wie immer Bände.

Kurze Zeit später standen Michael und Bruno an der Tür. Die Attrappe bestand aus einem Kleiderbügel, dem sie wie einer Vogelscheuche alte Kleider angezogen hatten. Michael hatte die beiden Hunde vorsorglich ins Bad gesperrt. Er wollte das Risiko nicht eingehen, dass sie entwischten und so zur Zielscheibe wurden. Pluto verschlief die Aufregung unter dem Küchentisch.

„Jetzt!", befahl Bruno, öffnete die Tür, während Michael die Vogelscheuche an einem Holzstiel wie eine Marionette nach draußen gleiten ließ. Sofort krachte ein Schuss in die Außenwand. Dann ein zweiter. Schröder zog sie abrupt zurück, während Bruno die Tür zuschmiss. Ronya und Cioccolatino bellten zornig, schlugen wild mit den Pfoten gegen die Badezimmertür.

„Verdammt!“

„Merda. Einen Blumentopf hat es wohl erwischt“, fluchte Bruno.

In diesem Moment splitterte eine Scheibe. Alle zuckten zusammen.

„Das war oben! Ein Fenster!“

„Ich rufe Falcone an“, beschloss Sina, zückte ihr Handy, schüttelte dann mutlos den Kopf. „Merda! Verdammter Mist. Kein Empfang.“

„Schreib ihm eine SMS. Der Empfang schwankt.“

Sie nickte und begann auf ihrem Handy zu tippen. „Was nun?“

„Hier sind wir sicher. Ins Haus kommt keiner.“ Michael ging zum Fenster und zog die Gardinen komplett vor. Dann löschte er das Hauptlicht. Nur der Kamin brannte noch. Sina verteilte ein paar Teelichter auf dem Tisch und zündete sie an. Der Salat fiel langsam in sich zusammen.

„Ich gehe mal oben auf den Balkon“, sagte Schröder nach einer Weile. „Da habe ich einen besseren Überblick.“

„Bloß nicht! Dafür musst du das Gitter aufschließen. Und hinten beim Rustico steht eine ziemlich lange Leiter. Damit kann jemand spielend nach oben klettern.“

Es war keinesfalls ausgeschlossen, dass man von unten auf den Balkon kam, wenn man das Haus observiert hatte. Dass derjenige, der draußen rumballerte, das getan hatte, daran hegte Sina keinen Zweifel. Vielmehr fragte sie sich, wer von den möglichen Verdächtigen es war, tendierte dann aber zu Fritto. Der kannte mit Sicherheit nicht nur das Haus, sondern auch den Wald, die Umgebung, auch bei Dunkelheit. War vielleicht von Kindesbeinen an hier unterwegs gewesen.

Aber Michael ließ sich nicht abhalten. Bruno rannte hinter ihm her. Sina folgte ihnen.

Draußen war es stockfinster. Kein Stern am Himmel. Nebelschwaden hingen über dem Wald und machten die Schwärze dort etwas milchig. Es war merkwürdig still. Kein Vogel schrie. Kein Rascheln und Grunzen drang aus dem Wald. Der Regen hatte aufgehört. Aber die Luft war nass und kalt. Ein übel gelaunter Wind warf ihnen ein paar Tropfen ins Gesicht, die er an Zweigen, Blättern aufgefangen hatte. Sina schlang sich schützend die Arme um den Körper, sie fröstelte, wäre am liebsten sofort wieder umgekehrt. Aber dann trug der Wind einen merkwürdigen Geruch in ihre Nase.

„Siehst du das?", fragte Schröder gleichzeitig und zeigte in die Dunkelheit. Oben am Berg, wo Brunos Haus sonst in der Finsternis verschwand, sah man jetzt einen hellen Fleck. Der loderte.

„Verdammt!"

„Verdammter Bastard!", schrie Bruno. „Der hat mein Haus angezündet, dieser Verrückte!" So ernsthaft aufgeregt hatte Sina ihn noch nie erlebt.

„Ich habe einen Strick", flüsterte Michael. „Du

kannst dich hinten am Balkon abseilen. Den Weg durchs Gebüsch kennst du ja!“

Di Neri nickte nur.

Kurze Zeit später verschloss Schröder sorgsam das Gitter und machte das Fenster zu. Bruno war in der Nacht verschwunden. Die beiden hatten noch auf dem Balkon gestanden, eng aneinandergedrückt, gehorcht, aber kein Zweig knackte. Sie sahen auch kein Glimmen einer Zigarette. Nur Brunos Schnaufen hätte man hören können, wenn man wirklich darauf achtete. Dann gingen sie schweigend durch das dunkle Treppenhaus.

Madson saß wie angewachsen auf seinem Stuhl in der Küche. Sein Gesichtsausdruck lag zwischen bibbernder Angst und trotzigem Vorwurf. Vielleicht war er ja ein guter Musiker, ging Sina durch den Kopf, aber ansonsten ein bisschen komisch. Muttersöhnchen kam ihr in den Sinn. Mimose. Oder einfach eine männliche Zicke.

Schröder lief unruhig in der Küche auf und ab, man konnte ihn denken hören. Wahrscheinlich schalt er sich dafür, seinen Freund alleine gehen gelassen zu haben.

Nach einer Viertelstunde machte er sich Luft: „Vielleicht braucht Bruno Hilfe. Vielleicht ist ihm was passiert. Ihr seid hier sicher!“

„Du willst uns doch nicht alleine lassen“, stammelte Roberto und krallte sich am Koffer fest.

„Lasst die Hunde, wo sie sind“, kommentierte

Schröder nur und zu Sina gewandt: „Machst du hinter mir zu?“

Sie nickte. Und folgte ihm nach oben.

Dann lief sie unruhig in der Küche auf und ab. Hatte die Finger am Handgelenk, spürte, wie ihr Puls raste. Deutlich über hundertzwanzig. Madson saß auf dem Stuhl, umklammerte immer noch sein Instrument. Er wäre keine Hilfe. Im Zweifelsfall würde er das beschützen. Nicht sie.

„Was machen wir jetzt?“, fragte er. „Wir können doch nicht ewig hier sitzen, warten, bis er uns auch ausräuchert!“

„Ich glaube nicht, dass er oder sie das vorhaben“, versuchte Sina ihn zu beruhigen. „Das hätten sie doch schon längst tun können.“

„Vielleicht sind es Sadisten. Wollen sich an unserem Leiden ergötzen.“ Er streichelte den Koffer beruhigend wie ein Baby.

„Vielleicht sollte es nur eine Warnung sein, wie mit dem Lancia. Vielleicht sind die schon längst über alle Berge. Und Michael und Bruno löschen oben das Feuer.“

„Die haben es auf dich abgesehen!“, nickte er vorwurfsvoll.

Er hätte auch gleich sagen können, du bist schuld, dachte Sina. Sie schwieg. Klar hatte er recht. Sie hatte alle in diese Situation gebracht. Sie war schuld. Hätte sie sich vor ein paar Tagen ein Hotelzimmer genommen, wären wenigstens die Männer aus der Schusslinie. Sie begann wieder auf und ab zu laufen.

„Wenn die schon wieder weg sind, kann ich auch gehen!“ Roberto stand demonstrativ auf.

„No, Roberto!“ Sina stellte sich vor ihn. „Auf keinen Fall. Bevor Michael und Bruno nicht zurück sind, bleiben wir, wo wir sind.“

Sie sah auf ihr Handy. Die SMS an Falcone war noch nicht gesendet.

Merda! So ein verdammter Mist! Aber vielleicht hatten die Männer Carabinieri und Feuerwehr schon längst alarmiert.

„Wo ist denn deine Frau?“, versuchte Sina den Kanadier abzulenken.

„Milano. Hat dort einen Termin“, antwortete er knapp.

„Deine Frau ist Italienerin“, stellte Sina fest. Natürlich hatte Michael ihr schon erzählt, dass das der Grund war, warum Roberto hier lebte.

Der nickte, stand auf und ging entschlossen zur Tür.

„Ich geh jetzt!“

„Bitte nicht!“, flehte Sina.

Aber er drängte sie grob zur Seite. Deshalb zuckte sie schließlich nur noch mit den Schultern. Er war schließlich erwachsen. Sie konnte ihn nicht aufhalten. Mit oder ohne ihn, das war im Grunde völlig egal. Außerdem hatten es weder Fritto noch die Monterossos auf den Musiker abgesehen.

Er öffnete die Tür und huschte hinaus. Sie schloss

sie schnell hinter ihm und horchte. Nichts! Wahrscheinlich war alles vorbei. Sie schenkte sich ihr Glas voll mit Dolcetto, setzte sich auf Einhorn und gönnte sich einen kräftigen Schluck. Der Wein rann die Kehle hinunter und verbreitete augenblicklich Wohlgefühl in ihrem angespannten Körper. Die einzigen Geräusche in der Küche kamen vom knisternden Feuer und dem schlafenden Hund. Sonst war völlige Stille. *Luxus*, dachte sie. In der Stadt war es nie ruhig. Irgendwelche störenden Geräusche gab es immer. Aber das Rundgewölbe schien Stille noch einmal zu verstärken. Fast wie in einem Vakuum, in dem ihre Gedanken nun schwebten. Sie dachte daran, wie sie vor einer gefühlten Ewigkeit in dem Wohnwagen eingesperrt war. Kurz bevor sie Falcone kennengelernt hatte. Kurz bevor dieses ganze Drama begann. Falcone. Warum war sie am Nachmittag abgehauen? Ihre Sehnsucht nach ihm überlagerte alles. Sogar ihr mulmiges Gefühl, hier alleine zu sein. Im Grunde dachte sie an nichts anderes. Falcone, Falcone, Falcone, ständig war sein Gesicht vor ihren Augen, seine Lippen brannten auf ihren. Das war auch dringend nötig, denn das Bitzeln wurde langsam schwächer.

Aber ich verschwinde bald.

Da war sie wieder, diese vernünftige Sina. Ihre deutsche Seite. Die italienische schalt sie, er wäre selbst das kleinste Abenteuer wert. Nur eine Nacht mit ihm wäre die Welt wert. Sich einmal in ihn hineinfallen lassen die Ewigkeit!

No, sì, no, sì, begann sie auszuzählen, um einer deutsch-italienischen Krise zu entgehen.

In diesem Moment klopfte es an der Haustür.

„Sina, mach auf!“

„Roberto?“

Sie legte ihr Ohr an die Tür.

„Bitte mach auf!“, rief er flehend.

Es war eindeutig die Stimme des Kanadiers, deshalb öffnete sie die Tür nun einen Spalt, lugte nach draußen.

Sie roch es sofort.

Was habe ich mir dabei gedacht, war doch klar, sagte sie sich, während die Tür mit Gewalt aufgedrückt wurde. Madson kam als Erster herein. Er hatte eine Pistole am Hinterkopf, sah aus wie ein Schuljunge, der nun Strafaufgaben bekommen hatte.

Der die Pistole hielt, war Alberto Fritto. Naturalmente!

„Rein“, befahl der, „und Hände hoch!“

Fritto schob sie mit Roberto grob in die Küche. Der setzte sich ängstlich auf den Stuhl, den er erst vor Kurzem verlassen hatte, und umklammerte wieder seine Trompete. Schweißtropfen perlten seine Stirn herunter.

„Sorry, it was silly“, sagte er zu Sina gewandt.

Die nickte nur und zuckte mit den Schultern. Änderte jetzt auch nichts mehr.

„Am besten, du betest!“ Frittos Augen waren blutunterlaufen. Seine Pupillen flackerten, waren unnatürlich erweitert. Und er miefte. Sina wich zurück.

Der steht voll unter Drogen, mit dem braucht man nicht zu reden. Das kommt nicht an, dachte sie und dann noch: *Das war's.*

Auch Roberto würde nicht überleben. Fritto brauchte keine Zeugen.

Sie schloss die Augen.

Das sind meine letzten Gedanken. Dann kommt das große Nichts. Sie biss die Zähne aufeinander. *War nicht so schlecht! Aber was ich wirklich bereue, ist, nicht bei ihm geblieben zu sein. Ich würde jetzt irgendwo in seinen Armen liegen und besser an den Verbrennungen sterben, die er mir durch seine Hände, seinen Mund, zugefügt hätte,* schrie sie als letzte Botschaft ihrer deutschen Seite zu. *Besser, in ihm zu verglühen!*

Sina öffnete die Augen. Noch einmal! Alles sah so gemütlich aus, das Feuer im Kamin. Die brennenden Teelichter tauchten den Raum in ein feierliches Licht, als solle hier ein Fest stattfinden.

Trügerische Gemütlichkeit! Hätte ein schöner Abend werden können.

Hätte noch ein schönes Leben werden können.

Mit diesem Gedanken, all den anderen Hoffnungen, Wünschen, Träumen, Sehnsüchten, schwappte ein unbändiger Zorn in ihr hoch, dass dieser miese Staubsaugerbeutel ihr all das nehmen wollte.

Dass er das wollte, daran ließ er keinen Zweifel. Er hob gerade die Pistole, entsicherte sie, prallte aber von Sinas Zorn getroffen für einen kurzen Moment nach hinten. Das gab den Blick frei.

Unter dem Tisch lag immer noch der schlafende Pluto.

Porca madonna!, fiel ihr in diesem Moment ein. Dann schrie sie es laut und zornig. „PORCA MADONNA!"

Fritto sah sie fassungslos an, aber noch fassungsloser starrte er auf Pluto, der unterm Tisch wie eine plötzlich hereinbrechende Naturgewalt hervorschnellte und sich mit seiner ganzen Masse auf den verdutzten Mann warf. Der krachte rückwärts auf den harten Terrakottaboden. Die Pistole flog in hohem Bogen in die Luft, während Pluto sich mit dem Gewicht eines Kalbes auf ihn fallen ließ.

„Bloß nicht wieder einschlafen", bat Sina, schnappte sich die Pistole und richtete sie auf Fritto.

In diesem Moment schwang die Tür auf und Falcone stürzte herein. Als er Sina sah, schloss er für einen kurzen Moment die Augen. Dann richtete er seine Waffe auf den Verbrecher.

Sina legte wortlos die Pistole auf den Tisch, ging zur Theke, vorbei an dem in sich zusammengesunkenen Trompeter. Auf der Theke lagen die restlichen Trinidad Moruga Scorpion. Sie waren vollreif, rosso und scharf wie die Hölle. Sie nahm in aller Ruhe ein Messer, legte die Peperoni auf ein Holzbrettchen, die Messerscheide darüber, zerdrückte die Fruchtkörper und lief zurück zu dem ungleichen Pärchen.

Fritto schnappte nach Luft.

Passt ja prima, dachte sie und stopfte ihm die zerkleinerte Trinidad ins offene Maul. Das hatte er schon alleine wegen seines Miefs verdient.

Erst jetzt sah sie zu ihm hoch. Falcones Mundwinkel zuckten.

„Nur einen Blumentopf erwischt?“, Schröder kam völlig aufgelöst in die Küche und schüttelte permanent den Kopf. „Der hat die Vase erwischt. Die Vase! Dieser Hurensohn!“ Er stürzte auf die Pistole zu. Aber Falcone kam ihm zuvor.

„Die Vase ist also kaputt?“, er zog die Augenbrauen wissend nach oben.

„Ah, einen kleinen Kratzer hat sie“, mischte sich nun Di Neri ein. „So hat das neue Ding wenigstens Patina. Wird Andrea viel besser gefallen.“ Er blickte stolz zu seinem Hund. Pluto lag immer noch zähnefletschend auf dem keuchenden Mann. Frittos Gesicht begann sich blau und gleichzeitig hochrot zu färben.

„Braver Hund!“ Di Neri ging zu dem Tontopf, der immer noch im Kamin stand, öffnete den Deckel und scheffelte sich den Duft in die Nase. „Wir sollten essen, sonst wird das gute Rosmarinhühnchen zäh!“

Piemontesisches Gold

Sina saß neben Tino in der Sonne. Es war, als hätte es nie diesen miesen Nieselregen gegeben, das erdrückende Grau, die feuchtkalte Luft. Alles strotzte in kräftigen Farben. Rosso, Verde, Blu. Als wolle die Natur noch einmal zeigen, was sie draufhatte, bevor sie sich im herbstlichen Kleid verlor. Die Luft war warm, nur ab und zu fegte ein kühler Wind über die Wipfel, ließ die Blätter sanft rascheln, während sie fielen. Sie hatte den Trifolao von der Questura abgeholt und ihn nach Hause gefahren. Kein Wort hatte er über die Zeit im Gefängnis verloren, nur neben ihr gesessen und geschwiegen. Deshalb hatte sie sich ernste Sorgen gemacht, was die Haft bei dem alten Mann ausgelöst haben mochte.

Zu Hause hatte Grillo seine Frau innig gedrückt, die Hunde ausgiebig hinter den Ohren gekrault. Aber dann war er sofort ins Auto gestiegen, Ledra ihm völlig selbstverständlich gefolgt und hatte sich in den Kofferraum gesetzt.

„Ehh. Willst du mit?“, hatte er ihr zugerufen. Die Autotür war zwar noch offen, aber er hatte den Motor schon gestartet.

„Wohin?“

„Alla caccia di tartufi! Auf Trüffeljagd!“ Die unzähligen tiefen Furchen in seinem Gesicht waren zu Lachfalten geworden.

Alles in Ordnung!, hatte Sina da gedacht. Jeder andere hätte erst mal ein Bad genommen, sich was Frisches angezogen, was Vernünftiges gegessen, mit seiner Frau geredet.

Zwei Stunden später hatte sie längst die Orientierung verloren und aufgehört zu zählen, an wie vielen Stellen Ledra erfolglos gesucht hatte. Aber die Hündin gab nicht auf, als wolle sie ihrem Herrn nach der langen Trennung demonstrieren, wie gut sie war. Tino hatte ihr trotz der Misserfolge immer mal ein Stück Käse spendiert und es mit „viel Lohn für wenig Arbeit“ kommentiert. In seinen Augen hatte dabei eine rührende Zärtlichkeit gelegen.

Sina hatte gefiebert, gebangt, gehofft, wenn die Hündin erneut ihre Nase in den Waldboden steckte, dabei tief einatmete, dann Erde wegkratzte. Es war eine unbekannte Anspannung, sie hatte sich hellwach, hoch konzentriert, fast andächtig gefühlt. Aber es war auch Lauern, Lust, Eifer, Neugier und Magie. Jagdfieber! Anfangs hatte sie nur danebengestanden, war dann aber ebenfalls auf die Knie gegangen, hatte selbst mit bloßen Fingern in der Erde gebuddelt, obwohl Tino schon längst den Kopf geschüttelt und „niente!“ gesagt hatte. Sogar Falcone hatte sie vergessen.

Aber dann hatte die Hündin nicht nur geschnüffelt, nicht nur vorsichtig an der Oberfläche gebuddelt, sondern die feuchte Erde mit beiden Pfoten abwechselnd entschlossen weggeschaufelt. Tino war sofort bei ihr.

Eine Zeit lang hatte er sie gewähren lassen, dann aber sanft zur Seite geschoben und millimeterweise den gräulich weißen Boden abgetragen. Sina hatte neben ihm gekniet, die Luft in die Lungen gepresst, nicht gewagt auszuatmen, als etwas zum Vorschein kam, was auch ein Stein hätte sein können. Ihr erster weißer Trüffel!

Nun saßen sie vor seinem alten Casa in der Sonne. Ihre Hose war so dreckig wie seine, die Fingernägel auch. Er hatte zwei uralte Holzstühle aus der Scheune geholt, in der immer noch der Lancia stand. Di Neri und Schröder wollten später kommen und ihn mit dem Lamborghini abschleppen. Sina hatte gedacht, Michael würde scherzen, als könne man mit einem Sportwagen ein Auto abschleppen! Aber dann hatte Schröder erklärt, der Lamborghini sei der Traktor in Tinos Scheune. Erst der Sohn des Traktorherstellers habe Sportwagen gebaut. Den Lamborghini wollten Schröder und Di Neri auch benutzen, um ein paar Baumstämme zu organisieren, damit man den Unterstand vor Brunos Haus reparieren konnte. Glücklicherweise hatten sie das Feuer rechtzeitig löschen können, bevor die Flammen auf das Casa übergegangen waren.

Neben Tino, im Gras, stand eine Flasche. Ihr Etikett war schon verblichen, aber den zitronengelben Inhalt hatte Sina sofort erkannt. Der Trifolao hatte den

Limoncello in Plastikbecher gefüllt, natürlich war er wieder zu warm.

„Dass dieser Kerl dein Freund ist, verstehe ich nicht."

„Ehh, der Fritto. Das ist der Sohn von meinem Kumpel. Mit dem habe ich vierzig Jahre auf dem Bau geschafft. Den Alberto kenn ich doch von klein auf."

„Aber der hat dich ganz schön ans Messer geliefert. Wir können froh sein, dass der dich nicht auch noch um die Ecke gebracht hat."

Der Trifolao schüttelte den Kopf. „Der hätte mir nichts getan."

„Das ist ein Junkie", antwortete Sina energisch. „Dem ist es wurscht. Du auch. Hauptsache, er kommt an Drogen."

Anders als Sina angenommen hatte, war Alberto Fritto nicht der Laufjunge von Corleone oder den Monterossos. Er hatte Schulden bei Corleone, von dem er seine Drogen bezog, wohl auch verdealte. Weil er nicht zahlen konnte, aber Stoff brauchte, hatte er vor dem Kaffeebaron geprahlt, sein guter Freund habe ein Verfahren entwickelt, um den Weißen zu züchten. Zum Beweis hatte er Grillos üppige Ernte angeführt. Daraufhin hatte Corleone Schukow wohl beauftragt zu checken, was an der Geschichte dran war. Als der Rumäne nicht mehr auftauchte, hatte Corleone Fritto zur Rede gestellt. Ein tödlicher Fehler. Fritto hatte ihn mit Schukows Pistole erschossen.

Leider war Staubsaugerbeutel aber kein Zeuge,

wenn es um die Verstrickungen zwischen den Monterossos, Corleone und Schukow ging. Die letzteren beiden waren tot. Die Spur zu den Monterossos verlor sich, auch wenn klar war, dass sie mit drinhingen.

„Was ist nun dran an der Geschichte?"

Grillo grinste schelmisch. Anscheinend gefiel es ihm tatsächlich, dass alle geglaubt hatten, er sei zu etwas fähig, was sonst keiner konnte. „Was soll schon dran sein. Niemand kann den Weißen züchten", lachte dabei aber wie ein Honigkuchenpferd, trank sein Glas leer und wies auf ihres. Warmer Limoncello war wohl der Preis für die Wahrheit. Sina stöhnte, als sie sah, dass die Flasche noch halb voll war.

„Aber du erntest. Die anderen nicht", bohrte sie nach.

„Ehh. Weißt du, mit der Natur ist es so eine Sache. Es gibt Jahre, da ist der Frühling so, wie er sein soll. Schön feucht. Alles wächst. Im Sommer ist es heiß und trocken. Und in den Nächten kommt Regen, der alles gießt. Aber dann gibt es Jahre, da ist der Frühling zu trocken und der Sommer zu nass. Da faulen dir alle Tomaten weg, sage ich dir."

Tino blickte sie fragend an, ob sie die Bedeutung seiner Worte auch verstand. Sina nickte unsicher. War ja kein Geheimnis, was er gerade erzählte.

„Ehh. Oder der Sommer ist wie der jetzt. Da sind die Tomaten süß und saftig. Dafür gibt es wenig Pilze. In anderen Jahren hast du viele Feigen. Mamma mia", lachte er, schlug sich dabei mit der flachen

Hand aufs Bein. „Da weißt du gar nicht, was du alles mit denen machen sollst. Im nächsten Jahr ist der Baum leer! Oder nimm Kartoffeln. Wenn du einen feuchten Sommer hast, wachsen die gut. In diesem Jahr sind sie klein. Man findet die Knollen kaum in der Erde.

Aber dann hast du endlich ein Jahr, da ist alles gut. Nicht zu viel und nicht zu wenig Regen. Nicht zu heiß und nicht zu kalt. Die Gärten sind übervoll. Du freust dich schon auf die Ernte. Und was passiert?“ Grillo sah Sina auffordernd an. Die zuckte nur mit den Schultern.

„Dann kommt ein Gewitter. Nur ein einziges. Sturm. Hagel. Die Körner sind so groß.“ Er bildete mit Zeigefinger und Daumen einen Kreis und nickte grimmig. „Die zerhauen dir alles. In Holland schalten sie die Natur aus. Aber das schmeckt ja nicht. Ich ess das nicht.“

Sina zog die Augenbrauen nach oben. Was nun die geschmacklosen Hollandtomaten mit weißem Trüffel zu tun haben sollten, erschloss sich ihr nicht.

„Ehh. Aber wenn man clever ist, kennt man ja die Probleme. Zu kalt. Zu nass. Hitze. Hagel. Für den Hagel spannt man ein Netz über das Gemüsebeet. Für Kälte oder Feuchtigkeit eine Folie.“

„Aber was hat das alles nun mit deiner guten Ernte zu tun?“, sprach sie es jetzt aus.

„Man muss ja nicht gleich lieber Gott spielen, wie die in Holland. Aber man kann der Natur ein bisschen nachhelfen. Weißt du, im Mai hatten wir viel Regen", erklärte er.

„Sì, aber was hilft Regen im Mai? Das ist einen Monat zu früh!" Sina trank automatisch den Becher leer und hielt ihn Tino hin. Sie glaubte in seinem Gesicht einen freudigen Ausdruck zu erkennen, dass sie nun die Regeln erkannt hatte. Und akzeptierte. Natürlich schenkte er nach.

„Sì, sì", antwortete er dann. „Stimmt! Aber ich sammle den Regen, wenn er fällt. Habe über viele Jahre kleine Tanks und Wasserfässer in den Wald gebracht. Manchmal befülle ich sie auch, jedenfalls die, wo ich mit dem Traktor hinkomme. Meine Quelle hier ist eine gute Quelle. War noch nie leer. Im Sommer denkt ja keiner an Trüffel. Da glauben alle, ich würde die Felder bewässern." Er grinste stolz. „Und wenn kein Regen fällt, wie in diesem Jahr, bewässere ich die Bäume. Natürlich nicht alle."

Er schüttelte den Kopf. Sein selbstgefälliger Gesichtsausdruck besagte, natürlich könne keiner annehmen, es wäre überhaupt menschenmöglich, alle seiner vielen Stellen zu bewässern.

„Ich gieße nur die, an denen man nicht nur einen ausbuddelt. Wo sie schön groß sind. Da mähe ich auch unter den Bäumen, damit nicht das ganze Unkraut wuchert." Er lachte wieder. „Ehh. Weißt du, wie groß so ein Pilzgeflecht unter der Erde sein kann?"

Sina zuckte wieder nur mit den Schultern.

„Die können so weit um den Baum herum wachsen,

wie er hoch ist. Und meine Bäume sind alle sehr hoch, sage ich dir." Wieder sah er Sina stolz an. „Aber ich gieße natürlich nicht die ganze Fläche. Das schafft ja keiner. Ich gieße nur an einer Stelle richtig. So erziehe ich sie. Weißt du, da wo es schön feucht ist, wachsen sie dann auch. Genau da! Es ist wie feuchtes Gras, in dem ein prächtiger Steinpilz sprießt. So ist das bei den Tartufi auch."

Sina musterte den Trifolao. Auch wenn sie ihn kaum kannte, hatte sie ihn ins Herz geschlossen. Es war seine grundlegende Aufrichtigkeit. Seine Begeisterung, Wärme, die sie mochte. Aber auch seine Einfachheit. Er war ein Schatz. Er war der wirkliche Schatz, das echte piemontesische Gold.

Cielo blu

Sina fuhr Richtung Autostrada. Auf der war sie vor drei Tagen mit Falcone entlanggerast, Richtung Meer, Richtung Süden. Warum war es immer so anders, wenn man in den Süden fuhr?

Süden, das war warmer Wind, der das Haar zärtlich zerzauste. Salz auf der Haut. Betörender Duft von Kräutern. Leichtigkeit des Seins. Das war Leben. Sonne. Intensität. Augenblick pur. Warum löste diese luftige Himmelsrichtung immer das Gefühl von wirklicher Freiheit in ihr aus? All das mit ihm geteilt zu haben, war wie ein kurzer Blick ins Paradies.

Verdammt! Das war zu schön, dachte sie, schob aber den Gedanken sofort weg.

Sie hatte Falcone nur in der Questura noch einmal gesehen. Beim Verhör! Da waren sie noch nicht einmal allein gewesen, aber immerhin hatte er den Büßerstuhl ausgetauscht. An dem schlimmen Abend in Schröders Casa war er schnell mit Fritto verschwunden. Zuallererst in der Notaufnahme. Angeblich habe der Schurke Verbrennungen im Mund gehabt. Keiner konnte sich erklären, woher die kamen.

Danach hatte er angeblich in weiteren Verhören festgesessen. Doch als Krönung gab es eine Terrorwarnung für den Flughafen in Caselle. Mit ihr war der Commissario nach Turin verschwunden. Sina war stocksauer. Wenn ihm wirklich etwas an ihr gelegen hätte. Als wäre eine Terrorwarnung ein Grund! Sie hatte trotzdem gewartet, so lange sie konnte. Aber nun musste sie endgültig los. In München wäre sie jetzt ohnehin nur kurz. Den Kofferraum bei Franz ausladen, Wäsche waschen und übermorgen im Flugzeug nach Madagaskar sitzen.

Der Lancia war notdürftig repariert. Kabel hingen noch wild unter dem Armaturenbrett. Im Kofferraum lagen drei Kisten mit Mellis Dolcetto, Pröbchen aus Andreas Küche, aber auch der Testun al castagno. Anna hatte natürlich den Hersteller gekannt und war mit ihr in der kleinen Käserei in der Nähe von Pamparato gewesen. Zwischen Wein und Käse stand eine weiße Styroporkiste. Bevor sie losgefahren war, hatte Sina sich noch von Tino verabschiedet, der ihr mit einem verschmitzten Grinsen ein Kilo Trüffel angeboten hatte.

Dieser Gauner, hatte Sina gedacht. *Schleppt mich durch den ganzen Wald, um einen Einzigen zu finden! Und kurze Zeit später hat er ein ganzes Kilo.*

Mit den Seealpen im Hintergrund lag nun Mondovì wie eine kitschige Postkarte vor ihr. Nicht real. So was konnte nicht real sein. Vor der Stadt schwebten bunte Punkte, alles Heißluftballons. Auch der Monviso zeigte sich von seiner schönsten Seite. Sein schneebedecktes Haupt prangte vor einem tiefcyanblauen Himmel, Cielo blu.

Die wollen mir den Abschied so richtig schwer machen, seufzte sie erneut. Aber es ergab keinen Sinn zu hadern. Sie war wieder auf dem Weg in ihr altes

Leben. Direzione Nord. Und von dort aus in die ganze Welt.

Auf dem Weg zur Autostrada fast parallel zur Questura spürte sie plötzlich wieder dieses aufregende Bitzeln in der Nase. Ihr wurde heiß, obwohl das Dach des Spiders geöffnet war. War er etwa dort?

Sie war so gefangen in ihren Gedanken, auch von der Landschaft, die ihre üppige Schönheit wie eine Grand Dame vor ihr ausbreitete. Deshalb nahm sie das Motorrad, das hinter dem Lancia herraste, erst wahr, als es schon kurz hinter ihr war und das Blaulicht hypnotisierend im Rückspiegel flackerte. Einen Moment lang setzte ihr Herz aus.

Der kriegt mich nicht!, dachte sie dann und gab Gas.

Augenblicklich heulte eine Sirene hinter ihr auf. Im Rückspiegel konnte Sina erkennen, wie Falcone auf die Gegenfahrbahn wechselte. Sie drückte erneut das Gaspedal durch.

Niente! Merda!, fluchte sie. Es war bereits am Anschlag.

Kurz blieb das Motorrad auf gleicher Höhe, beschleunigte dann, als wäre es ein Kinderspiel, schob sich direkt vor den Lancia. Und bremste sie aus.

„Stronzo!" Sina dachte panisch über Fluchtwege nach. Aber es gab nur die Leitplanke rechts und links. Eine Kehrtwendung. Deshalb ging auch sie auf die Bremse, rollte fluchend auf einem kleinen Seitenweg aus. Dann blieb sie stur sitzen. Falcone stieg lässig von der Guzzi, nahm seinen Helm ab und schüttelte das Haar.

„Hast du das Schild nicht gesehen“, blaffte er sie an und lehnte sich über das offene Dach.

„Welches Schild?“, blaffte Sina zurück und verdrehte dabei den Kopf nach oben. Über seinem prangte der Cielo blu.

„Achtzig! Gib mir mal deinen Führerschein“, befahl er.

Dieser Typ konnte einfach nicht bitte sagen.

„Und die Autoschlüssel.“

Da öffnete Sina abrupt die Autotür, Falcone wich zurück. Wie eine Katze sprang sie aus dem Lancia und baute sich vor ihm auf.

„No!“, fauchte sie und blickte dabei in seine tiefschwarzen Augen. Sein Gesichtsausdruck war starr. Ernst. Störrisch. Trotzdem arrogant. Aber dann sah Sina ein winziges Flackern in seinen Augen. Dieses kurze Zucken seiner Mundwinkel. Roch neben Schärfe, auch Süße, Fruchtiges, Mildes, Weiches. Er lachte. Falcone lachte.

Dann zog er sie an sich. Und küsste sie.

Kleine Trüffelkunde

Eine Lizenz zum Jagen

Sammeln darf man in Italien nur mit Lizenz und nach einer speziellen Prüfung. Sie dient dem Schutz des Edelpilzes. Nicht fachkundige Hände könnten das empfindliche Myzel zerstören. Herr und Hund gehen noch bei Dunkelheit los, damit ihre Stellen niemand findet. Die Konkurrenz ist groß und auch gefährlich, kann für einen Hund tödlich enden, wenn er vergiftete Köder frisst, die hinterhältige Jäger versteckt haben.

Wo sie wachsen

Trüffel gehen mit ihrer Wirtspflanze eine Symbiose ein. Sie wachsen unter Eichen, Hainbuchen, Haselnuss, Linden, aber auch unter Weiden und Pappeln. Gerade der Weiße mag diese beiden Baumarten, also ein feuchteres Biotop, mehr die Ebene als Hänge, an denen die Schwarzen gerne wachsen. Trüffel mögen einen kalkhaltigen Boden. Sie wachsen in der Regel 5 bis 15 cm unter der Oberfläche.

Schwein oder Hund

Ohne Hund ist es fast unmöglich, die Knollen zu finden. In einer Akademie in Bra ausgebildet, kann ein solcher Hund schon mal über 4000 Euro kosten. Schweine werden schon lange nicht mehr eingesetzt, die fressen die Pilze nämlich lieber selber. Tino bildet seine Hunde natürlich selbst aus. Sie saugen den Duft der edlen Knolle bereits mit der Muttermilch ein und lernen von Mama Ledra, wie das Suchen funktioniert.

Trüffel sind nicht gleich Trüffel

Häufig wird von astronomischen Summen berichtet, die bei einer Versteigerung für ein Paradestück gezahlt wurden. Aber dies gilt ausschließlich für den weißen Alba-Trüffel.

Tuber magnatum pico / weißer Trüffel

Er ist das teuerste Lebensmittel der Welt und hat Saison von Mitte September bis Ende Januar. In Spitzenzeiten kann das Kilo auch schon mal über 8000 Euro kosten. Für außergewöhnliche Einzelstücke wurden aber auch schon über 100 000 Euro gezahlt. Der Weiße verdankt sein Image im Übrigen einer raffinierten PR-Kampagne. Anfang der dreißiger Jahre hatte der Hotelbesitzer Giacomo Morra aus Alba die Idee, alljährlich einen besonders schönen an Prominente in der ganzen Welt zu schicken. So kamen im Laufe der Jahre Marilyn Monroe, die Königin von England, Jacqueline Kennedy etc. in den Genuss eines solchen Geschenks, und der weiße Alba-Trüffel wurde dadurch so berühmt wie seine Verkoster.

Tuber melanosporum / schwarzer Wintertrüffel

Ab Mitte Dezember hat im Piemont ein weiterer Edelpilz Saison. Der sogenannte „Dolce“, auf der anderen Seite der Seealpen auch Périgordtrüffel genannt. Der hat eine feinwarzige schwarze Haut. Die Gleba, das Fruchtfleisch, ist ebenfalls schwarz, fast ein bisschen lilafarben und von feinen weißen Äderchen durchzogen. Der Melanosporum bringt immer noch so an die 1800 Euro pro Kilo auf der französischen Seite, um die 1200 Euro auf der italienischen, was nicht am Geschmack, sondern am Image liegt.

Tuber uncinatum / schwarzer Sommer-Wintertrüffel

Der Burgundertrüffel, im Piemont im Sommer auch Scorzone genannt, ist wohl die häufigste Tuberart. Man findet sie im Piemont von Mitte Juni bis Ende November. Sie hat eine warzige, feste schwarze Schale, das Innere ist braun marmoriert, manchmal auch weiß. Der Uncinatum ist je nach Saison für um die 600 Euro pro Kilo zu haben, nicht so geschmacksintensiv wie der Périgord. Und dieser Trüffel wächst auch in Deutschland, und zwar ab Juni mit Unterbrechungen bis in den März.

Man kann den Geschmack dieser drei Trüffelarten nicht vergleichen. Man vergleicht ja auch nicht Champignon, Pfifferling und Steinpilz. Der Burgundertrüffel ist etwas für die „tägliche" Küche. Eine gute Alternative im Übrigen für alle, die gerne mal auf Fleisch verzichten und sich etwas Gutes gönnen wollen, während Périgordtrüffel aber, speziell der weiße, natürlich ein Festessen sind.

Wie man sie isst

Den Weißen isst man ausschließlich „crudo", er wird roh über feine Teigwaren gehobelt, weil Wärme sein empfindliches Aroma zerstört. Wer seine Nudeln schon mal mit Trüffelöl gewürzt hat, wird sowieso enttäuscht sein. Dieses Öl ist synthetisch, der intensive Geschmack wird durch künstliches Aroma erzeugt. Weiße Trüffel lassen sich nicht konservieren. Die Schwarzen hingegen mögen durchaus Wärme, man kann sie gut in Soßen raspeln, sanft erhitzen und zur Krönung noch ein paar Hobel „crudo" über das

Gericht geben. Grundsätzlich müssen die Knollen vor dem Verzehr von Sand oder Erde gesäubert werden. Sie vertragen es, sorgfältig abgebürstet und unter fließendem Wasser gewaschen zu werden.

Für eine Hauptmahlzeit benötigt man

- Tuber magnatum pico / weißer Trüffel pro Person ca. 5 Gramm
- Tuber melanosporum / Périgordtrüffel pro Person ca. 10 Gramm
- Tuber uncinatum//Burgundertrüffel pro Person ca. 15–20 Gramm

Woran man einen guten Trüffel erkennt und wie man ihn lagert

Wichtig ist immer sein Geruch. Der Weiße riecht leicht knoblauchartig, der Schwarze erdig und nussig. Ein Trüffel, der nach nichts riecht, kann nichts taugen. Hände weg von denen aus China! Sie haben mit dem Burgundertrüffel im Grunde nur ihr Aussehen gemein. Der sollte bei Druck noch schön fest sein, während der Périgord mit seiner weicheren Haut auch schon mal ein wenig nachgeben darf. Zusätzlich ist darauf zu achten, dass sie möglichst unversehrt ist, also keine Wurmlöcher oder Kratzer der Hundekrallen zu finden sind. Man lagert sie am besten in einem verschlossenen Glas im Kühlschrank, eingewickelt in ein Papiertuch. Das muss häufig gewechselt werden. Der Weiße hält sich so eine Woche, der Périgord auch schon mal zwei, während der Burgundertrüffel auch noch nach drei Wochen, wenn auch nicht mehr so intensiv, schmeckt. Aber auf keinen Fall in Reis einlegen oder gar einfrieren.

Trüffelzucht

Die größte Menge der in Frankreich verkauften Trüffel stammt aus Plantagen. Schon seit über 100 Jahren wird der Périgordtrüffel dort angebaut. Auch der Burgundertrüffel kann erfolgreich gezüchtet werden. Es dauert aber viele Jahre, bis eine Plantage Ertrag bringt. Man spricht bereits von Erfolg, wenn bei 30 Prozent der Bäume später auch Edelpilze wachsen. In Italien sind wenige Plantagen zu finden. Es ist kaum vorstellbar, dass diese Nation mit ihren vor Leidenschaft glühenden Jägern die abenteuerliche Suche gegen eine gemütliche Ernte auf einer Plantage eintauschen würde. Außerdem kann man weiße Trüffel bislang noch nicht züchten. Sie wachsen ausschließlich wild. Und wie Tino immer sagt: Was wild wächst, schmeckt auch besser!

Statt Nachwort: Sinas Trüffelmenü

Es sind die einfachen Gerichte, wie Nudeln oder Rührei, die den Geschmack der edlen Knollen am besten zur Geltung bringen und ihr feines Aroma hervorragend unterstützen. Deshalb ist Sinas Menü auch ganz einfach. Davon darf es dann aber gerne etwas mehr sein.

Carne cruda con tartufi bianchi

Rohes Kalbfleisch wird fein geschabt, Cutter oder Fleischwolf sind tabu. Zum Schluss wird noch weißer Trüffel darübergehobelt. Für alle aber, die wie Bruno, Falcone und Tino keine Trüffel mögen, geht auch zur Not Parmesan. Wichtig ist auf jeden Fall eine ausgezeichnete Fleischqualität.

Zutaten (6 Personen):

- 400 g Kalbsfilet
- 1 kleine Knoblauchzehe
- 6 EL Olivenöl
- Salz, Pfeffer aus der Mühle
- Frisch gepresster Saft von einer halben Zitrone
- 4 g weiße Trüffel; alternativ 20 g schwarze Trüffel (Tuber uncinatum)

Zubereitung (ca. 15 Minuten):

1. Das Kalbfleisch mit einem großen scharfen Messer zuerst in möglichst dünne Scheiben schneiden, dann zu einem sehr feinen Tatar schaben (also fein wiegen oder hacken).
2. Die Knoblauchzehe schälen, durch eine Presse drücken, mit dem Olivenöl mischen und über das Tatar träufeln. Salzen und pfeffern. Den Zitronensaft erst kurz vor dem Servieren unter das Carne cruda mischen, damit das Fleisch seine Farbe behält.
3. Das Tatar anrichten und den Trüffel darüberhobeln.

Tajarin con burro e tartufi

„Butternudeln“, das hört sich ziemlich profan an. Aber wie immer kommt es auf die Zutaten an. Selbst gemachte Pasta, in goldgelber Butter geschwenkt, mit Trüffel geadelt. Ein unvergleichlicher Genuss. Deshalb am besten wie Sina und Michael beim Essen schweigen.

Zutaten (6 Personen):

- 400 g Weizenmehl
- 100 g Hartweizenmehl
- 9 Eigelb (Größe M)

- 1 EL Olivenöl
- Salz
- 150 g Butter
- 30 g weiße Trüffel

Zubereitung (ca. 35 Minuten + Teigruhezeit):

1. Das Mehl in eine Schüssel geben, mischen. In die Mitte eine Vertiefung drücken. Eigelbe und Öl hineingeben. Zu einem glatten, elastischen Teig verkneten. Sollte der Teig zu fest sein, wenig eiskaltes Wasser dazugeben. Den Teig ca. 1 Std. im Kühlschrank ruhen lassen.
2. Den Teig in drei gleich große Portionen teilen. Nacheinander jedes Teigdrittel mit der Nudelmaschine zuerst auf größter Stufe zu einer langen Bahn auswalzen, dann nacheinander auf Stufe 6, 4, 2 Teigbahnen mit der Nudelmaschine (kleinste Breite) in dünne Bandnudeln schneiden.
3. In einem großen Topf reichlich Wasser zum Kochen bringen, salzen. Die Nudeln 2–3 Minuten al dente garen. Inzwischen die Butter zerlassen, bräunen.
4. Die Nudeln in ein Sieb abgießen, nur sehr grob abtropfen lassen. Zurück in den Topf geben und mit der Butter mischen.
5. Die Tajarin auf Teller verteilen, die Trüffel darüberhobeln.

Trüffel-Mousse

Dunkle Schokolade und Orangensirup. Bitter und süß. Ein Dessert so geheimnisvoll wie Corleone und wie der Kaffeebaron eine Sünde wert!

Zutaten (6 Personen):

- 4 Bio-Orangen
- 250 g Sahne
- 100 g Zartbitterschokolade (mindestens 50 % Kakao)
- 100 g Zartbitterschokolade (mindestens 70 % Kakao)
- 60 g Butter
- 1 Vanilleschote
- 3 Eigelb (Größe M)
- 4 EL weißer Zucker
- 2 EL (Roh-)Rohrzucker

Zubereitung (ca. 1 Stunde; Kühlzeit 12 Stunden):

1. Die Orangen heiß waschen. Von zwei Orangen die Schale mit einem Zestenreißer in feinen Streifen abziehen, den Saft aller Orangen auspressen. Beides in einen Topf geben und in ca. 30 Minuten sirupartig einkochen, abkühlen lassen. Die Sahne für ca. 10 Minuten ins Tiefkühlfach stellen.

2. Inzwischen die Schokolade in kleine Stücke brechen und mit der Butter unter Rühren in einem heißen Wasserbad schmelzen, dann leicht abkühlen lassen. Die Vanilleschote längs aufschlitzen und das Mark herauskratzen.
3. Eigelbe, weißen Zucker und das Vanillemark mit den Quirlen des Handrührgeräts hellschaumig schlagen. Die Schokolade nach und nach einfließen lassen, dabei vorsichtig weiterschlagen. Dann drei Viertel des Orangensirups unterrühren. Die Sahne steif schlagen und unter die Schokoladenmasse heben. Die Mousse ca. 12 Stunden (am besten über Nacht) kalt stellen.
4. Von der Mousse mit dem Eisportionierer Kugeln ausstechen und mit dem restlichen Orangensirup anrichten, abschließend den Rohrzucker darüberstreuen.

Finale

Danke an alle unter dem „Cielo Blu“ für Inspirationen, Anekdoten, Erlebnisse, Köstlichkeiten, vor allen Dingen aber für die Herzlichkeit, mit der sie uns begegnet sind. Viele dürfen wir Freunde nennen. Aber natürlich wären Ähnlichkeiten mit lebenden oder toten Personen rein zufällig.

Danke an Barbara Gehret. Sie war von Anfang an begeistert von Sina Cassotto und hat das erste Manuskript mit Meisterhand geschliffen. Karen Kloß für ihr großes Wissen von Land und Leuten und auch für das Carpe Diem. Sante für seinen Humor, Adri für die Hilfe in allen Lebenslagen. Sergio Giaccone für die Schule in der hohen Kunst der Trüffelsuche. Und sein Vertrauen.

Meinem Verlag Louisoder. Eine feine Buchmanufaktur mit viel Leidenschaft und Liebe zum Detail. Ihn zu entdecken war ein bisschen so, wie einen kostbaren Trüffel zu finden.

Reinhart für alles. Du weißt schon … das Leben ist eines der schönsten.